BASTEI
LÜBBE
TASCHENBUCH

Weitere Titel der Autorin:

Frau Schick räumt auf
Frau Schick macht blau
Teatime mit Tante Alwine
Mordsüberraschung

Ellen Jacobi

EIN RENTNER KOMMT SELTEN ALLEIN

Roman

BASTEI LÜBBE
TASCHENBUCH

BASTEI LÜBBE TASCHENBUCH
Band 17 313

Dieser Titel ist auch als E-Book erschienen.

MIX
Papier aus verantwortungsvollen Quellen
FSC® C083411

Originalausgabe

Dieses Werk wurde vermittelt durch
die Michael Meller Literary Agency GmbH, München.

Lektorat: Dr. Stefanie Heinen
Titelillustration: © Gerhard Glück
Umschlaggestaltung: Mediabureau di Stefano, Berlin
Satz: Urban SatzKonzept, Düsseldorf
Gesetzt aus der Goudy
Druck und Verarbeitung: CPI books GmbH, Leck – Germany
Printed in Germany
ISBN 978-3-404-17313-6

5 4 3 2 1

Für Jörn Griebel,
den besten Buchpaten, den ich mir wünschen konnte.
Ohne Dich hätten Hans, Martha, Jannik, Krusewitz und ich
es nie von Nievenhoven bis in die Uckermark geschafft.
Mann, Mann, Mann
und
danke.

Etwas Besseres als den Tod findest du überall.

Die Bremer Stadtmusikanten

1.

Glück ist eine Überwindungsprämie.
Manés Sperber

Hans Nittenwilm schwebt auf einer Wolke aus Zucker und Zimt. Schnuppernd hebt er die Nase und öffnet den Mund, um sie zu schmecken. Die Wolke entflieht und verpufft unter schmatzenden Schnarchlauten. Hans dämmert vage, dass es seine eigenen sind und dass er Unsinn träumt, wie so häufig in letzter Zeit. Riechen konnte er seine Träume bislang allerdings nicht, geschweige denn schmecken. Sie schmecken erstaunlich gut.

»Jetzt aber hopp, hopp, raus aus den Federn! Die Sonne geht auf!«

Herr im Himmel, jetzt kann er seine Träume sogar hören!

Nein, das ist der Radiowecker, korrigiert sich Hans benommen. Zu benommen, um das Geschwätz abzuschalten, obwohl er liebend gern ungestört weiterschlafen würde. Zimtwolken träumen und schmecken ist angenehmer als die Aussicht auf einen weiteren endlos ausgedehnten Tag als Hans »Niemand« Nittenwilm in Nievenhoven bei Dormagen.

Leben ist eine Zumutung.

»Das Morgenrot verspricht i-de-a-les Reisewetter!«, juchzt eine exaltierte Frauenstimme.

Hans stöhnt. Das Radioprogramm muss sich verstellt haben. Der Wecker ist seit seiner Pensionierung vor zwei Jahren auf halb zehn und Klassikradio programmiert, nicht auf heilloses

Gezwitscher über Morgenrot und Reisewetter. Noch dazu in einem schrillen Operetten-Dur, das ihm rasende Kopfschmerzen beschert und ihn an jemanden erinnert, den er nicht leiden kann. Ganz und gar nicht leiden kann.

»Was für ein Mai! Gewöhnlich leidet unser Frühling um diese Jahreszeit doch noch an Erkältung«, jubiliert die Moderatorin.

Das muss einer dieser privaten Lokalsender sein. Die haben oft nervenzerfetzend gute Laune. Genau wie Martha Spielvogel.

Unwillig knurrend dreht Hans sich im Bett um. Die Matratze bebt unter seinem Gewicht. Unter übermenschlichen Anstrengungen gelingt es ihm, den Kopf vom Kissen zu heben, um sich das Kissen auf sein rechtes Ohr zu pressen und sein linkes Ohr an die Matratze. Ah, so ist es besser.

Komisch nur, dass ihm jetzt die Füße wehtun. Sie schmerzen wie nach einem Gewaltmarsch. Egal. Hauptsache, das Radiogeschwätz verebbt wie Rheinwellen, die auf einer Bune auflaufen. Dafür lärmen nun seine Gedanken. Ob Annika dreist Wecker und Programm verstellt hat? Seit seine Tochter wieder bei ihm wohnt, liegt sie ihm dauernd in den Ohren, er müsse wieder Frühsport treiben.

Hans kneift trotzig die Augen zu. Nein!

So unförmig, wie er geworden ist, wird er nicht durch Nievenhoven traben – mit grauem Bart, Flattermähne und schnaufend wie ein Dampfross. Schon gar nicht heute, wo selbst sein Kopf tonnenschwer zu sein scheint. Nur nicht wach werden.

Hans sehnt sich zurück auf die zärtliche Zimtwolke. Vorhin konnte er sie doch förmlich schmecken. Karamell gepaart mit zimtiger Süße. Ein Geschmack wie von gebrannten Kirmesmandeln. Hauchfein nimmt die Wolke wieder Gestalt an. So was träumt man gern.

»Die Bäume schwimmen im Blütenschaum.«

So was nicht.

»Die Kastanien haben erste Kerzen aufgesetzt! Der Flieder blüht! Dabei sind wir hier kurz hinter Dormagen! Wer denkt bei Dormagen schon an blühende Landschaften!«

Bumm, bumm, bumm!, hallt es bis unter Hans' Schädeldecke. Jetzt fängt diese Nervensäge auch noch an zu singen. Schrill und schief und unter Einsatz von Kirmestrommeln, einem Schellenbaum und viel Tschingderassa ...

Tschingderassa? Bumm!

Autsch.

Gegen das »Bumm« hilft kein Kissen. Das »Bumm« kommt nicht aus dem Radio. Das »Bumm« produziert sein kolossaler Brummschädel.

Brummschädel?

Aber natürlich! Hans holt erleichtert Luft. Kein Wunder, dass er unter akustischen Halluzinationen leidet. Er hat gestern Abend getrunken. Sehr viel getrunken. Seit langer Zeit mal wieder. Mit seinem alten Freund Krusewitz, den er ewig vernachlässigt hat. Und nicht nur mit ihm.

Hinter Hans' Lidern flammen bunte Lichterketten auf, sein Schädel wird zum Rummelplatz, eine Kompanie von Fläschchen mit lila Schraubverschlüssen und Glubschaugen marschiert über Bierzeltgarnituren. Kleiner Feigling ist bei den Nievenhovener Schützenbrüdern äußerst beliebt. Frau Spielvogel kam mit dem Austeilen kaum hinterher und musste auf Amaretto umschwenk...

Schützenbrüder? Frau Spielvogel?

Hans' Erleichterung weicht nackter Panik, er zieht sich das Kissen mit beiden Händen über die Ohren. Das darf nicht wahr sein!

Ist es aber: Er war gestern auf der Maikirmes des Sappeur-

Korps Nievenhoven 1884. Darum das Tschingderassabum und die Stimme von Frau Spielvogel in seinem Kopf. Sie hat eine der Kirmesbuden betreut – »in Erinnerung an alte Zeiten«, hat sie gesagt, weil sie auf Rummelplätzen groß geworden sei und aus einer alten Schaustellerdynastie stamme.

Oh Gott! Er hat sich mit dieser Person unterhalten. Wo er sich seit geraumer Zeit mit so gut wie niemandem unterhält. Schon gar nicht mit der Schießbudenfigur Spielvogel, dieser angeblichen Therapeutin, die jeden kurieren will, der ihr vor die Flinte kommt. Sogar Haustiere.

Fehler, Fehler, Fehler! Über was hat er mit der geredet?

»Komm schon, komm schon!«, feuert er sein schmerzgeplagtes Hirn an, das aus dem Nichts wieder Zimtwolken produziert und bei Frau Spielvogel gebrannte Mandeln nachbestellt. Nicht jetzt! Er kneift die Augen fester zu. Endlich nimmt sein Hirn Fahrt auf. Bilder und Gedanken wirbeln durcheinander wie Socken in einem Wäschetrockner. Sie fahren regelecht Karussell. So wie er gestern.

Oh nein.

Oh doch.

Er ist Kettenkarussell gefahren. Bis in den Himmel hinein. Sogar rückwärts. Bei Sternenlicht und mit der Spielvogel. Hand in Hand. Wie früher mit seiner Hilde.

Hans wird übel. Speiübel. Nicht vom Karussellfahren, nicht vom Likör, nicht einmal von wehen Erinnerungen an seine Hilde, sondern weil ihm einfällt, worüber er mit dieser Person geredet hat. Über Müll. Seinen Müll.

Unvermittelt schiebt sein Hirn eine Filmsequenz ein: Frau Spielvogel schlüpft aus dem Anbau am Ende seines Gartens, den er ihr vor einem halben Jahr vermieten musste. In Zeitlupe pirscht sie sich über die Obstwiese, verharrt unter seiner geliebten Ulhorner Wunderaprikose, späht zur blauen Abfalltonne hinter seinem Bungalow hinüber. Jetzt trippelt sie durchs Gras zur Tonne, reißt den Deckel auf, wühlt in seinem Altpapier – und wird fündig.

Darüber wollte er gestern mit ihr ein Wörtchen wechseln! Ein sehr ernstes. Er ist überhaupt nur auf die Kirmes gegangen, um Martha Spielvogel aus dem Anbau und dem Leben seiner Familie hinauszuwerfen, in das sie sich seit Monaten in dreister Manier einzuschleichen versucht. Seit Neuestem als Therapeutin seines Enkels Jannik. Der arme Jannik! Damit musste er Schluss machen. Stattdessen ist er mit der Spielvogel Karussell gefahren.

Hans stöhnt auf.

»Was für eine fa-bel-hafte Jahreszeit für unsere Reise«, flötet, trällert, tiriliert es über seiner Nasenspitze. Eine Zimtwolke sinkt auf ihn hinab. »Aufstehen, Hans Valentin! Wir wollen doch frühstücken, bevor es weitergeht.«

Valentin?

Bei seinem zweiten Vornamen nennt und kennt ihn kein Mensch mehr. Außer vielleicht ... neuerdings ... die Spielvogel! Sie muss die Post von diesem Brandenburger Rechtsanwalt und Notar im Altpapier gefunden haben. Einen Brief, der niemanden etwas angeht. Niemanden!

Hans reißt panisch die Augen auf. Verschwommenes laubgrünes Licht dringt auf ihn ein. Hat er die Rollläden gestern nicht herabgelassen? Er tastet nach seinem Nachttisch, seiner Brille. Wo um Himmels willen ist sein Nachttisch? Hans reibt sich die Augen, stemmt sich aus den Kissen und tut einen Schrei. Er liegt in einem fremden Bett – so viel erkennt er auch ohne Brille –, aber das ist beileibe nicht das Schlimmste!

2.

Es ist nie zu spät für eine glückliche Kindheit.
Erich Kästner

Mann, Mann, Mann. Jetzt singt der wieder! Soll das etwa bis Brandenburg so weitergehen? Nervös wendet Jannik Nittenwilm den Blick von der dunklen Autobahn ab und seinem schmächtigen Beifahrer zu. Kantor i. R. Krusewitz schläft. Und singt. Dabei heißt i. R., soweit er das weiß, doch »im Ruhestand« oder »in Rente« oder so.

Trotzdem summt und singt Opas alter Kumpel nahezu ununterbrochen oder dirigiert unsichtbare Chöre. Und das seit dem Kreuz Köln-Nord. Also seit exakt, Jannik schielt zum Entfernungsmesser, 442 Kilometern und 300 Metern! Krusewitz gehört als zweibeiniger Musikantenstadl und Weltmeister im Marathonsingen ins Guinessbuch der Rekorde. Gerade krächzt er was von »su-hu-hu-che Freud«. Rechter Hand dirigiert der kahle Kantor mit seinem knochigen Zeigefinger, linker Hand spielt er dazu ein unsichtbares und – logisch – unhörbares Klavier. Das hält Krusewitz allerdings nicht davon ab, sich zu beschimpfen, wenn er falsche Tasten erwischt.

»Der Mensch ist ein Universum, und der Kantor ist ein sehr gewitzter und einzigartig origineller Mensch«, behauptet Frau Spielvogel.

Das Universum des Kantors macht einen leider wirr im Kopf, denkt Jannik. Und einen wirren Kopf kann er sich als Fahranfänger nicht leisten. Schon gar nicht als Fahranfänger mit leichter Orientierungsschwäche. In dieser Hinsicht ist in seinem Hirn irgendetwas falsch verkabelt. Das haben schon Dutzende von Neurologen seit seiner Kindheit festgestellt und nicht ändern können. Rasch wendet Jannik den Blick wieder der Fahrbahn zu.

Davon abgesehen ist mit seinem Hirn alles vollkommen in Ordnung, sagt Frau Spielvogel.

Anders als bei Krusewitz, findet Jannik.

»G-Dur, nicht C-Dur, du alter Esel!«, tadelt der Kantor sich gerade. Der hat wirklich eine Macke. Nicht nur musikalisch.

»Alle alten Leute haben eine Macke«, behauptet sein Kumpel Wolodja, genannt Wodka oder zuweilen auch Gorbatschow, »erst recht in Nievenhoven – Schrägstrich – Deppendorf. Wer aus unserem verstrahlten Kuhkaff nicht rechtzeitig rauskommt, muss auf Dauer einfach durchdrehen!«

Jannik fährt sich nachdenklich durch die hochgegelte Stachelfrisur. Dann nickt er grimmig dem im Scheinwerferlicht aufglänzenden Asphalt zu. Könnte hinkommen. Sein Großvater Hans, genannt »der Schweiger«, ist mental ebenfalls ein Wackelkandidat, seit er pensioniert ist und Oma Hilde ihn verlassen hat.

Den Kantor hat's natürlich schlimmer erwischt, schiebt Jannik hastig hinterher. Verglichen mit seinem alten Kumpel Krusewitz ist Opa Hans nur leicht verstört. Allenfalls! Was Frau Spielvogel ändern will. Gestern Abend auf der Kirmes hat sie damit angefangen.

Jannik fühlt ein Grinsen in sich hochsteigen. Opas Besuch auf dem Schützenfest war ein Knaller. Eine Auferstehung von den Toten.

»Schon wieder daneben, du Trottel!«, jault neben ihm der Kantor auf.

Jannik verreißt vor Schreck das Lenkrad, fasst sich wieder und bringt den Wagen zurück auf Spur. Mann, Mann, Mann! Krusewitz ist heute Nacht gemeingefährlich originell. An dem beißt sich selbst eine Therapeutin wie Frau Spielvogel die Zähne aus.

»Der hat sich zu viel Kirchenmusik reingeorgelt«, lautet Wodkas Diagnose.

Gut möglich. Darum ist Krusewitz auch halb taub. Fast wie Beethoven. Meistens jedenfalls. Die Taubheit könnte natürlich auch ein Trick sein, argwöhnt Jannik manchmal, weil Krusewitz nicht immer hören will, was man ihm sagt. Dazu eine Überdosis Nievenhoven bei Dormagen, das war's dann wohl in Sachen geistige Frische. Außerdem ist Krusewitz zweiundachtzig. Oder war's dreiundachtzig?

Jannik zuckt mit den Schultern. Auch egal. Hauptsache, der Kantor i. R. bleibt bei Laune und geht ihm nicht stiften, bevor sie Brandenburg erreicht und Frau Spielvogel getroffen haben. Genau das aber tut Krusewitz gerne mal. Darum verriegelt Jannik auf Rastplätzen alle Autotüren, wenn er tanken muss, und geht auch nur gemeinsam mit dem Kantor zur Toilette. Wenn er Krusewitz nicht wohlbehalten in Brandenburg abliefert, gibt's sicher kein Geld von Frau Spielvogel. Die zahlt die Reise nämlich. Für tausend Euro cash plus Spesen soll er Opa Krusewitz und irgendwelche anderen Irren, mit denen Frau Spielvogel später nachkommen will, zehn Tage durch Deutschland-Ost karren. Genauer gesagt, muss er ab Brandenburg meist nur das Gepäck der Irren chauffieren. Die wollen oder sollen nämlich wandern – aus therapeutischen Gründen, behauptet Frau Spielvogel.

»Mit Krückstock und Rollator?« Sein Kumpel Wodka hat sich vor Lachen beinahe weggeschmissen, als Jannik kurz nach Mitternacht mit Krusewitz und Frau Spielvogel bei ihm an der

Tankstelle vorgefahren ist, damit er Opa Hans' betagten Mercedes checkt.

»Na, Hauptsache, du musst nicht mitwackeln«, hat Wodka nachgeschoben und persönlich den Tankstutzen bedient, während Frau Spielvogel im Shop den Reiseproviant für Jannik und Krusewitz zusammengestellt hat.

»Warum sollst du denn mitten in der Nacht losfahren?«, hat Wodka gefragt, während er den Ölstand kontrollierte.

»Damit Krusewitz die Fahrt verschläft und entspannt in seiner alten Heimat Brandenburg ankommt. ›Urlaub von Anfang an‹ oder so. Außerdem sind nachts die Autobahnen leerer«, hat Jannik flüssig Frau Spielvogels offizielle Erklärung zitiert. Wodka hat's geschluckt, weshalb Jannik zwei, drei Hintergrundinfos für sich behalten konnte. Vor allem die, dass er seit vier Monaten selbst Patient von Frau Spielvogel ist.

Es wäre ihm verdammt unangenehm, wenn Wodka glauben würde, er habe einen Riss in der Fuge. Wodka selbst ist nämlich kerngesund. Sein Lebensmotto lautet: »Probleme gibt's nicht, außer man macht sich welche.« Klingt nach einem verdammt guten Motto. Nur leider funktioniert es bei Familie Nittenwilm so gar nicht. Na ja, umgekehrt schon. Er selbst, Opa und Mama sind Weltmeister darin, sich selbst und einander Probleme zu machen. Früher war das mal anders. Ganz anders.

Ach, egal. Frau Spielvogel hat ihm erklärt, dass die Reise nach Brandenburg auch ein Teil seiner Therapie ist, sozusagen der krönende Abschluss. Jannik soll sein Verantwortungsbewusstsein unter Beweis stellen. Wofür er eine Therapie nie nötig hatte. Egal, was Mama meint.

Dass Frau Spielvogel die Reise gestern völlig überraschend angesetzt hat, musste Wodka auch nicht wissen. Ebenso wenig, dass Krusewitz angesäuselt war, als er verlangt hat, vom Kirmesplatz umgehend in seine alte Heimat gebracht zu werden.

Krusewitz war sogar so betüddelt, dass er Jannik befohlen hat, die Pferde vom Nievenhovener Reiterkorps *einzuspannen*.

Was Wodka mit Sicherheit brüllkomisch gefunden hätte.

Noch voller als Kantor Krusewitz war allerdings Opa Hans, der Jannik die Reise in nüchternem Zustand nie im Leben erlaubt hätte. Weil er das heute unter Garantie bereuen wird, war eine sofortige Abreise bei Nacht die beste Lösung. Sozusagen alternativlos.

Beim Überprüfen der Zündkerzen ist Wodka zu dem Schluss gekommen, dass Frau Spielvogel eine noch größere Macke als ihre komplette Kundschaft haben muss. »Warum setzt die sich nicht selbst ans Steuer, statt an 'nen kompletten Fahranfänger wie dich tausend Euro abzudrücken? Finde ich verdächtig.« Wodka spinnt gerne Verschwörungstheorien nach dem Muster »Aliens leben unter uns« oder »Kanzlerin Merkel verseucht das Trinkwasser mit Verdummungsdrogen«. Völlig verstrahltes Zeug eben.

»Vielleicht hat sie mit Krusewitz ein krummes Ding gedreht und will ihn in Brandenburg auf Nimmerwiedersehen loswerden?«, hat Wodka diese Nacht gemutmaßt und munter weiterspekuliert: »Damit der sich nicht verplappert. Oder er hat ihr irgendwas vermacht. Wäre ein guter Grund, ihn bei Nacht und Nebel unauffällig in die Walachei zu schaffen, um ihm da dann irgendwo ...« An diesem Punkt ist sich Wodka mit gestreckter Handkante wie mit einem Messer – zack – an der Kehle entlanggefahren. »Besser, ich überprüfe mal die Bremsschläuche.«

Das war natürlich vollkommener Schwachsinn. Wodkas abschließende Bemerkung in der Angelegenheit klang allerdings nicht ganz so hirnverbrannt: »Okay, die Bremsen sind in Ordnung, aber jetzt mal ehrlich, Alter: Welche Therapeutin zahlt ihren Bekloppten auf eigene Kosten eine Spritztour nach Brandenburg? Da zahlt die doch gewaltig bei drauf. Was soll denn das für ein Geschäftsmodell sein?«

Diese Frage konnte Jannik natürlich nicht beantworten, und zum Glück musste er das auch nicht, weil in diesem Moment Frau Spielvogel mit dem Proviant aufgetaucht war: wabbelige Sandwiches mit Scheibletten und MilkyWays für den Kantor, weil er Gebiss trägt und man Scheibletten notfalls lutschen kann; Bifis in Teigrolle, Traubenzucker und ein Sixpack Monsterblood Kirsch/Guarana für Jannik, damit er am Steuer nicht einnickt.

Apropos. Jannik greift nach einer Büchse des Energydrinks und gönnt sich einen großen Schluck. Wenn seine Mutter das wüsste, würde sie ausflippen. Die hält Monsterblood für eine gefährliche Droge und ihn für ein Kleinkind. Ein minderbemitteltes Kleinkind, das keinen Zucker und kein Koffein verträgt.

Mann, Mann, Mann.

Nur gut, dass sie gestern Morgen selbst in Urlaub gefahren ist, sonst hätte er Brandenburg mit oder ohne Opas Erlaubnis knicken können. Darauf noch eine Dosis Monsterblood! Jannik prostet sich grinsend im Rückspiegel zu. Ist ja genug da, und die Verpflegung während der Reise ist inklusive. Zahlt alles Frau Spielvogel. Ist der Job hier cool oder cool?

Jannik beantwortet sich die Frage gleich selbst: Der Job ist obercool! So obercool, wie er selbst ab sofort ebenfalls sein wird. Auf immer und ewig. Trotz seinen rotbraunen Haaren, den blöden Sommersprossen und seinem Mangel an Orientierungssinn.

»Okay, der Job ist besser, als im Baumarkt Billerbeck Schrauben zu sortieren oder bei McKlops die Burger zu verbrennen«, hat selbst Wodka beim Auffüllen des Scheibenwassertanks eingeräumt. Er klang fast neidisch. Sogar ziemlich neidisch. Hihi!

»Es sei denn, das Schicksal zieht bei Opa Krusewitz unterwegs den Stecker«, hat Wodka in dem Moment nachgeschoben.

Janniks Grinsen stürzt ab. Genau wie die Büchse Monsterblood. Sein Herzschlag erhöht sich auf die doppelte Taktzahl. Heilige Scheiße, musste Wodka ihm diesen Floh ins Ohr setzen? Jannik wischt sich blutrotes Monsterblut vom T-Shirt und wirft einen alarmierten Seitenblick auf den Kantor.

Entwarnung. Der Sängerknabe lebt noch. Und wie der lebt!

Janniks Herz rast trotzdem weiter. Könnte daran liegen, dass er etwas zu viel Monsterblood getrunken hat. Mist, das T-Shirt ist hin, er sieht aus wie das Opfer einer Highschool-Schießerei. Egal, Hauptsache Krusewitz singt noch! Tut er. Etwas von »lieber Sommerzeit« und »Gartenzier«. Krusewitz eben. Wie immer neben der Spur.

Von wegen Sommerzeit! Es ist Anfang Mai, sehr warm zwar, aber nicht Sommer. Außerdem fahren sie durch fahles Morgengrau, da gibt's nicht viel zu sehen. Schon gar keine Gärten. Nur ein paar spargeldünne Kiefern mit Nadeltoupet rechts und links der Leitplanken und einen Glutfaden Morgenlicht am Horizont. Irgendwo bei Berlin dämmert es. Sieht aus, als ob der Himmel brennt. In HD.

Kennt man ja: »Im Osten geht die Sonne auf, im Süden hat sie Mittagslauf, im Westen will sie …« und so weiter. Auch wenn er das Wodka gegenüber nie zugeben würde, findet Jannik den Spruch gut, weil er ihm hilft. Immer der Sonne entgegen heißt, er ist auf dem richtigen Weg. Nach Osten. Und das ganz ohne Navi. Ist allerdings noch reichlich Strecke bis Berlin. Und bis zum ersten Stopp in einer Stadt namens Templin kommen noch einmal knapp hundert Kilometer drauf. In Form von sehr viel Landstraße, die einem total den Schnitt versaut.

Fragt sich nur, ob Krusewitz überhaupt mitkriegen wird, dass er in seiner alten Heimat Brandenburg ist oder im Süden oder Norden oder Osten oder wo auch immer. Kurz hinter Braunschweig ist der mal hochgeschreckt und hat gefragt, ob sie schon über die Grenze und in der sowjetischen Besatzungszone sind.

Grenze?

Sowjetische Besatzungszone?

Nie gehört. Keine Ahnung, wo die liegen soll. In Russland? Jannik schüttelt den Kopf. Wodka könnte das wissen, sein Vater kommt da her. Egal. Jedenfalls hegt Jannik seitdem Zweifel, ob Krusewitz weiß, wo es hingeht.

Frau Spielvogel hatte gestern Nacht keine. »Herr Krusewitz ist nicht dement, Jannik, er ist nur zeitweise zerstreut. Ein typischer Künstler eben, nicht ganz von dieser Welt. Vor allem, wenn er an seiner *Sinfonie der Stille* arbeitet, die er in Brandenburg vollenden will. Für mich ist er ein klassischer Fall von einem Genie an der Grenze zum Wahnsinn. Und sein Herz ist kerngesund. Ein alter Wandersmann eben. Wie dein Opa früher einmal«, hat sie munter versichert. »Von Herrn Krusewitz wirst du viel lernen. Deshalb fährst du mit.«

Jannik schüttelt erneut den Kopf. Was soll er denn von einem Irren lernen? Dauersingen? Völlig verpeilt in der Gegend rumeiern? Nein danke. In der Schule halten sie ihn ohnehin für komplett gestört – also, jetzt nicht Krusewitz, sondern ihn, Jannik Nittenwilm. Zum einen, weil er und seine Mutter vor einem Jahr wieder bei Opa, dem Schweiger, eingezogen sind, und dann wegen der Sache mit Vanessa. Darum vor allem. Weshalb er vor vier Monaten beschlossen hat, nie wieder einen Fuß ins Nievenhovener Gymnasium zu setzen. Egal, was seine Mutter sagt.

Dass ausgerechnet die versucht, ihn wieder in die Schule zu

bekommen! Die hat doch selbst vor dem Abi die Schule geschmissen. Noch dazu schwanger. Mit ihm und mit sechzehn. Hat sie deswegen damals jemand zur Therapie geschickt? Nein! Aber er musste umgehend hin. Dabei ist er schon achtzehn, also erwachsen, und – logisch – kein bisschen schwanger.

Mann, Mann, Mann.

Eine leichte Rechts-Links-Schwäche, Schulabbruch, ein, zwei anonyme SMS zu viel an Vanessa und ein angeblich »falscher Freund« von der Tanke sind doch keine Gründe für eine Therapie. Genau die musste er aber machen, plus Sozialstunden in Form von Hausbesuchen bei Opas altem Freund Krusewitz. Ablehnen ging nicht, sonst hätte sie ihm das Geld für den Führerschein gestrichen.

In Nievenhoven ist man ohne Führerschein völlig verloren. Disco ist nicht drin, Köln und Düsseldorf sind unerreichbar. Bleibt nur Wodkas Muschelbar. Die Shell-Tanke ist der einzige Ort in Nievenhoven, an dem so etwas wie ein Nachtleben existiert und wo die Getränkepreise im Rahmen bleiben. Nach 23 Uhr schiebt Wodka ihm die Energydrinks sogar für lau über den Tresen. *Happy hour.* Von wegen »falscher Freund«! Wodka hat ihn nie »Blockflötengesicht« genannt wie diese Bratzen vom Gymnasium Nievenhoven, nur weil er bis zum Stimmbruch Solist im Schulchor war und immer gute Mathenoten hatte. Oder »kleiner Wikinger« wegen seiner roten Haare und weil er nicht der Größte ist. Für Wodka war er auf Anhieb nur Jannik oder »Einstein«, weil er überhaupt mal auf einem Gymnasium war.

Damit seine kniepige Mutter den Führerschein bezahlt, ist Jannik also vier Monate lang brav zu Krusewitz gegangen und hat ihm einmal die Woche beim Luftklavierspielen zugeguckt, sich Geschichten vom Krieg und der Zeit danach angehört und literweise Fachinger getrunken.

Das war nicht so schlimm, wie er erwartet hatte. Bis auf das Fachinger. Das schmeckt wie Wasser mit Mückenfurz, null Kohlensäure. Bäh. Jannik nimmt hastig einen Schluck Monsterblood. Zusätzlich musste er zweimal die Woche zur Spielvogel, die seit sechs Monaten im Anbau am Ende von Opas Garten wohnt.

Den Anbau hat Opa ihr vermietet, weil ihn der Unterhalt von Oma Hilde so teuer zu stehen kommt und weil Oma ein Facelifting brauchte, um auf Mallorca ihre verlorene Jugend nachzuholen. Mit ihrem Scheidungsanwalt. Seit sie gegangen ist, redet Mama kein Wort mehr mit ihr. Ihm hat sie das auch verboten.

Gern hat Opa den Anbau nicht vermietet. Der war nämlich nur für seine, also Opas Mutter gedacht gewesen. Und obwohl die gestorben ist, bevor sie einziehen konnte, war ihm das Häuschen immer heilig. Frau Spielvogel hält er dagegen für eine kriminelle Kurpfuscherin, weil unter ihrem Klingelschild nicht nur Heilpraktikerin, sondern auch was von Psychodrama, Hypnose, Schüßlersalzen und Schamanenreisen steht.

Opa hat die Spielvogel gefressen, seit sie die Trennhecke zwischen seinem Garten und ihrem Anbau auf Kniehöhe gestutzt hat. Außerdem heftet sie gern klimpernde Windspiele und bunte Haftnotizen mit Kalendersprüchen über das Glück an seine geliebten Obstbäume. Das macht Opa fuchsteufelswild, treibt ihn aber immerhin ab und an wieder in seinen Garten, den er seit Oma Hildes Abgang total vernachlässigt hat. Die Spielvogel arbeitet gern mit Tricks – auch mit unsauberen. Seit Neuestem etwa legt sie Klingelsolos an Opas Haustür hin, um ihm Rohkostteller mit Glücksnotizen, Schüßlersalze oder Briefe zu bringen, die sie für ihn angenommen hat.

»Diese Nervensäge klaut meine Post«, behauptet Opa seither.

Welche Post? Der kriegt doch nur noch Aldi-Prospekte und Pensionsbescheide und so ein Zeugs, oder?

Mama fand Frau Spielvogel als Therapeutin jedenfalls okay, weil sie nicht teuer ist und sie bis 22 Uhr therapiert. Da konnte seine Mutter ihn, den missratenen Sohn, nach ihrer Schicht als Baumarktleiterin bei »billig, billiger, Billerbeck« persönlich im Anbau abliefern. Um sicherzustellen, dass er hingeht. Da kommt man sich doch vor wie ein Knacki! Oder ein Hosenscheißer. Voll peinlich. Und am Anfang nur öde! Krusewitz plus Fachinger war deutlich prickelnder, als bei Martha Spielvogel rumzusitzen und Blech zu labern. Von wegen schwerer Kindheit. Da er in der Hinsicht nichts zu erzählen hatte – weil's da nichts, *nada*, *niente*, absolut gar nichts zu erzählen gab –, musste er zwei Sitzungen lang meditieren. Das war Folter: Die Spielvogel hat mit einem albernen Holzklöppel gegen eine Messingschüssel geschlagen, und er sollte »mit dem verschwebenden Klang seinen Gefühlen nachspüren«.

Mann, Mann, Mann. So was macht einen doch überhaupt erst bekloppt!

Doch auch das könnte letztlich wieder ein mieser Trick von ihr gewesen sein. Um nicht dauernd meditieren zu müssen, hat er sich jedenfalls fix für die schwere Kindheit und dummes Rumquasseln entschieden: kein Vater, häufig abwesende, viel zu junge Mutter, ein Opa, der kaum noch aus dem Bett kommt, seit Oma Hilde weg ist. Lauter Blabla, das keinen interessiert. Außer Frau Spielvogel, weil die Geld dafür kriegt.

Janniks Mundwinkel schnellen nach oben. Geld, von dem sie einen Teil jetzt in seine Therapiereise nach Brandenburg investiert. Frau Spielvogel hatte nämlich schnell genug von seiner schweren Kindheit. In der letzten Sitzung ist sie sogar eingeschlafen. Als Jannik sie nach den üblichen fünfzig Therapieminuten und ein paar SMS an Vanessa (reine Song-Links ohne Text!) geweckt hat, meinte Frau Spielvogel: »Wir sollten deinen Heilungsprozess etwas beschleunigen. Hast du mittlerweile den Führerschein, Jannik?«

Und ob. Vor einem Monat bestanden. Dank Wodka. Der hat mit ihm in einem dieser Geisterdörfer im Braunkohletagebau bei Erkelenz fahren geübt. Samt Schleudern und Rückwärtsslalom – lauter Sachen, die man in einer normalen Fahrschule im Leben nicht lernt.

Zum Beweis für seine Fahrkunst jetzt mal ein schönes Überholmanöver, beschließt Jannik und nimmt sich vor, drei Laster abzuhängen. Er beugt sich dichter übers Lenkrad, setzt den Blinker. Laster eins ... geputzt! Jetzt Laster zwei. Hoppla, was steht denn bei dem auf der Seitenplane? Noch dazu in riesigen Leuchtbuchstaben?

Jannik nimmt den Fuß vom Gas, pegelt das Tempo auf Höhe von Laster zwei runter und liest: »SIE FAHREN AUF DER FALSCHEN SEITE.«

Hä? Heftiges Herzklopfen. Das kann nicht sein. Er sieht doch seit Stunden nur rote Rücklichter.

3.

Aschenputtel ist der beste Beweis dafür, dass neue Schuhe glücklich machen.

Leise röchelnd springt eine Lüftungsanlage an. Der Ventilator saugt schlürfend Außenluft an, verwirbelt sie im stockdunklen Raum und stellt den Dienst wieder ein. Die vermeintliche Frischluft ist mit Staub durchsetzt und führt Gerüche von Busabgasen, Coffee to go, Aufbackbrötchen und Frittierfett mit sich. Annika Nittenwilm schlägt die grasgrünen Augen auf und ist sofort hellwach. Kunststück, sie hat ja nur gedöst. Allenfalls.

Dabei herrscht in ihrem winzigen Pensionszimmer hinter dem Kölner Hauptbahnhof dank blickdichter Rollläden Finsternis, und dreifach isolierte Fenster sorgen – von vorübergehenden Hustenattacken des Ventilators abgesehen – für Friedhofsruhe. An Schlaf war trotzdem die gesamte Nacht über nicht zu denken. Dazu ist Annika seit Tagen zu aufgeregt. Vor Glück. Vor federleichtem, ungetrübtem Liebesglück.

Ein seliges Lächeln stiehlt sich auf ihr schmales Gesicht, erreicht ihre Augen, selbst ihr Haaransatz beginnt vor lauter Lebenslust und Euphorie zu prickeln. Heute geht es zu einer Konferenz nach Paris. Auf Einladung von Torsten Wellhoff wie Wellhoff in Wellhoff Internationale Bodenbeläge KG.

Paris!

Das ist endlich mal etwas anderes als der gemeinsame Besuch der Teppichmesse Hannover oder eine Tagung des Laminatherstellerverbandes im Sauerland. Darum hat sie vor einigen Tagen und mit Hilfe von Frau Spielvogel einen mutigen, herrlich unvernünftigen Entschluss gefasst: Sie wird Torsten endlich eine Liebeserklärung machen. Bei einem luxuriösen *dinner à deux*, das sie in einem – laut Reiseführer – verschwiegenen Bistro gebucht hat, wird sie ihm ihre Gefühle offenbaren. Kaum einen Steinwurf entfernt vom Montmartre, der legendären Basilika Sacré-Cœur und ihrem Hotel. So haben sie es nach dem Dessert und ihrer Liebeserklärung nicht weit bis zum Bett.

Das Leben kann so wunderbar einfach sein.

Gut, so ein Dinner hat natürlich seinen Preis, aber wer fragt nach Geld, wenn es um Liebe geht? Sie nicht. Nicht mehr. Nie mehr. Das hat sie als Single-Mama elend lang getan. Jetzt, wo sie zu ihrem wahren Ich zurückgefunden hat, wird sie nie, niemals mehr mit Gefühlen oder Geld geizen. Zumal sie als Baumarktleiterin bei Billerbeck inzwischen ganz anständig verdient.

Gott, fühlt sich das Leben gut an! Annika stockt der Atem vor Glück. Ihr Herz lässt seine Muskeln spielen, zieht sich zwischen freudiger Erregung und banger Erwartung schwankend zusammen, verkrampft sich zur Faust, die wild in ihrem Brustraum um sich schlägt. Was zugegebenermaßen ein wenig schmerzt. Macht nichts. Das gehört eben dazu, wenn man verliebt ist. Wie hat Frau Spielvogel das so schön auf einem ihrer Post-its an Papas Aprikosenbaum notiert? »Dem tiefsten Glück gehen gewöhnlich Unglück und Schmerz voraus.«

Zum Beispiel in Form von verzehrender Sehnsucht. Annika seufzt. Bis weit nach Mitternacht hat sie gestern am Fenster gestanden und wie hypnotisiert zur Bahnsteighalle hinübergestarrt. Zu ihrer Endstation Sehnsucht. Um zwölf Uhr heute Mittag sind sie und Torsten dort am Thalys-Gleis verabredet. Sie gönnt sich einen letzten Moment der Verzückung, dann knipst sie die Nachttischlampe an, um nachzuschauen, wie lange sie noch auf den Augenblick der Wahrheit warten muss. Ihre Augen finden einen orangefarbenen Digitalwecker, der in einem Quelleversand-Gedächtnismuseum den Ehrenplatz verdient hätte.

Mist! Es ist gerade mal halb sechs durch.

Ihr Glück liegt also keineswegs greifbar nah. Der Bistrotisch ist für 20 Uhr gebucht, und wahrscheinlich wird es sogar später, weil Torsten Termine mit einem französischen Fliesenhersteller wahrnehmen muss. Annikas Laune trübt sich. Bleibt nur zu hoffen, dass der ahnungslose Torsten den Kachelfritzen nicht zum Dinner für Verliebte mitbringt. Sie möchte die getrüffelten Täubchen *pour les amoureux* ungern zu dritt verspeisen. Noch dazu, wo sie ebenso sündige wie sündteure Schuhe und Dessous tragen wird, die sie allein für Torsten und diesen Anlass gekauft hat.

Ihr Blick streift einen geöffneten Karton, den sie hinter dem Wecker abgestellt hat. Annika zieht ihn unter die Lampe. Ihr Herz schlägt einen Trommelwirbel. Auf einem Bett aus rosa Seidenpapier ruhen die ersten, einzigen und ganz und gar hinreißenden Prada-Slingpumps ihres Lebens. Zwar nur B-Ware mit Farbfehlern und nicht ganz ihre Größe, aber dafür im Preis herabgesetzt und unverkennbar von einem »Picasso des Schuhhandwerks« entworfen, wie die Verkäuferin gestern meinte.

Obwohl, Picasso? Annika stutzt kurz. Zu dem fallen ihr spontan nur schiefe und verdrehte Frauenköpfe ein. Na, egal. Wichtiger ist, dass sie die Verkäuferin »in diesen Schuhen, mit Ihrem Fransenschnitt und Ihrer Figur an die junge Audrey Hepburn« erinnert hat. Was extrem schmeichelhaft, aber hemmungslos gelogen und doch das kaufentscheidende Argument war. Diese Pradas sind das passende Schuhwerk für einen Abend in Paris mit getrüffelten Täubchen und Torsten.

Sie will auf keinen Fall billig aussehen wie in »billig, billiger, Billerbeck – der besondere Baumarkt«, wenn sie ihre Gefühle offenbart. Sie ist ja kein Aschenputtel, das auf den Prinzen mit dem gläsernen Schuh wartet. Darum hat sie gestern rund um den Dom einen Shoppingmarathon der Luxusklasse absolviert. Ganz entgegen ihrer antrainierten Sparsamkeit, von der ihr Pensionszimmer mit Frühbucherrabatt ein beredtes Zeugnis ablegt. Die Schuhe sprechen eine andere Sprache. Die Sprache ihres Herzens. Sie hat sie ja auch für Torsten gekauft. »Noch dazu auf ärztliches Anraten!«, gluckst Annika liebestrunken. Kleiner Scherz.

Frau Spielvogel hat sicher nicht an sündhaft teure Impulskäufe in Schuhgeschäften, Dessous-Shops, Parfümerien oder an den Besuch bei einer Kosmetikerin gedacht, als sie ihr empfohlen hat, sich in diesem Urlaub endlich wieder von ihrer unbesonnenen Seite zu zeigen: jung, spontan, gefühlsbetont. Das vor allem.

Fast könnte man meinen, diese Frau habe hellseherische Fähigkeiten. Schließlich weiß sie nichts von der Paris-Reise mit Torsten oder über Annikas wahre Gefühle für ihn. Sie kennt ja nicht einmal Torsten!

Verdammt! Annika fährt sich durchs Haar. Sie hat ihm ihre Liebe wirklich viel zu lange verschwiegen. Und ihr Privatleben dazu. Um das Thema »Meine durchgeknallte Familie und ich« zu vermeiden, hat sie in ihrem Benutzerprofil im Flirtportal Neoromantics angegeben, dass Gespräche über Privates tabu und Treffen nur an neutralen Orten möglich seien.

Das schien Annika damals vernünftig. Was sonst – nachdem sie sich nach ihrem folgenreichen Fehlgriff mit sechzehn über Jahre hinweg mit verstörender Treffsicherheit lauter Nieten anvertraut hat. Und die Idee, einen potenziellen Lebenspartner und Liebhaber, erst recht einen Topmanager und Traumkerl wie Torsten, in ihrem ehemaligen Kinderzimmer und Wand an Wand mit einem bettlägerigen, weil Trübsal blasenden Vater zu empfangen, war derartig schräg, dass sie sich von selbst verbot.

Nachdenklich verfolgt Annika den Tanz der Staubkörnchen im Lichtkegel der Nachttischlampe. Die Folge ihrer Diskretion ist, dass der arme, treue Torsten sie nun für eine karrierefixierte, gefühlsarme, kinderlose Single-Zicke halten muss, die nur ihre Billerbeck-Baumarktfiliale im Kopf hat und alle zwei Monate ein bisschen Sex nach Terminkalender in sauerländischen Tagungshotels.

Voll des Selbsttadels runzelt Annika die Stirn. Das kommt davon, wenn man in der Liebe vernünftig sein will und seine Gefühle außen vor lässt. Frau Spielvogels Idee, weniger Verstand und mehr Gefühl zu zeigen, ist in Hinsicht auf Torsten ungeheuer passend. Wobei ihr Mut zu mehr Unvernunft vor allem Jannik zugutekommen soll.

»Ich verfolge mit meinem Vorschlag einen familiensystemischen Ansatz«, hat Martha Spielvogel bei ihrem letzten Gespräch über Janniks Therapiefortschritte doziert. Dabei hat sie sie aus ernsten Augen hinter einer noch ernsteren Brille angeschaut, die sie für gewöhnlich nicht trägt. Sollte sie aber. Die Brille verleiht ihr einen ungemein seriösen Anstrich. So hätte Hans, ihr Vater, sie mal sehen müssen. Er hält Frau Spielvogel für eine esoterisch durchgeknallte Kurpfuscherin. Also, danach klang sie nun wirklich nicht.

»Wenn Sie, Frau Nittenwilm, Ihrem inneren Perfektionisten – ich nenne ihn gerne den ›Mr. Spock in uns‹ – mal frei geben, wird Ihr Sohn automatisch mehr Vernunft und Verantwortungsbewusstsein zeigen.«

Das wäre wünschenswert.

»Es ist erwiesen, dass in Familien immer nach einem Ausgleich der Kräfte gestrebt wird. Schwächelt der eine, ermutigt das ein anderes Familienmitglied, ungeahnte Stärken zu entfalten. Gönnen Sie Ihrer Vernunft mal Ferien, damit Jannik die seine entdecken kann. Der große Analytiker C. G. Jung hat gesagt: ›Nichts hat einen stärkeren Einfluss auf das Leben der Kinder als das ungelebte Leben der Eltern.‹ Falls Sie sich also weiterhin jede Form des unüberlegten Handelns verkneifen, muss Ihr Sohn zwangsläufig noch mehr Dummheiten begehen. Das leuchtet doch ein, nicht wahr?«

Annika stöhnt leise auf. Bitte nicht noch mehr Dummheiten! Jannik hat sich in letzter Zeit mehr als genug geleistet. Wenn sie nur an die Sache mit dieser Vanessa denkt ... Zeitweise hat ihr Junior vierzig Liebes-Kurznachrichten täglich an diese eitle Ziege abgesetzt. Anonym. Bis sein akuter SMS-Daumen – sprich eine Sehnenscheidenentzündung – und eine fehlgeleitete Kurznachricht ihn verraten haben. Eine Anzeige von Vanessas Eltern wegen Stalkings konnte sie gerade noch abwenden. Als hätte sie nicht schon genug mit dem Trennungsschaden ihres eigenen Vaters am Hals!

Der Meinung war auch Frau Spielvogel.

»Angesichts Ihrer enormen Belastungen in Beruf und Familie, scheint es mir geboten, dass Sie sich einmal vollkommen ungehemmt ausleben, Frau Nittenwilm. Sie sind doch im Grunde Ihres Herzens ein fröhlich veranlagter Mensch. Konzentrieren Sie sich im Urlaub ganz auf Ihr eigenes Glück statt aufs Grübeln. Wer der Stimme des Herzens folgt, den wird das gesamte Universum auf diesem Weg unterstützen.«

Gut, der letzte Satz klang in Annikas Ohren ein wenig nach esoterischem Geschwurbel und passte überhaupt nicht zu Frau Spielvogels wissenschaftlich fundiertem Ansatz, geschweige denn zu ihrer Brille. Aber sei's drum, jeder Mensch hat mal kleine Aussetzer. So wie sie selbst, als sie ihr Herz zwecks Karriere kurzfristig auf den Gefrierpunkt heruntergeregelt hat. Das ist dank Torsten vorbei.

Annika nestelt die Pumps aus ihrem Seidenbett und fährt mit zwei Fingerspitzen über das tizianrote Leder. Diese Schuhe sind prachtvoll unvernünftig. Ihre Zehn-Zentimeter-Absätze grenzen sogar an Wahnsinn, doch immerhin werden sie sie zumindest größentechnisch an ihr 1,70 Meter hoch gewachsenes Idol Audrey heranreichen lassen.

Sie legt die Schuhe neben sich auf das schokobraun geblümte Frotteekissen und konsultiert erneut den Wecker. Erst zehn vor sieben. Frustriert lässt Annika den Kopf zurück aufs Kissen fallen und – autsch! – in die Absätze der Slingpumps. Verflucht, sind die spitz!

Annika fegt die Pradas vom Kissen zu Boden. Jetzt ist sie endgültig wach und viel zu hibbelig, um weiter im Bett zu liegen. Sie schlägt die Decke zurück, ist in zwei Schritten am Fenster und zerrt an den Rollladenbändern. Ratsch, ratsch, ratsch, heben sich die Lamellen und geben den Blick auf Frühaufsteher und Pendler frei, die über einen unwirtlichen Platz auf Bus- und Hauptbahnhof zuhasten. Im Hintergrund glüht als Augentrost morgenrot der Dom vor einem Himmel aus Azur. Vielversprechender könnte ihr Tag kaum beginnen. Wenn nur nicht so viel Wartezeit vor ihr läge, bis sie Torsten zu Gesicht bekommt, um ihren Gefühlen freien Lauf zu lassen.

Es sei denn …

Annikas Gedanken rasen mit einem Mal. Es sei denn, sie gibt sich einen Schubs, verzichtet auf Kerzenlicht und Sacré-Cœur und gesteht Torsten bereits am Bahnsteig ihre Liebe. Das würde die Wartezeit um acht Stunden verkürzen. Aber natürlich! Das ist es. Wer braucht schon Kerzenschein? Oder getrüffelte Täubchen (igitt!) oder Paris! Paris ist als Stadt der Liebe doch reichlich abgegriffen. Ein Bahnsteig ist mindestens ebenso romantisch, ach was, viel romantischer! Da muss man nur an die verliebten Bahnhofsszenen von Anna Karenina denken, ihre erste Begegnung mit dem Grafen Wronski und ... oh, stopp, nein, lieber nicht. Anna Kareninas letzte Bahnsteigszene endet bekanntermaßen auf den Gleisen und vor einem Zug. Damit wäre der Bahnsteig als Ort der Liebesbeichte gestrichen.

Am besten, sie ist noch impulsiver und holt Torsten in seinem Hotel ab. Im Florint am nahen Heumarkt. Spontan wie in einer dieser romantischen Filmkomödien, in denen die Paare kurz vor Schluss endlich doch noch ihre Gefühle füreinander erkennen. Was die Liebenden – im Gegensatz zum Zuschauer – derart überrascht, dass sie Geschäftsflüge nach Hongkong sausen lassen, aus im Stau stehenden Taxis springen, über hupende Autos klettern und durch halb New York aufeinander zujoggen, um einander ewige Liebe zu schwören. Im Abspann sieht man dann das Brautpaar vor der Hochzeitstorte oder hört Kirchenglocken läuten.

Nanu, sie hört tatsächlich Glocken. Ach so, das ist der Dom. Sieben Schläge zählt Annika. Wenn das kein Zeichen ist! Verschmitzt zwinkert sie der Kathedrale zu. Sie muss nur duschen, auschecken, ihren Koffer in einem Schließfach deponieren, und schon ist sie frei zu tun, was ihr Herz begehrt: Torsten abholen.

Mit unbändigem Elan flitzt Annika zum Bett zurück und aus Versehen in die Absätze der Pradas. Barfuß. Aua!

Die Absätze sind wirklich mörderisch spitz.

4.

Glück ist, was passiert, wenn Vorbereitung auf Gelegenheit trifft.
Seneca

Dicht über Hans Nittenwilms Nase schwebt ein Frauengesicht. Das Gesicht erinnert an ein betagtes Rotkehlchen mit Kringellöckchen. Schmalnasig und zartknochig staunt es aus plüschbraunen Knopfaugen in die Welt hinein.

»Soll ich Ihnen die Brille reichen?«, fragt das Gesicht. »Ach was, ich setze sie Ihnen gleich auf die Nase.« Sagt es und tut es und schwätzt ununterbrochen weiter.

Entsetzt schließt Hans die Augen. Sein Kopf fährt mit ihm Karussell. Er lupft das linke Augenlid, um es zu stoppen.

Martha Spielvogel sitzt nach wie vor auf seiner Bettkante und zupft den Ausschnitt eines rotgeblümten Kleides zurecht, das sie gestern Abend schon getragen hat. Hans erkennt den Klatschmohn wieder. Schrecklich laute Farbe, passt zu ihr.

»Was ... was machen Sie hier?«, stammelt er und zieht schutzsuchend seine Decke bis ans Kinn. Die Decke knistert. Ihr Bezug ist aus gestärktem Leinen, und sie ist zu kurz, um seine lange Gestalt samt Bauchhügel bis zu den Fußspitzen zu verbergen. Aber das ist ja auch gar nicht seine Bettdecke!

»Wo bin ich überhaupt?«, setzt Hans heiser hinterher. Seine Kehle ist rau wie Schmirgelpapier, in seinem Kopf arbeitet ein Hammerwerk.

»In Zons«, trällert die Spielvogel. »Weiter sind wir gestern nicht gekommen. Macht nichts. Selbst der längste Weg beginnt mit dem ersten Schritt, und Schloss Friedestrom ist ein wirklich zauberhaftes Hotel. Der Rheinblick ist sa-gen-haft. Genau, wie Sie es mir gestern versprochen haben.«

Wie? Was? Hans versteht gar nichts mehr.

Die Spielvogel guckt streng. »Immer können wir uns solche Hotels natürlich nicht leisten. Bis Sie Ihr Erbe in Brandenburg antreten können, müssen wir die Reisekasse schonen. Falls es überhaupt noch ein Erbe gibt. Dem letzten Schreiben des Notars nach zu urteilen, trägt sich die Erblasserin mit dem Gedanken, andere Verwandte zu begünstigen, falls Sie sich nicht umgehend melden. Der Brief klang überaus dringlich.«

Hans schüttelt sich, seinen schmerzenden Schädel. Den vor allem. In der Hoffnung, wenigsten ihn zur Vernunft zu bringen. Es hilft nicht, doch immerhin nimmt der Raum klarere Konturen an. Genau wie die Quasselstrippe auf seiner Bettkante.

»Was soll das alles? Warum sind wir hier?«, versucht Hans krächzend, Ordnung ins Chaos zu bringen.

»Aber Herr Nittenwilm«, seufzt die Spielvogel, »haben Sie denn wirklich alles vergessen, was gestern Nacht geschehen ist?«

Ja, hat er. Bis auf Frau Spielvogels Postdiebstahl und die vermaledeite Karussellfahrt Hand in Hand mit ihr. Himmel, was ist danach passiert? Ihm drängt sich eine Vermutung auf, die ihm vor Schreck fast die Kehle zuschnürt.

»Habe ich heute Nacht etwa … Ich meine …« Hans räuspert sich, wagt kaum weiterzusprechen. »Haben Sie und ich heute Nacht in diesem Bett zusammen …« Er bricht ab. So tief kann er unmöglich gesunken sein.

Oder doch?

»Ob wir zusammen geschlafen haben?«, beendet die Spielvogel unbekümmert seine Frage. »Aber natürlich! Wunderbare Matratze übrigens, so breit und elastisch, finden Sie nicht?« Zum Beweis hüpft sie im Sitzen darauf auf und ab.

Hans' Magen gerät ins Schlingern. Diese Person ist der wandelnde Brechreiz.

»Zwei Einzelzimmer wären ja doppelt so teuer gekommen«, plappert Martha Spielvogel munter weiter. »Jetzt gucken Sie nicht so entsetzt. Wir sind doch beide erwachsen, sogar mehr als das und ... Oh, ach so! Ich Dummerle. Sie wollten wissen, ob wir Sex hatten?«

Hans' Finger krallen sich in den Saum der Bettdecke. Unwillkürlich entfährt ihm ein jaulender Laut, seine Ohren werden heiß vor Scham. Nie, nie wieder wird er einen Tropfen Alkohol anrühren. Oder Zimtmandeln. Und schon gar nicht Frau Spielvogel.

»Aber, aber, Herr Nittenwilm, Sex ist doch nicht verboten«, flötet es neben ihm. »Oder verwerflich. Schon gar nicht in unserem Alter. Da ist er höchstens unmöglich. Jedenfalls auf die Schnelle. Nun, ich darf Sie beruhigen: Als Ihre Therapeutin bin ich quasi geschlechtsneutral.«

»Als meine ...«, will Hans sie unterbrechen. Stattdessen unterbrechen ihn ein staubtrockener Hustenanfall und Frau Spielvogel.

»Sexuelle Kontakte mit einem Klienten verbieten sich aus rechtlichen, ethischen und professionellen Gründen. Wir möchten ja kein Abhängigkeits-, sondern ein Vertrauensverhältnis entwickeln, nicht wahr? Apropos: Hatten Sie denn entsprechende Fantasien? Mit mir?«

Hans stemmt sich im Kissen hoch. »Nein! Nie im Leben könnte ich mit Ihnen ... Das ist doch grotesk!«

»Aber im Gegenteil«, wirft die Spielvogel ein und klingt geradezu widerlich entzückt. »Nach Ihrer traumatischen Trennung von Hilde wäre es ein Zeichen der Gesundung, wenn Sie diesen primären Triebimpuls nicht länger verdrängen würden. Freuds Lustprinzip ist bekanntlich –«

»Halten Sie den Mund! Sie sind nicht meine Therapeutin. Sie sind überhaupt keine Therapeutin!«, donnert Hans und zuckt angesichts der eigenen Lautstärke zusammen. Sein Kopf bestraft den Ausbruch mit einem Schmerzgewitter und Drehschwindel. Seine ausgedörrte Kehle reagiert mit Brennen und Kratzen.

»Also, Ihr Filmriss ist wirklich gewaltig«, legt Frau Spielvogel ungerührt nach. »Sie haben mich gestern auf der Kirmes engagiert. Auf dem Kettenkarussell. Mit Handschlag. Als Begleitung in der Erbangelegenheit und wegen der damit verbundenen, womöglich schmerzlichen Kindheitserinnerungen. Herr Krusewitz war dabei und kann das bezeugen.«

»Dann sind Sie mit sofortiger Wirkung gefeuert!«, protestiert Hans heiser. Er muss wieder husten. Als Frau Spielvogel ihm ein Glas Wasser reichen will, reißt er dennoch beide Hände hoch. Diese verdrehte Nervensäge soll es ja nicht wagen, auch noch Krankenschwester zu spielen.

»Wie komme ich überhaupt hierher?«, krächzt er feindselig und den Hustenanfall mannhaft unterdrückend.

»Na, zu Fuß natürlich«, trillert fröhlich, ja, triumphierend die Spielvogel. »Sie wollten mir gestern noch das Sternbild vom Bärenhüter am Nachthimmel zeigen. Und die Venus. Da konnten wir gleich für unsere Wanderungen durch Brandenburg trainieren. Zu Fuß sind Sie etwas aus der Übung. Dafür haben Sie auf Ihrer Geige nichts verlernt!« Sie verdreht schwärmerisch die Augen in Richtung Decke.

»Auf meiner ... meiner ... Geige«, stammelt Hans völlig entgeistert. Die verstaubt doch seit Jahrzehnten im Keller.

Frau Spielvogel nickt begeistert. »Oh ja! Die wollten Sie

unbedingt mitnehmen, um mir etwas vorzutragen. Ich wusste gar nicht, dass man *While My Guitar Gently Weeps* auch auf der Geige spielen kann. Bei dem Lied geht es doch um eine Gitarre! Na, wahrscheinlich kann man die Beatles sogar auf dem Kamm blasen. So was von eingängig. Zum Glück spielen Sie kein Klavier wie Ihr Freund Krusewitz. Das könnten wir nicht mit auf Reisen nehmen, schon gar nicht auf unsere Wanderungen.«

Hans fährt jäh nach oben. Unbändiger Zorn macht das seinem Bauchberg zum Trotz möglich. »Welche verfluchten Wanderungen?«, stößt er, so laut es ihm eben noch möglich ist, hervor.

Frau Spielvogel bleibt unbeeindruckt. »Na, unsere Wanderungen durch Ihre alte Heimat Brandenburg. Wer nach Brandenburg reist, muss dort wandern, haben Sie gesagt. So wie weiland Fontane. Ich finde, das ist eine fabelhafte Idee, wo Sie doch abnehmen wollen.«

»Abnehmen? Ich will gar nicht ...«, setzt Hans an, kommt aber nicht weit. Frau Spielvogels Redeschwall rollt tsunamigleich über ihn hinweg. »Vorher müssen wir aber zu diesem Notar und Rechtsanwalt in Templin, und dann forschen wir nach Ihrer verschollenen Mutter ...«

»Ich habe keine Mutter«, bricht es schroff aus Hans hervor.

»Unsinn.« Frau Spielvogel winkt mit flatternder Geste ab. »Jeder Mensch hat eine Mutter. Sie Glückspilz hatten sogar zwei, wenn ich alles richtig verstanden habe, was Sie mir erzählt haben.«

»Ich habe Ihnen von meinen, ich meine, von meiner ...« Hans unterbricht sich rasch. Vorsicht! Vorsicht! Er redet schon wieder zu viel. »Meine Mutter Margarete Nittenwilm ist seit zwanzig Jahren tot«, beendet er das Thema. Das war's. Ab jetzt wird er eisern schweigen.

Anders als die Spielvogel. Die redet munter weiter. »*Die* Mutter meine ich doch nicht. Ich meine Ihre *leibliche* Mutter! Die, die in den Briefen vom Rechtsanwalt erwähnt wird. Leider ohne genaue Namensnennung. Schrecklich diskret, dieser Mann.« Ihr Gesicht legt sich flüchtig in Kummerfalten. »Aus seinen Briefen lässt sich lediglich schließen, dass sie ebenfalls tot ist. Muss sie ja. Sonst könnten Sie schließlich nichts von ihr erben.«

Hans hält sich an sein soeben gefasstes Schweigegelübde. Er ist 67 Jahre lang sehr gut ohne leibliche Mutter ausgekommen und sie ohne ihn. Bevor die blöden Briefe kamen, hat er nicht einmal gewusst, dass er überhaupt eine hatte. Und was soll er in seinem Alter mit einer neuen Vergangenheit? Noch dazu mit einer im Osten, kurz nach dem Krieg. Er will gar nicht wissen, was da im Jahr 1947 los gewesen ist. Seine Kindheit als Flüchtlings- und Barackenkind im Westen hat ihm vollauf genügt.

Martha Spielvogels Kummerfalten lichten sich. »Aber Ihre Tante mit dem hübschen französischen Namen, diese Laurette de la Barré, die lebt. Noch jedenfalls. Sonst hätte sie den Notar in Templin ja nicht mit der Erbensuche beauftragen können. ›De la Barré‹ hört sich adlig an. Vielleicht haben Sie ja blaues Blut! Könnte doch sein. Dann wären Sie ein Valentin de la Barré. Halt, da fehlt noch der Hans ... Ich glaube, in Frankreich wird daraus ein Jean. Ein Baron würde sich dazu prachtvoll machen: Baron Jean-Valentin de la Barré. Mein Gott, wie das klingt! Man möchte glatt knicksen.«

Lächerlich! Hans windet sich. Er ist doch keine Figur aus Friseurmagazinen wie dem *Goldenen Blatt*.

»Fragt sich nur, wie französischer Adel nach Brandenburg kommt«, fabuliert die Spielvogel unverdrossen weiter. »Und wie er die Russen und den Sozialismus überlebt hat. Na, mit vereinten Kräften werden wir das Geheimnis schon lüften. Unser lieber Freund Krusewitz hat bereits Kontakt zu Ahnenforschern vor Ort aufgenommen. Und jetzt raus aus dem Bett! Ich gehe vor und sichere uns einen Platz im Frühstückssalon. Für Sie eine Portion Eier mit viel Speck? Ohne Brot macht das nicht dick, habe ich in einem Heilpraktikermagazin über Steinzeitkost gelesen. Nach neuesten Erkenntnissen macht Fett sogar schlank. Sie müssen nur genug davon essen. Ist das nicht fan-tas-tisch?« Sagt's, hüpft vom Bett und ist bereits an der Tür.

»Frau Spielvogel«, kräht Hans in höchster Not, reißt die Decke weg und wuchtet sich mit Titanenkräften, die ihn selbst erstaunen, aus dem Bett. »Ich werde weder mit Ihnen frühstücken noch verreisen! Ich will umgehend nach Hause!«

»Dann sind Sie in Brandenburg goldrichtig, mein Lieber ... allerdings nicht in solchen Unterhosen.« Frau Spielvogels rechter Zeigefinger schnellt vor und deutet auf Regionen, die Hans völlig aus dem Konzept bringen. »Ts, ts, ts, wir haben doch nicht Weihnachten«, setzt sie nach.

Weihnachten? Unterho...? Hans schaut alarmiert an sich herab. Bestürzt zieht er das Plumeau vom Bett und bedeckt seine betagten Boxershorts samt den rotnasigen Rentieren, die sie zieren.

Frau Spielvogel legt den Kopf schief, ohne ihren Rotkehlchenblick von seinem nunmehr verhüllten Intimbereich abzuwenden. »Da müssen wir was Neues kaufen, bevor wir in Köln in den Zug steigen«, beschließt sie. »Wanderhosen brauchen Sie auch. In Ihrer zerlumpten Jeans nehme ich Sie nicht mit zum Notar und erst recht nicht zu einer womöglich blaublütigen Erbtante. Adel verpflichtet, mein Lieber!«

Dieser unfassbare Irrsinn muss aufhören! Sofort. »Ich werde in keinen Zug einsteigen«, sagt Hans so beherrscht wie möglich, schließlich hat er es mit einer vollkommen Verrückten zu tun.

»Natürlich werden Sie in den Zug einsteigen«, beharrt Frau Spielvogel auf ihrer Wahnidee. »Wir wollen zwar *in*, aber doch nicht *bis* Brandenburg laufen! Da würden wir unseren lieben Krusewitz und Jannik doch nie im Leben einholen. Wobei mir einfällt, dass Ihr Enkel Trekkingschuhe benötigt. Er sollte nicht die ganze Zeit mit Ihrem Mercedes herumfahren. Das Abenteuer Landstraße erlebt man am besten zu Fuß. Wie heißt es so schön bei Goethe: ›Nur wo du zu Fuß warst, bist du auch wirklich gewesen.‹«

»Mein Enkel?«, stößt Hans perplex hervor. Er würgt die Bettdecke vor seinem Bauch, möchte erneut losbrüllen, kann aber nicht mehr. Beim besten Willen nicht. Verfluchter Alkohol. »Was zum Kuckuck hat Jannik mit diesem Irrsinn zu schaffen?«, krächzt er.

Und mit dem Benz, stottert sein Brummschädel, während er vor seinem inneren Auge entsetzliche Unfallszenarien produziert.

Frau Spielvogel schweigt. Genauer gesagt schweigt die Zimmertür, die sie mit einem fröhlichen »Bis glei-hei-ch!« fest hinter sich zugezogen hat. Über den Flur hallt ein Lied. Es handelt sich um »Auf, du junger Wandersmann«.

Die Frau ist wahnsinnig, komplett wahnsinnig.

5.

Jannik kniept mit den Augen den letzten Rest Dämmerung weg und liest noch einmal, was auf der Lasterplane steht: »SIE FAHREN AUF DER FLASCHEN SEITE«, und darunter klein: »Bier aus artgerechter Haltung – Getränkespedition Bieberjahn/Brandenburg«.

Flaschenseite? Pft! Sehr witzig, die Ossis!

Mann, Mann, Mann. Wenn er sich nicht irrt, lacht sich der Mann im Fahrerhäuschen des Getränkelasters gerade schlapp, während er höhnisch hupend rechts an Jannik vorbeizieht. Gibt's nicht. Der lacht über ihn!

Jannik presst das Gaspedal bis zum Anschlag durch und drückt sich wie ein Rennfahrer in die Rückenlehne, reckt den Hals. Leider ist er auch mit seiner Igelfrisur nicht der Allergrößte. Das könnte den Lasterfahrer nebenan auf dumme Gedanken bringen. Von wegen Zwerg am Steuer, minderjährig und so. Dazu ein durchgeknallter Greis als Beifahrer.

Schneller Seitenblick auf Krusewitz, der gerade mit flatternden Lippen Posaunentöne furzt. Auch das noch.

Jannik pumpt weiter das Gaspedal. Dem Lasterfahrer wird er's zeigen. Da, jetzt hat er ihn geputzt. Fehlt nur noch Nummer drei. Auch geschafft. Blinkerhebel nach oben, Rückschwenk auf rechts, runter vom Gas.

Na also, Überholen klappt fehlerfrei. Zum Glück ist hier alles flach wie ein Brett, sodass man einem davonlaufenden Hund tagelang hinterhersehen könnte. Bergauf bewegt sich Opa Hans' Mercedes-Kombi TD 240 nämlich nur im Tempo einer Wanderdüne. Ist halt 'ne hochbetagte Rentnerschüssel, Baujahr '84. Dafür hat das Ding erst 237 000 Kilometer auf dem Tacho.

»Das ist ein Fliegenschiss für einen alten Benzmotor«, hat Wodka versichert, als er den Mercedes gestern inspiziert hat. Allenfalls ein paar Schweißarbeiten könnten demnächst fällig werden. Wegen Rost und so. Das hält Wodka aber für unwahrscheinlich, weil Opas Benz seit Langem so gut wie unbewegt in der Garage stand. Seit Oma Hildes Abgang verbringt Opa ja die meiste Zeit im Bett. Ebenfalls unbewegt.

Jannik runzelt die Brauen. Dabei war Rumfahren und Draußensein für Opa früher das Allergrößte: durch Parks und Wälder spazieren, tote Bäume markieren, Wanderwege und Abenteuerspielplätze planen, Kindern den Wald erklären – was man halt so macht als Beamter im Grünflächenamt. Seit Opa nicht mehr im Wald herumspaziert und sogar seine geliebte Obstbaumzucht im Garten aufgegeben hat, ist er ziemlich dick geworden. So dick, dass Mama sich sogar noch mehr Sorgen um ihn macht als direkt nach Omas Weggang. Darum bringt sie ihm abends immer Salat vom Baumarkt mit. Aus der Kantine natürlich. Der macht Opa aber nicht dünner, sondern noch unglücklicher und landet wie Frau Spielvogels Rohkost meistens im Abfall.

Direkt nach der Trennung von Oma Hilde hat Opa sich für einen Monat komplett ins Bett gelegt. Jalousien runter, Telefon gekappt, Klingel abgestellt. Fast wie tot. Als er sich gerade ein wenig berappelt hatte und ein paar Wochen auf den Füßen war, hat er dann urplötzlich einen Rückfall erlitten. Weil er die Sache mit Hildes neuem Lover, dem Scheidungsanwalt, spitzgekriegt hat, glaubt Mama. Jedenfalls ist Opa seither chronisch maulfaul und schlafkrank. Darum sind Mama und er vor einem Jahr wieder bei ihm eingezogen. Anfangs hat Jannik sich darüber sogar gefreut. Bei Opa Hans und Oma Hilde ist er ja quasi aufgewachsen, als Mama ihr Abi nachgeholt und eine Weile wild in der Gegend herumstudiert hat. Damals war Opa anders. Komplett anders. Den konnte nichts umhauen. Quicklebendig war er. Gesellig. Lustig. Und redselig. Das vor allem.

Jannik nickt. Opa hat ihm von klein auf immer Gutenachtgeschichten erzählt. Lauter altes Zeug von Huck Finn oder dem Geist in der Mittagssonne, von der Schatzinsel und Robinson Crusoe. Crusoe ist cool. Jannik schielt kurz über die Schulter zum Rücksitz. Da liegt der Robinson neben seinem Rucksack. Er will das Buch nochmal lesen, wenn er in Brandenburg Fahrpausen hat. Jannik wendet sich wieder der Fahrbahn zu. Opa hat ihm mal versprochen, dass sie zu Robinsons Insel fahren, wenn er groß ist. Also zu der echten Insel. Die gibt's ja. Im Südpazifik. Sechshundert Kilometer westlich von Santiago de Chile. Da wollten sie hin. Echte Abenteuer erleben so wie Opa früher, als er jung war. *Später mal.*

Schöner Mist. Jetzt ist viel später, und passiert ist nie was in diese Richtung. Bis heute Nacht. Brandenburg ist zwar nicht Robinsons Insel, aber immerhin ein Anfang. Auch wenn er keinen kennt, der da ernsthaft hinmöchte. Nur ein Irrer wie Krusewitz.

Jannik konzentriert sich auf ein blaues Hinweisschild. Noch 98 Kilometer bis Berlin. Er muss aber vorher abfahren. Beim Dreieck Werder. Da geht's dann laut Routenplan, den ihm Wodka aus dem Internet ausgedruckt hat, rechts lang.

»Rechts, rechts, rechts!«, wiederholt Jannik im Stillen. Er starrt beschwörend seine Hände an. Wodka wollte ihm schon einen Gummi ans rechte Handgelenk machen oder mit Kuli »Hier ist rechts« draufschreiben. Es wird aber auch so klappen. Links abbiegen geht auf einer Autobahn ja schlecht.

Jannik fasst das Lenkrad fester. Fühlt sich gut an, wie der

ganze Benz. Die Sitze sind so weich gefedert, dass man glaubt, man fährt ein Sofa spazieren. Jannik lächelt versonnen. Als Kind hat er immer davon geträumt, einfach morgens im Bett zur Schule zu fahren. Opa Hans hat ihm darum irgendwann ein altes Lenkrad ans Kopfende gebastelt, und seine Mutter hat ihm Glühbirnen auf die Bettpfosten montiert. Studieren war nie ihr Ding, aber handwerkeln, das konnte sie dank Opa schon immer. Scheinwerfer und Blinker, alles war verkabelt und funktionstüchtig, und eine Hupe gab's auch.

Um das Bett hat ihn der halbe Kindergarten beneidet. Um den Opa erst recht. Und seine Mama mit dem Handwerkskasten fanden auch alle obercool, nachdem sie einmal eine Kindergartendisco samt Lichtorgel organisiert hatte. So viel zu seiner schweren Kindheit, die er sich nur für die Spielvogel zusammengedichtet hat. Pfff!

Zusammen mit Opa hat er mit dem Auto-Bett bestimmt ein paar Tausend Kilometer runtergerissen. Zum Mond sind sie auch geflogen. Mit runden Waschkartons überm Kopf. Das waren die Raumhelme. Opa hat Schlitze reingeschnitten und aus einem alten Gartenschlauch Mundstücke gebastelt. Zum Atmen im All. Sie sind wie Luke Skywalker und Ben Kenobi durchs gesamte Universum gesaust. Das Weltall hatten sie in den Sommerferien auf die Wände und die Kinderzimmerdecke gemalt – mit gelber Leuchtfarbe und sämtlichen Sternbildern. Großer Wagen, Venus, die Plejaden. Jannik durfte mit einer Schuhbürste und einem Sieb die Milchstraße aufspritzen, und am Ende hat Opa den Mond aufgehängt. Eine von diesen riesigen Martinslaternen.

Mann, Mann, Mann. Seit er bei Frau Spielvogel seine Therapie macht, muss er ständig an früher denken. Oberpeinlich, mit achtzehn. Anders als der Benz unter seinem Hintern. Der ist laut Internet eine Rarität und *old school*, weil man die Baureihe W123 gewöhnlich nur noch am Taxistand in Marrakesch oder bei Oldtimertreffen zu Gesicht bekommt, sagt Wodka. Lässig die Karre, erst recht in Erbsengrün. Die Farbe ist voll retro. Darum wollte er Vanessa gestern Nacht vor der Abfahrt noch ein Selfie von sich vor dem Kombi aufs Smartphone schicken. Hand am Stern. Ohne Text – logisch. Vanessa zu texten, hat seine Mutter verboten, und wenn er sich nicht dran hält, muss er noch ein paar Hundert Stunden freiwillige Sozialstunden bei Krusewitz abreißen. Aber nicht für Fotos. Instagrams hat seine Mutter nicht ausdrücklich untersagt.

Blöd nur, dass sich in letzter Sekunde Opa Krusewitz ins Selfie mit Opas Benz gemogelt und völlig verpeilt gewinkt hat. Krusewitz ist zwar auch *old school*, aber nicht lässig. Wodka hat sich vor Lachen weggeschmissen und auf »Senden« gedrückt, bevor Jannik es verhindern konnte. Danach hat die Spielvogel sein Handy konfisziert. »Das brauchst du bis Brandenburg nicht«, hat sie behauptet.

»Doch, das brauche ich«, hat er gejapst und sich geärgert, dass er wie ein Hosenscheißer an der Supermarktkasse klang.

»Wofür?«

Dämliche Frage.

»Um nach Hause zu telefonieren.«

Zugegeben, das klang noch dämlicher. Nach Hosenscheißer und nach diesem Außerirdischen, diesem E. T. aus dem Film, den Mama immer guckt, wenn sie mal heulen und große Gefühle haben will.

Aber am allerdämlichsten war Frau Spielvogels letzter Satz in dieser Sache: »Für Notfälle gibt es Münzapparate!«

Hä? Wo? Hinter den sieben Bergen bei den sieben Zwergen? Mann, Mann, Mann. Das sind so die Tricks und Macken von der Spielvogel, mit denen er überhaupt nicht klarkommt.

Janniks Miene verfinstert sich weiter. Etwa ein Kilometer

vor ihm fädeln sich rote Rücklichter wie Perlen auf einer doppelreihigen Schnur auf, immer dichter wird der Verkehr. An einem Stahlträger über der Autobahn leuchtet ein Schild auf: Baustelle.

Das darf nicht wahr sein! Er fährt mitten in einen Riesenstau hinein. Mann, Mann, Mann, das versaut ihm total den Schnitt und die Laune. Außerdem hat er Staufahren nicht gelernt.

6.

Wer alle Sorgen dieser Welt vergessen will, braucht nur Schuhe zu tragen, die eine Nummer zu klein sind.
Mark Twain

Mit zusammengebissenen Zähnen humpelt Annika Nittenwilm auf den nächsten Wegweiser zum Kölner Florint-Hotel zu. Hoffentlich ist das der letzte. Verfluchte Pradas! Diese Slingpumps sind ein Fehlkauf und ein Mordanschlag auf ihre Füße. Nie, nie wieder wird sie den Beteuerungen einer ebenso durchtriebenen wie hochbegabten Schuhverkäuferin vertrauen.

Von wegen: »Slingbacks können Sie bedenkenlos eine Nummer kleiner nehmen. Hinten am Riemchen geben die nach.« Glatte Lüge.

»Zum halben Preis sind echte Pradas ein Schnäppchen.« Stimmt nicht!

»In diesen Schuhen erinnern Sie an Audrey Hepburn.« Völlig absurd. Die berühmteste Ballerina-Trägerin aller Zeiten hätte sich nie im Leben Zwergenschuhe mit Zehn-Zentimeter-Stiletto-Absätzen aufschwatzen lassen. Auch nicht als reduzierte B-Ware. Sie schon.

Okay, okay, versucht Annika, ihre Ehre und Selbstachtung zu retten, die Pradas waren ja auch mehr zum Sitzen gedacht. Nicht zum Laufen. Ihr Fehler, sie für einen Weg von anderthalb Kilometern quer durch Kölns kopfsteingepflasterte Altstadt anzuziehen, nur weil das Florint eine Fünf-Sterne-Nobelherberge ist.

Annika lehnt sich seufzend gegen den Wegweiser, winkelt das rechte Bein nach hinten ab und betastet durch die zu enge Schuhspitze ihre schmerzenden Zehen. Wenn die sprechen könnten, würden sie jetzt lauter schreien, als ihr Magen knurrt. Und das tut er vernehmlich.

Warum hat sie nicht einfach bequeme Turnschuhe angezogen und die verflixten Slingbacks in eine Tüte gepackt, um sie erst kurz vor dem Florint anzuziehen? Außerdem hätte sie in der Pension in Ruhe frühstücken sollen, das war schließlich im Preis inbegriffen und wäre vernünf-

Halt, stopp, aus! Energisch gebietet Annika sich Einhalt. Sie hat sich doch fest vorgenommen, unbekümmert und spontan zu sein. »Schließlich fährst du nach Paris«, feuert sie sich an und humpelt ein paar Schritte vorwärts.

Ja, sie fährt nach Paris. Auf Einladung von Torsten.

Dass die Schuhe viel zu klein sind, ist da egal – hier geht es schließlich um echte Liebe, prickelnde Leidenschaft, verzehrende Sehnsucht. Davon wird sie sich nicht von einem Paar zu enger Pradas abhalten lassen.

Annika biegt in eine schmale Altstadtgasse ein. Na endlich, am Ende der Gasse liegt das Florint. Und vor ihr: noch mehr Kopfsteinpflaster, dazu Schlaglöcher und ein Bürgersteig, der wegen Kanalarbeiten abgesperrt ist. Mindestens dreihundert Meter pure Folterstrecke. Das ist so was von typisch Köln!

Den Mund zum festen Strich zusammengepresst, tippelt, stakst und schwankt Annika voran. Sie muss reichlich bekloppt aussehen. Nur gut, dass es für ihren Eiertanz auf Absätzen hier kaum Zeugen gibt. Abgesehen von einem Kehrmaschinenfahrer, der plötzlich um eine Ecke schießt und Schleifen ziehend auf sie zurumpelt. Mist! Für die Kehrmaschine und sie fehlt es in dem handtuchschmalen Gässchen an Platz.

Annika äugt entnervt zum gesperrten Gehsteig zu ihrer Rechten. Mittendrin klafft eine Baugrube. Die Kehrmaschine hält erbarmungslos auf sie zu. Hat der Fahrer Tomaten auf den Augen? Sie greift nach einem Laternenmast, hangelt sich auf den Rand der Bordsteinkante und klammert sich an einem daran befestigten Abfallkorb fest. Ein Balanceakt, der jeder Seiltänzerin zur Ehre gereichen würde. Erst recht auf Zehn-Zentimeter-Absätzen und mit einer Baugrube im Rücken. Annika schwankt bedenklich.

Der Fahrer stoppt unmittelbar neben ihr und tippt grüßend an seine Mütze. Ganz der kölsche Gemütsmensch. »Is jestern wohl ziemlich spät und feucht jeworden, wat?«, fragt er augenzwinkernd und kippt sich pantomimisch einen hinter die Binde.

Na wunderbar, jetzt hält dieser jecke Müllmann sie auch noch für eine verirrte Nachteule mit Schlagseite! Wenn der wüsste, wie nüchtern, aufrecht und patent sie seit ein paar Jahren als Baumarktleiterin bei Billerbeck durchs Leben geht!

Der Latzhosenclown springt aus seiner Fahrerkabine und Annika quasi direkt vor die Füße. »Darf ich ma ran, Liebschen?«, fragt er breit grinsend und bereichert seine Stimme um eine heiser kehlige Note. »Janz dicht bei dich bei?«

Der hat sie wohl nicht alle! Hält der sie etwa für eine Nachteule oder eine Bordsteinschwalbe? Unfassbar, was ein Paar hohe Schuhe in den Köpfen mancher Männer anrichten kann!

Oder in ihrem eigenen. Der Müllmann deutet nämlich völlig unmissverständlich auf den Papierkorb. Hm, na ja, dann … Annika schwingt sich – noch immer den Mast umklammernd – ein wenig zur Seite. Der Müllmann kramt einen Sack unter seinem Sitz hervor, schlägt ihn knallend auf und befestigt ihn unter dem Abfalleimer am Laternenpfahl. »Ich tät ja beiseite jehn«, sagt er.

So ein Komiker! Wohin beiseite? Richtung Baugrube? Oder einen Schritt nach vorn direkt in den Gully? Annika verdreht verächtlich die Augen und schweigt. Hoheitsvoll, wie sie hofft. So, wie sie immer schweigt, wenn einer ihrer Angestellten im Baumarkt Mist baut.

»Ich mein ja nur ...« Der Müllmann zuckt mit den Schultern und betätigt einen Klapphebel an der Papierkorbseite.

Mit lautem Scheppern entlädt sich der Müll in den Abfallsack. Eine Flasche zerschellt am Boden der Tüte und reißt einen Schlitz hinein. Altes Bier schäumt und sickert hervor, verteilt sich großzügig über Annikas Schuhe, zieht sich an ihren Nylonstrümpfen hoch. Ihre Zehen heißen die feuchte Abkühlung willkommen. Annika nicht. Bestürzt begutachtet sie ihre eingeweichten Schnäppchenpumps. Jetzt sieht sie nicht nur aus wie eine betrunkene Nachteule, jetzt riecht sie auch so. Ganz penetrant sogar.

»Sie verdammter Idiot!«, herrscht sie diesen Einstein der Abfallentsorgung an.

»Ich han doch jesacht ›beiseite jehn‹«, verteidigt sich der Müllmann verlegen. »Na, mät nix, Kölsch jibt keine Flecken.« Er nestelt ein Taschentuch aus der Brusttasche seiner Latzhose und will sich bücken. Anscheinend, um ihr die Schuhe zu putzen.

»Lassen Sie das!«, faucht Annika.

»Ich wollt nur helfen, Liebschen«, beteuert treuherzig der Müllmann.

»Das können Sie sich ...« Annika unterbricht sich mitten im Satz. Eigentlich wollte sie sagen »Das können Sie sich sparen«, aber beim Anblick der Kehrmaschine übernimmt impulsiv ihre – laut Frau Spielvogel – fröhliche Veranlagung die

Führung. Für einen Moment hatte sie die glatt vergessen. Genau wie den Satz über das Universum, das sie auf dem Weg ihres Herzens mit allen Mitteln unterstützen wird. Warum nicht in Person eines Müllfahrers?

»Könnten Sie mich ein kurzes Stück mitnehmen?« Annika deutet zum Florint. »Nur bis zum Hoteleingang da vorne.«

»Dat wird ävver eng. Na, schmal, wie do bes, Mädche, jeht dat ald.« Der Müllmann schleudert den Müllbeutel auf die Ladefläche, springt zurück auf den Fahrersitz und reicht Annika gespielt galant die Hand. Er zieht sogar die Mütze. Kaum zwei Minuten später rumpeln sie beim Florint vor.

So würdevoll wie möglich humpelt Annika über den noblen roten Teppich die Marmorstufen hinauf, passiert elektronisch gesteuerte Schiebtüren und einen livrierten Portier, der sie mit professioneller Beiläufigkeit begrüßt. Weniger beiläufig starrt er der abfahrenden Kehrmaschine samt winkendem Müllmann hinterher.

Beschwingt und ihren wunden Füßen zum Trotz erreicht Annika die Rezeption. »Guten Morgen«, grüßt sie den Anzugträger hinter dem Tresen heiter. »Könnten Sie bitte Herrn Torsten Wellhoff Bescheid geben, dass seine Freundin da ist?«

Ach, tut das gut, dieses Wort endlich einmal frei und unbekümmert auszusprechen!

Der Rezeptionist mustert sie flüchtig und zieht leise, aber unübersehbar die Brauen hoch. Warum runzelt der die Stirn? Ihre Nase verrät Annika den Grund. Mist, sie stinkt wirklich penetrant nach Bier, kann aber auch schlecht sagen »Das sind nur meine Füße«. Also schweigt sie und lächelt tapfer, bis der Anzugträger zögernd ein floskelhaftes »Gerne« murmelt.

Annikas gute Stimmung ist sofort dahin. Dieses bescheuerte »Gerne« grassiert seit einigen Jahren im Verkaufssektor und Gastgewerbe epidemisch. Sie musste es bei Billerbeck auch einführen. »Gerne« gilt als neue Zauberformel der Kundenfreundlichkeit, mit der sich auch das pestlaunigste Arbeitsklima übertünchen lässt. Es soll Diensteifer und Freude am Job vermitteln. Lauter Qualitäten, die dem Rezeptionisten vor ihr eindeutig abgehen. Statt flugs nach dem Telefonhörer zu greifen, tippt der Kerl einfach stoisch auf seiner Computertastatur herum.

Frechheit! Torsten gehört doch zu den Stammgästen des Florint. Erst gestern hat die Wellhoff KG hier eine riesige Vertretertagung beendet.

Annika aktiviert ihren inneren Stahlträger und strafft die Schultern. »Sie können Herrn Wellhoff gerne sofort anrufen, um ihm meine Nachricht zu übermitteln«, verlangt sie in schroffem Jetzt-aber-mal-dalli-Ton. Auch wenn Fröhlichkeit ihre eigentliche Natur ist, bringt sie einen manchmal einfach nicht weiter.

»Das würde ich wirklich sehr gern tun«, kontert der Anzugsfritze, »aber ich entnehme gerade unserem Serviceprotokoll, dass Herr Wellhoff keinerlei Anrufe in seiner Suite wünscht. Weder geschäftliche«, er zögert kurz und senkt vertraulich die Stimme, »noch private.«

Oh. Ach so. Hatte sie ganz vergessen. Torsten hat in Hotels gerne seine Ruhe und schläft nach einer langen Konferenzwoche gerne aus ... Sehr gerne!

»Dann, äh, warte ich wohl am besten, bis er zum Frühstück herunterkommt«, erwidert Annika leicht aus dem Konzept gebracht, weil die Brauen des Rezeptionisten wieder zu arbeiten beginnen. Sie fahren kurz in die Höhe, sinken herab und ziehen sich über seiner Nasenwurzel zu einem missbilligenden Strich zusammen.

Was stört den jetzt schon wieder?

»Das können Sie gerne tun, aber – mit Verlaub – halten Sie das für eine gute Idee?« Fast bedauernd schaut er sie an.

Jetzt hört aber alles auf! So schlimm stinken ihre Füße nun auch wieder nicht nach Bier. Außerdem ist die halbe Lobby ein offener Barbereich. Der soll also mal nicht so tun, als würde da nur Mineralwasser konsumiert. Annika reckt kampflustig das Kinn. »Ich möchte etwas trinken. Geben Sie bitte sofort einem Kellner Bescheid«, sagt sie ganz Diva. Wozu trägt man schließlich Pradas! So rasch es ihre Füße zulassen, hinkt sie in Richtung Bar davon, bevor der blöde Rezeptionist mit einem »Gerne!« antworten kann.

7.

Jetzt hängt er schon seit einer Stunde in diesem blöden Stau vor Berlin. Eingeklemmt zwischen geschätzten fünfhundert dieselnden Monstertrucks aus »P« wie Polen, »LT« wie Litauen oder F wie Frankreich und nicht zu vergessen denen aus Brandenburg. Der blöde Bierlasterfahrer klebt ihm fast an der Stoßstange. Fühlt sich an, als sei er in ein internationales Elefantentreffen geraten. So viel zum Thema Freiheit, Abenteuer und Robinson. Das einzig Positive ist, dass Krusewitz das Singen eingestellt hat. Dafür schnarcht er jetzt wie ein Sägewerk. Missmutig schiebt Jannik sich seine letzte Minisalami in den Mund. Das Monsterblood wird auch knapp, während draußen die Temperaturen bereits Richtung Hochsommer klettern.

Puh, endlich kommt vor ihm Bewegung auf. Jannik kuppelt, tippt das Gas an, lässt den Benz ein paar Meter vorrollen und muss wieder bremsen. Links von ihm beginnt eine Blinker-Lightshow. Na prima, jetzt wird die Strecke zu allem Überfluss einspurig.

In seinen Gedanken kommt Jannik auch nicht richtig voran. Sie kehren ständig nach Nievenhoven zurück – nicht aus Sehnsucht, sondern eher besorgt bis panisch. Zum Beispiel wegen des dämlichen Selfies von sich, dem Benz und Krusewitz.

Hätte Wodka das doch nur nie abgeschickt!

Wenn Vanessa das Bild rumzeigt, hält ihn ganz Nievenhoven für eine komplette Flachpfeife, und Mama wird denken, er sei nicht nur ein Psycho, sondern unheilbar. Den Verdacht hegt sie ohnehin, seit er trotz einer drohenden Anzeige wegen Stalkings versucht hat, ein paar letzte Verse an Vanessa zu simsen: »Kann nicht schlafen, kann nicht essen, deine Augen nicht vergessen ...« Man kann seine Gefühle für jemanden schließlich nicht einfach abstellen, nur weil der andere es tut, oder?

Dummerweise hat er dann beim Versenden auf Wahlwiederholung und die falsche Nummer getippt. Das kam gar nicht gut an. Genauer gesagt, kamen die Verse sehr wohl an, nur nicht bei Vanessa, sondern bei Mama. Ausgerechnet! Weil in dem Gedicht auch was von »meinen heißen Küssen auf deine Lippen prall wie Sofakissen« vorkam, konnte er das Ganze schlecht als verfrühtes Muttertagsgedicht ausgeben.

Jedenfalls ist seither Schluss mit lustig. Wenn Mama jetzt noch spitzkriegt, dass er wegen Opas Mercedes nicht groß bei ihm nachgefragt hat, hält sie ihn endgültig für kriminell.

Jannik wird es schlagartig schlecht.

Immer mit der Ruhe, cool bleiben, beschwört er sich stumm. Für die Nummer mit dem Mercedes hat er eine astreine Entschuldigung: Das Auto hat er quasi im Auftrag seiner Therapeutin geklaut, nein ausgeliehen. Und die Spielvogel hat seine Mutter immerhin selbst ausgesucht.

Ha! Jannik nickt sich im Rückspiegel ermutigend zu. Und von wegen Psycho – wenn er eine Macke hätte, dann hätte er die garantiert von seiner Mutter. Die bräuchte nämlich mindestens ebenso dringend eine Therapie wie Opa. Seit sie vor zwei Jahren zur Filialleiterin bei Billerbeck aufgestiegen ist, kehrt sie immer gnadenloser die Chefin raus. Privat und im Job. Bloß keine Fehler machen oder Gefühle zeigen. Dabei sieht sie aus wie eine Elfe aus einem Manga-Comic für kleine Mädchen: eine ein Meter sechzig große Elfe mit kurzem schwarzen Fransenschnitt und Kulleraugen, die mehr und mehr zum Karrieremonster mutiert. Die soll mal nicht so tun!

Als er klein war, wollte Mama sich noch ständig verloben. Im Internet. Ist aber nie was draus geworden. Nach ein, zwei Treffen im *real life* war spätestens Schluss. Einen Grund, die Männer abzuschießen, hat sie immer gefunden: Mundgeruch, falsche Sockenfarbe, Scheidungsgejammer, kann einen Hammer nicht von einem Schraubenzieher unterscheiden, hat Augenbrauen wie Schnauzbärte, will nur einen Baustoffrabatt. Irgendwas war immer. Vor einem halben Jahr war sie dann noch einmal in einem Forum namens Neoromantics unterwegs. Das hat er durch Zufall entdeckt, als er seine Benutzerchronik auf ihrem Computer löschen wollte, nachdem er auf Vanessas Facebook-Seite unterwegs war. Eine extrem peinliche Seite, also die von den Neoromantics, nicht Vanessas Facebook-Account, der ist cool.

Allein die Forenregeln! Eindeutige Flirts sind bei den Neoromantics verboten, man darf allenfalls »virtuelle Rosen« verteilen. »Poetisches Sprachempfinden« ist erwünscht. Darum sind die meisten öffentlichen Posts im Forum über Google geklaute Gedichtfetzen mit Rosengarnitur oder Songtexte. *Copy and paste* pur, alles nur geklaut. Das hätte er sich mal bei seinen Hausaufgaben trauen sollen! Pfff!

Das Allerschärfste hat er aber bei der Lektüre des Kleingedruckten entdeckt: Das Neoromantics-Forum ist ein Seitensprungportal! Für frustriert oder zu lang Verheiratete, die eine heimliche Affäre suchen. Und nur darum wird von öffentlichen Flirts abgeraten. Über eine Affäre soll man im Hintergrund und per PN, also in privaten Nachrichten verhandeln. Könnte ja sein, dass die holde Gattin oder der ahnungslose Angetraute im öffentlichen Teil mitliest.

Mann, Mann, Mann. Jannik schüttelt den Kopf. Erwachsene können so was von krank und verlogen sein, sogar in der Liebe. Seitensprungportal! Geklaute Gedichte! Auf so was käme er nie im Leben, wenn Vanessa seine Freundin werden würde. Danach sah es immerhin schon einmal schwer aus, und es sah nicht nur so aus. Es fühlte sich auch so an. Das vor allem. So absolut ... so wie ... wie, na ja, wie dieser eine Kuss eben: weich und makellos und wundervoll und also irgendwie ... unbeschreiblich ... wie puh, na ja, wie Liebe eben sein sollte. Eher ohne Worte. Erst recht ohne Google-Gedichte. Oder Seitensprünge. Nur gut, dass seine Mutter schnell die Finger von den Neoromantics gelassen hat. Vor allem, weil sie in Sachen Liebe – anders als in geschäftlichen Dingen – nie Kleingedrucktes liest und außerdem zu viel Weißweinschorle trinkt, wenn sie nachts in Flirtportalen unterwegs ist. Das mit den Seitensprüngen hätte die bestimmt glatt übersehen.

Zur Sicherheit hat er noch ein paarmal in die Chronik der von ihr besuchten Seiten geschaut. Die Neoromantics müssen selbst seine Mutter so verschreckt haben, dass sie seit zig Wochen keine Flirtportale mehr angeklickt hat. Stattdessen setzt sie wieder voll auf Karriere und informiert sich wie besessen über führende Bodenbelaghersteller in Deutschland, Tagungshotels, Teppichseminare und Messetermine. Nicht eben prickelnd, aber wahrscheinlich ist es besser, dass sie mit der Liebe Schluss gemacht hat und mit ihren knapp 36 Jahren ganz auf den Beruf setzt, statt auf noch mehr falsche Kerle. Für die scheint sie ein echtes Händchen zu haben. Darum ist sie ja auch mit sechzehn allein schwanger geworden.

Also, natürlich nicht allein, geht ja nicht – logisch –, aber sein sogenannter Vater hat danach sofort die Biege gemacht und ist unbekannt verzogen. Mit Hilfe seiner Eltern. Angeblich nach Amerika. Da soll der mal schön bleiben – samt Mundgeruch und falschen Socken oder was auch immer bei dem nicht stimmte. Mama will eh kein Geld von ihm. Da hat sie ihren Stolz und er auch.

Seit gestern ist Mama mal wieder in »Familienurlaub«. Den braucht sie so alle sechs bis acht Wochen. »Familienurlaub« heißt bei ihr, solo zu verreisen, also ohne ihn und Opa. Für ein paar Tage mit unbekanntem Ziel völlig abtauchen. Während ihrer Familienurlaube gilt strikte Kontaktsperre, und Opa und er wissen nicht, wo sie ist. Simsen, mailen, anrufen ist allenfalls in Todesfällen erlaubt.

Das hat auch Vorteile, findet Jannik. So konnte er immerhin ohne schlechtes Gewissen nach Brandenburg abdüsen. Trotzdem ist es komisch, dass Mama von ihren Familienferien nicht mal Fotos mitbringt. Dass das nicht normal ist, findet auch Frau Spielvogel. »Bei deiner Mutter muss ich also auch eingreifen«, hat sie gesagt, besorgt die Stirn gerunzelt und kurz darauf ein Gespräch mit Mama geführt. Danach war die wie ausgewechselt. Richtig fröhlich und albern, fast schon wie früher.

Manchmal ist Frau Spielvogel wirklich ein echter Knaller. Vielleicht, gerade weil sie – laut Opa – nicht richtig studiert hat. Nur an der Volkshochschule und in Ferienseminaren auf Mallorca und Ibiza und bei irgendeinem Guru, der mal einen Bestseller hatte: *Jeder Mensch kann heilen* oder so.

»Ist doch Rille, Schnurz und Popel«, findet Wodka. »Hauptsache, sie drückt am Ende der Reise die tausend Euro plus Spesen ab.«

Genau. Jannik nickt erneut. Fünfhundert Euro Vorschuss hat er schon in der Tasche. Dafür wird er sich beim ersten Stopp in Brandenburg ein Smartphone plus Vertrag zulegen. Das alte, das Frau Spielvogel konfisziert hat, war sowieso ein grauenhafter Klotz aus der telefonischen Steinzeit. Testsieger im Jahr 2008. 2008! Da war er gerade mal zwölf und noch Mamis kleiner Murkel. Pfff. Das Teil hat noch alberne Drücktasten und einen grottigen MP3-Sound. Kein Wunder, es hat mal Opa gehört.

Ob die Spielvogel dem gestern Nacht noch wegen des Benz Bescheid gegeben hat? Sie wollte nochmal zu ihm hin. Nach dem Rechten schauen, weil Opa nach der Kirmes komplett überdreht war und spazieren gehen wollte. Sterne gucken mit Frau Spielvogel.

Tja, die Therapieerfolge nahmen gestern kein Ende. Eigentlich war Opa nur auf der Mai-Kirmes vorbeigekommen, um Frau Spielvogel den Marsch zu blasen, weil sie seine Post jetzt angeblich sogar aus der Mülltonne klaut. Ein eindeutiger Fall von Verfolgungswahn, den die Spielvogel mit kleinem Feigling kurieren konnte.

»Jetzt trinken wir erstmal einen«, hat sie Opa nach nur einem Satz fröhlich unterbrochen.

»Willkommen zurück, lieber Hans!«, hat Krusewitz zustimmend gegrölt. »Auf alte Zeiten! Warum hast du unsere Hilde denn nicht mitgebracht?«

Das war's. Danach brauchte Opa ganz viel Feigling.

Entweder war die Hilde-Nummer einer von Krusewitz' geistigen Aussetzern, oder die Spielvogel hat dem Kantor den Satz eingeflüstert. Könnte passen. Am Ende war Opa jedenfalls so stramm, dass er auf die Festzeltbühne wollte, um Musik von früher zu machen. Mit der Spielvogel. Es folgte ein Duett des Grauens. *Here Comes The Sun* in Karaokefassung, begleitet von Krusewitz auf dem Luftklavier.

Danach hat Frau Spielvogel Opa Hans noch auf ein Kettenkarussell gelotst. Anschließend war ihm total schwummerig, und die Sache mit Brandenburg war in null Komma nichts geritzt. Nicht, dass Opa genickt hätte, aber er hat auch nicht den Kopf geschüttelt. Frau Spielvogel hat das als Ja gewertet.

Oh, na endlich! Vor Jannik blinken Baustellenlichter auf,

der Verkehr kommt wieder ins Fließen. Er gibt Gas und beugt sich dichter übers Lenkrad, konzentriert sich auf die gelben Farbmarkierungen und rot-weiß geringelte Hütchen. Und – nanu was ist das? – auf ein merkwürdiges Geräusch. Ein schwer zu ortendes Klappern und Klirren. Das muss Krusewitz' Kasten Fachinger im Kofferraum sein. Oder? Nein, das Geräusch kommt eher von unten. Von links oder rechts? Auweia, ist das etwa der Motor? Quatsch, der ist vorne. Außerdem hat Wodka den gecheckt. Ungesund klingt's trotzdem.

Jetzt wird die Piste auch noch zum Slalomparcours plus Rüttelstrecke. Katatong, Katatong, Katatong ... rauscht und rumpelt der Mercedes über dicke Nähte im Beton. Mal lieber Fuß vom Gas nehmen ...

Zu spät.

Ein ohrenbetäubendes Scheppern und ein knallendes Geräusch, gefolgt von einem lang gezogenen Warnhupen vom Brandenburger Getränkelaster hinter ihm verheißen nichts Gutes. Der Benz röhrt auf wie ein angeschossener Elch, sein Heck spuckt Rauchfahnen. Die Scheinwerfer des Bierlasters blenden auf und geraten ins Schlingern. Oder ist das der Benz?

Das Signalhorn weckt Opa Krusewitz, der wissen will, ob die Russen kommen.

Nein, keine Russen, dafür rast eine Leitplanke direkt auf sie zu.

8.

»Wenn Sie so weitermachen, laufen Sie noch Löcher in den Bahnsteig«, seufzt Martha Spielvogel und lässt sich auf einen Schalensitz aus grauem Gitterstahl fallen. Autsch, darauf sitzt es sich so bequem wie auf einem Waffeleisen. Im Kölner Hauptbahnhof kennt man mit wartenden Zugreisenden offensichtlich genauso wenig Erbarmen wie mit Obdachlosen auf der Suche nach einem Schlafplatz. Mitleidig betrachtet sie einen Akkordeonspieler zwei Sitze weiter, der sich mangels Publikum über sein Instrument gebeugt ein Nickerchen gönnt.

Martha Spielvogel hat die Nase davon voll, Hans Nittenwilm hinterherzutippeln, der wutschnaubend und in Endlosschleife eine verrammelte Bratwurstbude umrundet. Samt Geigenkoffer. Immer im Kreis wie ein missmutiger Hamster im Rad. Da wird einem allein vom Zuschauen schwindelig. »Nun setzen Sie sich doch einfach mal hin«, drängt sie ihn.

»Ich kann nicht untätig rumsitzen, während mein Enkel in Brandenburg verschollen und noch dazu dank Ihnen telefonisch unerreichbar ist«, fertigt Hans sie barsch ab und linst nach oben, um die Anzeigentafel über ihren Köpfen zu studieren. Was ebenso sinnlos ist wie seine Rundwanderungen um die Bratwurstbude.

Noch immer gibt es auf ihr keine andere Nachricht zu lesen als die, dass der nächste ICE nach Berlin warnstreikbedingt neunzig Minuten später eintrifft. Also gegen fünf nach zwölf. Oder auch gar nicht. Die neunzig Minuten stehen nämlich schon seit einer Stunde dran und werden nicht weniger. Deshalb ist der Bahnsteig bis auf Martha, Hans und den Akkordeonspieler mittlerweile so leer wie der Hut des Wandermusikanten. Die meisten Streikopfer vertreiben sich die unbestimmte Wartezeit in den Shops, Restaurants und Snackbuden unterhalb der Gleishalle. Was Martha auch gerne täte, nur leider hat sie noch keinen Weg gefunden, Hans vom Bahnsteig wegzulocken.

Dabei braucht er wirklich dringend neue Hosen und diverse andere Kleinigkeiten. In seinen verbeulten Jeans, mit seinem Zauselbart und dem Geigenkoffer in der Hand könnte er glatt dem Akkordeonspieler Konkurrenz machen. Hoffentlich drückt ihm niemand aus Mitleid eine Münze in die Hand.

Nein, da besteht keine Gefahr, dafür wirkt er zu wohlgenährt. Dennoch oder gerade deswegen ist Hans Nittenwilms derzeitiges Aussehen wirklich eine Schande für einen Mann, den die Natur als vitalen Hünen geplant hat und keinesfalls als die ruhige Kugel, die er seit Hildes Weggang schiebt.

»Was fällt diesen dämlichen Lokführern ein, unangekündigt zu streiken?«, erregt Hans sich, während er eine weitere Runde dreht. »Noch dazu auf der Strecke Köln-Berlin! Ich will jetzt endlich los und nach Brandenburg.«

Sagt der Mann, der anderthalb Jahre kaum aus dem Bett gekommen ist!

»Alles kommt zu dem, der warten kann, Herr Nittenwilm«, flötet Martha einen unter Freizeitbuddhisten beliebten Kalenderspruch. »Sogar die Deutsche Bahn, nehme ich an.«

Hans Nittenwilm, kein Freund esoterischer Weisheiten, wie sie dank ihrer Haftnotizen-Kampagne in seinem Obstgarten weiß, wirft ihr einen Blick zu, der Mordlust signalisiert. Dann nimmt er den Fußmarsch um die Bratwurstbude wieder auf.

Kaum hat er ihr den Rücken zugekehrt, gluckst in Martha ein Lachen hoch, das sie schon viel zu lange unterdrückt hat.

Gott, ist sie gut! Wenn sie so weitermacht, ist der Mann in einem Monat kuriert, um einige Kilo schlanker, und sie ist um ein fürstliches Therapeutenhonorar reicher. Was Geld angeht, lassen sich ihre Auftraggeber wirklich nicht lumpen. Und sollte Hans Nittenwilms mysteriöses Erbe mehr als eine verrottende Altlast Ost sein, gibt es von ihm selbst vielleicht noch einen Bonus obendrauf. Könnte doch sein. Als Dank dafür, dass sie ihn pumperlgesund und vermögend gemacht und seine Familie glücklich wiedervereint hat.

Nur gut, dass sie regelmäßig Hans' Briefe durchgesehen hat, die er ungeöffnet in seine Mülltonne zu werfen pflegt. Das unverhoffte Brandenburger Erbe ist eine einzigartige Gelegenheit, Licht in die Vergangenheit von Familie Nittenwilm und Bewegung in Hans zu bringen. Unwillkürlich linst Martha nach oben. Fast möchte man meinen, dass eine höhere Instanz bei ihr mittherapiert. Obwohl sie es zweifellos auch ohne das Erbe und den Beistand von oben schaffen würde. Hans Nittenwilm ist ja ein puppenleichter Fall. Wie aus dem Lehrbuch: ein ganz normaler Mensch, der seine Gefühle zu lange in sich hineingefressen hat und nicht bemerken will, wie krank ihn das macht. So was kommt unter normalen Menschen geradezu epidemisch vor.

Deshalb muss sie im Fall Hans zunächst für heftige Gefühlsausbrüche sorgen. Ganz klar. Zur Not bis an die Grenze zum Wahnsinn, also die sprichwörtliche, nicht die echte. Da muss man schon aufpassen. Die Dosis macht das Gift, wie schon Paracelsus wusste. Im geheilten Zustand kann Hans dann selbst entscheiden, wie viel Empfindsamkeit und welche Form von persönlichem Wahnwitz ihm guttun. Mit dem Mut zur eigenen Macke und abseits vom Gewöhnlichen lebt es sich nämlich besonders lang, fröhlich und gesund. Niemand weiß das besser als sie. Oder Menschen wie Kantor Krusewitz, der ihr in

Sachen Hans eine wirklich große Hilfe ist. Originale wie der Kantor sind im Leute-irre-machen echte Naturtalente. Dafür hat sie darin ein Diplom. Das Sommerseminar »Lieber glücklich und gesund als normal und krank« hat sie als Kursbeste bestanden, direkt im Anschluss hat sie den Auftrag Hans Nittenwilm eingeheimst. Und das als blutige Anfängerin! Na, immerhin bringt sie Lebenserfahrung mit. Reichlich Lebenserfahrung. Nach fünfzig Jahren Rummelplatz ist ihr nichts Menschliches fremd.

Vergnügt zerrupft Martha eines der Croissants, die sie vom Frühstücksbuffet in Schloss Friedestrom hat mitgehen lassen. Sie teilt es gerecht mit einer einbeinigen Taube, die an der Bahnsteigkante herumhüpft. Martha kaut genüsslich. Sie hat sich wie ihr Sitznachbar, der Akkordeonspieler, eine Kunstpause verdient. Die Rolle der therapeutischen Nervensäge strengt im 24-Stunden-Einsatz nämlich ziemlich an.

Wo nehmen Ehefrauen nur den Elan her, ihre Männer Tag für Tag aus dem Bett oder vom Sofa hochzuscheuchen, wenn die in die Jahre kommen und in Rente gehen? Ihr wäre das als Lebensaufgabe ohne Bezahlung zu anstrengend. Nur gut, dass sie nie geheiratet hat.

Sei's drum. Jedenfalls zeitigt ihre Provokationstherapie bei Hans bereits Erfolge. Je mehr sie ihn in Rage versetzt, umso aktiver wird er. Seine gedrückte Grundstimmung ist bereits einem verlässlich flackernden Wutflämmchen gewichen, das ihn auf Trab bringt und nebenher ordentlich Kalorien verbrennt. Nun gilt es, den belebenden Zornesfunken bis Brandenburg am Leben zu erhalten, um dort auf eine Aktionstherapie umzuschwenken, für die man nun wirklich nicht studiert haben muss. Bewegung, Bewegung und nochmals Bewegung an frischer Luft und in freier Natur ist das beste Mittel gegen Schwermut und Lebensüberdruss. Im Fall von Hans am besten von Sonnenaufgang bis Sonnenuntergang, damit sein Hirn lernt, wieder Glückshormone statt ständig Schlafhormone auszuschütten. So viel kann man in jeder Apothekenumschau nachlesen.

Martha nickt bekräftigend und im Gleichtakt mit der Taube, die sich tapfer hüpfend einem Croissantbröckchen nähert. Es trifft sich wirklich fabelhaft, dass Hans' Erbe in Brandenburg liegt. Kein Bundesland ist für eine Bewegungstherapie besser geeignet. Und das zu Wasser und zu Lande. Laut Wikipedia besteht es zu einem Drittel aus Naturschutzparks, und neben Tausenden Kilometern Rad- und Wanderwegen gibt es Tausende Seen, die man mit Kanus, Kajaks und Wasserfahrrädern bereisen kann. Das sollte reichen.

Rund um ihr Reiseziel Templin, in der nahezu menschenleeren Uckermark und angeblichen Toskana des Nordens, kann man das Wasser sogar auf Flößen und in schwimmenden Trabbis bereisen.

Martha starrt verträumt zum kathedralenähnlichen Bahnhofsdach empor. Als Spross einer Schaustellerdynastie und Urenkelin des ersten Tiroler Riesenradkonstrukteurs würde sie der Schwimmtrabbi reizen, aber angesichts von Hans' Leibesfülle nehmen sie besser ein Floß.

Eine erste Bewegungseinheit – sieht man von Hans' betrunkener Nachtwanderung von Nievenhoven bis zum Rhein ab – haben sie bereits heute Morgen hinter sich gebracht. Wie von ihr geplant, haben sie in Zons den halbstündig verkehrenden Bus verpasst. Herr Nittenwilm hat dann auf einen strammen Fünf-Kilometer-Marsch bis zum Bahnhof Dormagen bestanden. Aus eigenem Antrieb und ohne Frühstück. Nachdem er von der Hotelrezeption aus versucht hatte, seinen Enkel telefonisch zu erreichen, und Janniks Handy in ihrem Rucksack klingelte, stand ihm nicht der Sinn nach Speck und Spiegeleiern. Gab das ein Tänzchen!

»Wie können Sie einen Fahranfänger wie meinen Enkel aufs Geratewohl und ohne Telefon nach Brandenburg schicken!«, hat er getobt.

»Zum hundertsten Mal: Es handelt sich um eine therapeutische Reise.«

»So was nennen Sie Therapie? Ich nenne es einen unverantwortlichen Wahnsinn! Jannik hat eine angeborene Orientierungsschwäche und ist gerade mal achtzehn ...«

»Und damit drei Jahre älter, als Sie es waren, als Sie ausgebüxt und zwei Jahre lang allein auf Wanderschaft gegangen sind, wenn ich richtig informiert bin. Eine Erfahrung, die Ihnen Freude gemacht, Sie mit Hilde bekannt und später zum Studium der Forstwissenschaft bewogen hat, nicht wahr?«, hat sie flugs gekontert, woraufhin Hans' Wut für einen Moment vollständiger Verblüffung gewichen ist.

Richtig betroffen sah er aus.

»Woher wissen Sie das alles ...?«

»Berufsgeheimnis!«

»Hat meine Tochter Ihnen davon erzählt?«, hat Hans erzürnt nachgebohrt.

Sie aber hat sich – wie schon bezüglich Janniks Hoteladresse in Templin – auf ihre Schweigepflicht berufen. Eine wirklich zauberhafte Erfindung, die Hans Nittenwilm ganz offensichtlich zwang, mit der Fassung zu ringen. Die wird er im Rahmen ihrer Therapie hoffentlich noch oft verlieren, damit der wahre Hans wieder zum Vorschein kommt. Davon abgesehen gehen ihn ihre Auftraggeber nichts an. Genauso wenig wie die interessanten kleinen Geheimnisse ihrer munter wachsenden Klientenschar im Hause Nittenwilm.

Martha klopft sich Croissantkrümel vom Kleid. Genug pausiert. Hans braucht jetzt Hosen. In der Einkaufspassage unter dem Bahnhof hat sie im Vorbeigehen einen brandneuen

Outdoorshop namens Adventure Dome entdeckt, der alles bietet, was sie brauchen. Es handelt sich laut Werbung um eine Erlebnisfiliale, was auch im Hinblick auf ihre laufende Provokationstherapie vielversprechend klingt. Fragt sich nur, wie sie den Modemuffel Hans endlich von diesem Bahnsteig wegbekommt.

Neben Martha erwacht gähnend der Akkordeonspieler. Ziemlich bulliger Kerl. Er hat die Schultern eines Möbelpackers und das Gesicht eines Preisboxers. Beides kann man für ein Leben auf der Straße sicher genauso gut brauchen wie auf jedem Kirmesplatz.

Da kommt ihr eine Idee ... Aber natürlich! Das könnte gehen.

Ihren Blick auffangend will der Musikant in die Tasten greifen. Martha schüttelt sacht den Kopf. Nein, ein Ständchen will sie nicht von ihm hören, aber mit den neuen Hosen für Hans Nittenwilm kann der Mann ihr behilflich sein.

Rasch äugt sie zu Hans hinüber, der seinen Rundweg erweitert hat und nunmehr von einem Bahnsteigende zum anderen läuft. Sehr schön.

Da kann sie ihrem Sitznachbarn in Ruhe erklären, was er zu tun hat. Gegen Bezahlung versteht sich. Sie weiß selbst am besten, was für ein hartes Stück Arbeit es ist, Mitglieder der Familie Nittenwilm zu ihrem Glück zu zwingen.

9.

Annika hat einen Clubsessel vis-à-vis den Fahrstühlen gewählt. Die weichen Lederpolster haben anders als der Idiot am Empfang die fünf Sterne verdient. Ah, tut das gut! Ob sie die blöden Slingbacks für ein Momentchen ausziehen kann? Die Zehen massieren, nur bis Torsten erscheint? Das tut man eigentlich nicht in der Lobby eines Fünf-Sterne-Hotels. Überdies legt Torsten als Topmanager Wert auf vollendete Manieren und vornehme Zurückhaltung. Jedenfalls außerhalb des Bettes.

Verstohlen schaut Annika sich um. Der Barbereich ist diskret beleuchtet und bis auf einige Vertreterhansel, die sich hinter ihr für Kostentrends bei Teppichfasern und die Rückkehr von Fransen begeistern, menschenleer. Die kommen vom Thema Teppich überhaupt nicht mehr runter. Ihre Füße sind denen bestimmt schnurzegal.

Annika beugt sich vor, schiebt einen Zeigefinger unter das Riemchen an der linken Ferse, streift Schuh Nummer eins ab. Ah, tut das gut. Genüsslich bewegt sie ihre befreiten Zehen. Sie hätte dringend ein Fußbad nötig. Gegen den Biergeruch und die Blasen. Behutsam betastet sie eine ganz gemeine am kleinen Zeh.

»Die Dame wollte etwas trinken? Was darf ich bringen?«

Vor Schreck fällt Annika fast vornüber aus dem Sessel. Mist! Die Kellner in diesem Hotel sind noch diskreter als die Beleuchtung. Man hört sie gar nicht kommen. Sie reißt den Kopf hoch. Und den Slingpump. So heftig, dass er ihr vom Zeigefinger fliegt und in hohem Bogen irgendwo hinter ihrem Sessel landet. Nein, nicht irgendwo, sondern mitten im Schoß von einem der Teppichfritzen. Sonst würde der wohl kaum so spitz quieken. Spitz wie der Absatz von ihrem Slingpump.

Der Mann im schwarzen Kelleroutfit eilt mit unbewegter Miene dem Schuh hinterher, drückt am Tisch der Teppichfritzen wortreich sein Bedauern über das weibliche Missgeschick aus und kehrt mit dem Slingpump zurück. »Sind wohl neu?«, erkundigt er sich, während er ihr den Schuh mit spitzen Fingern reicht. Wahrscheinlich würde er ihn lieber auf einem Tablett servieren – oder mit der Kneifzange.

»Die sind ganz neu, praktisch kaum getragene ... äh ... Pradas«, stammelt Annika. Sie rollt verschämt ihre roten Zehen ein und setzt ein reuiges Lächeln auf. »Und etwas zu eng.«

»Sehr bedauerlich«, bemerkt der Kellner vollkommen gleichgültig und verharrt mit abwartender Miene neben dem Sessel.

Spielt der jetzt Schuhpolizei? Will er kontrollieren, ob sie den blöden Slingpump wieder anzieht? Das kommt davon, wenn man in diesem blöden Nobelschuppen Reue zeigt und freundlich lächelt. Arroganter Schnösel! Gleichgültig gucken kann sie auch. Sie kann sogar vernichtend gleichgültig gucken. Immerhin ist sie Filialleiterin bei Billerbeck. Einer regional bedeutenden Baumarktkette. Sie hat Personalverantwortung. Und das nicht zu knapp.

»Vielleicht einen Kaffee auf den Schreck?«, fragt der Kellner sichtlich unbeeindruckt.

Oh, ach so! Der will ihr nur Kaffee verkaufen.

Reiß dich zusammen, herrscht Annika sich stumm an. »Ich nehme einen Matte Lacc..., ich meine einen Latte Macc...«

Ein dezentes Plingen im Rücken des Kellners kündigt die Ankunft eines Fahrstuhls an. Die Türen gleiten auseinander. Annika reckt den Hals und bestellt den Latte umgehend wieder ab. Im Lift steht nämlich Torsten.

Ein strahlender Torsten, der sich beim Aussteigen ganz reizend mit einem niedlichen Jungen in Bademantel und mit Schnorchel und Schwimmbrille auf dem Kopf unterhält. Diese Seite kennt sie an Torsten noch gar nicht. Woher auch? Sie sind ja überwiegend im Bett miteinander unterwegs.

Nein, wie rührend! Jetzt geht Torsten vor dem Fahrstuhl in die Hocke. Offenbar, um dem Knirps auf Augenhöhe den Weg zum Schwimmbad zu erklären. Wie fürsorglich. Der Knirps hat sich bestimmt verlaufen oder verfahren. Torsten legt sogar den Arm um seine schmalen Schultern, während er zu einem Schwimmbadzeichen deutet. Der ist ja der geborene Familientyp! Warum hat er das nie erwähnt?

Annika beantwortet sich die Frage gleich selbst: weil sie in ihrem Benutzerprofil bei den Neoromantics jedweden privaten Austausch untersagt hat. Sich und ihm. Gott, war sie dumm! Verboten dumm. Sie hat Torsten immer für einen Vertreter der No-kids-more-fun-Generation gehalten, die mit Familienplanung überhaupt nichts im Sinn hat. Liegt doch nahe bei einem Topmanager der Teppichbranche, der blendend aussieht, nicht unvermögend ist und sich trotzdem mit dreiundvierzig Jahren auf Singleportalen aufhält.

Wenn sie gewusst hätte, wie liebevoll Torsten sich mit kleinen Kindern beschäftigen kann, hätte sie ihm doch längst von Jannik erzählt. Zugegeben, der ist keine fünf mehr und fährt nicht mit Taucherbrille und Bademantel Fahrstuhl, aber von Torsten abgesehen ist er ihr größter Schatz auf dieser Welt. Egal, welchen Unsinn er in letzter Zeit veranstaltet hat.

Nein, wie rührend! Jetzt knufft Torsten den Knirps in den Bauch, und der Knirps knufft zurück. Das ist süß. Einfach nur süß. So süß, dass Annika glatt vergisst, ihren linken Pump überzustreifen, während sie ergriffen zum Fahrstuhl humpelt.

Ach egal, ein Mann, der sich so hingebungsvoll einem kleinen Jungen widmet, wird sich nicht daran stören, dass seine Freundin nur einen Schuh anhat. Annika wartet mit einem Lächeln des Glücks auf den Lippen, bis der Kleine in Richtung Schwimmbad davonwatschelt. Dann tippt sie Torsten sanft auf die Schulter, so sanft, als könnte dieser wundervolle Moment der Offenbarung unter einer zu harten Berührung zerbrechen. Am liebsten würde sie ein »Hallo, Schatz« hauchen, aber das wäre Torsten wegen der Teppichhändler im Hintergrund vielleicht unangenehm. Außerdem kennt er die wahren Dimensionen ihrer Zuneigung ja noch gar nicht.

Nanu, warum dreht der sich nicht zu ihr um? Annika tippt fester auf Torstens linkes Schulterblatt. Endlich wirbelt er herum. Und wird kreidebleich.

»Was willst du hier?«

Freundlich klingt die Frage nicht, eher panisch. Große Güte, die paar Teppichfritzen im Hintergrund sind doch kein Grund, die Fassung zu verlieren! Annika versteht die Welt nicht mehr. Auch als international operierender Hersteller von Bodenbelägen hat Torsten doch ein Recht auf ein Privatleben. Trotzdem senkt sie ihre Stimme zu einem Flüstern. »Ich bin hier, um dich abzuholen.«

Torstens Augen flitzen nervös zum Fahrstuhl, dann durch die Lobby und wieder zurück zum Fahrstuhl. Täuscht sie sich, oder bilden sich da tatsächlich Schweißperlen über seiner Oberlippe?

»Annika, das ist im Moment schlecht. Sehr schlecht. Wir waren doch für zwölf am Bahnhof verabredet. Besser, du verschwindest sofort.«

Wie? Warum das? Ein doppeltes Plingen in Torstens Rücken kündigt die Ankunft von gleich zwei Fahrstühlen an. Brüsk wendet er sich von ihr ab, schubst sie sogar in Richtung einer Säule, während sich beide Türen zugleich öffnen.

Gott!, denkt Annika und spürt, dass sie jetzt selbst erbleicht. Jetzt weiß sie, warum Torsten sie loswerden will. Um sie vor einer mehr als peinlichen Begegnung mit ihrem Boss Boris Billerbeck zu schützen, der eben aus dem linken Fahrstuhl tritt. Billerbeck könnte auf wer weiß was für dumme Gedanken kommen, wenn er sie bei einem allzu vertraulichem Tête-à-Tête mit dem Eigentümer der Wellhoff KG erleben würde. Schließlich hat Torsten ihrer Filiale kürzlich einen enorm großzügigen Rabatt auf einen Posten Edelholz-Parkettausschuss gewährt. Als Zeichen seiner Zuneigung, wie er betont hat, weshalb sie es schlecht ausschlagen konnte, ohne ihn zu verletzen.

Billerbeck begrüßt Torsten mit großem Hallo, was Torsten mit noch größerem Hallo beantwortet, um ihr Deckung zu geben. Wie umsichtig!

Annika hinkt rasch hinter die Säule. Das ist gerade nochmal gutgegangen! Sie linst mit klopfendem Herzen zu den Fahrstühlen hinüber. Aus Lift Nummer zwei steigt – nein, watschelt – eine unglaublich dicke blonde junge Frau heraus. Billerbeck und Torsten begrüßen sie ebenfalls mit viel Hallo. Torsten sogar mit einem Küsschen.

»Na, wann ist es denn so weit?«, fragt Billerbeck die dicke Blondine.

Oh, ach so, die ist nicht dick, sondern hochschwanger. Das erklärt einiges. Darum drückt sie sich auch die Hand so fest ins Kreuz.

»Noch zwei Wochen«, seufzt sie. »Diesmal dauert es wirklich ewig.«

»Dafür werden es ja auch Zwillinge«, freut sich Billerbeck in seiner gewohnt dröhnenden Manier und haut Torsten seine riesige Heimwerkerpranke auf die Schulter. »Mensch Wellhoff, wenn Sie so weitermachen, haben Sie das Dutzend bald voll! Ich mag große Familien. Zeugt von Verantwortungsbewusstsein und Vertrauen in die Zukunft. Schicken Sie mir eine Einladung zur Taufe. Und falls Sie bei diesen Kachelfritzen in Paris zum Abschluss kommen, denken Sie an die Billerbeck-Baumärkte! Die B-Ware nehmen wir sofort. Ausschussware ist schließlich unser Kerngeschäft.«

10.

Wer ans Ziel kommen will, soll die Postkutsche nehmen. Wer reisen will, der geht zu Fuß.
Jean-Jaques Rousseau

»Sieh an, sieh an, da steht ja Meister Adebar. So wie sich's gehört in Frack und roten Strümpfen!«, ruft Kantor Krusewitz verzückt. »Da fühlt man sich doch gleich zu Hause angekommen in der Uckermark und im wunderschönen Brandenburg.«

»Herr Adebar?«, fragt Jannik verdutzt, aber mit zaghaft aufkeimender Hoffnung.

»Ja, ja, der gute alte Adebar. Kommt wahrscheinlich von Klosterwalde her, da haben schon immer Adebars gehaust«, wiederholt Krusewitz selig und nickt wie ein Hobbit von der ganz gewitzten Sorte. »Der Sümpfe wegen.«

Skeptisch beschirmt Jannik die Augen mit der Hand und sucht die menschenleere Alleestraße in beiden Richtungen nach einem Mann mit roten Strümpfen ab. Da ist natürlich keiner, war doch klar. Die Uckermark ist eine Überdosis Landschaft ohne Leute. Und noch schlimmer: ohne Tankstellen. Seit über einer Stunde latschen sie hier schon durch die Botanik, ohne jemanden zu treffen, den man mal nach dem Weg fragen könnte. Sie sind komplett allein – abgesehen von etwa einer Trillion Bäume, die diese winzige Straße säumen, und endlos ausgedehnten Wäldern, Sümpfen und frisch gepflügten Feldern, auf denen sich ein Klapperstorch die Beine in den Bauch steht. Die *roten* Beine, durchzuckt es Jannik.

Na prima, jetzt halluziniert der Kantor schon bei helllichtem Tag und hält den Storch für einen Herrn Ade-Dingsbums. Noch dazu im Frack. Wahrscheinlich hat Krusewitz sich in dieser elenden Mittagshitze einen Sonnenstich eingefangen. Passiert ja schnell mal, wenn man keine Haare auf dem Kopf und nichts als Stroh drin hat, denkt Jannik verärgert.

Nur dank Krusewitz' Bekloppttheit laufen sie hier seit einer Stunde planlos durch die Pampa. Allein und ohne Gepäck. Damit haben sie noch weniger dabei als Robinson auf seiner Insel. Dabei wollte der Getränkelasterfahrer sie samt Koffern bis nach Templin mitnehmen, weil er in der Gegend zu tun hatte. Das Angebot war als kleine Wiedergutmachung gedacht, nachdem der Typ im Morgengrauen beinahe auf Opa Hans' Mercedes draufgerauscht ist.

Mit anderen Worten: Besser hätte es für ihn und Krusewitz nach dem ganzen Aufruhr wegen des abgefallenen Auspuffs gar nicht laufen können. Und fast hätten sie es ja auch bis nach Templin geschafft, wenn Krusewitz nicht wäre.

»Ach, da kommt ja auch Frau Adebar«, freut der sich neben ihm, bleibt stehen und spielt Hans Guckindieluft. Mann, Mann, Mann, der ist sowas von plemplem! Da oben kreist nur noch ein Storch am blauen Himmel, der Krusewitz im Weitergehen zum Vortrag eines Kinderliedrefrains inspiriert: »Fängt die Frösche, schnapp, schnapp, schnapp. Klappert lustig klapperdieklapp ...«

Der Kantor muss dringend aus der Sonne raus, entscheidet Jannik, sonst brennt die ihm komplett das Hirn weg. Er hat schließlich immer noch die Verantwortung für den Mann und für seine Gesundheit. Außerdem braucht er die tausend Euro von Frau Spielvogel nach seinem Beinahe-Crash auf der Autobahn dringender denn je. Ganz umsonst kann selbst Wodka den Auspuff nicht reparieren.

»Wir machen mal besser ein bisschen Pause, Herr Krusewitz«, sagt Jannik sanft, so sanft, wie man mit Irren, Kindern und bissigen Hunden sprechen muss, und zieht den Kantor unter eine grünende Linde. »Schön im Schatten.«

»Pause? Wieso Pause!«, protestiert Krusewitz. »Ich brauche keine Pause. Wir sind doch gerade erst losgegangen.«

»Aber ich brauche eine«, unterbindet Jannik rasch jede weitere Diskussion. Um ehrlich zu sein, bräuchte er wirklich eine. Und zwar dringend. Er ist saumüde. Krusewitz hat die meiste Zeit geschlafen, er nicht. Und dank dem Kantor liegt sein Hotelbett in weiter Ferne, und er weiß nicht mal, in welcher Richtung.

Mann, Mann, Mann. Da lässt er Krusewitz einmal, ein einziges Mal aus den Augen, und schon passiert was. Er war nur kurz auf der Toilette im Waldgasthof Zur Walnuss, den der Bierfahrer zwecks Belieferung angefahren hatte, und hat sein von Monsterblood komplett besudeltes T-Shirt gewechselt, damit ihn nicht noch mehr Leute anstarren, als sei er ein schwerverletztes Unfallopfer, und schon ist Krusewitz stiften gegangen.

Jannik entschlüpft eine Art frustriertes Winseln. Wo der Getränkelasterfahrer sie doch direkt bis vor ihr Hotel fahren wollte! Aber nein, Opa Krusewitz hat plötzlich und mitten im Wald die Wanderlust gepackt – und weg war er. Da musste er natürlich hinterher. Der Lasterfahrer durfte von alldem nichts mitbekommen, sonst hätte der am Ende noch die Bullen gerufen, um seinen neuen besten Freund und alten Landsmann Krusewitz mit Hubschrauber und Spürhunden suchen zu lassen. Die zwei haben sich während der ganzen Fahrt in diesem Ditte-Icke-Kieke-Kauderwelsch unterhalten, der in Berlin und Umgebung als Sprache durchgeht. Der Fahrer fand den Kantor auf Anhieb »janz 'ne dufte Type«, während er Jannik nur als

»Flitzpiepe« und »abjebrochener Zwerch« angepflaumt hat, weil er –

Darf nicht wahr sein! Jetzt eiert der Krusewitz schon wieder los! Bei dieser Affenhitze und ohne einen Tropfen Fachinger in Reichweite.

»Herr Krusewitz, bleiben Sie stehen! Wir warten im Schatten, bis irgendein Auto kommt, das uns mitnehmen kann.«

Der Kantor stellt sich taub und marschiert munter weiter, natürlich mit einem Lied auf den Lippen. »Jetzt kommt die schö-hö-ne Maienzeit trala, trala, tralalalalala …«

Tralala ist hier nur einer. Knurrend löst Jannik sich vom Lindenstamm und schlurft dem Kantor hinterher. Ist richtig ätzend, diese Lauferei; am linken Fuß hat er schon eine richtig fiese Druckstelle. Eben mussten sie sogar durch ein Moor mit schwarzen Bäumen waten, das ganz gruselig gluckste. Wie Totenhände ragten Wurzeln aus dem trüben Morast. Krusewitz hat jede einzelne wie einen lang vermissten Freund begrüßt.

Danach ging es auf einem einsamen Staubweg weiter. Vorbei an einem gelben Wagen, der bedrohlich summte und voller Bienen steckte, weshalb Jannik einen ziemlichen Sprint hingelegt hat, während Krusewitz stehen geblieben ist, um mit den Bienen im Chor zu summen. Angeblich haben die ihn zu einem Streicherfinale für seine *Sinfonie der Stille* inspiriert. Aber das Allerschärfste waren diese steinharten Furchen, über die sie durch eine riesige Schafherde hindurch direkt auf einen ehemaligen Truppenübungsplatz samt Minenwarnung und Kasernenresten gelaufen sind. Brandenburg ist nämlich nicht nur das Bundesland mit den meisten Naturschutzgebieten, sondern auch das mit den meisten militärischen Altlasten, und die beknackten Furchen waren alte Panzerspuren, wie Krusewitz ihm hinterher haarklein erläutert hat. Hätte der doch besser mal vorher gemacht, oder?

Mann, Mann, Mann.

Den Blick auf Krusewitz' Rücken geheftet und die Hände in den Hosentaschen, stapft Jannik weiter. Seine Füße, speziell den linken, kann er heute Abend wegschmeißen, genau wie seine Nike-Allstars. In den Sneakers gluckert Sumpfwasser, außen klebt rundherum betonharter Morast. Die Schuhe sehen aus wie Moonboots für Bekloppte. Sein Coolnessfaktor nimmt wirklich rapide ab. Warum nur musste dieser blöde Auspuff abfallen? Mitten auf der Autobahn.

»Ey, mach dich locker, Alter!«, hat Wodka nur gesagt, als Jannik ihn nach dem Vorfall mit dem Handy des Lasterfahrers angerufen hat. »Sag mir, wo die Karre ungefähr steht, und versteck den Schlüssel in der Radkappe vorne auf der Fahrerseite, dann schau ich mir die Sache an.«

Vom ADAC hat er dringend abgeraten, weil er die Gelben Engel für Abzocker hält. Wodka klang regelrecht begeistert. »Werkzeug und Ersatzteile bring ich für umme mit. Brauchst mir nur die Anfahrt zahlen. Rest regeln wir vor Ort. Ich fahr sofort los. Jetzt mach mal nicht auf Drama.«

Der hat gut reden! Das Ganze *war* ein Drama. Jannik sitzt der Schreck noch immer in den Gliedern. Er hat den röhrenden, krachlauten Mercedes gerade eben auf der Standspur zum Stehen gebracht, ohne vor Schreck die Leitplanke mitzunehmen. Dann hat mit quietschenden Reifen der Brandenburger Getränkelaster hinter ihm angehalten, der Fahrer ist rausgesprungen, hat die Mercedestür aufgerissen und panisch »Scheiße, Scheiße, Scheiße!« geschrien. Bevor Jannik auch nur »Piep« sagen konnte, ist der Fahrer zu seinem Laster zurückgerast, hat einen Erste-Hilfe-Koffer, eine dieser blöden Aluminumdecken und sein Handy geholt. Er hatte schon die Sanis am Ohr, als er endlich kapiert hat, dass Jannik nicht vor Schmerzen gebrüllt hat, sondern um ihm klarzumachen, dass auf seinem Shirt kein Blut, sondern Monsterblood Kirsche klebte.

Ab diesem Zeitpunkt war er für seinen hyperaktiven Retter nur noch »'ne janz dusselige Rotzneese, der ordentlich wat uff'n Ballon jehört«.

Mann, Mann, Mann. Kann er was dafür, dass der nicht richtig gucken oder kieken kann?

Hoppla. Jannik wird abrupt aus den Gedanken gerissen. Jetzt ist er Krusewitz beinahe in den Rücken gelaufen. Warum bleibt der plötzlich stehen? Noch mehr Störche?

»So, mein Junge, ich will dir mal was sagen: Heute reicht's fürs Erste. Du musst aus diesen unvernünftigen Stoffschuhen raus und rein ins Bett. Mittagsschläfchen! Frau Spielvogel hat mir aufgetragen, gut auf dich aufzupassen.«

Wie bitte?

Krusewitz dreht sich erstaunlich flink zu ihm um und schaut ihn hellwach an. »Ich würde vorschlagen, wir nehmen ab hier ein Taxi. Oder eine Droschke, wie das früher so schön hieß. Kann ja nicht mehr weit sein bis Templin.«

Jetzt reicht's aber langsam, der Kerl ist ja vollkommen irre! Regelrecht zum Fürchten bekloppt.

»Herr Krusewitz, wir stehen mitten im Nirgendwo«, erklärt Jannik so ruhig wie eben möglich, damit der Kantor am Ende nicht noch eine Panikattacke bekommt. »Hier gibt's keine Taxis.«

»Dann rufen wir eben eins«, erwidert der Kantor unbekümmert.

»Hier gibt's auch keine Telefone. Oder Münzfernsprecher, wie man früher so schön sagte.«

Krusewitz seufzt und schüttelt langsam den Kopf, tadelnd wie Herr Oberschlau. Er schaut Jannik an, als sei er hier der Depp. »Jungchen, Jungchen, wofür hat man denn heutzutage diese Handys?«

»Herr Krusewitz, ich habe kein Handy«, entgegnet Jannik

um Geduld und Fassung ringend. »Sonst hätte ich es längst benutzt. Ich bin ja nicht blöd.«

»Dann nehmen wir doch einfach meins«, sagt der Kantor und zieht – das darf jetzt nicht wahr sein, das darf einfach nicht wahr sein! – ein nigelnagelneues Smartphone aus seiner Jackentasche.

»Woher ... woher haben Sie denn das?«, stammelt Jannik völlig verblüfft.

»Von Frau Spielvogel. Für Notfälle. Sogar mit Taxiapp, aber das wird nicht nötig sein, wir rufen ganz einfach Schiefelbein an, und ...«

»Frau Spielvogel hat Ihnen ein Handy mitgegeben? Warum haben Sie das denn nicht eher gesagt?«, fragt Jannik mit zorngerunzelten Brauen, aber auch sehr erleichtert.

»Weil wir dann keinen so schönen Spaziergang durch die Schorfheide gemacht hätten. Meister Adebar wären wir auch nicht begegnet. Du sollst hier doch was erleben, hat Frau Spielvogel gesagt. Heute Abend zeige ich dir dann Meister Lampe, Reinecke Fuchs, und wenn wir viel Glück haben, sogar Herrn Isegrim. In Brandenburg soll es nämlich wieder Wölfe geben. Aber jetzt erstmal zu Schiefelbein.«

Jannik schwirrt der Kopf. Welches Fabeltier ist das nun wieder?

11.

Wenn man kein Glück hat, soll man es sich anschaffen.
Friedrich Nietzsche

Vögel pfeifen im Regenwald, Mücken sirren, und ein Bonobo kreischt im Minutentakt »Uhhh-ua-ua-aaah«. Irgendwo plätschert ein Wasserfall, der nach defekter Toilettenspülung klingt. Natürlich ist nichts von alldem echt. Natur gibt es im Adventure Dome unter dem Kölner Hauptbahnhof nur als Kulisse und Geräuscheffekt.

Entgeistert umklammert Hans den Griff seines Geigenkoffers, froh darüber, sich an etwas Altvertrautem festhalten zu können. So etwas also ist eine *Erlebnisfiliale*. Grauenhaft! Hier haben Marketingstrategen alles gegeben, um einen schnöden Konsumtempel mit Leben zu füllen, und das, zu Hans' Missvergnügen, mit Erfolg. Nicht wenige Kunden bestaunen den ausgestellten Reise- und Fitness-Schnickschnack ehrfürchtig wie die Christen die religiösen Kultgegenstände im nahen Dom. Freizeitsport und Reisen sind doch keine heiligen Handlungen, Einkaufen schon gar nicht! Grimmig schüttelt Hans den Kopf.

Der unschöne Vorfall mit dem Akkordeonspieler hat ihn zwar bewogen, den Kauf einer neuen Hose in Betracht zu ziehen, aber doch nicht in solch einem Affenstall! Ob es hier überhaupt normale Hosen gibt? Noch dazu in seiner Größe?

Mit wachsendem Widerwillen durchschweift sein Blick das Geschäft. Seine Augen erklimmen Baumstämme, auf denen

High-Tech-Bergstiefel strammstehen, verharren flüchtig bei einem künstlichen Lagerfeuer in der Campingabteilung, streifen einen Marterpfahl und bleiben schließlich an einer Glaskabine hängen. Darin sitzt wie festgefroren ein Pärchen mittleren Alters in nigelnagelneuen silbernen Daunenjacken. Ein künstlicher Sturm zerrt unbarmherzig an den bepelzten Kapuzen. Dennoch tragen beide einen beseelten Blick zur Schau. Was zum Kuckuck treiben die da?

Hans' Augen wandern zu einem Schild über der Kabinentür: »Polarabenteuer pur – Testen Sie Ihr Outfit«. Gleich daneben hängt ein Plexiglaskasten mit Broschüren einer Reiseversicherung für Globetrotter: »Novosecura. Abenteuer weltweit erleben – rundum sicher und ohne Risiko«.

»Uhhh-ua-ua-aaah«, schreit über ihm der Bonobo.

Jetzt reicht's.

Er will weder zu den Polarbären reisen noch wie einer aussehen oder sich sonst wie zum Affen machen. Abenteuer ohne Risiko! So etwas gibt es doch gar nicht. Hans schüttelt angewidert den Kopf. Wer nicht einmal bereit ist, ein wenig zu frieren, erlebt keine Abenteuer. Der ist kein Globetrotter, sondern ein Globetrottel. Ob im Himalaya oder in Garmisch-Partenkirchen – dafür muss man nicht einmal vor die Haustür. Wenn er da an seine Wanderjahre zurückdenkt …

Nein, nein, nur das nicht!, hält sich Hans rasch zurück. Er hat in diesem Paradies für Exotenreisen und Fitnessidioten nichts zu suchen. Lieber dick und schlecht gekleidet sein als schick und völlig verblödet. Basta.

Entschlossen wendet Hans sich seiner Begleiterin zu, die neben ihm in den Anblick eines poolblau leuchtenden Säulenaquariums versunken ist. Ausnahmsweise schweigend. »Ich gehe zurück zum Gleis, Frau Spielvogel. Falls Sie noch bleiben wollen, geben Sie mir bitte unseren Fahrschein.«

Lästigerweise hat man ihnen auf Frau Spielvogels Seniorencard nur ein gemeinsames Ticket ausgestellt. Eine Frechheit, dass Kinder, Schüler und Senioren stets als Herdentiere wahrgenommen und behandelt werden! So muss er sich jetzt wie ein Pennäler bei diesem Plagegeist abmelden. Einem augenscheinlich schwerhörigen Plagegeist.

»Frau Spielvogel!«

Die Dame hört immer noch nichts, sondern verfolgt einen Schwarm bedauernswerter Quallen, der im Aquarium auf- und niederschwebt. »Die sehen aus wie kleine Regenschirme und so zart wie Pusteblumen, finden Sie nicht?«, seufzt sie verzückt. »Ob man in Brandenburgs Seen auch schnorcheln kann? Dann bräuchten wir Taucherbrillen.«

Dieses unterbelichtete Frauenzimmer fällt wohl auf jeden Schwachsinn herein! Kein Wunder. Stammt ja auch vom Rummelplatz, wenn er das gestern richtig verstanden hat.

»Ich gehe!«, wiederholt Hans in doppelter Lautstärke.

»Was es hier alles zu kaufen gibt!«, zwitschert seine Begleitung beschwingt. Ganz so, als habe sie ihn immer noch nicht gehört. »Kletterseile, komplette Campingausrüstungen, Höhlenlampen, Radlerhosen. Apropos: Fahren Sie Rad?« Sie fasst Hans am Ärmel und will ihn weiter in das Geschäft ziehen.

Hans reißt sich von ihr los und schnappt entsetzt nach Luft. »Ich trage auf keinen Fall Radlerhosen!«

»Davon würde ich Ihnen auch dringend abraten, egal, wie dehnbar die Dinger sind. Wir wollen uns doch nicht lächerlich machen«, erwidert Martha Spielvogel und zerrt abermals an seinem Ärmel.

»Uhhh-ua-ua-aaah«, schreit wieder der Bonobo.

Das ist nicht zum Aushalten. Hans schüttelt ihren Arm ab. »Zum hundertsten Mal, ich will zurück auf den Bahnsteig!«

»Das geht nicht. Haben Sie den Akkordeonmann schon vergessen?«, erwidert sie ungerührt.

Ja, verdammt, hatte er. Dieser Laden, das muss man ihm zugutehalten, hat ihn von der erlittenen Schmach abgelenkt. Bis jetzt. Hans fühlt eine Welle der Scham in sich aufbranden, auf der Frau Spielvogel wie ein Surfer aufreitet.

»Ein zweites Mal kann ich Sie aus einer so brenzligen Situation nicht herausreden«, sagt sie. »Wenn Sie sich im Faustkampf üben würden, könnten Sie sich aus so etwas künftig natürlich selbst heraushauen. Bei Ihren Bud-Spencer-Pranken! Sie müssten nur die Beinarbeit verbessern. Na, zum Wegrennen hat es ja gereicht. Da sieht man mal, wie nützlich Angst sein kann. Sie löst verlässlich Fluchtimpulse aus.«

»Ich hatte keine Angst«, verteidigt sich Hans empört. Hatte er wirklich nicht. Jedenfalls nicht vor dem armen Spielmann. So einer war er schließlich selbst mal.

»Warum sind Sie dann weggerannt?«, hakt der Quälgeist neben ihm prompt nach. »Na?«

»Ich pflege mich nicht zu prügeln«, weicht Hans der Frage und seinen wahren Gefühlen aus. »Schon gar nicht mit einem minderbemittelten Straßenmusiker.«

Wie konnte dieser Kerl ihn nur für einen Kollegen halten, der ihm das Revier streitig machen will? Nur wegen des Geigenkoffers?

»Wer zu einem Geigenkoffer indiskutable Jeans, lange Haare und einen folkloristischen Flatterbart trägt, darf sich über Rangeleien mit anderen Tippelbrüdern nicht wundern«, sagt laut die Spielvogel.

Hans beschleicht ein mulmiges Gefühl. Liest die in seinen Gedanken mit?

»Mit dem Bart sehen Sie aus wie Papa Schlumpf auf Trebe«, schiebt sein Quälgeist unbarmherzig hinterher.

Papa Schlumpf? Unwillkürlich tastet Hans nach seinem Bart. So eine verdammte Kanaille! Das geht zu weit!

Aber die Kanaille geht noch weiter. »Erinnern Sie mich daran«, flötet sie und legt Fürsorge in ihren Blick, »dass wir im Drogeriemarkt noch Rasierschaum, Klingen und eine Bartschere besorgen. Ohne diese Fußmatte haben Sie bestimmt ein sehr ansprechendes Gesicht.«

»Der. Bart. Bleibt. Dran«, versichert Hans. Schon aus Prinzip. »Ich habe Besseres zu tun, als mich zu rasieren!«

»Was denn? Außer schlafen! Na?«

»Nun ... äh ... also ... Das ist bitteschön allein meine Sache!«

»Faule Ausrede! Mein Vater hat sich jeden einzelnen Tag seines Lebens rasiert. Und als er im Sarg lag, wurde er rasiert. Wenn sich sogar die Toten rasieren können, gibt es keine Entschuldigung für Sie, es nicht zu tun!«

Was erwidert man auf solch haarsträubenden Blödsinn?

Nichts.

Des Streitens müde verlegt Hans sich auf Weghören und Schweigen. Allein im Bett fiel das leichter. Dort war er geschützt vor Frau Spielvogel und sicher vor Begegnungen mit Straßenmusikanten, die alte Erinnerungen in ihm geweckt haben, mit denen er eigentlich immer glücklich war. Bis ihm der erste Brief aus Brandenburg ins Haus geflattert kam.

Neben Hans schaltet Schwatzbase Spielvogel auf Zwitscher-Dur um. Dankbar für die Ablenkung schaltet er freiwillig zurück auf Empfang.

»Sagen wir, Sie dürfen den Bart behalten«, flötet sie, »wenn Sie außer Hosen noch einen Anorak und Schuhe anprobieren. Schon allein Jannik zuliebe. Sie waren immer sein Vorbild, und der wahre Hans ist doch kein einsamer, am Leben gescheiterter Sonderling in Landstreicherhosen.«

Tatsächlich nicht? Hans muss urplötzlich gegen ein Kratzen in der Kehle anschlucken. Herrje, so viel zum Thema Ablenkung durch Frau Spielvogel! Während die arglos weiterschwätzt, gibt sein Gedächtnis in fliegender Abfolge Schnappschüsse aus seiner Jugend und zum Stichwort Landstreicherei frei, die er einmal sehr gemocht hat. Sie zeigen ihn als fünfzehnjährigen Schlacks mit Stoffrucksack und Geige, der munter wie ein zweiter Hans im Glück über brütenden Asphalt stapft und bei prasselndem Regen in Bushäuschen nächtigt. Ein Hans, der Rheinfrachter löscht, Ställe entmistet, auf Baustellen Backsteine schleppt oder bei Dorffesten aufspielt. Für Mahlzeit und Quartier oder einen Fußtritt. Mal so, mal so. Gelegentliche Tritte konnten ihm damals noch nichts anhaben. Sein Streunerleben kostete Kraft, hat ihm diese aber durchaus nicht genommen. Er würde seinen Weg schon machen, davon war er fest überzeugt.

Zuhause ausgerückt war er seiner Mutter zuliebe, die seinetwegen genug gelitten und gestritten hatte. Zuletzt mit ihrem Mann, einem Spätheimkehrer aus russischer Kriegsgefangenschaft, der nicht sein Vater sein konnte und es auch nie werden wollte. Der Entschluss abzuhauen fühlte sich darum durchweg richtig und heroisch an. Als Robinson der Landstraße hat er sich gesehen. Bereit fürs Abenteuer Leben. Frei, ungebunden und unverwundbar.

Wie ungebunden er von Geburt an tatsächlich war, weiß er erst durch die vermaledeiten Briefe aus Templin. Der wahre Hans war nicht nur ein halber Bastard, sondern ein ganzer.

Dass er zugleich alles andere als unverwundbar ist, hat ihn auf seinen letzten Lebensmetern Hilde gelehrt, wie um zu beweisen, dass ein Unglück selten allein kommt. Vielleicht war sein Leben von Anfang bis Ende ein einziger Irrtum.

Ein lästiger Kloß will Hans in die Kehle hüpfen. Er schluckt ihn weg und strafft abwehrend die Schultern. Schluss, Schluss, Schluss! Selbstmitleid ist keine Lösung. Schon gar nicht in Gegenwart dieser Küchenpsychologin Spielvogel, die zu seinem Entsetzen verstummt ist und fragend zu ihm hochlinst.

»Quält Sie etwas?«, fragt sie mit einer Stimme, die Hans bei ihr gar nicht kennt. Sehr sanft, verständnisvoll und in einer warmen Molltonlage angesiedelt. »Dann sollten wir darüber reden. Dafür bin ich als Therapeutin doch da.«

Das Angebot bringt Hans sofort zur Besinnung und zurück in die Gegenwart. »Ich habe nur über meine Hosen nachgedacht«, beteuert er hastig.

»Und dabei erkannt, dass die ein Trauerspiel sind?« Frau Spielvogel legt den Kopf schief und guckt amüsiert.

Von wegen verständnisvolles, warmes Moll!

»Könnten wir das Thema jetzt endlich beenden?«, verlangt er schroff. »Sie haben gewonnen. Ich kaufe eine neue Hose.«

»Und einen Anorak?«

»Was immer Sie wollen«, raunzt Hans.

»Nein, was immer *Sie* wollen«, behauptet Frau Spielvogel keck und schiebt ihn an Lagerfeuer und Marterpfahl vorbei in Richtung der Umkleidekabinen. Zeitgleich lächelt sie einen jugendlichen Verkäufer herbei, der im Sprinttempo auf sie zuschießt.

»Hallo, mein Name ist Dennis«, wendet sich das sportive Jüngelchen eifrig an die Spielvogel. »Kann ich Ihnen und Ihrem Mann helfen?«

Ihrem Mann?!

»Ich brauche Hosen«, sagt Hans energisch und schiebt Frau Spielvogel zur Seite.

»Genauer gesagt«, drängelt sich, wie nicht anders zu erwarten war, Frau Spielvogel vor, »braucht er einen regenfesten

Wanderanorak, dazu zwei Trekkinghosen mit verstellbarem Bund ...«

»Nun hören Sie mal, ich bin durchaus in der Lage, mir meine Kleidung selbst zu kaufen«, zischt Hans erbost.

»Das freut mich. Das freut mich sogar außerordentlich«, strahlt Martha ihn unvermittelt an und klingt verdächtig nach Hundedresseur. Egal, Hauptsache, sie gibt den Weg zu den Umkleiden frei, damit er diesen lästigen Einkauf hinter sich bringen kann.

»Welche Kabine hätten Sie denn gern?«, hält ihn Dennis zurück.

Himmel, muss man sich hier sogar die Kabine aussuchen? »Irgendeine«, sagt Hans und stößt unwirsch die Schwingtür zu einem Holzverschlag auf, der offenbar eine Blockhütte darstellen soll.

»Howdy Ho! And welcome to adventureland!«, schallt es ihm in Wildwestmanier entgegen. Hans prallt zurück. Dieser Laden ist ein einziger Albtraum! Hat Frau Spielvogel den ausgestattet?

»Sehr gute Wahl«, lobt der Verkäufer. »Das sind übrigens die Stimme von Charles Bronson und unsere Erlebniskabine ›Prärie‹. Der Spiegel ist zugleich ein Bildschirm. Wenn Sie wollen, können Sie sich darin spektakuläre Westernstunts anschauen. Oder Sie schalten unser Duellerlebnis ein, und schon erscheint Ihr Gegner im Spiegel. Sie müssen nur den Abzug an der Revolverattrappe daneben betätigen und ...«

»Danke, zu freundlich, aber mir genügt mein eigener Anblick«, lehnt Hans ein Spiegelgefecht gereizt ab. Seine Augen suchen die imitierten Blockhauswände nach einem Schalter ab, um diese Folterkabine lautlos zu schalten. Irgendwo muss doch ein Knopf zum Abschalten sein.

»Gibt es auch eine Dschungelumkleide?«, fragt die Spielvogel über seinen Kopf hinweg. »Ich sehe ihn nämlich mehr als Indiana Jones. Apropos: Führen Sie entsprechende Hüte?«, legt sie im Tempo eines Schnellfeuergewehrs nach.

»Ich will keinen ...« Hans unterbricht seine Suche nach dem Schalter, um den Hut abzuwehren, wird aber von einem euphorischen Quieken aus Dennis' Mund übertönt: »Ich liebe Indiana Jones! Wollen Sie den Hut in Braun oder lieber olivfarben?«

»In Oliv«, bestellt Frau Spielvogel. »Am liebsten mit Federn. Oder kleinen Muscheln ...«

Himmel, ist er hier im Kindergarten gelandet?

»Keine Federn, keine Muscheln«, reißt Hans das Heft des Handelns wieder an sich. Zu voller Größe aufgerichtet und mit Verachtung im Blick starrt er auf Frau Spielvogel hinab. Er starrt sie in Grund und Boden und Dennis zur Seite. Mit dem lang vermissten Gefühl von Souveränität gibt er der Schwingtür vor sich einen Schubs.

»Howdy Ho!«, frohlockt die Kabine.

Verdammt, das hatte er total vergessen.

12.

Seid ihr noch einig, oder habt ihr schon geerbt?
Volksmund

Mann, Mann, Mann. Als Biker macht Reisen endlich richtig Spaß, findet Jannik. Hoch über der Straße auf einem federnden Einzelsattel thronend, erfrischenden Wind im Gesicht und den sonor blubberndem Boxermotor unter dem Hintern. Na ja, genau genommen sitzt der Motor nicht unter seinem Hintern, sondern unter dem des Fahrers auf dem Sattel vor ihm. Einem Pinguin.

Echt wahr, so in etwa sieht dieser Schiefelbein mit seinem schwarzen Talar und dem weißen Halsgebinde aus. Vor allem, wenn der Fahrtwind sein Gewand aufplustert und die Ärmel wie gestutzte Flügel flattern.

Natürlich ist Schiefelbein weder Fabeltier noch Pinguin, sondern ein Pfarrer. Außerdem ist er Ossi und ehemaliger Chorknabe von Krusewitz. Damit dürfte er an die sechzig sein und nur unwesentlich älter als das Motorradgespann, mit dem sie durch Wälder voller Buchenriesen und Silberseen auf Templin zurauschen.

Zugegeben, »zutuckern« trifft es eher, denn mehr als achtzig Sachen sind mit der alten Mühle nicht drin, meint Schiefelbein. Und das auch nur auf Asphalt und gerader Strecke, sonst drohen akuter Teileverlust und Rüttelnieren. Außerdem könnte der Seitenwagen schon bei leicht überhöhter Geschwindigkeit in Rechtskurven abheben und Krusewitz in die Landschaft katapultieren. Also fährt der Pastor einen Schnitt um die fünfzig. Das ist immer noch schnell genug, um sein Gewand knatternd aufzublähen. Das fand Jannik – wie die betagte Maschine – zunächst ziemlich peinlich. Bis der Pfarrer mit dem Ding vorhin kurz rückwärtsgefahren ist, um zu wenden. Rückwärts! Mit einem Motorrad! Das können Janniks Wissen nach nur ganz, ganz wenige Maschinen und schon gar keine Oldtimer, nicht einmal Harleys.

Wodka würde platzen vor Neid, wenn er ihn jetzt sehen könnte. Motorräder, speziell antike mit Mucken, sind seine ganz große Leidenschaft. Die Kiste des Pfarrers stammt außerdem wie Wodkas Vater aus Russland. Darum heißt sie Ural oder – und jetzt kommt das Allerschärfste – »Wodkaschleuder«.

Janniks Gesicht verzieht sich zu einem breiten Grinsen. Die Schüssel wird bei seinem Kumpel begeisterte Schnappatmung auslösen, wenn er demnächst auftaucht, zumal sie laut Schiefelbein ständig repariert werden muss. »Das Ding hat mehr Fehler als ein Hund Flöhe«, um es mit seinen Worten zu sagen.

Jannik löst kurz die Hand vom Sattelgriff und lockert mit dem Zeigefinger den ledernen Kinnriemen seines Helms. Lieber würde er ohne diese alberne Eierschale auf dem Kopf rumsausen, macht ja die Haare ganz platt, aber da hat Schiefelbein keinen Verhandlungsspielraum gelassen.

Krusewitz sieht mit seinem Halbhelm völlig verboten aus. Jannik wirft einen kurzen Blick in den Seitenwagen unter sich. Darin kauert der Kantor, sieht aus wie eine Kreuzung aus Osterei und Marsmännchen und pfeift sich eins. Das kann Jannik diesmal sogar verstehen. Wenn er pfeifen könnte, würde er es jetzt glatt selbst tun.

Schiefelbein drosselt das Tempo, schaltet klackernd drei

Gänge runter und lenkt die Ural an den Straßenrand. Warum das auf einmal? Eine Stadt ist nicht in Sicht, nur so etwas wie ein gelbes Schloss mit tausend Flügeln, Türmen, Erkern, Gewächshäusern und vernagelten Fenstern. Sieht total verlassen und ziemlich baufällig aus. Jannik kann sich denken, warum. Mit Schlössern und Adelsfritzen hatten sie es hier im Osten und im Sozialismus früher ja nicht so. Er aber auch nicht. Schlösser sind in seinen Augen nur was für kleine Mädchen. »Sissikram«, wie Wodka sagen würde. Hoffentlich muss er das Ding nicht besichtigen.

Der Pfarrer lässt den Motor ausblubbern, schiebt seinen Flatterkittel hoch und steigt mit Schwung aus dem Sattel. »So, mein lieber Krusewitz, wie versprochen ein kurzer Boxenstopp bei deiner alten Wirkungsstätte.«

Wie, was? Der Krusewitz hat mal in einem Schloss gearbeitet? Als was denn das bitteschön? Hausmeister, Hofmusikant, Hofnarr oder was?

»Ich muss ohnehin mal wieder die lose Überwurfmutter am Auspuff festziehen«, erklärt neben ihm der Pfarrer.

Das Stichwort Auspuff lenkt Jannik sofort von Krusewitz' Vergangenheit ab. »Geht uns das Ding flöten?«, fragt er alarmiert.

»Das nicht, aber die Mutter poltert gern auf dem Krümmer rum und macht scheußliche Geräusche«, beruhigt ihn Schiefelbein. »Hatte gehofft, die rostet sich einfach fest wie die anderen. Das funktioniert aber leider nur mit den russischen Originalschrauben.«

Jannik verdreht die Augen. Hoffentlich stimmt das so. Von losen Auspuffrohren hat er nämlich gründlich die Schnauze voll.

»*Dic cur hic*«, schaltet sich aus dem Beiwagen Krusewitz ein. Und nochmal mit Emphase: »*Dic cur hic!*«

Klingt nach lateinischem Schluckauf, findet Jannik.

Krusewitz dreht sich umständlich zu ihm herum. »Sag, warum du hier bist.«

Der Gute hat offenbar mal wieder einen Aussetzer.

»Äh, ich bin hier«, beginnt Jannik seufzend zu erläutern, »um Ihnen zu helfen ...«

»Red keinen Unsinn, Jungchen! Hast du in Latein geschlafen? Das war die Übersetzung des Wahlspruchs unseres lieben alten Gymnasiums Joachimsthal! *Dic cur hic*.« Krusewitz deutet auf das baufällige Schloss. »Das hoffentlich irgendwann wieder eröffnet wird. Als was auch immer. Muss mir unbedingt mal die Bausubstanz ansehen.« Er stützt seine knochigen Hände auf den Rändern des Seitenwagens auf und will sich aus dem Sitz hieven. Er plumpst wieder hinein. »Hilfst du mir mal, Jannik?«

Äußerst ungern. Eine Schule zu besichtigen ist noch schlimmer, als durch alte Schlösser zu schlurfen. Gleichgültig, ob die Schule außer Betrieb ist oder nicht. Außerdem will Jannik mit seinem linken Blasenfuß nicht mehr groß durch die Gegend latschen, um sich vom Kantor ellenlange Vorträge über alte Zeiten anzuhören, die kein Schwein interessieren und längst vorbei sind.

»Jannik«, mahnt Krusewitz. Er klingt ungehalten.

Mürrisch steigt Jannik vom Sattel. Das ist nun mal sein Job. Nur gut, dass er gelernt hat, wie man dem Kantor beim Ausstieg aus der Badewanne hilft. Bei dem Beiwagen ist es dasselbe. Jannik bückt sich, schlingt den linken Arm um Krusewitz' schmalen Rücken und legt dessen rechten behutsam über seine Schultern.

»Tut mir leid, aber für eine ausführliche Besichtigung haben wir jetzt keine Zeit«, unterbindet der Pfarrer das Manöver. Er hebt kurz den Blick vom Auspuff.

Glück gehabt, feixt Jannik. Der Pinguin hat ohne Zweifel das Zeug zum rettenden Engel.

»Sobald die Mühle wieder flott ist, muss ich los. Ich habe ein Traugespräch in Alt Placht und direkt im Anschluss eine Beerdigung«, erläutert Schiefelbein. »Die Beerdigung ist mir lieber«, setzt er knurrend hinzu, während er weiter mit einem Spezialschlüssel an der lockeren Auspuffmutter herumschraubt.

»Ach, du musst nach Alt Placht?«, hakt Krusewitz entzückt nach und nimmt wieder Platz. »Doch nicht etwa zu unserem lieben Kirchlein im Grünen?«

Der Pfarrer nickt und wechselt den Schlüssel. »Exakt dahin. Heikle Angelegenheit. Die Hochzeit steht auf der Kippe. Der Bräutigam trägt sich bereits seit Längerem mit dem Gedanken abzuspringen, weshalb die Braut heute mit einem Rechtsanwalt aus Templin anrücken will.« Aufgebracht schüttelt er den Kopf. »Angeblich zwecks Vermittlung. So etwas ist mir in meiner gesamten Laufbahn als Seelsorger noch nicht untergekommen. Dabei bin ich von der gottlosen Uckermark einiges gewöhnt.«

»Ein Rechtsanwalt aus Templin ... Interessant ...«, murmelt Krusewitz mehr für sich als für den Pfarrer.

Schiefelbein fühlt sich trotzdem angesprochen und unterbricht kurz seine Reparaturarbeiten. »Eher ärgerlich als interessant. Der Mann ist ein ganz zwielichtiger Winkeladvokat. Typischer Goldgräber-Wessi, den es auf der Suche nach Immobiliengeschäften hierher verschlagen hat. Inzwischen hat er sich auf dubiose Wald- und Ackerlandverkäufe verlegt, da steckt ein Vermögen drin. Außerdem treibt er die Leute gern in aussichtslose Prozesse, und ich wette, genau das hat er heute auch vor. Von wegen Vermittler! Mich wollte er mal im Namen des Fliegenden Spaghettimonsters verklagen, aber das war selbst den Pastafaris zu blöd.«

Jannik horcht auf. Spaghettimonster? Pastafaris? Was ist das schon wieder? Bevor er nachfragen kann, meldet sich Krusewitz zu Wort. Leider mit einer anderen Frage.

»Sag mal, gibt es in Templin denn viele Anwälte und Notare?«, hakt er in scharfem Verhörtonfall nach.

Warum das nun wieder?

Der Pfarrer schüttelt den Kopf. »In seiner Funktion als Notar ist dieses Windei Krüger weit und breit der Einzige in unserer Gegend.«

»Der Mann heißt Krüger?«, wiederholt Krusewitz und gerät vor Freude völlig aus dem Häuschen. »Krüger, nein, so was aber auch! Das nenne ich einen echten Glückstreffer.«

»Krüger ein Glückstreffer?« Der Pfarrer staunt. »Da können wir unmöglich den gleichen meinen.«

»Oh doch, das tun wir. Sogar ganz sicher. Dieser Krüger muss mein Mann sein!«, jubelt der Kantor, guckt neunmalklug und ist gedanklich mal wieder auf einer komplett verkehrten Umlaufbahn unterwegs. Selbst Schiefelbein hebt fragend die Brauen.

Jannik zuckt resigniert mit den Schultern.

»Ich begleite dich nach Alt Placht«, verkündet der Kantor hochvergnügt. »Ich wollte in den nächsten Tagen sowieso dorthin. Das Kirchlein ist immerhin eine der wenigen erhaltenen Hugenottenkapellen in Brandenburg. Vielleicht gab es auf dem zugehörigen Gut oder im Dorf sogar mal De la Barrés. So heißen nämlich die toten Ahnen, nach denen wir forschen. Wir müssen dringend mit Tante Laurette sprechen.«

Ahnenforschung und mit toten Tanten sprechen? Was hat der Kantor bloß vor?, wundert sich Jannik. Der soll hier doch nur wandern.

Auch der Pfarrer runzelt die Stirn, wiegt zweifelnd das Haupt, während er sich die ölverschmierten Hände an einem

Tuch abwischt. »Wird schwer sein, in Alt Placht etwas über ehemalige Siedler herauszufinden. Die Kapelle hat keinen Friedhof, und das ursprüngliche Dorf ist durch die unzähligen Kriege in dieser Gegend und Feuersbrünste immer wieder verödet. Der Ort besteht heute nur aus einer Hand voll Häuser, und im ehemaligen Gutshaus ist seit Jahrzehnten die Oberförsterei untergebracht.«

»Umsehen und Umhören kann nichts schaden, während du diesem Hallodri von Bräutigam den Kopf zurechtrückst«, entgegnet der Kantor und zurrt seinen Helm fest. »Hier gibt es mittlerweile überall enorm beschlagene Ahnenforscher, wie ich mit Hilfe meiner Internetfreunde feststellen durfte. Sagt dir übrigens der Name Kasulke etwas? Ich meine, hier kennt doch jeder jeden, oder? Sind ja nicht mehr viele Uckermärker übrig.«

»Kasulke, Kasulke …«, murmelt der Pfarrer und kramt in seiner Gedächtniskartei, während Jannik der Unterkiefer runterklappt. Krusewitz hat Internetfreunde? Momentchen! Das muss geflunkert sein. »Sie haben überhaupt keinen Computer, Herr Krusewitz!«, platzt er heraus.

Der Kantor dreht kurz den Kopf. »Nein, ich nicht, aber Frau Spielvogel. Was glaubst du wohl, warum ich diese freundliche Dame so regelmäßig aufsuche?«

»Na, um eine Therapie zu machen.«

»Ach was! So was brauche ich nicht, Jungchen. In seelischen Belangen halte ich mich seit jeher an Strauß und Fledermaus.«

Der immer mit seinen blöden Viechern!

»Glücklich ist, wer vergisst, was nicht mehr zu ändern ist«, intoniert Krusewitz eine kleine Gesangseinlage. »Ganz zauberhafte Operette«, schiebt er hinterher.

Jannik fasst es nicht. Es gibt Fledermaus-Operetten? So was hören sicher nur Bekloppte.

»Wobei natürlich auch die Verballhornung dieser lyrischen Zeilen einen gewissen Reiz hat«, ergänzt Krusewitz und schmettert: »Glücklich ist, wer verfrisst, was nicht zu versaufen ist.«

»Kasulke«, wiederholt der Pfarrer ein letztes Mal. Dann wirft er seufzend die Schraubenschlüssel in die Kofferkiste des Beiwagens, klappt sie zu und schüttelt den Kopf. »Der Name kommt mir entfernt bekannt vor. In meinen Ohren klingt er allerdings ein wenig nach Schausteller und Komiker.«

Das sagt ausgerechnet ein Pfarrer namens Schiefelbein, der Ärger mit Spaghettimonstern hat, zu einem Kantor namens Krusewitz, der mit toten Tanten reden will! Mann, Mann, Mann. Die Ossis scheinen ein extrem verschrobener Menschenschlag zu sein, wenn man nach denen geht, die er bislang kennengelernt hat, findet Jannik.

»Hast du eine Adresse von diesem Kasulke?«, will der Pastor von Krusewitz wissen.

»Nur eine, die tatsächlich erfunden sein muss«, entgegnet der Kantor sichtlich enttäuscht. »In Herrn Kasulkes Chat-Profil steht ›Santa Fé, Templin‹. Das kann doch nicht stimmen!«

»Doch, doch, die Adresse gibt es!«, ruft der Pfarrer, dreht den Benzinhahn auf und fummelt am Lüftungsventil herum. Scheint ziemlich aufwendig zu sein, das Startmanöver. Kabel muss er auch überprüfen. »Obwohl dein Kasulke da kaum wohnen dürfte. Na, ich fahr dich die nächsten Tage mal hin.«

»Sehr schön. Ich bin mir nämlich sicher, dass mein junger Begleiter und ich von Herrn Kasulke Entscheidendes über unsere Ahnen und ihr Wirken in der Uckermark erfahren werden. Der Mann kennt sich aus.«

Jannik kann ein frustriertes Stöhnen nicht unterdrücken. Ahnenforschung und Heimatkunde-Ost mit Krusewitz klingt nach ätzend langweiligem Gruftikram.

»Das Jungchen sollten wir in Templin aber wohl im Hotel absetzen«, sagt Krusewitz. »Der braucht sein Mittagsschläfchen.«

Nicht schon wieder diese Nummer, ärgert sich Jannik. »Ich bin nicht müde«, braust er auf.

»Freut mich zu hören«, kontert der Kantor. »Wir suchen schließlich nicht irgendeine Tante, sondern deine Urgroßtante, die möglicherweise einiges zu vererben hat.«

Der Pfarrer tritt den Kickstarter, hustend springt die Ural an. Im nächsten Moment sitzt Schiefelbein auf und gibt so stark Gas, dass Janniks Fragen »Welche Urgroßtante?« und »Welches Erbe?« vom Motorgeblubber verschluckt werden.

13.

Es gibt Leute, die kaufen sich von Geld, das sie nicht haben, Sachen, die sie nicht brauchen, um Leuten zu imponieren, die sie nicht mögen.

Danny Kaye, US-Komiker (oder auch nicht ...)

Bekümmert und von leisen Selbstzweifeln geplagt betrachtet Martha Spielvogel die Schwingtür der Präriekabine. Dahinter grollt Hans grabesstill und therapeutisch unerreichbar vor sich hin. Woran sie nicht ganz unschuldig ist. Und Sigmund Freud. Vor allem aber hätte sie sich die Erwähnung von Hilde verkneifen sollen. Dafür war es eindeutig noch zu früh. Martha nagt nachdenklich auf ihrer Unterlippe herum. Wie konnte ihr nur so ein Fehler unterlaufen?

Zunächst hatte sie es als Heilungsfortschritt begrüßt, dass Hans sein Outfit allein kaufen wollte. Seine Versuche, einen Anorak auszusuchen, haben sie indes rasch eines Besseren belehrt. Der Mann hält Beige und Totengrau für Farben und formlose Schlabberjacken für das Ende seiner Figurprobleme. Beides aber wäre Gift für ihn gewesen. Womit sie in eine therapeutische Zwickmühle geraten war.

Einerseits ist in Geschmacksfragen professionelle Zurückhaltung geboten. Erst recht, wenn man wie sie nach dem Konzept »Jeder Jeck ist anders, und das ist auch gut so« therapiert. Andererseits hätte Hans in Schlabbergrau wie ein rollender Trauerkloß ausgesehen, sich dauerhaft auch so gefühlt und endgültig gehen lassen. Also hat sie ihm eine leicht figurbetonte Jacke in hellem Olivgrün ausgesucht – unter Beifall des reizenden Verkäufers Dennis. Berechtigtem Beifall, den Hans aber nicht teilen wollte.

Wehmütig betrachtet Martha das gute Stück, das wie erschossen auf einem Hocker vor der Kabine liegt. In Oliv plus Safarihut mit Leopardenband und kleinen Kaurimuscheln wirkte Hans wie ein Mann, der sich was traut. Sogar sein Silberbart hätte ihm – sauber gestutzt, versteht sich – in der Jacke zu Gesicht gestanden und eine Kreuzung zwischen Indiana Jones und dessen bebrilltem Kinovater Sean Connery aus ihm gemacht.

Ein Kerl mit Potenzial zum Frauenschwarm!, hat sie sich so impulsiv wie aufrichtig gefreut. Zumindest bei älteren Semestern und lebenslustigen Frauen wie Hilde. Das hat sie Hans dann auch wortwörtlich so mitgeteilt. Aufmunternde Rückmeldungen sind schließlich ein wesentlicher Teil ihres Jobs.

Leider war das Stichwort Hilde deplatziert. Hans ist regelrecht explodiert, hat sich zornig wie nie die Jacke vom Leib gerissen, sie samt Hut über die Schwingtür geschleudert und gepöbelt: »Ich bin nicht Ihr Hampelmann, Sie kreuzdummes Huhn!«

So ausfallend hat sie ihn zum ersten Mal erlebt. Hans ist dem Wesen nach überhaupt kein Mann für verletzende Schimpfwörter. Einen winzigen Moment lang stand sie in ernsthafter Gefahr, sich mit dem kreuzdummen Huhn auch gemeint zu fühlen und die Angelegenheit persönlich zu nehmen, aber dann hat die Therapeutin in ihr wieder die Oberhand gewonnen und glasklar erkannt, dass es sich bei der Beleidigung nur um einen Fall von Projektion und Übertragung handeln konnte.

Und damit kam wie von selbst Sigmund Freud ins Spiel. Laienhaft ausgedrückt war Hans kein bisschen wütend auf sie, sondern auf seine Mütter, und hält Hilde für ein Huhn. So viel hat Martha von Freud gelernt, obwohl sie über seinen dicken Schwarten oft eingeschlafen ist. Psychoanalyse und Ödipuskomplex liegen ihr nicht so. Trotzdem konnte sie Hans die Sache mit der Freud'schen Übertragung natürlich erläutern und ihm erklären, was für ein furchtbarer, nein, Quatsch, sie meint natürlich *fruchtbarer* Einstieg in ein tiefenpsychologisch fundiertes Analysegespräch sich aus dem kreuzdummen Huhn ergibt.

Seither redet Hans kein Wort mehr mit ihr.

So viel also zu Freud. Taugt einfach nichts. Das hat sie im Grunde immer geahnt, sonst wäre sie ja wohl kaum ständig über ihm eingeschlafen. Um ehrlich zu sein, ist ihr die ganze Psychoanalyse suspekt. Sie will Hans' Gefühle schließlich nicht zu Tode analysieren, sondern zum Leben erwecken.

Dank Freud schweigt Hans nun leider nicht nur wie ein Grab, er hat außerdem nach schwarzen Hosen verlangt. Schwarze Hosen! Mit Gummizug! Die wären das Todesurteil für alle bisher errungenen Erfolge.

Entschlossen wendet Martha sich der Kabinentür zu. Das muss sie verhindern. Ohne Sigmund Freud, dafür mit List und Tücke. »Unser junger Verkäufer macht mir vom Hosenständer her verzweifelte Zeichen«, teilt sie Hans mit. »Ich glaube, ich soll ihm Ihre alten Jeans bringen!«

Hans lässt sich Zeit mit einer Antwort. Sehr viel Zeit. Verflixt, kommt da noch mal was?

»Wozu?«, brummelt er endlich abweisend.

Na, Hauptsache, er kriegt die Zähne wieder auseinander.

»Ich nehme an, er braucht sie zum Größenvergleich«, flunkert Martha flüssig.

»Ich habe dem Kerl sämtliche Größen samt Kragenweite genannt«, schnaubt es abfällig aus der Kabine. »Wenn das diesen Himbeerbubi überfordert, komme ich raus und suche die Dinger selbst aus.«

Nur das nicht!

»Ausgeleiert, wie Ihre Jeans sind«, improvisiert Martha, »werden Ihre Ursprungsmaße kaum noch stimmen, und selbst Hosen mit Gummibund fallen verschieden aus. Ihre Schuhe geben Sie mir am besten auch gleich mit.«

»Füße werden nicht dicker«, begehrt Hans auf.

»Aber breiter, wenn sie dauerhaft mehr Gewicht zu tragen haben. Fragen Sie mal schwangere Frauen! Nun machen Sie schon. In der Bahnhofshalle kommt Bewegung auf. Wenn ich die letzte Durchsage richtig verstanden habe, fahren bereits wieder S-Bahnen.«

Sie hört Hans hinter der Schwingtür mit unwilligem Knurren aus seinen alten Jeans steigen. Achtlos wirft er sie über die Türkante und schiebt mit der Fußspitze seine Schnürschuhe darunter zu ihr durch. Na also, geht doch! Martha greift sich Schuhe und Hosen, durchquert den Laden bis zur Kasse und entsorgt beides in einem Container für ausrangierte Kleiderbügel.

Auf dem Rückweg fängt sie den Verkäufer ab, der mit einem Stapel Wanderhosen auf Hans' Kabine zueilt. Mit flinkem Zeigefinger trifft sie eine Vorauswahl: »Die, die und die zeigen Sie ihm. Diese auf keinen Fall«, wispert sie und zerrt alle schwarzen und mit Gummizügen versehenen Hosen aus dem Stapel. Mit Schwung entsorgt sie die ausrangierten Stücke in einem Gitterkorb mit Taucherbrillen. Gluck, gluck, weg sind auch sie!, freut sich Martha.

»Halten Sie das für eine gute Idee?«, fragt flüsternd der Verkäufer.

»Sagen wir, für eine meiner besseren«, flüstert Martha zurück. »Ach, und könnten Sie die Kabine wieder anknipsen? Nicht sofort und nicht dieses *Howdy Ho!*, aber ein wenig Musik nach, sagen wir, zehn Minuten wäre nett. Musik hebt bekanntlich die Kauflaune.«

»Bei Ihrem Mann? Sind Sie da sicher?«

»Ganz sicher!«

Dennis runzelt zweifelnd die Brauen. »Ich weiß nicht. Er hat ausdrücklich nach Ruhe und schwarzen Hosen verlangt, und na ja, ich bin noch nicht lange hier und müsste dringend mal was verkaufen.«

»Oh, das werden Sie, das werden Sie«, raunt Martha und stupst den jungen Mann sanft in Richtung Umkleiden. »Schneller, als Sie denken!« Auf Socken und in Rentiershorts kann Hans die Kabine schließlich unmöglich verlassen, und die Musik wird dafür sorgen, dass er sich beeilt.

Für diese Leistung, findet Martha, hat sie sich selbst auch ein paar Shoppingfreuden verdient. Beschwingt schnappt sie sich einen Einkaufstrolley, während Dennis unter wortreichen Erklärungen Hans' Kabine betritt. Martha lauscht kurz. Der Junge hat Fantasie und ist gelehrig; damit wird er es noch weit bringen.

So, zunächst mal die olivgrüne Jacke und den Hut einpacken. Beim ersten Regenguss wird Hans es ihr danken. Und nun auf in die Campingabteilung. Da sind Wurfzelte als Preiskracher im Angebot. Zwei Stück zum Preis von einem. Hm. Ein wenig wildes Zelten mit seinem Großvater dürfte Jannik guttun, auch wenn es ihn nicht vollständig kuriert. Gegen die erste unglückliche Liebe – und sei sie noch so deplatziert und schmerzhaft – hilft nun mal keine Therapie. Aber die zweite Liebe! Martha wird die Augen für den Jungen offen halten. Dafür wird sie zwar nicht bezahlt, aber er ist ihr ans Herz gewachsen. Außerdem ist auf seinem Handy eben eine SMS eingetroffen, die Martha sehr zornig gemacht und ihren Beschützerinstinkt geweckt hat. Eine SMS von Vanessa.

Als Antwort auf Janniks Selfie mit Krusewitz hat dieses ekelhafte kleine Biest einen Link zu ihrer neusten Bildergalerie auf Facebook geschickt – eine Galerie mit dem Titel »Wette gewonnen – ich habe die zehn größten Loser von Nievenhoven geküsst!«. Janniks Selfie hat dabei Platz eins gemacht.

Schrecklich so was, einfach schrecklich. Nur gut, dass sie den Jungen ohne Handy nach Brandenburg geschickt hat. So, jetzt aber weiter im Text.

Zu den Zelten passt vorzüglich dieses gesprenkelte Blechgeschirr im Bonanza-Look. Ein Fahrtenmesser brauchen sie natürlich auch. Au, ist das scharf! Dabei fällt ihr ein, dass sie noch zum Drogeriemarkt muss. Wegen der Bartschere. Jetzt noch zwei Ultraleicht-Schlafsäcke und ... ach, was hängt denn da am Marterpfahl? Lauter bunte Tütchen.

Rasch rollert Martha samt Trolley zum Pfahl. »*Manitus Delight* – echtes Bisonfleisch, unter dem Sattel gedörrt«, entziffert sie den Packungsaufdruck. Ein anderes Tütchen beinhaltet Heftpflasterstreifen, die wahlweise wie knusprig gebratener Bacon oder abgeschälte Baumrinde aussehen. Herrlich, das muss alles mit.

Dieser Laden ist eine wahre Fundgrube für Dinge, die unnütz oder scheußlich oder beides sind und Hans todsicher auf die Palme bringen. Falls ihr mal die Ideen ausgehen sollten. Was unwahrscheinlich, aber immerhin möglich ist.

14.

Gereizt zerrt Hans eine der hellen Hosen vom Bügel, die ihm dieser Nichtskönner von Verkäufer in die Kabine gebracht hat. Seine fadenscheinige Ausrede: »Schwarze Hosen mit Gummizug führen wir nur in der Gymnastikabteilung für Damen.«

Hinter derartigem Blödsinn kann nur die Spielvogel stecken. Seine Jeans hat sie auch verschwinden lassen. Ächzend nimmt er auf einem Hackklotz Platz, der den Hocker ersetzt, schüttelt die Hose auseinander und schiebt einen Fuß ins rechte Hosenbein. Dieses Weibsbild macht ihn mit allen Mitteln vom Hans zum Hanswurst.

Wenn dieser Verkäuferdarsteller Dennis seine Jeans nicht wieder auftreibt, dann gnade den beiden Gott! In seiner verschwundenen Hose steckt sein Portemonnaie samt Personalausweis, EC- und Kreditkarten, Führerschein und allem, was den modernen Menschen sonst noch ausmacht. Praktisch seine komplette Identität.

Hans zieht die Hosen hoch und den Bauch ein, damit der Reißverschluss schließt. Das tut er, und zwar erfreulich glatt. Eigentlich angenehm. Kurz mal schauen, was der Spiegel dazu sagt.

Oh Gott! So beleibt hatte er sich wirklich nicht in Erinnerung! Was daran liegen könnte, dass er sich seit Monaten nicht mehr in Ganzkörperspiegeln betrachtet. Außerdem tragen helle Hosen auf, und diese ist fast weiß. Weiße Hosen sind ein Gräuel. Schon aus praktischen Gründen, und weil Männer darin unweigerlich an lachhafte Strandgigolos erinnern. An

Witzfiguren in weißen Hosen wie diesen neuen Heiopei von Hilde, diesen ... Halt!, bremst sich Hans. Falsches Stichwort, ganz gefährlich falsches Stichwort! Ähnlich fatal wie die Landstreicherhosen vorhin. Und wer hat es ihm mal wieder ins Ohr gesetzt und ihn zudem in weiße Hosen gezwungen? Frau Spielvogel, wer sonst!

Rasch wendet Hans den Blick vom Spiegel ab. Zu spät. Vor seinem inneren Auge baut sich ein Bild von Hilde vor südlicher Kulisse auf. Ihre Jacketkronen strahlen mit den blendend weißen Beinkleidern ihres Neuen um die Wette. Trotz seinen siebzig Jahren, dafür mit schwarz gefärbten Haaren mimt dieser Costa Cordalis der Jurisprudenz immer noch den Schwerenöter. In seinem dämlichen Haus auf Mallorca und auf seiner Segelyacht. Wer will schon nach Mallorca oder zum Segeln?, gerät Hans in Wallung. Er nicht.

Aber Hilde wollte es. Hans' Schultern sinken auf Halbmast. Eine Welle tiefer Traurigkeit vermischt mit Wehmut überschwemmt ihn. Warum hat Hilde ihm ihre unerfüllten Träume erst verraten, nachdem sie die Scheidung eingereicht und sich dabei frisch verliebt hat? Warum hat sie ihn einfach ausgetauscht gegen eine erbärmliche Lachnummer und Witzfigur, wie sie im Buche steht? Hans' Blick kehrt unwillkürlich zum Spiegel zurück. Mit einem Schlag packt ihn die wohlvertraute bleierne Müdigkeit.

Er ist hier die Witzfigur. Nur keine zum Verlieben.

Er selbst ist völlig aus der Fasson geraten, seine Familie ist zerfallen, eine ernstzunehmende Aufgabe, in die es sich flüchten ließe, hat er als Rentner auch nicht mehr. Mit anderen Worten: Sein Leben ist vorbei, aus, *finito* und im Rückblick ein Irrtum. Noch dazu von Geburt an. Alles, was für ihn noch zu tun bleibt, ist, sich damit abzufinden und sich im Wartezimmer des Todes einzurichten.

Resigniert sinkt Hans gegen die Kabinenwand. Sogleich schnellt er in die Senkrechte zurück. Höhnische Mundharmonikatöne sägen sich in seine Ohren. Hans' Herzschlag antwortet mit Trommelfeuer. Charles Bronson spielt ihm das Lied vom Tod.

»Ah, Sie haben den Schalter des CD-Players entdeckt«, freut sich Dennis und stößt die Schwingtür auf. »Ich habe hier noch Schuhe für Sie.«

Was zu viel ist, ist zu viel. Mit einem gut platzierten Fausthieb auf den Schalter bringt Hans Charles Bronson zum Schweigen und wirbelt aufgebracht zu Dennis herum. »Wo ist meine alte Jeans?«, fragt er ungehalten. »Ich brauche meine Jeans zurück!«

»Tja ... äh ... nun, bislang habe ich sie noch nicht gefunden«, gesteht der Jüngling zerknirscht.

»Herrje, dann fragen Sie Frau Spielvogel danach. Die hat sie zuletzt gehabt«, schäumt Hans und entreißt Dennis die Trekkingboots, die halbwegs vernünftig aussehen. Anders als der Jungspund.

»Welche Frau Spielvogel?«, fragt der verdattert.

»Die Dame, mit der ich hier bin«, blafft Hans gereizt, während er in die Schuhe steigt.

»Ach so, Ihre Frau.«

Herr, schmeiß Hirn vom Himmel!

»Diese Person ist doch nicht meine Frau. Meine Frau lebt auf Mallorca und ...« Hans bremst sich in letzter Sekunde. Das fehlt gerade noch, dass er vor jedem beliebigen Hinz und Kunz sein verpatztes Leben ausbreitet, nur weil Frau Spielvogel ihn ständig daran erinnert. Energisch schnürt er die Schuhe zu. »Wo haben Sie sie zuletzt gesehen?«, will er von Dennis wissen.

»Äh, meinen Sie Ihre Jeans oder Ihre ... hm ... neue Lebensgefährtin?«, stammelt der sichtlich eingeschüchtert.

»Ach, vergessen Sie es«, winkt Hans ab, schnappt sich seinen Geigenkoffer, stößt die Schwingtür auf und stürmt in den Laden.

»Wenn Sie Ihre Freundin suchen«, kräht ihm der Verkäufer hinterher und klingt fast schon verzweifelt, »die war vorhin an der Kasse, um ihre Einkäufe zu zahlen. Beim Eingang. Könnten Sie beim Bezahlen der Hosen ebenfalls meinen Namen erwähnen? Wegen meiner Provision.«

Pah, das fehlte gerade noch!, zürnt Hans stumm und beschleunigt seine Schritte. Dieses nassforsche Jüngelchen hat doch keine Provision verdient. Es sei denn, er akzeptiert auch einen Tritt in den Hintern.

»Falls Sie es vergessen haben: Ich heiße Dennis«, lässt Dennis hinter ihm nicht locker.

Ganz schön unverschämt der Knabe.

»Dennis Schuh wie in Tennisschuh nur mit D ...«

Hans stoppt abrupt ab. *Dennis Schuh?*

Das darf doch wohl nicht wahr sein! Den Eltern gehört der Hintern versohlt, und zwar nach Noten!, empört er sich innerlich.

Hans wendet langsam den Kopf und schaut Dennis, der vor der Präriekabine steht und Hosen glättet, als gälte es sein Leben, zum ersten Mal wirklich an. Er fängt einen flehenden Blick von ihm auf und schämt sich. Er schämt sich sogar gewaltig.

»Geht klar, Junge, und danke auch«, ruft Hans heiser und nimmt zögernd den Weg zur Kasse wieder auf. Was ist nur mit ihm los? Was hat er sich dabei gedacht, einen Jungen, der kaum älter als Jannik sein dürfte und zu einem Handlangerjob in diesem Affenzirkus verurteilt ist, so anzuschnauzen? Er hat sich diesem armen Kerl gegenüber ganz unverzeihlich schlecht benommen. Unfassbar, zu welch erbärmlichen Verhaltensweisen die Spielvogel ihn bringt. Dieser ständig gereizte, übellaunige, völlig selbstbezogene und taktlose Rüpel, das ist doch nicht er! Genauso wenig ist er ein vor Selbstmitleid triefender Jammerlappen. Nein, das schon gar nicht. Im Gegenteil.

Ein Ruck geht durch Hans. Ab sofort wird er sich von dieser ausgemachten Irren nicht mehr provozieren oder zu Dummheiten verleiten lassen. Schluss mit dem kindischen Gezänk um Bärte oder Hosen, Schluss mit Schimpfkanonaden gegen Unschuldige, Schluss mit sentimentalen Rückblicken. Ausflüge in Irrenhäuser wie den Adventure Dome wird es auch nicht mehr geben. Er wird sich im Gegensatz zu dieser Weibsperson ab sofort vollkommen vernünftig, normal und erwachsen benehmen. So, wie es sich für einen Mann seines Alters geziemt. Und sobald er mit Jannik aus Brandenburg zurück ist, wird er die Dame wie ursprünglich geplant achtkantig aus seinem Anbau und seinem Leben werfen. Danach kann er sich dann endlich wieder ins Bett legen.

Ähm ... nun ... na ja, das dann wohl doch nicht mehr. Sein Leben mag erbärmlich und vorbei sein, aber das seines Enkels fängt gerade erst an, und als Großvater und Vaterersatz hat er nicht nur die Pflicht, seinen Enkel aus Brandenburg abzuholen, er muss ihn auch vor einem Schicksal als Schulabbrecher bewahren, der nicht einmal Chancen auf einen Job als Verkäufer im Adventure Dome hätte. In dieser Hinsicht wird er ab sofort mit Annika an einem Strang ziehen. Nur nicht mit Frau Spielvogel.

Mit neuer Entschlossenheit und begleitet von Bonobogeschrei zwängt Hans sich zwischen den Rundständern hindurch, passiert die Polarkabine, findet die Quallensäule beim Eingang wieder und daneben die Kassentheke, allerdings keine Frau Spielvogel. Suchend schaut er sich um. Er ist bereits kurz davor, ihren Namen zu rufen, als sein Blick in einen Container und auf etwas vertrautes Blaues fällt.

Unter einem Gewirr aus verkanteten Drahtbügeln liegt seine alte Jeans. Ein tiefes Glücksgefühl durchströmt ihn. Endlich hat er sie wieder. Hans bückt sich eifrig über den Container, will sich durch das Bügelgewirr zur Hose durchwühlen. Was nicht ganz einfach ist, denn die Bügel erweisen sich als hartnäckige Gegner. Einer hakt sich in Hans' Bart ein, ein anderer krallt sich in seine Hemdmanschette. Egal, er will sofort seine Jeans zurück! Schon aus Prinzip, und damit die Spielvogel begreift, dass sie mit ihm nicht den Molli machen oder Anziehpuppe spielen kann.

Hans wühlt sich verbissen tiefer, während der Bügel an seiner Hemdmanschette Verbündete rekrutiert. Bügel für Bügel haken sie sich ineinander, bilden eine Art Girlande, die sich wie eine falsch angebrachte Fußfessel anfühlt.

Hans flucht, gibt aber nicht auf, obwohl die Bügel an seinem Ärmel genau wie die Bonoboschreie in seinen Ohren seine Geduld auf eine harte Probe stellen. Und als ob das Affengebrüll nicht genügte, setzt aus Richtung der Kasse auch noch dramatisches Hufgepolter ein. Klingt wie die Stampede einer Herde wild gewordener BSE-Rinder. Verdammt, das macht einen ja völlig mürbe!

Ruckartig reißt Hans den Kopf hoch, um das Geräusch zu orten. Zu ruckartig. Ein Bügel nutzt die Gelegenheit, ihm die Brille von der Nase zu reißen und sie in zwei Teile zu zerbrechen. So viel aber erkennt er auch ohne Sehhilfe: Das Geräusch kommt nicht aus dem Laden, sondern aus der Bahnhofshalle. Eine Fahrgasthorde rast vor dem Geschäft mit tosenden Rollkoffern im Schlepptau durch die granitgepflasterten Gänge in Richtung der ICE-Gleise.

Hans schaltet sofort, fischt nach den Teilen seiner Brille und versucht, die blöde Drahtbügelgirlande abzuschütteln, was misslingt. Egal, egal, da kommt ein Zug.

»Frau Spielvogel, wir müssen los!«, schreit er in den Laden hinein und hetzt mit der Bügelgirlande im Schlepptau zum Ausgang. Zahlreiche andere Kunden folgen ihm.

Zähneknirschend und hochnervös wie ein startbereites Rennpferd, das man am Losgaloppieren hindert, verharrt Hans auf der Schwelle, während um ihn herum die Kunden nach draußen fluten. Zum Teufel aber auch! Er kann hier ohne die Spielvogel leider nicht weg. Diese Person hat die Fahrkarte und außerdem Janniks Hoteladresse in Templin.

Direkt vor seiner Nase und dem Laden wird gedrängelt, geschubst, gestoßen und geflucht. Kaffeebecher werden achtlos weggeworfen, Zeitungen flattern zu Boden. Alles strebt zu den Gleisen. Wenn diese Hektiker alle nach Berlin wollen, ist der Zug im Nu voll. Wo zum Kuckuck steckt diese Spielvogel?

Hans' Kopf fährt zum Laden herum. Er kneift die Augen zusammen, um besser sehen zu können. Keine Frau Spielvogel in Sicht. Dafür kann er mit einem Mal ihre Stimme hören. Allerdings nicht von drinnen, sondern von draußen. Sein Kopf fährt wieder zur Bahnhofshalle herum.

Der Verkehr vor dem Laden ist ein wenig ins Stocken geraten. Köpfe drehen sich wie Eisenspäne in einem Magnetfeld in Richtung eines schluchzenden Geräuschs. Gezischel flammt auf, über das sich deutlich und unverkennbar gebieterisch die Stimme der Spielvogel erhebt. »Lassen Sie uns durch, das ist ein Notfall!«

Die Menge teilt sich und gibt den Blick auf Frau Spielvogel frei, die schwer beladen auf den Adventure Dome zuwankt. Leicht verschwommen, da nach wie vor brillenlos, registriert Hans, dass sie rechter Hand ein gewaltiges Tütengebinde balanciert und linker Hand eine völlig aufgelöste junge Frau umklammert. Die scheint sternhagelvoll zu sein, so wie sie daherhumpelt. Auf nur einem knallroten Stöckelschuh.

»Das wird schon wieder, Kindchen«, gurrt und zirpt und zwitschert die Spielvogel in bester Spielvogelmanier.

Herrje!, erregt sich Hans. Muss sie ausgerechnet jetzt eine wildfremde Schnapsdrossel auflesen und die Suchttherapeutin spielen? Für so was haben sie überhaupt keine Zeit.

Die junge Frau schluchzt erneut auf, lallt etwas von »Torsten hat mich nur be-nu-hu-hutzt ...«

Hans erstarrt. Sein Herz gefriert. Das darf nicht wahr sein! Er muss sich verhören ... oder etwa nicht? Der nächste Satz aus dem Mund der Betrunkenen beseitigt letzte Zweifel.

»Ich bin Baumarktleiterin und kein Flittchen, und schon gar nicht Torstens Teppich-lu-hu-hu-der!«

»Nicky?«, entfährt es Hans entsetzt.

Keine Reaktion.

Hans stürmt samt Bügelgirlande über die Ladenschwelle auf seine Tochter zu. »Annika«, will er nachsetzen. Er wird jedoch übertönt, und das gleich zweifach.

Über seinem Kopf kündigt die Deutsche Bahn per Lautsprecher die Einfahrt des ICE nach Berlin an, in seinem Rücken erklingt durchdringend der Diebstahlalarm des Adventure Domes. Konsequenterweise in Form einer trompetenden Elefantenherde. Sie bläst zum Angriff auf Hans, der seine weißen Hosen und die neuen Schuhe nicht bezahlt hat.

15.

Es gibt Länder, wo was los is. Es gibt Länder, wo richtig was los ist, und es gibt Brandenburg.

Rainald Grebe, Brandenburg-Song

Krusewitz breitet seine dürren Arme aus, als wolle er die ganze Welt umarmen. »Was für ein Lüftchen und dazu dieser himmlische Frieden! Das ist reinste Medizin, fast schon eine Droge. Streng genommen dürfte es die Uckermark nur auf Rezept geben.«

Der Kantor schließt andächtig die Augen und inhaliert mit bebenden Nasenflügeln eine Dosis Waldluft. Ganz so, als handle es sich tatsächlich um Seniorenkoks oder Vita Buerlecithin im Gaszustand, denkt Jannik ungeduldig, äußerst ungeduldig.

Seit ihrer Ankunft bei der Waldkapelle gibt der Kantor den entrückten Tempeltänzer und frommen Spinner, statt ihm endlich zu erklären, wer und wo seine angebliche Urgroßtante ist und – noch entscheidender – was sie zu vererben und was der Kantor wiederum damit zu schaffen hat.

Das ist mal wieder typisch Krusewitz. Kaum wird es ein einziges Mal spannend, stellt er sich auf vernünftige Nachfragen hin taub, spielt den Deppen und amüsiert sich dabei wahrscheinlich königlich – wie immer auf Janniks Kosten. Eben hat der Kerl sogar vorgeschlagen, in der Kapelle von Alt Placht um Beistand bei der Suche nach dieser Laurette von de la Dingsda und für ihr Wohlergehen zu beten. Zu beten? Der tickt doch nicht mehr sauber! Wenn der Kantor glaubt, dass Jannik nochmal wegen dieser Dame bei ihm nachfragt, hat er sich geschnitten. Wahrscheinlich handelt es sich bei der Tante ohnehin nur um ein Hirngespinst. In seiner Familie war noch nie die Rede von einer Erbtante. Schon gar nicht von einer aus Brandenburg. Zumindest Opa müsste die doch kennen.

Missmutig lässt Jannik sich auf eine Feldsteinmauer fallen und den Blick über die Lichtung schweifen, an deren Ende sich eine gelbe Fachwerkkapelle mit blauem Holzturm ins Grüne kuschelt. Postkartenkitsch, findet Jannik. Zumindest abgesehen vom fluchenden Pastor, der auf der linken Kapellenseite an einer Holztür rüttelt und dabei mehr heiligen Zorn als himmlischen Frieden ausstrahlt. Er bekommt die Tür nämlich nicht auf. Darum konnten er und Krusewitz auch nicht für die Tante und um himmlischen Beistand beten. Wofür er Gott echt dankbar ist.

Ein wohliger Seufzer vonseiten des Kantors lenkt Janniks Blick von Schiefelbein zurück zu Krusewitz. Die Atemübungen scheinen beendet zu sein, dafür schaut er jetzt ergriffen gen Himmel. Dabei sieht er dank seinem Eierschalenhelm aus wie ein komplett verstrahltes Marsmännchen. Im gleichen Moment fällt Jannik ein, dass er seinen auch noch trägt.

Heilige Scheiße!

Rasch pflückt er ihn von seinem Kopf und kämmt sich mit gespreizten Fingern durchs Haar, um jede Ähnlichkeit mit dem Kantor zu beseitigen. Seine schönen Stacheln haben sich trotz High Voltage Gel extra strong verabschiedet. Janniks Missmut wächst. Von wegen »Besiege die Schwerkraft« und »Schluss mit dem Langeweiler-Look«. Wie angeklatscht kleben seine Haare am Kopf. Sicher sieht er jetzt aus wie der kleine Wikinger bei seiner Erstkommunion. Fehlt nur noch, dass die Stacheln sich zu seinen oberblöden Puppenlöckchen aufdrehen.

Die findet nur noch Mama niedlich, und niedlich sein ist so ziemlich das Allerletzte, was er will. Nur gut, dass ihn hier niemand sehen kann.

Alt Placht liegt wie die gesamte Uckermark am Allerwertesten der Welt, lockt lediglich Hummeln in Scharen an und eine Horde Rentner auf Hightech-Trekkingrädern, die noch beklopptere Helme als er und Krusewitz tragen: Doofkopphelme mit Neonflammen und Belüftungsschlitzen. Die Behelmten parken ihre Räder und schwärmen zu Fuß in die umliegenden Wälder aus. Hoffentlich kriegen die Eichhörnchen keinen Schreck.

Das einzig Spannende war bislang der Weg hierher. Über Pastor Schiefelbeins Spezialabkürzungen durch aufspritzende Tümpel, über Hügelkuppen, auf denen sie beim Gasgeben fast abgehoben sind, um dann gewaltig schwankend talwärts zu knattern. Das war fast schon Motocross, wenn auch nur in Zeitlupe, weil einem die Ural ja sonst um die Ohren fliegt, aber immerhin.

Als Jannik von der Mühle abgestiegen ist, hat er sich wie ein Beutel unsortierter Knochen gefühlt. Was immer noch um Klassen besser ist, als auf verlassene Bräute, deren Rechtsverdreher oder eine Antwort von Krusewitz zu warten, der sich wie aufs Stichwort mit funkelnden Augen zu ihm umwendet.

»Kommen wir nun zu den entscheidenden Fakten, Jungchen.«

Jannik glaubt, er hört nicht recht. Bekommt er jetzt endlich eine Antwort? Gespannt wie ein Flitzebogen richtet er sich auf dem Mäuerchen auf.

Feierlich und mit knochigem Zeigefinger deutet der Kantor zur Kapelle. »Das Kirchlein im Grünen«, hebt er an, »wurde, wie schon erwähnt, um 1700 von französischen Glaubensflüchtlingen erbaut, die Preußens Könige nach Brandenburg holten, um das im Dreißigjährigen Krieg verwüstete und entvölkerte Land neu zu besiedeln. Lauter Fachkräfte übrigens, die den Tabakanbau und die Seidenproduktion sowie Bohnen, Porree, Spargel, Rosenkohl und die damals noch ziemlich unbekannte Kartoffel hier einführten. Über diese französischen Glaubensflüchtlinge werden wir sicher noch einiges hören, da sie allem Anschein nach zu deinen Vorfahren gehören.«

Jannik findet, dass er bereits mehr als genug über tote Hugenotten gehört hat, dass das Wort nach Motten oder Hottentotten klingt, ergo öde bis albern und nach niemandem, mit dem er unbedingt verwandt sein will. »Können wir nicht einfach über die Erbtante reden und die Vorfahren überspringen?«, schlägt er vor.

Nicht mit Krusewitz.

»Gemach, gemach. Konkret bis zu ihr bin ich mit meinen Ahnenstudien noch nicht vorgedrungen. Darum sind wir ja hier, um vor Ort zu forschen.«

»Mit anderen Worten: Sie wissen nicht mal, ob die Tante überhaupt existiert?«, fragt Jannik entrüstet, obwohl er sich das eigentlich schon gedacht hat.

»Du hältst mich wohl für einen ausgemachten Lügenbold und Spinner«, gibt der Kantor nicht minder entrüstet zurück. »Natürlich gibt es deine Tante. Wenn du mir nicht glaubst, frag Frau Spielvogel, die kommt ja bald und … Ah, das wird sie sein.« Krusewitz zieht sein Smartphone aus der Tasche, das mit »Ping Ping« die Ankunft einer SMS verkündet hat.

Warum soll ich Frau Spielvogel fragen?, wundert sich Jannik, während Krusewitz die Nachricht liest. Warum soll ausgerechnet die etwas über eine Nittenwilm'sche Erbtante wissen, die in der Familie selbst kein Schwein kennt? Ganz davon abgesehen, dass er seine Therapeutin nicht für das hält, was in den Nachrichten »eine verlässliche Quelle« genannt wird.

Eine »gewöhnlich gut unterrichte Quelle« träfe es schon eher. Zweifel bleiben Jannik trotzdem.

»Gute Nachrichten«, freut sich Krusewitz und steckt das Handy weg. »Frau Spielvogel sitzt im Zug nach Berlin und ist auf dem Weg hierher. Sie bringt außerdem jemanden mit, der dir die Existenz der Tante zweifelsfrei bestätigen kann. Du sollst ihn unbedingt darauf ansprechen, sagt sie. Und falls dir das alles nicht reicht, bleibt immer noch Herr Kasulke. In seinen Chats mit mir hat er angedeutet, dass er Laurette de la Barré sogar schon persönlich begegnet ist.«

Wahrscheinlich im Mondschein und nachts auf dem Friedhof, denkt Jannik. »Pastor Schiefelbein hält Kasulke für eine Erfindung«, sagt er.

»Nur den Namen, Jungchen, nur den Namen. Und Namen zu erfinden ist im Internet nicht nur üblich, sondern notwendig. Ich etwa nenne mich im Netz nur ›Ritter Kahlbutz‹. Nach der berühmten Brandenburger Rittermumie im Kirchturm von Kampehl, die wir uns übrigens auch einmal anschauen sollten.«

Kahlbutz? Mann, Mann, Mann. Als ob der Name Krusewitz für diesen Zweck nicht schon bekloppt genug wäre.

»Jetzt aber zurück zum eigentlichen Thema. Dem Kirchlein im Grünen. Es ist ein echtes Kleinod unter Brandenburgs Gotteshäusern.«

Der hat mich doch schon wieder reingelegt!, denkt Jannik und wendet sich verärgert ab.

Krusewitz doziert derweil munter weiter: »Bereits die Slawen errichteten an dieser Stelle eine Kultstätte, womit wir uns an einem einzigartigen Kraftort befinden, der den Menschen seit Tausenden von Jahren heilig ist.«

Bla, bla, bla! Krusewitz' Vorträge sind so spannend wie die Weltmeisterschaften im Pfahlsitzen. Jannik schaltet auf Durchzug und unterdrückt ein gewaltiges Gähnen. So viel zum Thema Kraftort. Oder heilig. Seine Augen suchen erneut Schiefelbein, der sich den Talar in den Hosenbund stopft, vielleicht, um der Tür notfalls einen Tritt mit dem Motorradstiefel zu verpassen. Zunächst probiert er sein Glück aber mit einem riesigen Schlüsselbund. Stück für Stück testet er die Schlüssel durch. Der Pastor ist nämlich für mehr als ein Dutzend Gotteshäuser und noch mehr Dörfer in der Gegend zuständig, darum auch die Ural. Jannik muss erneut gähnen.

»Die herrlichen Linden auf dieser Lichtung wurden gepflanzt, als Christoph Kolumbus Amerika entdeckte. Bedenke dies einmal«, faselt sich der Kantor neben ihm in Begeisterung.

Kolumbus? Mit dem ist er nun wirklich nicht verwandt. Jannik rutscht vom Mäuerchen ins Gras, presst den Rücken an die sonnenwarmen Feldsteine und macht die Beine lang. An seinem linken Fuß pocht die Blase. Das kann dauern, bis der Kantor wieder in der Gegenwart und in Brandenburg ankommt.

Krusewitz' Gebrabbel mischt sich mit dem Rascheln der Lindenblätter. Es ist ein einlullendes Geräusch, das Jannik in einen angenehmen Dämmerzustand versetzt. Wie gut, dass er in der Schule gelernt hat, auch in sitzender Position ergiebig zu schlafen!

16.

Et es kei größer Leid, als wat der Minsch sich selvs andeit!
Kölner Karnevalslied, 1881

Am Zugfenster fliegen Felder und Weideland vorbei. Kurz schiebt sich ein Schweinemastbetrieb ins Bild, dann grasen wieder Kühe, und ein Traktor pflügt durchs Feld. Am Himmel lacht die Nachmittagssonne. Wahrscheinlich über mich, denkt Annika voll Bitterkeit und Selbstekel. Über Ostwestfalen zieht unvermittelt dichter Nebel auf.

Ach nein, das sind bloß wieder Tränen, weg damit! Energisch und extra fest, sodass es weh tut und ihr die Lider brennen, wischt Annika sich mit dem Handrücken über die Augen. Sie hat genug geheult, und Dummheit gehört nun mal bestraft. Wie rasend und unverzeihlich dumm sie war, hat sie seit einer halben Stunde sogar schriftlich.

Beschämt betrachtet Annika ihr Smartphone, das sie immer noch so fest umklammert hält, als wolle sie es zerknüllen wie einen besonders niederträchtigen, gemeinen Abschiedsbrief. Leider lassen Handys sich aber ebenso wenig zerknüllen wie SMS-Botschaften.

Auf der Höhe von Hamm hat sie das Neoromantics-Forum aufgerufen, um ihren Account zu löschen. Das erfolgreiche Ende des Vorgangs wurde ihr prompt per Mail und mit Bedauern, einer virtuellen Rose sowie warmen Abschiedsgrüßen bestätigt:

Selbstverständlich sind Sie uns jederzeit wieder willkommen.

Vergessen Sie nie: *All you need is love*.

MFG, die Neoromantics – das kostenlose Seitensprungportal *sponsored by endless love*, dem Kondom für Kenner

Sie war Mitglied in einem Seitensprungportal. Seitensprungportal!

Gott, war sie blind, so blind, wie eben nur die Liebe macht! Was sie Torsten als Letztem vorwerfen kann. Der wollte sich schließlich nie in sie verlieben. Er hat sie auch weder belogen noch betrogen. Oh nein. Dafür hat er ja seine schwangere Ehefrau und seine Kinder. Was sie selbst betrifft, stellt Annika voll bitterem Zynismus fest, hat Torsten sich einfach und nüchtern an die Forenregeln gehalten sowie an ihre eindringliche Bitte, keine Gespräche über das Privatleben zu führen. Man könnte sagen, ihr gegenüber hat er sich geradezu wie ein Ehrenmann betragen.

Das ändert allerdings nichts an der Tatsache, dass Torsten Wellhoff ein riesengroßes Arschloch ist, was sie ihm bei ihrem Abgang aus dem Florint in raumfüllender Lautstärke und garniert mit einer schallenden Ohrfeige auch genau so mitgeteilt hat. Irgendwer musste das schließlich einmal tun.

Leider war ihr Triumphgefühl von kläglich kurzer Dauer. Ein Schluchzer will sich in ihr nach oben stehlen, wird aber glücklicherweise mit einem »Hicks« durch den Schluckauf abgefangen, der sie plagt, seit sie im Kölner Hauptbahnhof in Frau Spielvogels Armen zusammengebrochen ist. Gute Güte! Sie ist nicht nur abgrundtief dämlich, sondern noch dazu verboten peinlich. Wann wird sie endlich begreifen, dass sie zu blöd für die Liebe ist und für haltbare Beziehungen oder eine Ehe einfach nicht gemacht? Wie viele Beweise braucht sie denn noch?

Sie sollte sich endlich damit abfinden, dass ihr in Beziehungsfragen nur zwei Optionen bleiben: sich mit einem Versager oder Restposten zu begnügen oder das Kapitel ein für alle Mal zu beenden.

Sie sollte sich endlich eingestehen, dass sie solo gar nicht so unglücklich war und zudem genug lohnende Aufgaben hat. Als da wären: ihr Vater, Jannik, ihr Job als Baumarktleiterin bei Biller…

Billerbeck! Ach, du lieber Himmel!

Annika stockt der Atem, ihr Herz überspringt einen Schlag. Vor ihrem inneren Auge nimmt das Bild ihres beleibten Chefs Gestalt an – eines zunächst bestürzt, dann zunehmend zornig dreinschauenden, rotgesichtigen Billerbecks.

Verdammt, verdammt, verdammt! Über das ganze Gefühlsdrama mit Torsten hatte sie ganz vergessen, dass Billerbeck Zeuge ihres kopflosen Abgangs aus dem Florint war. Auf nur einem Schuh, als Vernichterin einer glücklichen Ehe und eines von Billerbeck hochgeschätzten Geschäftskontakts zu Deutschlands führendem Bodenbelaghersteller. Damit dürfte feststehen, dass sie nicht nur Torsten, sondern auch ihren Job auf immer quitt ist.

Diese Erkenntnis ist zu viel für Annika und ihre mühsam wiederhergestellte Contenance. Ein gewaltiger Schluchzer drängelt sich von Wimmern begleitet an ihrem Schluckauf vorbei. Dieser setzt sofort zur Aufholjagd an und kommt mit einem lauten »Hicks« als Zweiter ans Ziel. Tränen schießen in Annikas Augen und sind selbst durch noch so beherztes Nasehochziehen nicht aufzuhalten.

»Ach, Kindchen, Kindchen!«, meldet sich im Tonfall händeringender Verzweiflung Frau Spielvogel vom gegenüberliegenden Fensterplatz zu Wort. »Wenn ich an Ihrer Stelle wäre, würde ich mich umbringen!«

Äh? Wie bitte?

Annikas Tränen versiegen schlagartig, ihr Schluckauf ist vor lauter Schreck kuriert. Sie schnellt im Sitzpolster hoch, völlig fassungslos über einen solchen Ratschlag aus dem Munde einer Therapeutin. »Sie meinen, ich ... ich ... ich soll *Selbstmord* begehen?« In Annika regt sich spontan entschiedener Widerstand. Auf keinen Fall, auf gar keinen Fall wird sie das tun. Nicht für Torsten.

»Oh, du liebe Güte! Nein, nein, nein!«, überschlägt sich die Spielvogel, beugt sich vor und legt beide Hände über die von Annika. »Ich meinte, Sie sollten *mich* umbringen, weil ich Ihnen einen so unverzeihlich falschen Rat gegeben habe. Die Begegnung mit diesem Torsten im Florint muss ein entsetzlicher Schock für Sie gewesen sein, und von Schocktherapie halte ich ü-ber-haupt nichts! Das müssen Sie mir glauben! Ich wollte Ihnen wirklich nur helfen und Ihre Familie wieder zusammenbringen.«

»Das haben Sie ja auch geschafft«, schnieft Annika. »Es ist nur so, dass ich neben Torsten auch noch meinen Job ...«

Ein graumelierter Geschäftsmann hebt verärgert den Blick von der Tastatur seines Laptops. »Könnten Sie Ihre gewiss dramatischen Gefühlsprobleme bitte woanders klären? Das hier ist ein Arbeitsabteil der ersten Klasse und kein Treffpunkt für Kaffeekränzchen«, pampt er lautstark in die Runde. Um Zustimmung heischend sucht er die Blicke anderer Mitreisender.

Seinem Versuch ist zu Annikas äußerster Genugtuung kein Erfolg beschieden. Der Fahrgast neben dem Beschwerdeführer ist in ein veganes Kochbuch vertieft, trägt neben einem modischen Pferdeschwanz völliges Desinteresse zur Schau und außerdem Kopfhörer, denen filigrane Trompetenklänge entströmen, mit denen Miles Davis seine Schwermut ergründet.

Ihm direkt gegenüber schläft tief und fest ihr Vater Hans, und im Sitz zwischen ihm und Frau Spielvogel stapeln sich deren Einkaufstüten, in denen sie gerade unter lautem Knistern und Gemurmel herumwühlt. »Wo sind denn nur die Taschentücher aus dem Drogeriemarkt hin?«

»Würden Sie bitte das Geknister einstellen!«, fährt der nunmehr vollends verärgerte Geschäftsmann aus der Haut. »Ich muss mich hier auf eine wirklich dringende Arbeit konzentrieren.«

»Nein, so etwas, genau wie ich«, gibt Frau Spielvogel heiter zurück. »Und dafür brauche ich nun einmal Taschentücher. Ich bin nämlich Therapeutin, müssen Sie wissen. Meine Klientin und ich nutzen dieses Arbeitsabteil übrigens gerade für eine Kriseninterventionssitzung. Dafür habe ich uns vorhin eigens auf die erste Klasse hochbuchen lassen. Ohne Sparpreisvorteile! Ich kann einen Notfall doch unmöglich zweiter Klasse und im Stehen behandeln. Der Zug ist streikbedingt ja brechend voll.«

Annika muss sich ein Kichern verkneifen. Ja, tatsächlich, ein Kichern und kein Schluchzen, stellt sie erstaunt fest. Könnte mal wieder an ihrer eigentlich fröhlichen Veranlagung liegen, ganz sicher aber an der von Frau Spielvogel.

»Also das ist doch ...«, stößt deren Kontrahent erbost hervor, klappt den Laptop zusammen und erhebt sich. »Ich werde mich beim Schaffner beschweren!«

»Tun Sie das.« Frau Spielvogel nickt freundlich. »Und wenn Sie schon mal dabei sind, könnten Sie ihn dann freundlich bitten, uns die Speise- und Getränkekarte zu bringen? Wir würden gerne Kaffee und Kuchen bestellen. Oder diesen leckeren grünen Tee. Aber nur, wenn der gute Mann Zeit und nicht zu viel mit unverschämten oder ungehaltenen Fahrgästen zu tun hat. Wegen des Streiks liegen ja bei einigen Menschen die Nerven völlig blank.«

»Sie sind wirklich einmalig!«, platzt es aus Annika heraus, nachdem sich die Automatiktür des Abteils laut zischend hinter dem Geschäftsmann geschlossen hat.

»Ach was, das sind nur Fingerübungen«, winkt Martha Spielvogel ab und reicht ihr ein Papiertaschentuch.

»Doch, doch, Sie sind unglaublich«, beharrt Annika, nimmt das Taschentuch und putzt sich die Nase. »Schauen Sie sich doch nur an, was Sie aus meinem Vater gemacht haben. Ich bin gerade mal einen Tag von zu Hause weg, und er ist ein vollkommen neuer Mensch!«

Die Blicke beider Frauen wenden sich dem Schlafenden zu. In einvernehmlichem Schweigen und voller Wohlgefallen betrachten sie den optisch verwandelten Hans.

»Diese olivgrüne Jacke steht ihm ausgezeichnet«, lobt Annika. »Und der Hut ist auch nicht schlecht. Damit sieht er beinahe so verwegen aus wie auf seinen Jugendbildern. Wie haben Sie ihn nur dazu bekommen, endlich aus dem Bett aufzustehen, eine Reise anzutreten und sich sogar neue Kleidung zu kaufen?« Und diese dann auch noch in einer Zugtoilette anzuziehen. Ohne Widerworte und Gezeter.

»Berufsgeheimnis«, sagt Frau Spielvogel augenzwinkernd. »Der Rest wird sich Ihnen in Brandenburg wie von selbst erklären. In Templin warten nämlich ein oder zwei wunderbare Überraschungen auf Sie, die ich Ihrem lieben Vater nicht vorwegnehmen will. Darum schweige ich wie ein Grab.«

Der liebe Vater schnaubt wie zur Antwort laut und vernehmlich.

»Papa, bist du wach?«, fragt Annika erfreut, weil sie und ihr Vater über die ganze Panik am Bahnhof, die anschließende Hetzjagd zum Zug und ihre ständige Heulerei noch gar nicht groß zum Reden gekommen sind.

Das Schnauben wird zum Schnarchen und verebbt schließlich. Hans Nittenwilm kuschelt sein Gesicht tiefer in den Vorhanglappen neben der Abteiltür. So tief hinein, dass dank Hut und Stoff so gut wie nichts mehr von seinem Gesicht oder von seiner notdürftig mit Pflasterstreifen geflickten Brille zu erkennen ist.

»Für mich grenzt das alles hier an ein Wunder«, wendet sich Annika wieder Frau Spielvogel zu. »Sie wissen gar nicht, wie sehr Jannik und ich den warmherzigen, agilen und lebenslustigen Mann, der mein Vater immer war, vermisst haben. Sie hätten ihn mal erleben sollen, wie er war, bevor meine verfluchte Mutter ihn in ein Bild des Jammers verwandelt hat und er völlig verlottert ist. Wobei mir einfällt: Was bekommen Sie überhaupt von uns für all die Dinge, die Sie meinem Vater gekauft haben? Neben den dreihundert Euro, die Sie diesem jungen Verkäufer für die weißen Hosen und die Schuhe zugeworfen haben, bevor wir zum Bahnsteig gerast sind.«

Frau Spielvogel hebt abwehrend die Hände. »Ach, lassen Sie mal, Kindchen. Abgerechnet wird immer zum Schluss. In jedem Fall warten wir damit, bis Ihr Vater seine Brieftasche zurückbekommt. Was ich doch stark hoffe. Bis dahin gehen alle notwendigen Kosten auf mich. Etwa für eine neue Brille. Diese Speckstreifen-Pflaster sind zwar originell, aber nicht, wenn man sie mitten im Gesicht trägt.«

Sie kneift die Augen zusammen, legt den Kopf schief und mustert Hans wie ein Maler, der seinem Werk den letzten Schliff verleihen will. »Außerdem gehört ihm der Bart gestutzt«, sinniert sie. »Ihr Vater ist schließlich kein Rübezahl.«

Sie beginnt wieder in ihren Tüten zu kramen. »Was meinen Sie: Könnten wir ihm sofort eine Rasur angedeihen lassen? Bartschere, Kamm und Einwegrasierer hätte ich dabei.«

»In einem fahrenden Zug scheint mir das ein wenig riskant«, warnt Annika eilig.

Martha Spielvogel seufzt. »Ja, da haben Sie wohl recht. Außerdem habe ich kein Heftpflaster mehr. Am besten, wir genießen einfach die Bahnfahrt. Sie sollen sich doch erholen. Im Buddhismus heißt es, die höchste Form des Glücks sei es, im Hier und Jetzt anzukommen, und ich finde, wir haben es im Hier und Jetzt gerade sehr gemütlich! Oder?«

Annikas gemurmelte Zustimmung wird von einem Schnarchlaut ihres Vaters übertönt, das in ihren Ohren wie das Schnauben eines asthmatischen Nashorns klingt. »Ich glaube, mein Vater sollte dringend mal einen HNO-Spezialisten aufsuchen. Sein Schnarchen klingt sehr merkwürdig«, bemerkt Annika besorgt.

Frau Spielvogel stimmt ihr heftig nickend zu.

17.

Drum prüfe, wer sich ewig bindet.
Volksweisheit

»Das ist Vera Wang. Stellen Sie sich das einmal vor: Vera Wang!«

Aber eindeutig nicht die Stimme von Krusewitz, durchzuckt es Jannik im Dämmerschlaf. So ohrenbetäubend laut kann der mit seinem Altherrenstimmchen nicht mehr werden. Außerdem klingt Krusewitz nicht wie eine Frau am Rande des Nervenzusammenbruchs.

»VERA WANG!«, gellt es ein drittes Mal und so durchdringend über die Lichtung, dass Jannik endgültig aus seinen wirren Träumen hochschreckt, in denen Vanessa zusammen mit Christopher Kolumbus in Opas nun mit Segeln ausgestattetem Mercedes über Brandenburgs Himmel gesaust ist, um kurz darauf vor dem vernagelten Schlossgymnasium des Kantors zu landen, der sie mit gekochten Spaghetti beworfen und den Hochzeitsmarsch gepfiffen hat, während er Vanessa mit Schiefelbein getraut hat. Warum mit dem und nicht mit mir?, fragt sich Jannik so flüchtig wie benommen, dann öffnet er die Augen und setzt sich im Gras auf.

Die Lichtung vor ihm hat sich enorm bevölkert. Für Uckermärker Verhältnisse herrscht echtes Gedränge: Die Radtouristen sind von ihrem Waldausflug zurück, umklammern ihre Lenkstangen, knabbern Powerriegel, nuckeln an ihren Wasserflaschen und bilden zugleich das Publikum für das Drama, das sich vor der Kapelle abspielt. Die Hauptdarsteller sind Pastor Schiefelbein, ein kompakter Kerl mit Krötengesicht und albernem Diplomatenkoffer sowie eine Blondine im Businessanzug, die Wodka als »rattenscharfes Gestell« titulieren würde.

Soeben stolziert das scharfe Gestell quer über die Wiese zu einem schwarzen Porsche Cayenne mit Berliner Kennzeichen. Die Blondine öffnet die Heckklappe und zerrt eine gigantische Plastikhülle aus dem Kofferraum. Mit der Monsterhülle über dem Arm stakst sie zurück zum Pastor und hält sie ihm unter die Nase. Aus der Hülle rieseln etwa fünf Kilo weiße Spitzen hervor. »Sehen Sie das? Das ist mein Brautkleid. Nach einem Originalentwurf von Vera Wang«, erläutert sie in hysterischem Tonfall.

Ach so, schaltet Jannik flink, deshalb hat er eben so seltsame Hochzeitsträume gehabt. Sein Hirn muss im Halbschlaf etwas von dem angekündigten Traugespräch mitbekommen haben. Das Gespräch scheint ziemlich schiefzulaufen.

Jannik kann sich auch denken, warum: Es nimmt kein Bräutigam daran teil. Armer Pastor, jetzt hat der die durchgeknallte Braut allein an der Backe. Fragt sich nur, warum Blondie sich nicht in der Kirche austobt. Das Letzte, was er selbst bräuchte, wenn man ihn sitzengelassen hätte, wäre Publikum. Janniks Augen flitzen zur Kapellentür, wo sie Krusewitz finden, der sich mit dem nach wie vor widerspenstigen Schloss abmüht. Schiefelbein muss ihm in der Zwischenzeit die Schlüsselgewalt übertragen haben.

Die Blondine verharrt noch immer bei dem Thema Brautkleid. »Wissen Sie, was mich diese Maßanfertigung gekostet hat, Herr Schiefelbein? Das Hochzeitsessen und die Miete für Schloss Liebfelde bei Templin hat mein Vater auch schon bezahlt, weil mein Verlobter ja unbedingt in seiner ›Heimat Ost‹ heiraten wollte. Allein eine Stuhlhusse kostet dort siebzehn Euro fünfzig, und das pro Stück! Und wir haben dreihundertfünfzig Gäste geladen, darunter wichtige Vertreter aus Berlins Politik und Wirtschaft, sogar hiesige Adlige und internationale Kunden unserer Immobilienagentur!«

»Allet zusammen Vabrecher«, kommentiert ein Radfahrer und öffnet klickend eine Picknickdose. »Wundert mir nüscht, det der ihr Herzbube 'n Abjang jemacht hat.«

Jannik nimmt aus den Augenwinkeln wahr, wie Krusewitz wie ein alter, ein sehr alter Hase mit Schlüsselbund und gespitzten Löffeln von hinten an die Braut heranhoppelt. Das kann ja heiter werden.

»Haben Sie auch französischen Adel geladen?«, will der Kantor wissen und stippt einen der Kirchenschlüssel in Blondies Rücken. Die Braut dreht sich kurz und empört und vollständig verwirrt – was sonst – zu ihm um.

»Wie bitte? Wer sind Sie überhaupt?«

»Oh pardon, ich vergaß, mich vorzustellen«, sagt der Kantor und unterlässt es auch weiterhin. »Ich interessiere mich für die Mitglieder einer hiesigen Familie mit hugenottischen Wurzeln.«

Weiter kommt er nicht. Schiefelbein entreißt ihm Wort und Schlüsselbund. »Ich habe keine Ahnung, was ein Brautkleid kostet, Frau Scharnhorst«, wendet er sich an die Braut. »Aber ich darf Ihnen versichern, dass das Ihre auffallend aufwendig gestaltet ist.« Er macht eine Kunstpause, die deutlicher als tausend Worte sein Missfallen bekundet. »Ich verstehe allerdings nicht ganz, weshalb Sie es mir zeigen.«

»Ja, können Sie sich das denn nicht denken?«, jammert die Blondine entrüstet.

»Offenbar nicht.« Der Pastor schüttelt den Kopf. »Es ist durchaus nicht üblich, zum Traugespräch bereits das Brautkleid mitzubringen, noch dazu in Begleitung eines Anwalts.« Sein

Blick streift kurz und strafend das Krötengesicht mit dem Diplomatenkoffer.

Das veranlasst die Kröte, ihren ersten Wortbeitrag zu leisten, den sie mit einem langen, mitleidvollen Blick auf Schiefelbeins Talar einleitet. »Werter Herr Pastor. Es versteht sich von selbst, dass ein Mann Ihrer Profession und Ihres erzwungenermaßen bescheidenen Modegeschmacks die Kosten einer exklusiven Brautrobe nach einem Entwurf von Vera Wang nicht einzuschätzen vermag. Wobei es hier natürlich um Wichtigeres und weit mehr als den Preis eines Kleides geht. Der, nebenbei bemerkt, im fünfstelligen Bereich liegt, so um die zwanzigtausend Euro, aber wie schon erwähnt, geht es hier um mehr als ...«

»Zwanzigtausend?«, unterbricht ein empörter Schrei aus den Reihen der Radelrentner den Vortrag. »Für 'n bissjen olle Jardine mit Tortenspitze?«

Auf Schiefelbeins Gesicht stiehlt sich ein kleines dankbares Lächeln. Die Worte sprechen ihm unverkennbar aus der Seele.

»Den Fummel hat sicher keen Frollein Wang entworfen, sondern Frollein Wowereit, unser Berliner Bruchpilot«, setzt ein anderer Radfahrer die Gardinenpredigt fort.

Schiefelbeins Lächeln wächst sich zum Grinsen aus.

»Ick würd ma ja lieba inner Stuhlhusse traun lassen«, übernimmt eine dritte Stimmungskanone. »Det kommt mit siebzehnfuffzich pro Stück bedeutend billjer, Herr Rechtsvadreher!«

Die Kröte muss Krüger sein, der Anwalt aus Templin, den Schiefelbein für einen Winkeladvokaten, Krusewitz aber für einen Glücksfall hält. Krusewitz mal wieder! Apropos: Wo ist der eigentlich hin?

Alarmiert sucht Jannik die Lichtung ab. Puh, Entwarnung! Der Kantor steht vor einem Gebüsch und späht hochinteressiert ins Dickicht, hat sicher wieder irgendein Viehzeug entdeckt. Jetzt spricht er sogar mit der Flora ... oder der Fauna.

Zurück zu Kröte Krüger. Der hat die revoltierenden Radfahrer mit einem Ruhe-im-Saal-Blick zum Schweigen gebracht und wendet sich wieder Schiefelbein zu: »Herr Pastor, ich darf Sie doch sehr bitten ... Wenn Sie die Gefühle meiner Mandantin Nadine Scharnhorst weiterhin auf solch ungebührliche Weise verletzen und andere hier anwesende Personen anstiften, Ihnen in gröbster Manier nachzueifern, wird das Konsequenzen haben! Sehen Sie denn nicht, was Sie meiner bedauernswerten Mandantin antun? Noch dazu als Mann der Kirche und Seelsorger? Hat diese arme, verlassene junge Frau, deren schönste Hoffnungen von einem gefühllosen Hallodri mit Füßen getreten wurden, denn nicht schon genug gelitten?«

Sämtliche Blicke wenden sich der Mandantin zu, die die Auszeit offensichtlich zum Studium ihrer Fingernägel genutzt hat und sich nur schwer von deren Anblick lösen kann.

Kröte räuspert sich auffordernd.

Wie auf Kommando beginnt das Kinn der Braut zu zittern. Scheint eine echte Dramaqueen mit Talent für schnelle Rollenwechsel zu sein, findet Jannik. Selbst ihre Stimme bekommt mit einem Mal einen gewaltigen Tatterich, der in krassem Widerspruch zu ihrem Businessanzug und der von ihr und Kröte aufgestellten Festkostenkalkulation steht.

»Dieses wundervolle, maßgeschneiderte Kleid«, deklamiert die Blondine und presst sich die Plastikhülle an die Brust, »die romantische Feier im Schloss – das alles ist doch an erster Stelle ein Ausdruck meiner einzigartigen Gefühle für Stevko Blumenthal. Gefühle, die mein Bräutigam nun schon seit Wochen mit den Füßen tritt. Und dies allein mit der Begründung, er müsse sich über seine Gefühle und den Rest seines Lebens klar werden.« Sie unterbricht sich für einen Moment der Ergriffenheit – oder weil sie vergessen hat, wie es weitergeht im Text.

Jannik kann sich nicht helfen. Ihn erinnert das alles an Schmierentheater oder eine Aufführung von *Romeo und Julia* durch die Theater-AG des Gymnasiums Nievenhoven.

Nach einem kurzen Räuspern führt die Blondine ihr Solo für Schiefelbein fort: »Können Sie sich nicht vorstellen, was es für mich heißt, vier Wochen vor der Hochzeit aus heiterem Himmel den Kontakt zu meinem Bräutigam zu verlieren? Stevko reagiert weder auf Anrufe noch auf Mails. Er erscheint nicht mehr bei der Arbeit, in seiner Wohnung ist er auch nie, und jetzt lässt er mich an einem entscheidenden Tag wie heute einfach im Stich. Ohne Absage. Ach, Herr Schiefelbein, verstehen Sie doch: Dieses Gespräch und Sie waren sozusagen meine letzte Hoffnung!«

Junge, kann die die Augen aufreißen! Die soll mal bloß aufpassen, dass die ihr nicht in den Ausschnitt plumpsen.

»Nun, nun«, versucht der sichtlich aus dem Konzept gebrachte Pastor, die Braut zu beschwichtigen. »Aufgeschoben ist nicht aufgehoben. Wir machen einfach einen neuen Termin für unser Gespräch aus.«

»Versprechen Sie mir das«, haucht die Braut.

»Aber ja«, sagt Schiefelbein. »Dabei wird sich sicherlich alles friedlich klären lassen. Ich kenne Stevko Blumenthal seit seiner Taufe und weiß, dass er ein ausgesprochen verlässlicher, feinfühliger und alles andere als leichtfertiger Mensch ist.«

Krötengesicht Krüger drängt sich blitzschnell nach vorn, als habe er soeben sein Stichwort bekommen. »Neu zu terminieren ist ein ausgezeichneter Vorschlag, werter Herr Schiefelbein. Wenn Sie mir Auskunft über den Verbleib oder die derzeitige Adresse des Bräutigams geben, werde ich mich gerne darum kümmern, dass unsere Brautleute wieder zueinanderkommen. Hier oder in meiner Kanzlei in Templin.«

Schiefelbein fährt kurz und wie ertappt zusammen, dann strafft er die Schultern, und sein Blick wird zur Festung: »Verehrter Herr Krüger, mir ist keine neue Adresse des Bräutigams bekannt.«

»Mein lieber Herr Schiefelbein, in diesem Falle würde es mich und meine Mandantin interessieren, wie Sie beabsichtigen, einen neuen Termin mit ihm zu vereinbaren.«

Pfarrer Schiefelbein schweigt, als gälte es, ein Beichtgeheimnis zu wahren. Da scheint jemand mächtig in der Klemme zu stecken.

Die Radfahrer entpacken derweil weitere Picknickboxen, holen Decken hervor und machen es sich neben Jannik im Gras bequem. »Det wird ja janz jroßes Kino«, freut sich einer und bietet Jannik seine Brotdose an. »Och 'ne Stulle?«

Keine schlechte Idee, findet Jannik und greift fröhlich zu.

»Gehe ich recht in der Annahme«, führt Krötengesicht sein Kreuzverhör fort, »dass Sie, werter Herr Pastor, auf irgendeine Weise gelegentlich in Kontakt mit Ihrem ehemaligen Täufling stehen? Vielleicht per Mail oder über Telefon? Vielleicht via Handy? Ganz nach dem unter Ihren Landsleuten so beliebten Motto: Keiner ist in Treue stärker als der alte Uckermärker?«

Schiefelbein verweigert die Aussage.

Kröte lässt nicht locker. »Meiner Mandantin gegenüber hat der geschätzte Herr Bräutigam mehrfach erwähnt, dass Sie ein alter Freund der Familie Blumenthal sind. Deshalb hat er ja auch ausdrücklich Sie für die Trauungszeremonie ausgewählt.«

Schiefelbein schweigt immer noch.

Kröte läuft zur Hochform auf. »Es liegt in Ihrer Hand, Herr Pastor, ob Nadine Scharnhorst und Ihr junger Freund sich

Ende Mai an diesem Ort vor dem Altar wiederbegegnen oder demnächst in Prenzlau vor Gericht!«

»Ja, sind Sie jetzt komplett verrückt geworden, Krüger?«, entfährt es Pfarrer Schiefelbein. »Wofür wollen Sie Stevko denn bitte schön verklagen? Auf Bruch des Eheversprechens und Kranzgeld wegen Verlusts der Jungfräulichkeit? Diese Zeiten sind nun wirklich vorbei!«

Unter den Radfahrern kehrt gespannte Stille ein, selbst Kaugeräusche werden unterbunden. Allein ein defektes Ventil lässt zischend Luft entweichen.

»Guter Mann, Sie unterschätzen mich und mein Metier. Wie schon des Öfteren. Womit ich nun doch wieder auf das Kleid zu sprechen kommen möchte.« Krüger schaut die Braut auffordernd an.

Seine Mandantin reicht ihm das Kleid mit Freuden. Kröte hält es wie ein Corpus Delicti in die Höhe. »Dass der Bräutigam nicht zum Traugespräch erschienen ist, muss zweifelsfrei als Rücktritt vom Verlöbnis gewertet werden. Der Braut sind in Vorbereitung auf die versprochene Heirat aber nachweislich erhebliche Kosten entstanden, die ihr niemand erstatten wird. Das Brautkleid etwa ist als Maßanfertigung vom Umtausch ausgeschlossen, der Vertrag mit dem Schloss ist nur gegen erhebliche Gebühren zu stornieren, und außerdem hat meine Mandantin eine Wohnung in Templin angemietet, da Herr Blumenthal mit ihr in seine Heimat zurücksiedeln und in absehbarer Zukunft ein Bauerngut kaufen wollte. Alles in allem ergibt sich ein hübsches Sümmchen.«

»Ich wusste es doch!«, stößt Schiefelbein hervor. »Sie wollen nur mal wieder Kapital aus den Schwierigkeiten und Problemen anderer Menschen schlagen.«

»Keineswegs, mein Lieber. Ich darf Ihnen im Gegenteil im Namen meiner großzügigen Mandantin ein Versöhnungsangebot unterbreiten. Sollte Stevko Blumenthal sich entschließen, bis Ende nächster Woche mit uns in Verbindung zu treten, werden wir eine Klage auf Schadenersatz umgehend fallenlassen.«

»Klingt janz nach Zwangsheirat, und ick dachte, det wär bei die Christen abjeschafft«, wundert sich ein Zuschauer auf einer der Picknickdecken.

»Sie wollen Stevko mit so einem Blödsinn zur Ehe erpressen!«, schnaubt der Pfarrer. »Das ist doch lachhaft.«

»Dass Sie die Ehe als Mann der Kirche so geringschätzen, verwundert mich, aber nun denn …«, kontert die Kröte. »Es geht hier in der Tat um etwas weit Wichtigeres als einen Bund fürs Leben zwischen meiner Mandantin und Ihrem Freund Stevko Blumenthal.«

»Und das wäre?«, fragt Herr Schiefelbein scharf.

»Pacta sunt servanda«, meldet sich die Braut zu Wort. Diesmal spielt sie die Rolle eines eiskalten Engels. Eine Rolle, die ihr samt Businessanzug wie auf den Leib geschneidert ist. Maßgeschneidert. Es ist nämlich keine Rolle, sondern ihr wahres Gesicht, erkennt Jannik.

Blondies nächste Worte bestätigen seinen Verdacht: »Bestellen Sie das Stevko mit herzlichen Grüßen von meinem Vater und der Rechtsabteilung unserer Firma. Er wird schon wissen, was gemeint ist. Außerdem hätten wir gern unser zinsloses Darlehen für seinen beknackten Bauernhof zurück!« Sie dreht sich zur Kröte. »Kommen Sie, Krüger, wir haben es mit diesem Ossi-Popen lange genug auf die gefühlvolle Tour versucht.«

Ohne ein weiteres Wort stakst sie hocherhobenen Hauptes zu ihrem Auto zurück. Krüger folgt ihr samt Diplomatenköfferchen und Hochzeitskleid, dessen Spitzenschleppe ihn leider kurz zum Stolpern bringt, was ihm aber Szenenapplaus von den Picknickdecken beschert.

Jannik rappelt sich auf. Mann, Mann, Mann. Das Traugespräch war echt ein Knaller. Allerdings quält ihn eine letzte Frage. Er stellt sie Schiefelbein, der mit besorgter Miene Blondies und Krötes Einstieg in den Porsche verfolgt: »Was heißt *pacta sunt servanda?*«

Der Pfarrer überhört ihn. Dafür antwortet Krusewitz, der unvermittelt und wie aus dem Nichts neben ihm auftaucht. »Jungchen, Jungchen. In Latein hast du wohl noch fester geschlafen als in Geschichte. *Pacta sunt servanda* heißt: Verträge müssen eingehalten werden.«

Überrascht dreht Jannik dem Kantor das Gesicht zu. »Wo kommen Sie mit einem Mal her? Eben standen Sie doch noch da drüben beim Gebüsch.« Er zeigt zur gegenüberliegenden Seite der Lichtung.

»Ich habe mich im Wald mit Bambi unterhalten«, gibt der Kantor zur Antwort und schaut ganz verzückt.

»Bambi?«

»Jungchen. Du wirst doch wohl noch Bambi kennen? Ein zauberhaftes junges Rehkitz mit lila Fell.«

»Bambi hat kein lila Fell!«

»Und das sagt einer, der sich die Haare jeden Morgen mit Klebstoff vollschmiert, um als Igel durch die Welt zu laufen! Hast du noch nie etwas von Haarfärbemitteln gehört? Ich hoffe nur, das wäscht sich irgendwann raus. Lila steht Bambi nicht. Viel zu schrill für so ein entzückendes junges Ding.«

18.

Dunkel und spät ist es geworden, weit nach neun Uhr abends, als sich der Regionalzug RB12 mit dem erschöpften Trio Hans, Martha und Annika an Bord dem Reiseziel nähert. Eine Leuchtbandanzeige über der Verbindungstür zum Nachbarwaggon kündigt in roter Laufschrift die kommende Station an.

»Nächster Halt ist Templin/Bahnhof Stadt«, buchstabiert simultan eine Frauenstimme mit Whiskeytimbre, in dem ein Hauch Berliner Kasernenhofton mitschnarrt.

Endlich, freut sich Hans, packt seinen Geigenkoffer, springt vom Sitz auf und stürmt durch den menschenleeren Waggon in Richtung Ausstieg.

Frau Spielvogel schreckt aus einem kurzen Schlummer hoch. »Ich glaube, ich habe gerade Marlene Dietrich gehört!«

»Nein, nein, das war nur der Bordlautsprecher«, erklärt Annika und erhebt sich matt, um Frau Spielvogels Tütensammelsurium zu tragbaren Bündeln zusammenzufassen. »Wir sind gleich da.«

Ungeduldig späht Hans durch das Sicherheitsglas der Zugtür in die vorbeirasende Nacht. Der Lokführer drosselt zügig das Tempo. Im Mondlicht verwandelt der fliegende Wald sich in einzelne Bäume zurück, Gewerbehallen schälen sich aus der Dunkelheit, Laubenpieperkolonien samt Kinderschaukeln nehmen Kontur an. Nach einer mehr als zwölfstündigen Tagestour per pedes, ICE und Bimmelbahn nähern sie sich tatsächlich dem Ziel ihrer Reise. Einer Weltreise, wie es Hans rückblickend scheint.

Sein schreckliches Erwachen in Zons gehört inzwischen einer anderen Zeitzone, sein Matratzengruft-Dasein in Nievenhoven einer anderen Hemisphäre an. Ebenso seine schlechte Laune, bemerkt Hans so verwundert wie vergnügt. Die letzten Gleismeter via Templin machen ihn regelrecht euphorisch. Aus gutem Grunde: Das Ende seines Martyriums an der Seite von Frau Spielvogel rückt in greifbare Nähe.

Am Berliner Hauptbahnhof hatte er fast die Hoffnung aufgegeben, an diesem Tag noch jemals irgendwo anzukommen. Dort hatte sie zwar kein weiterer Warnstreik, dafür eine S-Bahn mit Triebwerksschaden ausgebremst, woraufhin ihnen in Oranienburg prompt der Anschlusszug nach Templin vor der Nase weggefahren war.

»Nächster Halt Templin/Bahnhof Stadt«, schnarrt wie zu seiner Beruhigung noch einmal die Stimme von Frau Spielvogels vermeintlicher Marlene. »Der Ausstieg ist in Fahrtrichtung links.«

Hans fixiert durch seine notdürftig reparierte Brille und die leicht schiefstehenden Gläser fröhlich den Türöffner. Ganz zappelig ist er. Er kann es gar nicht erwarten, ihn zu betätigen. Am liebsten würde er den Waggon in Templin pfeifend und hüpfend verlassen, so leicht wird es ihm ums Herz. Der monströse Trekkingrucksack, den ihm Frau Spielvogel soeben mit den Worten »Ein bisschen was muss jeder tragen« hinterrücks aufhalst, dürfte die Freudensprünge allerdings erschweren.

Widerwillig schlingt Hans die Arme durch die Träger. Herrgott noch eins, was hat diese Verrückte nur alles eingekauft? Von außen befestigt sie noch zwei Schlafsackwürste und eine alberne Mini-Angel an dem Rucksackmonster, klemmt ihm zu guter Letzt eine Isomatte unter den Arm und drückt ihm seine Geige wieder in die Hand.

»Wird das so gehen?«, erkundigt sie sich freundlich, während sie von Annika ihre anscheinend nie versiegende Tütenflut entgegennimmt.

»Machen Sie sich keine Gedanken, das geht sehr gut«, ächzt Hans nicht minder freundlich. Seiner Hochstimmung kann Martha Spielvogel nämlich nichts mehr anhaben, kein bisschen kann die ihm mehr anhaben. Gleich werden er und seine Tochter Jannik in die Arme schließen, woraufhin er dieser Therapeutin aus der Hölle endlich den Laufpass geben kann. Außerdem hat er im Verlauf der Zugfahrt ein Zaubermittel entdeckt, um dieser Dame und ihrer maßlosen Unverschämtheit Herr zu werden: noch maßlosere Höflichkeit.

Mit dieser Maßnahme hat er ganz nebenbei auch seine Tochter Annika davon überzeugt, dass er wirklich wieder der Alte ist. Der – wie hat sie es noch gleich im ICE und auf dem Weg nach Berlin formuliert? – »warmherzige, agile, lebenslustige Mann, der er immer war«.

Hans' Herz schmilzt dahin. Kann man sich als Vater ein schöneres Kompliment von seinem erwachsenen Kind wünschen? Noch dazu von einer Tochter, der man über Monate hinweg als Griesgram voller Lebensgroll und Selbstmitleid zur Last gefallen ist? Wohl kaum. Zumal es ein echtes Kompliment gewesen sein muss. Schließlich hatte er sich schlafend gestellt, um Frau Spielvogels Geplapper zu entkommen, als Annika es ihm gemacht hat. Für solche Komplimente lohnt es sich sogar, gegenüber einer Spielvogel immer höflich zu bleiben. Ausgesucht höflich und unschlagbar liebenswürdig.

Der Zug kommt mit singenden Bremsen endlich zum Stehen. Hans drückt den Ausstiegsknopf; die Automatiktüren gleiten zischend auseinander und geben den Blick auf einen Miniaturbahnhof wie zu Kaisers Zeiten frei. Schmuck wie ein Modellbauhäuschen von Märklin und frisch in Ockergelb verputzt, steht er in einsamer Würde stramm. Der einzige Bahnsteig ist hell beleuchtet, aber menschenleer, und Templins Zentrum ist nicht in Sicht. Bleibt zu hoffen, dass Taxis diesen restaurierten Geisterbahnhof in der Mitte von Nirgendwo um diese Uhrzeit überhaupt noch anfahren.

Egal, Hauptsache sie sind angekommen.

»Kann ich Ihnen ein paar Tüten abnehmen?«, bringt Hans beim Aussteigen sein neues Zaubermittel der Höflichkeit zum Einsatz. Er streckt seine linke Hand nach Frau Spielvogels Tüten aus und erntet aus den braunen Vogeläuglein ein herrlich verstörtes Blinzeln.

»Nein, nein, schon gut«, stammelt die Dame. »Etwas sollte ich ja auch noch tragen.«

Ha!

»Aber Sie könnten Ihrer Tochter mit dem Rollkoffer helfen. Der muss ja nur gezogen werden.«

Schwacher Gegenangriff, äußerst schwach, findet Hans und zerrt Annikas Koffer aus dem Zug. Seiner Tochter hilft er jederzeit gern, obwohl auch sie Zentnergewichte mit sich herumschleppt. Frauen!

»Ich laufe kurz vor, um einen Kofferkuli zu holen und uns ein Taxi zu sichern«, verkündet Annika. »Zu welchem Hotel müssen wir eigentlich?«

Als handele es sich um die größte Selbstverständlichkeit der Welt, rückt Frau Spielvogel endlich den Namen heraus. Kanaille!

Annika verschwindet durch die Tür der winzigen Bahnhofshalle. Hoffentlich befindet sich sein Enkel tatsächlich und vor allem wohlbehalten in besagtem Hotel. Grimmig konzentriert sich Hans auf einen Büschel Löwenzahn, das den Schotter im Gleisbett ziert. Er muss es mit der Konversation ja nicht übertreiben, wenn er und diese Person unter sich sind.

»Es wäre wirklich wunderbar, wenn Ihre Tochter ein Taxi

fände«, plappert dessen ungeachtet die Spielvogel neben ihm los und setzt ihr Tütensammelsurium ab. »Weitere Fußmärsche möchte ich Ihnen heute nicht mehr zumuten. Schon gar nicht mit Ihrem vollen Trekkingrucksack.«

Seinem Trekkingrucksack? Höflich schweigend übergeht Hans diese Unverschämtheit.

»Wie läuft es sich eigentlich in Ihren neuen Wanderschuhen, Herr Nittenwilm?«

»Danke der Nachfrage, ich komme gut zurecht«, bescheidet Hans ihr knapp, aber zuvorkommend. Dann deutet er ein Gähnen an, um weitere Gespräche zu vermeiden. Den Schlafenden kann er in der Senkrechten ja leider nicht mehr markieren.

»Ihre Tochter wird sicher sehr überrascht und hoffentlich auch erfreut sein, wenn wir im Hotel nachher auf Jannik treffen. Haben Sie schon eine Idee, wie Sie Annika seine Anwesenheit in Templin erklären wollen? Oder soll nicht lieber ich eine therapeutisch fundierte Begründung liefern und die Verantwortung übernehmen? Schließlich bin ich hier, um Ihnen zu helfen.«

Gibt diese Quasselstrippe nie auf? Sie haben doch kurz hinter Köln bei einem tête-à-tête in der Zugtoilette eine klare Abmachung getroffen.

»Lassen Sie das bitte meine Sorge sein«, erwidert Hans bestimmt, aber in nach wie vor tadellos beherrschtem Tonfall. »Die Vereinbarung lautet, dass unsere geschäftliche Beziehung endet, sobald wir Jannik gefunden haben. Dafür nehme ich im Gegenzug seine Ausbüchserei auf meine Kappe und ziehe die Jacke und den Hut an.«

Was tut man nicht alles, um wieder Herr im eigenen Haus zu werden! Obwohl ... Wenn er es recht bedenkt, ist er mit dem grotesken Hut und der albernen Jacke erstaunlich glimpflich davongekommen. Dank dem Diebstahlalarm und Annikas Zusammenbruch, an dem die Spielvogel eine gehörige Mitschuld trägt, hatte die Kurpfuscherin ein schlechtes Gewissen und war entsprechend kleinlaut.

»Und wann wollen Sie mit Annika über Ihre leibliche Mutter und die Brandenburger Erbschaft sprechen?«

»Überhaupt nicht.«

»Oh!« Frau Spielvogel verstummt.

Es tut gut, sie so ratlos und verwirrt zu sehen. Da fällt es Hans gleich doppelt leicht, liebenswürdig zu sein. »Ihr Engagement für das Wohlergehen der Familie Nittenwilm in allen Ehren, aber meine Vergangenheit geht allein mich etwas an, und an dem Erbe habe ich nach wie vor nicht das geringste Interesse. Deshalb erübrigt sich jedwede Diskussion auch.«

Im feindlichen Lager erhebt sich Protest. »Sie glauben doch nicht allen Ernstes, dass Sie damit bei Ihrer Tochter und Ihrem Enkel durchkommen werden! Eine unbekannte Erbtante und neue Verwandtschaftsverhältnisse sind eine Familienangelegenheit, die nicht nur Sie allein betrifft.«

Dankenswerterweise erspart die Rückkehr seiner Tochter Hans jeden weiteren Austausch von Höflichkeiten.

»Ich fürchte, wir müssen laufen«, verkündet Annika mit bedauerndem Schulterzucken. »Es gibt weder Kofferwagen noch Taxis, aber laut Stadtplan sind es bis ins Zentrum und zum Hotel auch nur knapp siebenhundertfünfzig Meter.«

Aus den knapp siebenhundertfünfzig Metern hat Frau Spielvogel fünfzehn Minuten später mühelos einen anderthalb Kilometer langen Gewaltmarsch gemacht. In einem wirren Zickzackkurs hat sie das Trio durch verwaiste Vorstadtstraßen und vorbei an verlassenen Gründerzeitvillen, sanierten Plattenbauten und Kurparkanlagen gelotst. Angeblich, um noch etwas

Luft zu schnappen und Annika vor dem Zubettgehen noch den »bezaubernden Templiner Stadtsee« zu zeigen, der »nur einen Steinwurf vom Hotel« entfernt liegen sollte. Laut ihrem Reiseführer, den sie wahrscheinlich selbst verfasst hat.

Keuchend und beladen wie ein Packesel keucht Hans hinter Martha Spielvogel und Annika nunmehr am Seeufer entlang. Natürlich handelt es sich bei diesem Nachtspaziergang um eine auf ihn gemünzte Strafexpedition wegen übertriebener Höflichkeit und weil er sein Erbe ebenso kategorisch ablehnt wie Wanderungen durch Brandenburg, da ist sich Hans sicher. Sogar Annikas Rollkoffer hat die Spielvogel ihm mit einem Winkelzug noch aufgehalst. Angeblich brauchte sie plötzlich für ihre Tüten und zwei Wurfzelte, für die in seiner freien linken Hand nicht genug Platz war, die Hilfe seiner Tochter, wohingegen er Annikas Rollkoffer doch »leicht übernehmen könnte«. Wie hätte er dazu Nein sagen können, ohne vor Annika als Grobian dazustehen?

»Ach, diesen Anblick sollte man einrahmen und als Bild an die Wand hängen!«, ruft dieses dreimal verfluchte Frauenzimmer vor ihm in die Nacht. Voller Ekstase weist sie auf den See, dessen mondbeglänzte Fläche sich nach Osten hin im Unendlichen und in undurchdringlichen Wäldern zu verlieren scheint. Hier und da blinkt an seinen Ufern ein Licht.

Es folgt die kurze Besichtigung eines Fähranlegers und eines winzigen Sportboothafens mit Strandkneipe, aus der ostdeutsche Shanty-Klänge dringen. Dann endlich erreichen sie ein gotisches Backsteintor, durch das sie direkt ins Mittelalter einzutauchen scheinen. Ein Mittelalter, das Hans unverhofft anrührt, obwohl es tatsächlich nie so einladend adrett, so planvoll saniert und energiegedämmt, so freundlich beleuchtet und mit Blumenampeln verziert ausgesehen haben dürfte.

Schön ist es hier trotzdem, findet Hans, anheimelnd und

zugleich geheimnisvoll. Unwillkürlich verlangsamt er seinen Schritt, passt sein Tempo dem des alten Templin an, einer ganz unbegreiflich hübschen kleinen Stadt, die – so scheint es ihm – aus aller Zeit gefallen ist. Ein leises Glücksgefühl durchströmt ihn von der Kopfhaut über den Rücken bis an die Fußsohlen.

Herrje, was ist er mit einem Mal nur für ein sentimentaler Hund! Auch Templin wird durch die deutsche Geschichte gegangen sein – samt Bombenhagel, Einmarsch der Russen und in der Folge vierzig Jahren Sozialismus –, was alles andere als ein Zuckerschlecken gewesen sein dürfte und nie ein Tourismuserlebnis war. Was weiß er schon über die tiefen Wunden einer Stadt, die ihn so rätselhaft ergriffen macht.

Während Martha und Annika stramm vorausmarschieren, verliert sich Hans im Schauen, atmet Stille und den Mond. Silbern überglänzt dessen Licht das Katzenkopfpflaster der Gassen. Holunder fächert herben Duft in die Dunkelheit, irgendwo bellt ein Hund. Hans vernimmt einzelne Stimmen. Ein Frauenlachen irrlichtert durch die Gassen, Flüstern fängt sich in alten Mauern, ansonsten stellt die Stadt sich schlafend. Allein der rumpelnde Rollkoffer in seiner Linken stört die Musik der Nacht. Laut wie ein Panzer donnert er über die Buckelpiste.

Hans passiert schmalbrüstige, zartbunte Häuser, die sich unter alte Dächer ducken, Licht aus Gaubenfenstern blinzelt ihm von oben zu. Ein halb geöffneter Torbogen fesselt seinen Blick, lockt mit unergründlicher Schwärze in die Tiefe eines Hofes. Gab es hier nicht mal einen Milchladen, der an Markttagen herrlich sahniges und rares Eis verkaufte?

Hans stoppt abrupt ab, rammt sich vor Schreck den Rollkoffer in die Fersen.

Milchladen? Woher sollte er wissen, ob es hier jemals einen Milchladen gab?

Komm, ich kaufe dir ein Eis, flüstert ihm aus dem Torbogen wie zur Antwort eine körperlose Stimme zu, die längst verstummt ist. Hans hört sie trotzdem.

Von nun an wirst du mich immer Mutti nennen, versprich mir das, ja?, fleht Margarete Nittenwilm halb bittend, halb verschwörerisch. *Nicht mehr Gretchen, sondern Mutti, ja? Und du bist Hans, einfach Hans. Nicht mehr Valik oder Valentin, hörst du? Den Namen wollen wir ein für alle Mal vergessen.*

Hans nickt wie in Trance, so wie er es vor mehr als sechzig Jahren wohl auch getan haben wird, mit einem beklommenen Gefühl, weil er nicht wusste, worum es bei dieser ernsten Bitte ging. Genauso wenig weiß er es jetzt. Ein Vierjähriger vergisst nun mal. Oder war er erst drei?

»Wir sind da-ha«, reißt ihn vom gegenüberliegenden Bürgersteig Frau Spielvogel mit unverwüstlicher Munterkeit aus der Vergangenheit in Templins schmucke Gegenwart zurück, und ausnahmsweise ist Hans Nittenwilm ihr aufrichtig dankbar für diesen Eingriff in sein Seelenleben.

19.

Hamwanich

Alter Fachausdruck, in einigen Betrieben des Brandenburger Hotel- und Gaststättengewerbes noch in Gebrauch

»Guten Abend, mein Name ist Spielvogel. Wie ›Spiel‹ in Mensch-ärgere-dich-nicht und ›Vogel‹ in Amsel«, stellt sich Martha forsch dem Rücken einer drallen Mittvierzigerin vor, die an einem Besteckbuffet Eierlöffel durchzählt. Der Empfangsbereich des Garni-Hotels Zum Eichkater ist zugleich der Frühstückssalon. Auch sonst ist man um italienisches Flair bemüht. Der Campanile von Venedig hängt neben Pisas schiefem Turm über dem Buffet, beides adrett in Serviettentechnik auf mediterrane Dachziegel appliziert.

»Auf meinen Namen sind mehrere Zimmer bei Ihnen reserviert«, fährt Martha nach flüchtiger Begutachtung des Raumes fort. »Wir bräuchten außerdem noch ein zusätzliches Einzelzimmer für diese junge Lady hier.«

Die Servicekraft schaut von einem Bündel Eierlöffel hoch und dreht flüchtig den Kopf in den Raum. Martha deutet auf Annika, die ihrem Vater am anderen Ende des Frühstücksraums beim Absetzen seines Rucksacks hilft und erschöpft auf einen Stuhl sinkt. Hans wirkt immer noch abwesend. Wahrscheinlich zerbricht er sich den Kopf darüber, wie er seiner nach wie vor ahnungslosen Tochter die Sache mit Jannik unfallfrei beibringen soll. Vorerst versinken beide in Schweigen.

»Das zusätzliche Zimmer sollte möglichst nach hinten hinausgehen«, präzisiert Martha Spielvogel mit Blick auf die todmüde Annika ihre Zimmerbestellung. »Ich fürchte, das Kopfsteinpflaster ist bei Verkehr eine erhebliche Lärmquelle, und die junge Dame braucht dringend Erholung.«

In Erwartung einer Antwort dreht Frau Spielvogel sich eifrig zur Servicekraft um, die sich schnaubend vom Buffet löst und bedächtig einen Tisch ansteuert, um die Eierlöffel für das morgige Frühstück vorzulegen, ebenfalls bedächtig und zermürbend präzise.

»Hamwanich«, ringt sie sich endlich zu einer Auskunft durch, nachdem sie mit viel Liebe zum Detail eine letzte pinkfarbene Stoffprimel so zurechtgerückt hat, dass sie in Reih und Glied mit Salz- und Pfefferstreuer steht. Ihre Sorgfalt beweist preußischen Ordnungssinn und Freude am Hotelfach, allein die Gäste scheinen sie an ihrem Job zu stören.

Martha seufzt schicksalsergeben. Ihr Reiseführer hat sie darauf vorbereitet, dass »Fasse dich kurz« in Brandenburg oberstes Gesprächsprinzip sei. Der Uckermärker, so hieß es dort weiter, sei überdies norddeutsch wortkarg und bereits Theodor Fontane habe einem Gutteil seiner märkischen Landsleute wenig Talent zur Gastlichkeit, dafür einen beispiellosen Mangel an Liebenswürdigkeit attestiert. Nicht die besten Voraussetzungen für lebhaften Fremdenverkehr.

Andererseits dürfte Fontane nie den Launen eines Kölner Köbes ausgeliefert gewesen sein, meldet sich Marthas Gerechtigkeitssinn zu Wort. Schon ist sie bereit, der pampigen Primelfreundin zu vergeben, zumal die eigentlich rosig und patent wie die Wirtin Wundermild in Uhlands Volkslied aussieht. »Dann nehmen wir eben ein Zimmer zur Straße«, sagt sie versöhnlich. »Vielleicht kann ich ja meines mit der jungen Dame tauschen, falls das ruhiger ist.«

»Ihr Zimmer ist weg«, bescheidet ihr die Servicekraft unverändert schroff und strebt zum Buffet zurück.

Langsam erreicht sie Köbesniveau!

»Wie ›weg‹? Was meinen Sie damit?«, fragt Martha mit aufkeimendem Missmut.

»Wir haben keine Zimmer mehr, das meine ich damit, Frau Spaßvogel.«

»Spielvogel«, erfolgt so prompt wie ruppig die Korrektur aus Marthas Mund. Damit scheint sie den hiesigen Umgangston punktgenau getroffen zu haben. Er löst eine wahre Mitteilungsflut aus.

»Na, ein Spaßvogel sind Sie trotzdem«, beharrt die Servicekraft und stemmt kampflustig die Arme in die Hüften. »In zwei Tagen ist hier Herrentag und Cowboytreffen im Santa Fé. Was meinen Sie, was dann hier los ist? Bei dem Wetter! Uns haben sie heute die Bude eingerannt. Tja, und wer zu spät kommt, den bestraft das Leben. Erst recht, wenn er vorher nicht einmal anruft. Typische Wessisitten, so was! Anreise ist offiziell bis acht, Verehrteste. Eine Stunde hatte ich schon zugegeben, aber um zehn war Schluss mit großzügig. Ich habe bereits seit zwei Stunden offiziell Feierabend. Ihr letztes Zimmer hab ich vorhin einem jungen Kfz-Mechaniker vermietet, der eine halbe Weltreise hinter sich hat. Im Gegensatz zu Ihnen habe ich nämlich ein Herz für die schwer arbeitende Bevölkerung!«

Martha weiß weder, was ein Herrentag ist, noch, warum sich ausgerechnet im deutschen Osten zu diesem Anlass Cowboys und Kfz-Mechaniker treffen, aber das spielt momentan alles keine Rolle. Ihre Klienten müssen ins Bett, und sie selbst muss in Ruhe darüber nachdenken, wie sie Hans in Brandenburg festhalten kann. Ein kurzer Anruf bei ihren Auftraggebern dürfte auch nicht schaden, weil sich die Spesen doch inzwischen ziemlich häufen. So viel zum Thema schwer arbeitende Bevölkerung! Entschlossen wendet sie sich wieder der Bedienung zu: »Ich denke, in Sachen Unhöflichkeit wären wir jetzt quitt.«

Ein Grummeln, das dem Geräusch eines abziehenden Gewitters ähnelt, ist die Antwort.

»Mein Internetvertrag umfasst eine Übernachtungsgarantie«, wagt Martha einen erneuten Vorstoß. Knackig, sachlich, brandenburgisch.

»Weiß ich«, findet auch die Servierkraft zur Brandenburger Wortverknappung zurück. Gleichzeitig beginnt sie, mit Hingabe einen Stapel Papierservietten mit heiteren Toskana-Motiven zu Fächern zu falten.

»Und wo gedenken Sie dann, uns unterzubringen?«

»Hier nicht.«

»Wo dann?«, passt sich Martha flugs wieder den regionalen Kommunikationsgewohnheiten an. Sie schnappt sich ebenfalls eine Serviette, um mitzufalten.

»Ich finde schon was«, lenkt die Servicekraft ein, »aber erst muss ich die Servietten fertig ...«

Das Krachen eines im Hintergrund umfallenden Stuhls unterbricht die zähen, aber vielversprechenden Verhandlungen.

»Das gibt's doch gar nicht! Da steht ja Janniks alter Schulrucksack!«, ruft Annika völlig fassungslos und stürzt sogleich auf eine Ansammlung von Gepäckstücken neben dem rustikal gestalteten Empfangsterminal zu. Alle Köpfe wenden sich ihr zu, während sie einen auf alt getrimmten Schweizer Armeerucksack hinter einem Kasten Fachinger hervorzerrt. »Kein Zweifel, der gehört Jannik«, sagt sie und deutet zitternd vor Aufregung auf einen Spruch, der in ungelenker schwarzer Edding-Schrift die vordere Rucksackfront ziert.

»Hausaufgaben gefährden die Gesundheit«, entziffert Martha.

»Äh ... Annika ... Liebling ...«, erwacht Hans Nittenwilm

im Hintergrund aus seiner tiefen Trance. Zögernd erhebt er sich vom Stuhl.

Seine Tochter beachtet ihn nicht, sondern schleift den Rucksack über die Terracottafliesen zur Servicekraft und wuchtet ihn so heftig aufs Buffet, dass die Besteckkästen klirren. »Wie kommt der hierher?«, verlangt sie zu wissen. So ruppig und ohne Umschweife, dass sie bei der Servicekraft echte Mitteilungsfreude auslöst.

»Also, der Rucksack und das ganze Zeug, das hat vor einer Stunde ein Getränkefahrer abgeliefert«, sprudelt sie los. »Reizender Mann! Wollte wissen, ob der alte Herr – ich glaube, Krausewitz oder so heißt er – und sein junger Begleiter wohlbehalten eingetroffen sind. Das war ihm eine echte Herzensangelegenheit. Ich hab das Gepäck dann hier stehen lassen, weil die Herren schon schlafen.«

»Herr Krusewitz ist auch hier?«, unterbricht Annika sie ungläubig.

»Ja, ist er. Übrigens eine ganz goldige Marke, so was von drollig, was der sich so zusammensummt ...«

»Heißt sein Begleiter Jannik?«, unterbricht Annika im Ton einer gereizten Löwenmutter die Schwärmerei. »Jannik Nittenwilm?«

»Ja, ich glaube, so in etwa heißt der Knabe. Das ist Ihr Sohn?«

Annika nickt. »Wo ist er?«

»Wohl ohne Erlaubnis ausgebüxt, was? Kenn ich, hat meiner auch schon gebracht. Na, machen Sie sich mal keine Sorgen, der Ihrige liegt oben im vorbestellten Doppelzimmer. Mit Herrn Krusewitz. Die beiden waren nämlich pünktlich.« Die Servicekraft wirft einen bissigen Seitenblick auf Martha. »Ihr Sohn war hundemüde, weil der Kantor mit dem Jungen ganz tüchtig gewandert ist und ...«

»Gewandert?«

»Äh … Annika, Liebling …«, mischt sich Hans Nittenwilm erneut in das Gespräch und nähert sich immer noch zögernd dem Buffet. »Lass mich dir das erklären.«

Da ist Martha aber mal gespannt, wie er das machen will.

Leider führt Hans Nittenwilm seine verstörte Tochter für das klärende Gespräch zurück an den Tisch in der hintersten Ecke des Raumes und wendet Martha dort demonstrativ seinen breiten Rücken zu. Die Botschaft ist unmissverständlich: Dieses Gespräch ist streng privat!

Das gefällt Martha ganz und gar nicht. Am Ende erzählt dieser kreuzehrliche Dummkopf seiner Tochter noch die Wahrheit – zum Beispiel, dass er vor Janniks und seinem eigenen Reiseantritt sternhagelvoll war. Das wiederum könnte Annika auf die Idee bringen, dass ihr Vater den Weg der Heilung nicht freiwillig beschritten hat, wodurch ihr Ruf als seriöse Psychotherapeutin ernsten Schaden nehmen könnte. Das wäre fatal, gerade jetzt, wo die Voraussetzungen für eine umfassende Familien- und Gruppentherapie nicht besser sein könnten.

»Und jetzt zu Ihrer Übernachtungsgarantie«, meldet sich die Servicekraft neben ihr mit überraschendem Eifer zu Wort. »Ich will nämlich abschließen. Also, die junge Dame könnte ich unter dem Dach im Aufenthaltsraum des Personals unterbringen. Mach ich kostenlos. Man will ja eine Mutter nicht von ihrem verlorenen Sohn trennen. Aber was Sie und den Herrn mit Hut und diese Übernachtungsgarantie betrifft, muss ich Sie leider in das Seehotel umdirigieren. Altes FDGB-Heim. Außen Platte, aber innen gründlich saniert. Die haben immer Platz. Bei 409 Zimmern auf elf Etagen! Könnte nur sein, dass da in der Ü-60-Disco heute schon ein paar Cowboys feiern. Na, ich ruf gleich mal durch. Ich muss ins Bett.« Die Dame greift zu einem schnurlosen Telefon.

Marthas Stimmung sinkt. Ihr Blick sucht Hans. Elf Etagen, 409 Zimmer und eine Cowboydisco?

Sein flotter Hut würde dazu ja passen, aber so viel Provokation wäre selbst in seinem Falle kontraproduktiv. Außerdem liegt das Seehotel ihres Wissens nach ein ziemliches Stück außerhalb. Nicht am Templiner Stadtsee, sondern am – wie hieß der andere See gleich noch? Lübzer See? Nein, das ist eine hiesige Biersorte.

Oh! Beim Stichwort »See« fällt ihr etwas ganz anderes ein. Aber ja, natürlich! »See« ist ein ganz glänzendes Stichwort, das sie auf eine ganz fantastische Lösung bringt.

»Genau, es kämen zwei Herrschaften. Ja, ja, ich frag mal nach.« Neben Martha nickt die Servicekraft gerade ins Telefon, nimmt kurz den Hörer hinunter. »Wollen Sie zwei Einzelzimmer oder ein großes Doppelzimmer?«

»Nichts von beidem«, entscheidet Martha vergnügt. »Wir sind bereits versorgt.«

Wie gut, dass sie nie um Einfälle verlegen ist, auch wenn dieser ja nun wirklich nahelag. So nah, dass Hans den kleinen Fußmarsch zur neuen Übernachtungsstätte ohne Murren hinter sich bringen dürfte. Und die Erstattungsregelung bezüglich des Zimmerpreises kann sie auch in Anspruch nehmen, was wiederum die Spesenrechnung minimiert.

20.

Mich rief es an Bord.
Beliebtes Seemannslied

Jetzt muss sie doch endlich mal weg sein! Oder ist sie immer noch da?

Die Augen fest zugekniffen wie ein Kind, das beim Versteckspiel auf diese Weise der Entdeckung zu entgehen hofft, lauscht Hans auf Morgengeräusche von Frau Spielvogel. Nein, da kommt wohl nichts mehr: kein sinnloses Hin- und Hergerenne über vibrierende Holzdielen, kein Gewühle in Schränken oder knisternden Tüten, kein Tassenklappern, Gurgeln und vor allem auch kein Gesumme von Shantys.

Die Seemannslieder waren das Schlimmste. Noch nie zuvor, da ist Hans sich sicher, wurden *La Paloma* und der *Hamborger Veermaster* musikalisch derartig grausam und atonal versenkt. Was für eine Wohltat ist dagegen das Plätschern, Saugen und Gurgeln der Wellen, die von außen an die Bordwand schwappen und die *Uckermöwe* sanft schaukeln. Das reinste Wiegenlied!

Trotzdem will er raus aus den Federn. Hans öffnet entschlossen die Augen und fischt vorsichtig seine lädierte Brille aus einem Ablagefach in der Bordwand. Sobald er zurück in Nievenhoven ist, muss er zu einem Optiker. Die um Nasensteg und Bügel gewickelten Speckstreifenpflaster kleben zwar erstaunlich gut, sind aber schrecklich peinlich. Er stemmt sich nach oben, stößt sich heftig den Kopf und flucht. Dann linst er zu einer Tür. Ihr Mahagonifurnier glüht rot im Licht der Sonnenstrahlen, die durch die Bullaugen seiner Achterkajüte fallen.

Vor etwa einer Viertelstunde hat die Spielvogel die Tür verstohlen und, wie sie glaubte, leise aufgeklinkt, um irgendwas auf seinem Doppelkojenbett zu deponieren. Suchend schaut Hans sich auf der raumfüllenden Matratze um, die nachts gottlob ihm allein gehört hat. Wenigstens das. Frau Spielvogels Nachtquartier war die ausziehbare Schlafbank in der Kombüse, die sich an seine Kajüte anschließt.

Ah, da liegt ja etwas! Eine Knistertüte – was auch sonst. Hans greift danach, schaut kurz hinein und zieht errötend neue Unterwäsche hervor. »Vintage Classic Cottonrip Basic Underwear«, steht auf den Schildchen, was übersetzt simpel »Feinripp« heißt und dankenswerterweise auch so aussieht. Hätte er der Dame gar nicht zugetraut, dass sie einen so schnörkellosen Geschmack an den Tag legen kann, der den seinen ausnahmsweise trifft. Zahnbürste, Zahnpasta und Duschgel liegen auch in der Tüte, dazu ein Zettel.

Ahoi, Kapitän Langschläfer!

Bin unterwegs zum Hotel. Schlüssel für die Duschkabinen und Toiletten gibt es beim Hafenmeister in der Strandkneipe.

PS: Hoffe, meine kurze Decksparty mit ihm und den Templiner Shanty-Freunden hat Sie gestern nicht gestört. Musste mich für die kostenlose Nutzung des Bootes einsetzen.

Bis nachher grüßt Ihre Martha S.

Die Spielvogel ist schon auf dem Weg zum Eichkater?

Gestern Abend hat sie doch behauptet, sie wolle keinesfalls vor zwölf dorthin, damit Jannik und Annika ausschlafen können. Templin wollte sie besichtigen, den 1,7 Kilometer langen, vollständig erhaltenen Mauerring erkunden, der die Stadt umschließt. »Das ist laut meinem Reiseführer ein Muss«, hat sie erklärt.

Dieses verflixte Frauenzimmer hat ihn mal wieder an der Nase herumgeführt! Er muss schleunigst hinter ihr her. Wer weiß, was für Flausen sie seiner Familie sonst wieder in den Kopf setzt. Von wegen Erbschaft oder gemeinsamem Wanderurlaub in Brandenburg. Außerdem hat er Sehnsucht nach Jannik und Appetit auf ein Frühstück. Gestern ist er so gut wie gar nicht zum Essen gekommen: Die Vorräte im ICE-Bordrestaurant waren dem Ansturm der Streikopfer nicht gewachsen gewesen, und am Berliner Bahnhof mussten sie so viele Rolltreppen hoch- und wieder herunterhetzen, dass die Zeit am Ende nur für eine Currywurst gereicht hat.

Hans klaubt hastig seine Kleidung aus den Bordwandfächern, stößt die Mahagonitür auf und robbt sich aus seiner Koje in die Kombüse, die ihm genug Platz zum Stehen bietet. Er gönnt sich eine Katzenwäsche am Spülbecken und klettert kaum zehn Minuten später über die Reling der imposanten Motorjacht an Land.

Forsch marschiert Hans über einen federnden Steg und glitzerndes Wasser auf die Servicegebäude der kleinen Marina zu. Freizeitkapitäne tippen grüßend an ihre Mützen, schenken sich an Deck von Jollen, Jachten und Hausbooten Frühstückskaffee nach, schmieren Brötchen und genießen den Blick auf die blaue Weite des Sees oder aufs beschauliche Templin, seine Ringmauer und seinen Kirchturm mit Zwiebelhaube, die über roten Dächern heiter barock in den Himmel ragt.

Kein schlechter Tagesanfang, denkt Hans flüchtig. Nur leider hat er für so was momentan weder Sinn noch Zeit. Eilig ein Rasenstück querend grüßt er zurück.

»Herr Nittenwilm«, hält ihn kurz vor dem Ausgang eine rufende Stimme zurück. »Ich hätte dann jetzt Zeit für unsere Probefahrt. Später wär's schlecht. Zum morgigen Herrentag haben sich jede Menge Boote angekündigt.«

Welche Probefahrt?, fragt sich Hans im Umdrehen.

Der Hafenmeister eilt freudestrahlend und mit ausgestreckter Hand auf ihn zu. »Na, gut geschlafen?«

»Ja, durchaus, danke«, erwidert Hans leicht unbehaglich und mit vorsichtig abwartendem Blick.

»Bett bequem?«

»Sehr bequem.«

Der Hafenmeister nickt zufrieden bis begeistert. »Freut mich, dass die komfortable Innenausstattung der *Uckermöwe* Ihnen zusagt. Ihre Reisegefährtin ist vor allem von der vollständig eingerichteten Pantry und der gemütlichen Sitzecke begeistert. Die Damen legen ja immer viel Wert auf Komfort. Aber nun mal zu den technischen Daten ...«

Hans schwant Übles; er kann den in Schwung geratenen Hafenmeister aber erst einmal nicht stoppen.

»Die *Uckermöwe*«, doziert der derweil, »ist eine Jacht vom Typ Voyager 860. Es gibt nichts Besseres zum Wasserwandern in Brandenburg, wenn man keinen Bootsführerschein besitzt. Leise, umweltschonend, leicht zu handhaben und mit geringem Tiefgang. Mit der *Uckermöwe* erreichen Sie die schönsten Plätze, die für größere Boote unerreichbar sind. Und mein guter Freund und Shantysänger Ronald hat sie immer tipptopp gepflegt. Sonst würde ich das Schiff nicht so anpreisen.«

Das darf doch nicht wahr sein!, stöhnt Hans innerlich. Der Hafenmeister führt offensichtlich gerade ein Verkaufsgespräch über Gebrauchtboote mit ihm. Und zwar mit voller Fahrt voraus. Wie kommt der nur darauf, dass er ein Boot kaufen ...

Dieses Luder! In welchen Schlamassel hat sie ihn jetzt wieder hineinmanövriert? Und warum? Egal, erst einmal muss er sich aus der Probefahrtnummer herausreden.

»Äh ... das klingt alles sehr schön«, unterbricht Hans den begeisterten Hafenmeister, »und vielversprechend, aber ich bin etwas in Eile. Vielleicht können wir uns ja später kurz über das Boot unterhalten.«

»Kurz unterhalten? Na, na, na, Herr Nittenwilm! Einen Bootskauf sollte man auf keinen Fall übers Knie brechen. Da stimme ich mit Ihrer reizenden Gefährtin völlig überein. Darum habe ich doch die heutige Probefahrt angesetzt und meinen alten Shantykumpel gestern überredet, Sie beide an Bord übernachten zu lassen. Kostenlos! Auf so was lässt der sich sonst im Leben nicht ein. Das Boot war jahrelang sein Ein und Alles, aber Ihrer charmanten Martha kann man schlecht was abschlagen.«

Der charmanten Martha wird er gleich den Marsch blasen, nimmt Hans sich felsenfest vor. »Guter Mann«, wendet er sich seufzend dem so eifrigen wie großzügigen Hafenmeister zu, »hier muss es sich um ein Missverständnis handeln.« So höflich wie möglich, klärt er ihn auf.

Das Gesicht des Hafenmeisters wird zur Bühne, auf der sich ein interessantes Schauspiel abspielt. Das Stück endet mit einem gewaltigem Theaterdonner und tragisch für Hans.

Eine halbe Stunde später trottet er beladen mit Frau Spielvogels Plastiktüten, dem Trekkingrucksack, seinem Geigenkoffer und diversen Campingutensilien, die sie mit an Bord genommen hatten, auf den Eichkater zu.

Wie ein Motorboot-Mietnomade fühlt er sich. Man hat ihn wie einen Zechpreller fortgejagt und als »gewissenloses Wessi-Schlitzohr« beschimpft. Eine Bezeichnung, die Hans durchaus angemessen findet – für die Spielvogel. Nur ihretwegen konnte er weder dem Hafenmeister eine Liegegebühr noch dem Bootsbesitzer einen Übernachtungsobolus anbieten. Schließlich läuft er seit seinen Einkaufsabenteuern im Adventure Dome noch immer ohne Portemonnaie und Geld durch die Gegend.

Grollend steigt er die dreistufige Außentreppe zum Hotel empor. Dort muss er die Plastiktüten absetzen, um die Tür aufzuziehen, und gleicht mit seinem Deppenhut und der Heftpflasterbrille vermutlich einmal mehr einem Tippelbruder auf der Walz, während er den Frühstückssalon betritt. Warum sonst sollte das Gesprächsgesumm urplötzlich verstummen, Hände mit Kaffeetassen auf halbem Weg zum Mund in der Bewegung erstarren und die dralle Dame vom Service mit gerunzelter Stirn auf ihn zueilen?

»Tut mir leid, aber hier ist alles besetzt«, sagt sie.

Na, wenigstens schwingt ein Hauch von Anteilnahme in ihrer Stimme mit.

»Schon gut«, sagt Hans und schaut sich suchend im Raum um. »Ich würde nur gern kurz mit meiner Familie sprechen.«

»Na, die sind alle schon mit dieser Komikerin, dieser Spielvogel, weg«, gibt die Buffetkraft Auskunft.

»Weg? Wohin denn?«, fragt Hans. Er freut sich ein wenig über die Bezeichnung »Komikerin« für seine Widersacherin. Zwar findet er die Spielvogel alles andere als komisch, aber die Servicekraft ist immerhin die erste Person auf dieser Höllenfahrt, die nicht auf sie hereinfällt.

Nachdenklich zieht die skeptische Dame die Brauen zusammen. »Wo die alle hin sind, kann ich Ihnen leider nicht sagen«, bedauert sie, dann hellt sich ihre Miene schlagartig auf. »Aber vielleicht weiß es ja der nette junge Kfz-Mechaniker, der gestern Nacht vor Ihnen hier abgestiegen ist. Er sitzt noch zu

Tisch und hat sich vorhin unter ganz großem Hallo zu Ihrer Familie gesellt.«

»Ein Kfz-Mechaniker?«

Hans sucht erneut die Tische ab, fahndet nach einem ihm bekannten Gesicht und findet es.

»Ja, genau. Ich war richtig baff, dass sich die Herrschaften alle zu kennen scheinen.«

Natürlich kennen sie sich.

Der junge Kfz-Mechaniker ist nämlich niemand anderes als Janniks bester Freund Wolodja, genannt Wodka und gelegentlich auch Gorbatschow.

21.

Beim Erbenstreit wird offenbar, was immer unterm Teppich war.
Gerhard Ruby, Fachanwalt für Erbrecht

Mann, Mann, Mann. Hier ist es ja schlimmer als beim Zahnarzt!

Jannik schaut sich missmutig im Wartezimmer von Anwalt Kröte Krüger um. Es hat den Charme einer Abstellkammer und die Größe einer Schuhschachtel, ist deprimierend düster, weil es zu einem lichtlosen Hinterhof hinausgeht, und mit vier Personen bereits proppenvoll besetzt. Die Luft wird unter der niedrigen Balkendecke bereits stickig. Kein Wunder, bei den Temperaturen draußen.

Neben ihm kauern seine Mutter Annika, Frau Spielvogel und Kantor Krusewitz auf harten, durchsichtigen Plastikstühlen, die irgendein Designfreak mit Folterfantasie verbrochen haben muss. An den Wänden prangen die Urkunden von Krötes Notar- und Anwaltszulassungen sowie Fotos von Krüger als erfolgreichem Jagdschützen. Richtig ekliges Zeug. Auf einem der Bilder steht er vor einem Forsthaus in Positur und grinst wie ein Breitmaulfrosch. Neben ihm baumelt ein von einer Seilwinde am Hinterlauf hochgezogener Hirsch kopfüber in der Luft. Echt ätzend, findet Jannik und wendet den Kopf ab. Kleinen hässlichen Kröten wie Krüger sollte man keinen Waffenschein ausstellen. Damit üben die nämlich gern Rache an allem Schönen.

Frau Spielvogel und seine Mutter betuscheln derweil auf den Stühlen rechts von Jannik aufgeregt Opas mögliches Erbe. Mama denkt an eine idyllische Datsche am See, überschlägt etwaige Renovierungskosten für so ein Wochenendhaus und wechselt schnell zur Idee, dieses später zu vermieten. Frau Spielvogel hingegen malt sich immer größere Gutshäuser aus, fantasiert sogar einen hauseigenen Park samt See hinzu – »Solche Anwesen soll es hier doch reichlich gegeben haben!« –, was seiner in Bau- und Sanierungsfragen praktisch denkenden Mutter dann doch deutlich zu viel und so gar nicht verlockend zu sein scheint.

»Es macht Spaß, ein wenig herumzuspinnen«, beendet sie diplomatisch lächelnd die wüsten Spekulationen der Spielvogel, »aber eine große Altimmobilie in dieser Gegend wäre sicher mit mehr Kosten als Vergnügen und jeder Menge ungeklärter Besitzansprüche verbunden. Wer weiß, was da alles dranhinge. Viel wichtiger finde ich es herauszufinden, wer die leibliche Mutter meines Vaters war. Ich verstehe einfach nicht, warum er uns nie von diesen Anwaltsbriefen erzählt hat. Und noch unbegreiflicher ist, wie er diesen Termin verschlafen kann.«

»Ich verstehe es auch nicht, Kindchen«, beteuert Martha Spielvogel. »Hoffen wir einfach darauf, dass er noch zu uns stößt. Ich freue mich jedenfalls, dass ich Sie in der Erbschaftsangelegenheit Ihres Vaters nun ganz auf meiner Seite habe.«

»Das haben Sie. Schließlich ist seine Familiengeschichte auch die unsere. Ich bin gespannt, mit wem wir auf einmal alles verwandt sind. Mein Vater wird mir und Jannik in diesem Urlaub einiges erklären müssen. Das siehst du doch auch so, Jannik, oder?«, fragt Annika und sucht seinen Blick.

Jannik nickt zustimmend und hocherfreut. Verwandtschaftsfragen sind ihm zwar nach wie vor schnurzpiepe, aber dass seine

Mutter ihn wieder wie einen Sohn behandelt, dessen Ansichten ihr am Herzen liegen, kommt gut, enorm gut sogar. Bislang hat sie auch nicht wegen seiner heimlichen Nachtfahrt in Opas Mercedes geschimpft oder mit verschärften Therapiemaßnahmen gedroht. Im Gegenteil: Sie hält ihn für vollständig geheilt und ist begeistert von einem gemeinsamen Familienurlaub mit ihm und Opa. Einem richtigen Familienurlaub!

Als Mama heute Morgen wie aus heiterem Himmel an Krusewitz' und seinen Frühstückstisch gestürmt kam, hat sie ihn einfach vom Stuhl hochgerissen und sehr, sehr fest an sich gedrückt. Mit Tränen in den Augen und Bärenkräften, die man seiner elfenhaften Mutter rein optisch gar nicht zugetraut hätte. Selbst den Kantor hat sie kurz umarmt. Ganz so, als seien Krusewitz und er soeben von einer lebensgefährlichen Himalaya-Expedition zurückgekehrt. Anschließend hat seine Mutter an die hundert Mal gefragt, ob es ihm wirklich gut gehe, ob er genug geschlafen habe, und dann ist sie ständig zum Buffet geflitzt, um tellerweise Aufschnitt, Käse, Rührei und Würstchen für ihn und Krusewitz heranzuschleppen. Sie ist nicht mal ausgeflippt, als dann auch noch Wodka zu ihnen gestoßen ist. Nachdem der die Sache mit der Mercedesreparatur erklärt hatte, hat sie ihn sogar gleich mitbedient, und Wodka fand das anders als Jannik offensichtlich kein bisschen uncool, sondern einfach klasse.

Genau wie diese blöde Erbgeschichte, mit der die Spielvogel zu guter Letzt in die Wiedersehensfeier reingeplatzt ist und mit der sie sie gesprengt hat, indem sie Mama, ihn und Krusewitz zu Notar Krüger mitgeschleift hat.

Seit Jannik weiß, dass ausgerechnet dieser Blödmann, der Prozesse um Brautkleider führt, für Opas nebulöses Erbe zuständig ist, haben seine Zweifel an der ganzen Geschichte erheblich zugenommen.

Welche Erbtante, die mehr als zwei Tassen im Schrank und etwas Nennenswertes zu vererben hat, würde sich bitte schön an Windei Krüger wenden, der seine Kundschaft auch noch in ein Kabuff pfercht? Am Ende sitzen sie hier echt nur wegen eines angeschlagenen Kaffeeservices herum. Wie viel lieber würde Jannik jetzt mit seinem Kumpel Wodka in einem Straßencafé abhängen, von Schiefelbeins Ural berichten und Reiseerlebnisse austauschen. Er hatte ja bereits reichlich.

Jannik grinst. Es ist dermaßen cool, dass Wodka hier ist, noch dazu in Opas Mercedes. Sein Kumpel ist gestern per Anhalter zur Unfallstelle hingetrampt, hat eine neue Auspuffschelle angebracht und ein paar Befestigungsringe ausgetauscht. Das war's. »Ist wieder alles im Lack«, hat er versprochen. »Fast wie neu.«

Anders als Kantor Krusewitz. Der ist allen Aufregungen zum Trotz ganz der Alte geblieben und beginnt zum Beweis dafür mal wieder zu summen. Janniks Blick fährt nach links zum Kantor, der mit Inbrunst zerfledderte Fachmagazine für Rechtsanwälte studiert, deren Titel so spannend klingen wie eine Dokumentation über Käsereifung. Eben legt er die *Mitteilungen des deutschen Notarverbandes* zurück auf einen Plexiglaskubus und fingert nach der Sonderausgabe einer juristischen Wochenschrift, die sich der Frage widmet »Wem gehört der deutsche Wald?«.

Hoffentlich nicht Kröte Krüger, denkt Jannik mit angewidertem Blick auf eine Ausgabe von *Wild und Hund*, auf deren Cover ein feister Kerl in Tarnklamotten bündelweise tote Hasen und Fasanen durchs Gelände trägt.

Mann, Mann, Mann. Können sie nicht endlich abhauen? Hier passiert doch sowieso nichts mehr.

Wie aufs Stichwort öffnet sich die Tür zur Abstellkammer einen Spalt breit. Krügers junge Gehilfin, die sie vor mehr als einer halben Stunde ins Wartezimmer für neue Mandanten verbannt hat, steckt ihren Kopf zur Tür hinein.

Jannik fährt sich rasch und möglichst unauffällig durch seine frisch gegelten Stacheln. Hoffentlich sitzt die Frisur. Zum Kopf im Türspalt gehört nämlich ein ziemlich cooles Gesicht. Na ja, »cool« trifft es nicht ganz, cool sind allenfalls die violett gesträhnten Haare. Das Gesicht dazu ist eher niedlich, aber bei einem Mädchen geht das in Ordnung, entscheidet Jannik generös.

»Herr Krüger hätte jetzt Zeit für Sie«, verkündet das Mädchen kaugummikauend und stößt die Tür weiter auf. »Aber nur ganz kurz, soll ich bestellen.«

»Kurz«, wiederholt Frau Spielvogel ungläubig und erhebt sich empört vom Stuhl, »ich glaube kaum, dass sich unsere Angelegenheiten kurz oder schnell klären lassen. Nach all den verstörenden Briefen, die Herr Nittenwilm Ihretwegen erhalten hat. Das letzte Schreiben kam vor zwei Tagen und klang besonders dringlich. Wir haben eine Odyssee auf uns genommen, um sofort herzukommen. Ich hoffe, das haben Sie Ihrem Herrn Krüger alles mitgeteilt.«

»So in etwa«, gibt das Mädchen vage zurück.

Mit der Grandezza einer bis aufs Blut gereizten sizilianischen Schwiegermutter rauscht Frau Spielvogel an ihr vorbei in den Kanzleiflur. Annika folgt ihr auf dem Fuße, und auch Jannik erhebt sich. Nur der Kantor liest seelenruhig weiter.

»Herr Krusewitz«, zischt Jannik leise, weil ihm sein Job als Altenbetreuer vor der jungen Anwaltsgehilfin etwas peinlich ist. »Wir müssen.«

»Wie? Was?«, schreckt der Kantor von der Lektüre hoch. »Ach so, nein, lass mal. Der Mann ist mir zu unsympathisch, außerdem ist diese Lektüre hier ungemein anregend. Ich wusste gar nicht, was Brandenburger Wälder heutzutage wert sind!

Rein finanziell gesehen.« Schon steckt er wieder die Nase in sein Käseblatt. »Einige der erwähnten Brandenburger Forstgebiete kenne ich sogar.«

Schulterzuckend will Jannik sich an der Anwaltsgehilfin vorbeischlängeln. Geht aber nicht, denn das Mädchen vertritt ihm den Weg und mustert ihn mit einem durchdringlichen Blick von Kopf bis Fuß. Jannik wird ganz heiß und unbehaglich. Warum guckt die so?

»Gehörst du zur Familie?«, will das Mädchen wissen und schiebt ihren Kaugummi von einer Wange in die andere.

»Äh ... ja, ich bin Jannik Nittenwilm«, antwortet er und hat das Gefühl, in eine Rasterfahndung geraten zu sein. Fast schon hypnotisch starrt das Mädchen ihn an. So prüfend lange fällt ihr Blick aus ihren rehbraunen Augen aus, dass Jannik bemerkt, wie dicht und geschwungen ihre Wimpern sind und dass sie kleine Schatten auf ihre Wangen werfen. Wenn er sich nicht sehr täuscht, sind die Traumwimpern sogar echt.

Das ist bei Mädchen nicht immer der Fall, wie er seit Vanessas Kuss weiß. Danach klebte ein kompletter Wimpernkranz auf seiner Wange, den er wochenlang in seinem Fossil-Portemonnaie mit sich herumgetragen hat, bis ein Windstoß ihm das Ding beim Betrachten vom Finger in den Rinnstein gepustet hat.

Fräulein Rehauge starrt ihn immer noch an, während am anderen Ende des langen Flures Frau Spielvogel mit wachsender Lautstärke bei Krüger anklopft. Reiß dich zusammen und mach hier nicht auf Depp!, befiehlt sich Jannik.

»Äh ... tja ... also ... Und wer bist du so?«, fragt er.

»Malinka«, antwortet das Mädchen und beginnt wieder, ihren Kaugummi zu kauen. »Könnte sein, dass ich demnächst was mit dir zu bereden habe.«

Mit diesen Worten gibt sie urplötzlich den Weg in den Flur

frei, an dessen Ende Kröte Krüger soeben die Tür zu seinem Büro öffnet, um Frau Spielvogel und seine Mutter einzulassen. Zögernd macht sich Jannik auf den Weg.

»Soll ich Ihnen einen Kaffee, Tee oder Wasser bringen?«, fragt Malinka freundlich in das Wartezimmer hinein, ganz so, als läge ihr das Wohlbefinden des Kantors sehr am Herzen.

»Falls es keine Umstände macht, käme mir ein Kamillentee gelegen«, schallt es munter aus dem Wartezimmer zurück.

»Kein Problem, ich geh schnell welchen kaufen.«

»Danke, das ist wirklich zu reizend von Ihnen, Fräulein Bambi.«

Fräulein Bambi? Völlig perplex dreht Jannik im Gehen den Kopf. Sein Blick trifft den von Malinka, die eben die Tür zum Kabuff zuzieht. Aufreizend langsam schiebt sie sich eine violette Haarsträhne aus dem Gesicht.

Jannik fällt es wie Schuppen von den Augen: In der Tür zur Abstellkammer steht niemand anders als Krusewitz' lila Bambi von gestern.

Was macht die denn hier?

Und noch wichtiger: Warum hat sie sich gestern im Wald von Alt Placht versteckt? Vor ihrem eigenen Arbeitgeber! Oder sollte die heimlich das Traugespräch mitstenographieren?

Nein. Jannik schüttelt den Kopf. Das ergibt doch alles keinen Sinn. Ebenso wenig wie Bambi Malinkas merkwürdiges Gesprächsangebot: »Könnte sein, dass ich demnächst was mit dir zu bereden habe.«

22.

Ich reite in eine Stadt, der Rest ergibt sich.

Clint Eastwood in einem Interview zum Inhalt seines nächsten Westernfilms

Seinem Gemurmel nach zu urteilen, schwankt Wodka bei der Getränkeauswahl zwischen einer Schwarzen Königin und etwas, das sich Elefantenkaffee nennt.

»Afrikanischer Wildfruchtlikör, Cremelikör, heißer Kaffee aus hiesiger Röstung, Sahnehaube, Schokoblättchen«, liest Wodka sich die Zutaten vor. »Hm, klingt nach ordentlich viel Umdrehungen und nicht übel für drei neunzig. Bis auf das Sahnehäubchen. Sahne ist Sissi-Kram«, befindet er und klappt die Karte zu. »Ich nehme den Elefanten ohne Häubchen und Verzierung. Sie auch? Ich lad Sie ein.«

Hans lehnt dankend ab. Es ist ihm peinlich genug, dass er sich – mittellos wie er momentan dasteht – von Janniks Freund das Geld für sein Frühstück vorstrecken lassen muss. Von ausgerechnet dem Freund, den seine Tochter ausdrücklich auf die schwarze Liste gesetzt und absolut eisig behandelt hat. Im Nittenwilm'schen Bungalow gilt für den jungen Mann striktes Hausverbot. Dabei hat Hans immer gern bei Wodka getankt und mit ihm über Mercedesklassiker gefachsimpelt, die noch ohne wartungsintensiven Elektronikunsinn produziert wurden. Aber egal, ob peinlich oder nicht: Hans' Hunger ist inzwischen zu mächtig für Verzicht und Höflichkeit.

Wodka schiebt unter metallischem Kratzen seinen Stuhl auf dem Bürgersteig nach hinten und steht auf. »Besser, ich gehe zum Bestellen rein. Die haben krass viel Betrieb hier für so 'n verschnarchtes Rentnerkaff. Nehme an, weil heute Markt ist.«

»Templin ist kein Kaff, Wolodja, sondern die größte Stadt im Landkreis Uckermark. Zumindest flächenmäßig«, verteidigt Hans das Örtchen. Er kann sich selbst nicht erklären, warum er das tut: der Sache mit den verschnarchten Rentnern wegen, die als Touristen und Einheimische zugegeben überreichlich vertreten sind, oder weil Templin laut Personalausweis seine Geburtsstadt ist.

»Das ist die größte Stadt der Gegend? Na, dann möchte ich mal lieber nicht wissen, was die sich hier so unter 'nem Dorf vorstellen«, gibt Wodka unbeeindruckt zurück. »Okay, für Sie also ein Omelett mit diesem Würzfleischgerummel und Normalokaffee ohne Schuss?«

Hans nickt. »Ja, dazu bitte extra viel Brot, und übrigens danke noch mal für die Hilfe. Sobald wir meine Tochter Annika treffen, bekommen Sie das Geld zurück. Die Autoreparatur und Ihre Übernachtungskosten übernehme selbstverständlich auch ich, nicht mein Enkel.«

Wodka winkt ab. »Hat Zeit, wir sind doch unter Freunden, oder? Sie können mich übrigens auch ruhig wieder Wodka nennen und duzen. So wie früher. Sonst werd ich mir selbst ganz fremd. Okay?«

»Geht in Ordnung«, nimmt Hans ein wenig gerührt das Angebot an.

Wodka verschwindet im Café und überlässt Hans der Betrachtung des Templiner Marktes, auf dem an diesem Vormittag Gemüse, Fisch, Kurzwaren, bunte Baumwollkleidung made in Vietnam und alte Schallplatten mit DDR-Oldies feilgeboten werden. Gelegentliche Hörproben von Titeln wie *Gott sei Dank ist sie schlank* oder dem *Datschen-Apatschen* gibt es gratis dazu.

Rumtata-Schlager zum Schämen und Weghören, stellt Hans fest, wurden in Ost und West schon zu Zeiten der Mauer in gleichwertig bescheidener Qualität produziert. Sein Blick wandert – nein, schlendert – weiter über den Marktplatz, von dem ihn nur eine schmale Straße trennt.

Für ein Landstädtchen in Templins Größenordnung besitzt er immense Ausmaße. Hans weiß auch, warum. Die Preußen haben ihn als Exerzierplatz für die langen Kerls angelegt. Von König Fritzens Garderegimentern fehlt mittlerweile jede Spur, und auch die sozialistischen Brudertruppen sind längst über den Ural verschwunden. Zurückgeblieben sind eine leise, melancholische Leere und eine überdimensionierte Kulisse für den Gemüseverkauf. Die nichtsdestotrotz beschaulich wirkt. Dank der Renovierung des schmucken Barockrathauses mit Walmdach, Kuppelturm und Adler auf der Turmspitze noch zu DDR-Zeiten, einem modernen Marktbrunnen, einer Friedenseiche von anno 1871, die ein später errichtetes Kriegerdenkmal haushoch in den Schatten stellt, könnte der Platz kaum idyllischer aussehen. Zuletzt hinzugekommen ist etwa zehn Jahre nach der Wende historisches Kopfsteinpflaster.

Das Wissen darüber verdankt Hans nicht irgendwelchen mysteriösen Erinnerungen eines Vierjährigen, der Stimmen hört, sondern Frau Spielvogels Reiseführer, den er gestern Abend an Bord der *Uckermöwe* studiert hat, als die Shanty-Freunde ihn trotz der in die Ohren gestopften Papiertaschentücher am Einschlafen gehindert haben. Über dubiose Milchläden in Hinterhöfen stand nichts in dem Buch, was Hans sehr angenehm war.

Hans kuschelt sich tiefer in die behagliche Korbstuhllehne. Inzwischen ist er fest davon überzeugt, dass Übermüdung und seine dank Frau Spielvogel völlig überreizten Nerven ihm gestern vor dem Torbogen einen bösen Streich gespielt haben. Die

Schwarz-Weiß-Aufnahmen von Templin während und kurz nach dem Krieg hat er im Reiseführer gestern aber vorsichtshalber überblättert, um keine neuerlichen Hirngespinste hervorzurufen. Die kann er nicht brauchen, schon gar nicht vor dem Einschlafen.

Rechtsanwälte und Erbtanten, die ihm eine neue Vita vererben wollen, wird er auch nicht besuchen, schwört Hans sich zum wiederholten Male. Selbst wenn die Kanzlei von diesem Krüger quasi vis-à-vis liegt, wie er gesehen hat, als Wodka ihn im Auftrag von Frau Spielvogel auf dem Weg ins Café direkt daran vorbeigeführt hat. Hineingegangen ist er trotzdem nicht.

Unwillkürlich linst Hans noch einmal zu dem gelben Haus auf der gegenüberliegenden Platzseite. Angestiftet von Madame Spielvogel versucht Annika dort wahrscheinlich gerade, etwas über das Erbe herauszufinden.

Rasch schaut Hans wieder weg.

Soll sie mal machen. Es wird ohnehin nichts dabei herauskommen, und sein Entschluss ist unverrückbar: Ab jetzt geht sein Blick nur noch nach vorn, und sein wichtigstes Ziel ist die Rückkehr seiner Familie nach Nievenhoven. Wo sie hingehört. Am besten, sie reisen gleich morgen früh ab, besser noch heute Abend. Und zwar ohne Frau Spielvogel und ohne das grässliche, inzwischen reichlich angeschmutzte und verknitterte Tütensammelsurium auf seinem Nebenstuhl. Anders als den Trekkingrucksack durfte er derart schäbiges Gepäck nicht im Eichkater zwischenlagern, und so bescheren ihm die Tüten jetzt mitfühlende bis abweisende Blicke der anderen Cafégäste. Die gepflasterte Brille, das angeschmuddelte Weiß der Adventure-Dome-Hose, sein – nun ja – wenig gepflegter Flatterbart und seine wirre Mähne tun ein Übriges.

In Nievenhoven wird er sein Erscheinungsbild grundlegend verändern, schwört sich Hans. Allerdings keinesfalls, solange die Spielvogel noch in Sichtweite ist. Diesen Triumph gönnt er dieser heimtückischen Intrigantin nicht.

»Omelett und Elefantenkaffee sind in der Mache«, verkündet der zurückkehrende Wodka, lässt sich wieder auf seinen Stuhl plumpsen und streckt das Gesicht der Sonne entgegen. »Und jetzt ist erstmal Urlaub angesagt! Vom Wetter passt es ja, und die ein oder andere Tankstelle würde ich auch gern besichtigen. Hier im Osten soll da stellenweise krass was abgehen, hab ich gehört.«

»Sag mal …«, beginnt Hans vorsichtig. »Kannst du dir das denn leisten? Mit dem Urlaub, meine ich?«

»Geht schon. Meine Mutter hat die Nachtschicht bei der Tanke übernommen. Die freut sich immer, wenn ich mal 'nen richtigen Auftrag als Schrauber kriege. Ist nicht so einfach heute, und mit 'nem russischen Nachnamen sucht es sich doppelt lange nach einer Stelle. Erst recht im Kfz-Geschäft.«

Hans fasst einen spontanen Entschluss. »Könnte ich dich vielleicht für eine Verkürzung des Urlaubs und einen Job als Chauffeur gewinnen? Der Mercedes muss zurück nach Nievenhoven, und mit meiner lädierten Brille will ich keine so lange Strecke fahren. Sagen wir, ich zahle dir zweihundert Euro dafür, dass du Annika, Jannik und mich nach Hause fährst.«

»Zweihundert«, wiederholt Wodka gedehnt. Er klingt enttäuscht.

»Ist das zu wenig?«, fragt Hans hastig. Könnte gut sein. Für die Bahn müsste seine komplette Familie plus Wodka wahrscheinlich mehr bezahlen, erster Klasse sogar ganz bestimmt. »Sagen wir, ich lege noch fünfzig Euro drauf«, erhöht er sein Angebot. An unangebrachtem Geiz sollen seine Rückfahrpläne nicht scheitern.

»In Ordnung«, stimmt Wodka zu, »ich bin schließlich kein

blutiger Fahranfänger wie Jannik, und der kriegt immerhin einen Tagessatz von hundert Euro plus Spesen.«

»Wie bitte?« Hans setzt sich alarmiert in seinem Stuhl auf. »Willst du damit sagen, Frau Spielvogel hat Jannik Geld dafür gezahlt, dass er mit Krusewitz und meinem Mercedes bei Nacht und Nebel von zu Hause ausreißt?«

Wodka nickt eifrig. »So ist es. Für zehn Tage Rumgurken mit Krusewitz kriegt der tausend Ocken cash. Die Reise soll 'ne Art Therapie für den Kantor sein, behauptet die Spielvogel.«

»Sie gibt Jannik tausend Euro für zehn Tage«, wiederholt Hans entsetzt. Was fällt dieser übergeschnappten Person ein, ihm den eigenen Enkel praktisch unter der Nase wegzukaufen? Und wen bitte therapiert diese Knalltüte eigentlich noch alles – neben Annika, Jannik, Krusewitz und ihm? Die scheint die ganze Welt für irre zu halten. Dabei ist einzig sie es, und zwar so richtig.

Wodka zeigt sich ebenfalls empört, wenn auch aus anderen Gründen. »Ich halt das mit den tausend Euro auch für kein durchdachtes Geschäftsmodell. Vor allem, weil Frau Spielvogel zu einem etwas höheren Tarif 'nen Profi und Mercedesspezialisten wie mich hätte haben können. Mir wär kein Auspuff flöten oder der Kantor stiften gegangen.«

Das wird ja alles immer besser!, entrüstet sich Hans. Wie soll er Jannik unter diesen Umständen jemals zur sofortigen Abreise bewegen, ohne als Buhmann, Spielverderber und Miesmacher dazustehen? Man sollte glatt überlegen, Strafanzeige gegen diese so genannte Therapeutin zu stellen. Wegen … wegen … wegen …

Leider fällt ihm auf die Schnelle keine kriminelle Machenschaft ein, für die man Martha Spielvogel belangen könnte.

Wodka hingegen hat eine Idee. »Tja, vielleicht spekuliert sie ja auf ein Anteil von Ihrem Erbe, oder das Ganze sollte 'ne

Entführung werden.« Er runzelt die Brauen. »Obwohl sich Jannik dann ja quasi selbst gekidnappt hätte, oder würden Sie für den Krusewitz Lösegeld zahlen? Nee, oder? Könnte natürlich auch eine verkappte Drogenkurierfahrt gewesen sein. Wer weiß, an was für Tabletten die Spielvogel als Psychotante alles rankommt? Vielleicht richtig hartes Pharmazeug, das fünfmal mehr knallt als irgendein Waschpulver-Koks-Verschnitt aus dem Dentallabor. Besser, ich schau mal hinter den Radkappen nach oder ...«

Wodkas weitere Spekulationen gehen in donnerndem Hufgetrappel und dem Knattern und Rattern gewaltiger Karrenräder auf dem Kopfsteinpflaster unter. Hans und Wodka reißen wie sämtliche andere Cafégäste die Köpfe herum. In beachtlichem Tempo poltert links von ihnen ein zweispänniger Planwagen ohne Verdeck um die Ecke.

»Ich schmeiß mich weg!«, ruft Wodka. »Wie verstrahlt muss man denn sein, um so dünnbereift und untermotorisiert durch die Gegend zu karriolen?«

Gelenkt wird das Gefährt von einem hageren, silberhaarigen Cowboy in Jeans und Fransenweste, an dessen Brust die Sonne einen Sheriffstern aufblitzen lässt. Besetzt ist es mit einem Trupp Damen in gesetztem Alter und noch gesetzteren Kostümen, die sich am Gestänge des Verdecks, an ihren Perlenketten oder aneinander festklammern. Einige von ihnen – so scheint es Hans – leiden unter akuten Anzeichen von Seekrankheit, andere sind in Duldungsstarre verfallen.

Der Kavalier in ihm ist kurz davor aufzuspringen, um dem Ben Hur auf dem Kutschbock mit einem Schrei der Empörung Einhalt zu gebieten, als vor dem Café eine resolut wirkende Frau in Jeans und Blazer mit einem Schild Aufstellung nimmt. »Stadtführung Templin« ist darauf zu lesen.

Der Planwagenfahrer drosselt das Tempo, hält aber weiter

direkt auf sie zu. An den Tischen hinter und neben dem von Hans und Wodka werden Handys und Videokameras aus holländischen, polnischen, sächsischen oder bayerischen Bauchtaschen und Rucksäcken hervorgekramt. Und aus schwäbischen.

»Grede, wo hasch moi Foddoabbarad? Des isch mol was anders als de ewige Hochzeidskudschen«, gerät neben Hans ein mutmaßlich aus dem Stuttgarter Raum stammender Herr in Dreiviertelhosen in Hektik.

Mit einem theatralisch langgezogenen »Hooooo!« zügelt der Planwagensheriff die Pferde, zieht die Wagenbremse an und setzt sich anschließend mit gezogenem Stetson kurz für die Handyfotografen in Positur. Sein sonnengegerbtes Waldläufergesicht, gewitzte hellblaue Augen und der speckige Lederhut ergeben ein lohnendes Motiv, so viel muss Hans dem Cowboy zugestehen. Ein wenig erinnert er ihn an Armin Mueller-Stahl. Nanu, wie kommt er gerade auf den? Ach, richtig, Deutschlands größter Star in Hollywood, so hat er gestern im Reiseführer gelesen, ist nicht weit von hier in Prenzlau aufgewachsen.

Sein etwa sechzigjähriger Doppelgänger springt soeben mit einem Teufelskerl-Grinsen und einem Stapel Werbeflyer in der Hand vom Bock und der Kostümträgerin direkt vor die Füße.

»Willkommen in Templin!«, jubelt diese den derangierten Damen zu. »Ich helfe Ihnen sofort beim Aussteigen.« Sie lässt das Schild sinken und wendet sich mit gereizter Miene dem Sheriff zu.

»Ich glaub, jetzt kriegt unser Texas-Ranger Ärger«, raunt Wodka in Richtung von Hans und liegt mit seiner Einschätzung goldrichtig.

»Was soll das?«, zischt die Stadtführerin den Sheriff an. »Die Eppendorfer Alsterspatzen hatten keine Westernfahrt in deiner Eierschaukel gebucht, sondern die romantische Seenrunde im Komfort-Kremser mit Gummibereifung. Die Damen sehen aus, als müssten sie gleich spucken, und ich habe noch den Rundweg entlang der Stadtmauer mit ihnen vor mir. Herrje, Kasulke! Das ist kein Kegelclub auf Herrentagtour, sondern ein Hamburger Frauenchor aus gehobenen Kreisen.«

Der Sheriff zuckt lässig mit den Schultern und zieht seine buschigen Augenbrauen hoch. »Is' mir Wumpe. Ich bin gelernter Sozialist und musste die Fahrt außerdem zwischen meine Gemüseauslieferungen und meinen nächsten Planwagenüberfall im Santa Fé quetschen. Werbeflyer für das Cowboytreffen habe ich auch noch zu verteilen.«

Der sozialistische Sheriff und Gemüselieferant leckt sich kurz den Daumen, zupft ein Blatt vom Stapel, flaniert im Wiegegang auf die Terrasse zu und beginnt ungerührt, die Zettel an den Tischen zu verteilen.

23.

Gefährlich wird es, wenn die Dummen fleißig werden.
Unbekannt

»Junger Mann«, quakt aus der offenen Bürotür vor Janniks Nase entnervt die Kröte, »kommen Sie jetzt bitte endlich herein, und schließen Sie die Tür hinter sich. Ich habe nicht ewig Zeit.«

Äußerst widerstrebend löst Jannik seinen Blick von Malinka und kommt Krügers Aufforderung nach.

»Setzen Sie sich«, fordert dieser Schnösel ihn ohne jegliches Anzeichen eines Wiedererkennens auf.

Jannik zieht die Tür langsam, fast behutsam ins Schloss. Fast so, als habe er Angst, Bambi Malinka aus dem Flur und der Kanzlei zu verscheuchen. Als er den Raum durchquert, kann er es kaum fassen: Krügers Büro ist das genaue Gegenteil seiner Abstellkammer für Kunden. Einschüchternd groß und hell ist das Chefzimmer, mit dicken, vermutlich echten Orientteppichen ausgelegt und mit einem äußerst protzigen Schreibtisch bestückt, der beinahe die Ausmaße der Kommandobrücke von Raumschiff Enterprise besitzt. Wahrscheinlich soll das bei seinen Mandanten Eindruck schinden, einen positiven Schock auslösen und die Vorstellung wecken, dass hier der König aller Rechtsverdreher residiert, der sie nicht nur aus dunklen Abstellkammern, sondern auch aus jeder Gefängniszelle herausholen kann. Gegen viel Geld, sehr viel Geld.

Kröte Krüger nimmt umständlich hinter seinem wuchtigen

Schreibtisch und unter den toten Hirschgeweihen an der Wand Platz, schiebt einen Stapel ockerfarbener Aktendeckel beiseite, zieht einen Notizblock zu sich heran und legt umständlich einen Füller zurecht.

Jannik sinkt auf den letzten freien Stuhl vor dem Schreibtisch.

»Was kann ich für Sie tun?«, fragt Krüger und lehnt sich mit abwartendem Gesichtsausdruck in seinem Hochlehner mit Armstützen zurück.

»Ja, hat Ihre Assistentin Ihnen das denn noch nicht gesagt?« Frau Spielvogel scheint fassungslos. »Ich habe ihr doch alles minutiös erklärt.«

Krüger runzelt flüchtig die Stirn. »Meine Auszubildende hat mir lediglich mitgeteilt, dass eine Frau Spielvogel – ich nehme an, dabei handelt es sich um Sie – und Begleitung mich in meiner Funktion als Notar in Testamentsfragen zu sprechen wünschen. Ich ging davon aus, dass Sie beabsichtigten, eine letzte Verfügung aufzusetzen.«

»Ich?« Frau Spielvogel hüpft vor Entsetzen fast von ihrem Stuhl. »Wie kommen Sie denn darauf? Ich bin kerngesund, habe noch alle Zähne, und die Haarfarbe ist auch echt! Und zu vererben habe ich ü-ber-haupt nichts.«

Krügers Stirnrunzeln vertieft sich. »Dann bitte ich um Verzeihung für mein Informationsdefizit und die Nachlässigkeit meiner Auszubildenden. Malinka ist noch in der Probezeit und neigt bedauerlicherweise zu Fehlern und Desinteresse. Also, um welche Art von Testamentsfragen handelt es sich dann?«

»Darf ich?«, fragt Frau Spielvogel Janniks Mutter.

»Ja, fangen Sie nur an«, sagt diese. »Sie sind mit der Geschichte am besten und längsten vertraut.«

Frau Spielvogel bedankt sich mit kurzem Nicken, dann legt sie los: »Herr Krüger, Sie haben in den vergangenen Monaten mehrere Briefe an Herrn Hans Nittenwilm in Nievenhoven geschrieben und ihn darin aufgefordert, sich in der Erbschaftssache Laurette de la Barré mit Ihnen in Verbindung zu setzen.«

Jannik glaubt, ein kurzes Zucken in Krügers Krötengesicht wahrzunehmen. Auch die Hast, mit der er seine Aktendeckel mit dem rechten Ellbogen bedeckt, verrät leises Unbehagen.

Frau Spielvogel scheint nichts von alledem zu bemerken und fährt unbekümmert fort. »Frau de la Barré möchte Hans Nittenwilm allem Anschein nach noch zu Lebzeiten etwas überschreiben, das zuvor im Besitz von Herrn Nittenwilms leiblicher Mutter war, die hier aus der Uckermark stammt.«

Na, endlich geht es zur Sache. Jannik beugt sich gespannt nach vorn. Doch Krügers Antwort besteht enttäuschenderweise aus einer simplen Rückfrage.

»Und?«

»Wie: ›Und‹?«, fragt die Spielvogel zurück.

»Ich weiß nicht, worauf Sie hinauswollen, verehrte Frau … Wie war noch der Name?«

»Spielvogel, und worauf ich hinauswill, das ist doch wohl sonnenklar: Wer ist Frau Laurette de la Barré? Was will sie vererben? Und in welcher Beziehung genau stand sie zu der leiblichen Mutter von Herrn Nitten-«

»Ich muss Sie an diesem Punkt unterbrechen. Mich würde zunächst einmal interessieren, in welcher Beziehung *Sie* zu Herrn Nittenwilm stehen«, fährt Krüger ihr in die Parade. Er scheint sich wieder völlig im Griff zu haben.

»Meine Beziehung zu Herrn Nittenwilm geht Sie zwar gar nichts an, aber bitte schön: Ich bin seine Therapeutin.«

»Seine Therapeutin? Wie interessant. Nun, dann sind Sie mit den Bestimmungen zur beruflichen Schweigepflicht ja bestens vertraut und werden einsehen, dass ich unbeteiligten Dritten keinerlei Einblicke in meine Mandate geben darf.«

»Das ist schon in Ordnung«, mischt sich resolut Janniks Mutter ein. »Ich bin Hans Nittenwilms Tochter. Neben mir sitzt mein Sohn – sein Enkel – Jannik, und ich bin damit einverstanden, dass Frau Spielvogel alles erfährt, was mit dieser Laurette de la Barré zusammenhängt.« Sie öffnet ihre Handtasche, fingert ihren Personalausweis hervor und schiebt ihn über die hochglanzpolierte Schreibtischplatte.

Krüger schenkt der Plastikkarte keine Aufmerksamkeit. »Das mag ja sein, Frau Nittenwilm, aber die Schweigepflicht eines Notars und Anwalts gilt umfassend und muss selbst gegenüber engsten Angehörigen gewahrt werden. Solange …«

»Solange was?«, unterbricht diesmal Frau Spielvogel. Nur, um auch mal wieder was zu sagen, mutmaßt Jannik, denn eigentlich ist doch alles gesagt.

»Solange …«, erwidert Krüger gedehnt, weil der sich auch gern reden hört, »solange mich keine ausdrückliche schriftliche Erklärung eines Mandanten von meiner Verschwiegenheitspflicht entbindet.«

Na prima, ärgert sich Jannik, da hätten sie sich reichlich Wartezeit sparen können. Während seine Mutter ihren Personalausweis wieder einsteckt, schielt er kurz nach dem Aktendeckel unter Krügers Hemdmanschette. Ein entscheidender Zipfel lugt noch vor, und zu den merkwürdigen Begabungen seines mitunter falsch verkabelten Gehirns gehört es, dass er einwandfrei über Kopf lesen kann. Auch aus größerer Distanz. Das bringt nur leider nicht viel, denn was auf dem Aktendeckel steht, klingt uninteressant. Jedenfalls für ihn. Krusewitz wäre wahrscheinlich hellauf begeistert von Akten, die sich mit Katasteramtsblättern von Ackerland und Forstgrundstücken in Käffern mit seltsamen Namen beschäftigen. Einer heißt *Verlorenort*, wenn er das richtig entziffert hat, ein anderer klingt wie eine Staubsaugermarke, auf die seine Mutter schwört.

»Nun gut, dann werden wir also mit meinem Vater wieder herkommen müssen«, sagt seine Mutter neben ihm und erhebt sich zum Gehen.

»Sie dürfen noch vor der Mittagspause mit uns und Herrn Nittenwilm rechnen«, ergänzt Frau Spielvogel, steht ebenfalls auf und geht, nein, schreitet hoheitsvoll zur Tür. Dort dreht sie sich noch einmal um. »Sagen wir gegen halb zwölf, damit Sie die Akten in der Sache hervorholen können und nicht nur unnütz herumsitzen.«

»Ein weiterer Termin erübrigt sich, gnädige Frau«, versichert Krüger hinter seinem Schreibtisch und versucht sich an einem charmanten Lächeln, das ihm misslingt und eher an eine feixende Ratte erinnert. »Zum einen gehört Herr Nittenwilm gar nicht zu meinen Mandanten. Zum anderen hat Laurette de la Barré – so viel darf ich verraten – ihr Mandat vor einem Monat umfassend geändert und wünscht keine Begegnung mehr mit ihm.«

Frau Spielvogel lässt die Türklinke fahren. »Wollen Sie uns für dumm verkaufen? Wenn Laurette de la Barré ihr Mandat vor vier Wochen geändert hätte, hätten Sie ja wohl kaum vor vier Tagen einen Brief abgeschickt, in dem Sie Hans Nittenwilm auffordern, sich umgehend bei Ihnen zu melden.«

Kröte setzt sich abrupt in seinem Stuhl auf. Sein Blick verrät ehrliche Verblüffung – ein Gesichtsausdruck, den ein gewiefter Anwalt sich allenfalls allein vor dem Badezimmerspiegel gestatten sollte, findet Jannik.

Krüger fängt sich mühsam. »Sie müssen sich irren. Den letzten Brief an Herrn Nittenwilm habe ich vor einem Monat in dieser Sache verfasst. In diesem Schreiben kam unmissverständlich zum Ausdruck, dass sich die Absichten meiner Mandantin grundlegend geändert haben.«

»So einen Brief habe ich, also ich meine natürlich … hat

Herr Nittenwilm nie erhalten«, kontert Frau Spielvogel und stürmt zu Krügers Schreibtisch zurück. Sie kramt wild in einer Plastiktüte, die ihr als Handtasche zu dienen scheint, zerrt einen ziemlich zerknitterten Bogen Briefpapier hervor und knallt ihn auf den Tisch. »Hier, das ist Ihr letzter Brief! Mit Datum vom vergangenen Samstag. Er klang so dringlich, dass wir uns umgehend auf den Weg gemacht haben. Und das unter erheblichen Mühen meinerseits, wie ich Ihnen versichern darf.«

Krüger wirft einen kurzen Blick auf das Schreiben, schüttelt irritiert den Kopf, zieht kurz die Brauen zueinander, dann drückt er energisch auf den Knopf einer kleinen Sprechanlage. »Malinka, kommen Sie bitte zu mir!«, herrscht er seine Gehilfin via Mikrophon an. Und weil's so schön war, gleich noch einmal, nur noch lauter: »MALINKA! Sie kommen bitte umgehend in mein Büro!«

»Müssen Sie das arme Mädchen so anschreien?«, empört sich ganz zu Recht, wie Jannik findet, seine Mutter.

»Ich muss sie nicht nur anschreien, sondern fristlos entlassen«, erwidert Krüger scharf. »Eine Auszubildende, die wichtige Briefe verschwinden lässt, während sie völlig veraltete Briefe ausdruckt und auf die Post gibt, kann sich eine Anwaltskanzlei nicht leisten!«

»Völlig veraltete Brief zu unterschreiben, aber anscheinend schon«, bemerkt Frau Spielvogel spitz. »Oder ist das nicht Ihre Unterschrift?«

Krüger schweigt, den Blick starr auf die Tür gerichtet, bis dahinter endlich Schritte laut werden. Schlurfende Schritte. Malinka ahnt offenbar, was ihr bevorsteht, und hat verständlicherweise keine Eile, sich von ihrem tobenden Chef kündigen zu lassen. Was Jannik gut nachvollziehen kann.

»Geht das auch schneller?«, bellt Krüger die Tür an, als die

Schritte wieder verstummen. »Mach mal die Tür auf!«, weist er Jannik barsch an.

Der stellt sich taub, er ist doch kein Henkersknecht.

»Meinem Sohn haben Sie gar nichts zu befehlen«, erregt sich zu Janniks Freude seine Mutter. Schützend stellt sie sich neben ihn. Weil auch Frau Spielvogel keine Anstalten macht, als Türöffner einzuspringen, kommt Krüger persönlich hinter seinem Schreibtisch hervor, durchquert fluchend sein überdimensioniertes Büro und reißt die Tür auf.

»Ich hab uns allen einen schönen Tee gemacht. Kamille gab es nicht, aber Melisse ist ebenfalls beruhigend und bekömmlich. Ach so, das Fräulein Bambi lässt sich entschuldigen und ausrichten, dass ihre Probezeit mit sofortiger Wirkung beendet sei. Sie hat nämlich Besseres zu tun.«

Vor der Tür steht Krusewitz – wer sonst? – mit einem Tablett voll dampfender Becher in den Händen.

24.

Wenn ich eine Diät mache, wird nur mein Haar dünner.
Whoopi Goldberg

Leises Tassenklappern und der Duft von Kalbsragout auf Omelett lenken Hans' Aufmerksamkeit vom Werbezettelsheriff ab und zu seinem eigenen Tisch zurück. Endlich essen! Freudig nimmt er Teller und Besteck von der Kellnerin entgegen, genüsslich saugt er den Duft von knusprig gebratenem Omelett und frisch gebrühtem Kaffee ein.

Wodka hingegen starrt entsetzt seine Tasse an. »Wollen die mich hier vereimern, oder was? Aus so was trink ich doch nicht! Das ist doch ein Trinklernbecher für Windelkacker!« Empört fasst er die graue Tasse beim Rüssel – die Tasse ist ein Elefant, der auf der anderen Tassenseite keck einen grauen Sterz gen Himmel reckt. »Den bring ich zurück!«

»Mach das«, nickt Hans und schielt sehnsüchtig auf seinen Teller. »Ähm ... stört es dich, wenn ich trotzdem schon mal mit dem Essen anfange?«

»Nö, wieso? Ist ja nicht mein Omelett«, sagt Wodka und eilt mit dem Elefanten davon. Leider ist er verschwunden, bevor Hans ihn darum bitten kann, Brot mitzubringen. Das hat die Kellnerin nämlich vergessen. Genau wie die Bratkartoffeln. Ein Zuckerstreuer steht auch nicht auf dem Tisch. Na, kann ja mal vorkommen. Brot und Bratkartoffeln wird er nachordern, wenn der erste Hunger gestillt ist. Er hat ja doch einiges nachzuholen. Genüsslich sprenkelt Hans das Würzfleisch mit Worcestersauce, hebt die Gabel und sticht sie durch das Ragout in den goldgelben Eierteig.

»Ich hätt da mal 'ne Frage, Meister.« Noch bevor Hans sich einen Bissen abschneiden und auf die Gabel schieben kann, unterbricht ihn von hinten der Sheriff. Er knallt einen Werbeflyer auf den Tisch und schiebt im nächsten Augenblick Hans' überquellenden Tütenstuhl beiseite, zieht sich einen freien Stuhl heran und fixiert Hans aus sehr blauen und keineswegs unfreundlichen Augen.

»Tut mir leid«, stößt Hans mühsam beherrscht und mit Blick auf sein Omelett hervor, »aber ich habe kein Interesse daran, mir eine Westernshow anzusehen.«

Er schneidet sich einen Bissen ab und führt ihn rasch zum Mund. Hinein damit!

Au, verflixt! Ist das heiß!

Hans saugt hechelnd Luft ein, fächert sich mit der Hand vor dem Mund herum, um den Bissen zu kühlen.

»Kann mir denken, dass du momentan andere Probleme hast«, sagt der Sheriff mit bedeutungsvollem Blick auf Hans' Tütensammlung. »Darum will ich dir ja 'nen Job anbieten. Völlig unbürokratisch. Wir haben gerade einen kleinen Personalengpass im Santa Fé.«

Hans plumpst vor Verblüffung die Gabel aus der Hand. »Einen Job?«, presst er undeutlich zwischen dem heißen Eierbrei in seinem Mund hervor.

Der Sheriff verwechselt Hans' Verblüffung offensichtlich mit Begeisterung. Mit einer knappen Kinnbewegung weist er auf den Geigenkoffer, der hinter einer der Tüten hervorragt. »Kannst du auf dem Ding spielen? Jetzt keine Arien, mehr so flottes Zeugs, meine ich. Irgendwas in Richtung Country und Western.«

Hans schluckt tapfer und strafft würdevoll die Schultern.

»Das kann ich durchaus, aber ich glaube, Sie missinterpretieren mein momentanes Aussehen.«

Passiert ja leider nicht zum ersten Mal.

»Quatsch, darum bin ich doch überhaupt auf dich aufmerksam geworden«, widerspricht der Sheriff. »Dein Aussehen passt perfekt ins Santa Fé. Vor allem der Hut und der Bart! Dauert doch ewig, bis man so ein authentisches Wildwest-Gefluse im Gesicht hat. Also, unserem Mann am Klavier ist gestern der Deckel auf die Finger gerumst, aber wir können genauso gut einen Fiedler vom Dach schießen, ist sogar noch spektakulärer, und ...«

»Ich will nicht erschossen werden«, protestiert Hans.

»Auch nicht gegen Geld? Komm schon, Kumpel. Du musst nur ein, zwei Liedchen fiedeln, und wenn du dich dabei rückwärts aufs Saloon-Dach fallen lässt, gibt's einen Extrabonus. Keine Bange, ist nicht tief, und wir binden dir so eine Art Sicherheitslasso um den Bauch.«

»Lassen Sie mich bitte in Ruhe! Ich bin Tourist und will hier lediglich ungestört ein Omelett essen. Guten Tag.«

Seufzend erhebt sich der Sheriff. »Na, nichts für ungut. Ich hab mich auch 'ne Weile wie Hölle geschämt, als ich auf Hartz war. Aber einer wie du kommt da mit ein bisschen Fantasie auch wieder raus. Ich hab's ja auch geschafft. Also, falls du es dir anders überlegst, frag im Santa Fé nach Kasulke, dem Gemüsecowboy. Kannst du dir merken, oder?«

Das steht zu befürchten. Einen Gemüsecowboy namens Kasulke vergisst man wahrscheinlich sein Leben lang nicht, egal wie sehr man sich darum bemüht.

Im perfekten Cowboy-Wiegeschritt verlässt der Störenfried endlich die Terrasse. Als er den Bock erklimmt, suchen die Alsterspatzen verängstigt Schutz an der Seite ihrer Stadtführerin, die wehrhaft ihr Schild als Schranke nutzt.

Endlich kann Hans sich seinem Omelett widmen. Leider ist es kalt geworden, und das Würzfleisch ziert eine unschöne Haut. Dafür ist er endlich ungestört.

Etwa drei Bissen lang.

25.

Schildern Sie mir Ihren Fall klar, logisch und chronologisch! Vor Gericht bringe ich ihn dann selbst durcheinander.

Anonym

»Schweigepflicht! So einen haarsträubenden Unsinn habe ich schon ewig nicht mehr gehört! Erst schreibt diese Niete von Notar völlig verquaste Briefromane nach Nievenhoven, in denen er Hans Nittenwilm drängt, sich bei ihm zu melden, und nun beruft er sich plötzlich auf seine Schweigepflicht! Der Mann zerhaut mir mein gesamtes Therapiekonzept. Vor allem das Bewegungsprogramm. Ohne ein zwingendes Ziel bekomme ich einen Klienten wie Hans in Brandenburg doch keinen Millimeter mehr voran. Noch dazu, wo Jannik als Lockvogel jetzt ausfällt.«

Martha Spielvogel kann die soeben erlebte Abfuhr bei Anwalt Krüger einfach nicht fassen. Immer wieder hält sie auf dem Weg durch das dunkle Treppenhaus von Krügers Kanzleihaus inne, um zu schimpfen wie ein Rohrspatz. Krusewitz und Jannik haben das Gebäude längst verlassen. Allein Annika hört ihr geduldig zu und nickt zu allem.

Zwischendurch gähnt sie heimlich. Die gestrige Odyssee vom Florint Hotel in Köln bis hierher zeigt nun doch Folgen, sie ist todmüde. Darum sind ihr Frau Spielvogels Bemerkungen über ihr Therapiekonzept auch ein wenig schleierhaft. Trotzdem gilt es, die Therapeutin zu unterstützen, denn ihre bisherigen Erfolge sprechen für sich.

Im Erdgeschoss klinkt Martha Spielvogel den Flügel eines schweren Holzportals auf. »Wenigstens eine Nachricht über unsere Ankunft könnte dieser Krüger doch an Laurette de la Barré übermitteln. Zwecks Familienzusammenführung«, ereifert sie sich. »Ich bin mir sicher, sie würde uns sehen wollen, nach all den Mühen, die sie auf sich genommen hat, um ihren verschollenen Neffen zu finden.«

»Ja, das glaube ich auch«, sagt Annika und tritt neben Frau Spielvogel aus dem Haus. Vor ihnen leuchtet unter herrlichem Mittagsblau Templins Markt. Die Uhr am rosa-barocken Rathausturm zeigt Viertel nach elf an. Von der sonnigen Aussicht ermuntert und belebt, hakt sich Annika bei der verstimmten Frau Spielvogel ein. »Vielleicht kann mein Vater wenigstens in dieser Hinsicht ja noch etwas bei Herrn Krüger erreichen«, sagt sie um Zuversicht bemüht, während hinter ihnen die Holztür ins Schloss fällt.

Frau Spielvogels Miene verrät Zweifel, die Annika insgeheim teilt. Krüger ist ein eklig zäher Brocken, und ihrem Vater scheint seine unbekannte Tante so gleichgültig wie die Erbschaft zu sein. Sonst wäre er in der Kanzlei erschienen, die nur einen Katzensprung vom Bootshafen entfernt ist. So, wie eigentlich alles in Templins Zentrum nur einen Katzensprung voneinander entfernt liegt.

Weshalb nur hat er den Termin einfach ausfallen lassen? Kann er als der geborene Kindernarr, der er ist, seiner leiblichen Mutter nicht verzeihen, dass sie ihn als Baby in fremde Hände gegeben hat? Und das ja allem Anschein nach sehr früh. Womöglich direkt nach seiner Geburt, wofür es unzählige Gründe gegeben haben kann. Traurige und verzweifelte, schlechte, aber auch gut gemeinte und – Annika muss schlucken – ganz und gar unabänderliche. Etwa ihren Tod.

1947, im Geburtsjahr ihres Vaters, war ein Tod im Kindbett,

das Sterben kurz nach einer Geburt durch Hunger, Entkräftung oder irgendeine Krankheit sicher kein Ausnahmefall. Wer weiß, unter welchen Entbehrungen seine leibliche Mutter zu leiden hatte? Und wie wichtig wäre es gerade deshalb, diese unbekannte Frau, die immerhin ihre Großmutter ist, zu würdigen, sich ihrer zu erinnern und so viel wie eben möglich über sie und ihr Leben herauszufinden?

Eins steht für Annika fest: Sie wird sich nicht so leicht davon abbringen lassen, weiter nach Laurette de la Barré zu forschen, um mehr über die Geschichte ihrer Familie zu erfahren.

Ihr Vater ist ein unverbesserlicher Sturkopf.

Und sie nicht minder.

Zumal sie momentan ohnehin nicht sehr viel anderes zu tun hat, gesteht Annika sich ein, außer Torsten Wellhoff, dem dümmsten Bodenbelaghersteller der Republik, die Pest an den Hals zu wünschen oder sich mit wachsender Panik eine Zukunft ohne Job auszumalen. Nein danke, alles andere ist besser und weitaus sinnvoller als das.

»Kommen Sie«, sagt Annika und zieht Frau Spielvogel entschlossen vom Haus weg. »Wir suchen jetzt erstmal meinen Vater. Was meinen Sie: Ist er noch auf dem Boot, oder wartet er vielleicht im Eichkater auf uns?«

»Ich hoffe, er sitzt im Altstadtcafé«, antwortet Frau Spielvogel noch immer leise grummelnd und weist nach links. »Eine Empfehlung aus dem Reiseführer. Ich habe Wodka gebeten, Ihren Vater auf meine Kosten dorthin auf ein Frühstück einzuladen, falls er im Hotel erscheint und partout nicht zum Anwalt will. Verdient hat er die Einladung zwar nicht, aber er soll uns ja nicht verhungern.«

Annika entdeckt in der angedeuteten Richtung eine rote Caféhausmarkise. Den Blick auf die darunter zu vermutende Terrasse verdecken ein Planwagen und zwei gewaltige amerikanische Quarterback-Pferde. Soeben erklimmt ein Mann in Stetson und Fransenweste den Wagenbock. Das Cowboytreffen, für das die Hotelbedienung sie heute Morgen begeistern wollte, wirft seine Schatten voraus.

»Eine kontrollierte Crashdiät kann schöne Anfangserfolge zeitigen. Natürlich nur, wenn Ihr Vater Brot und Kartoffeln weglässt. Ich hoffe, die Bedienung hält sich in dieser Hinsicht an meine Instruktionen«, sinniert neben ihr Frau Spielvogel weiter über Hans' Essgewohnheiten. Sie scheint wieder gefasster und ganz in ihrem therapeutischen Element zu sein.

Annikas Augen suchen ihren Sohn, der vorhin gar nicht schnell genug aus Krügers Büro verschwinden konnte. Jannik steht etwa drei Meter entfernt von ihr auf der Bürgersteigkante. Die Hände in den Hosentaschen vergraben, schaut er sich konzentriert und wie auf dem Sprung nach allen Seiten um. Ganz so, als halte auch er nach jemandem Ausschau.

Wahrscheinlich ist dieser Jemand Wodka. Nun, besser der als Vanessa, findet Annika.

Neben Jannik steht Kantor Krusewitz und wischt gerade mit zufriedener Miene und einem altmodischen Stofftaschentuch einen Teebecher sauber, den er aus der Kanzlei hat mitgehen lassen. »Anwalts Liebling« und der Name einer Versicherung stehen in weißen Lettern auf rotem Grund darauf. Ausgerechnet einem Anwalt Tassen zu stehlen! Und das direkt unter dessen Augen! Krüger, ohnehin auf 180, hat mit der Polizei gedroht und ein sofortiges Hausverbot ausgesprochen.

»Das ist mir die Tasse wert«, hat Krusewitz dem nur entgegengehalten.

»Wir gehen in das Café dort drüben!«, ruft Annika den beiden zu.

»Ich komm später nach«, antwortet Jannik, ohne seinen Blick vom Markt und den umliegenden Häuserzeilen zu lösen.

»Dein Großvater wartet da auf uns«, gibt Annika ungeduldig zurück. »Er freut sich bestimmt riesig, dich endlich wiederzusehen.«

»Ich hab hier noch zu tun«, behauptet ihr Sohn.

Wie bitte? Was ist denn mit dem los?

»Ah, der Planwagen fährt langsam vor. Jetzt sehe ich Ihren Vater«, mischt sich Frau Spielvogel in den Mutter-Sohn-Dialog ein. Sie reißt beide Arme zum Winken hoch. »Juhu, Herr Nittenwilm!«, ruft sie quer über den Platz. »Schmeckt es? Wir kommen gleich zu Ihnen!«

Annika schließt sich flüchtig dem Gewinke an, dann wendet sie sich wieder ihrem Sohn zu. »Wodka ist auch da«, versucht sie, ihm den Caféhausbesuch schmackhaft zu machen.

Das gibt es doch gar nicht! Ihr Sohn verharrt wie angewurzelt auf der Bürgersteigkante!

»Mit Ihrem Vater stimmt was nicht, so mürrisch, wie der die Kellnerin anguckt«, verkündet Frau Spielvogel und macht sich auf den Weg zum Café.

»Jetzt komm schon, Jannik«, mahnt Annika ein weiteres Mal. Doch nur Kantor Krusewitz eilt mit frisch geputzter Tasse auf sie zu.

»Ich fürchte, wir müssen zunächst einmal ohne meinen jungen Freund losgehen«, sagt er, hakt sich beschwingt bei ihr ein und zieht sie mit sich. »Jannik hat noch eine wichtige Verabredung, bei der wir sicher stören würden.«

»Eine Verabredung?«, wiederholt Annika völlig verdutzt.

»Herr Nittenwilm, jetzt bleiben Sie doch sitzen!«, ruft von irgendwoher eine atemlose Martha Spielvogel.

Annika beachtet das Geschrei nicht weiter. »Mit wem soll mein Sohn hier verabredet sein?«, verhört sie Krusewitz.

»Mit unserer neuen Mitstreiterin. Einer zurzeit noch inoffiziellen Mitarbeiterin, aber ich denke, das wird sich bald ändern.«

»Von wem, zum Kuckuck, reden Sie?«, braust Annika auf.

»Von unserem IM Bambi, falls ich mir in diesem Zusammenhang einen kleinen Stasi-Scherz erlauben darf. Hört ja keiner mit. Die Stasi war zwar alles andere als komisch, aber lachhaft war sie aus heutiger Sicht eigentlich schon. Mit ihren Schnüffelproben für Spürhunde in Einmachgläsern und …«

»Krusewitz, jetzt reißen Sie sich zusammen!«, verlangt Annika energisch. »Wer ist IM Bambi?«

26.

On the road again
Countrysong von Willie Nelson

Keuchend und mit pumpendem Herz drückt sich Hans in eine halbkreisförmige Ausbuchtung der Templiner Stadtmauer. Ein Messingschild erläutert ihm, dass er in einem mittelalterlichen Wiek, einer Art offenem Wachturm, Unterschlupf gefunden hat. Klingt erstmal sicher.

Den Rücken gegen Ziegel und grobes Feldgestein gepresst, schließt Hans die Augen und holt einige Male tief Luft, um Herz und Atem unter Kontrolle zu bringen. Ein laues Lüftchen strömt durch eine Schießscharte im Mauerwerk und kühlt ihm den nass geschwitzten Nacken.

Himmel, so ein Tempo hat er seit Jahren nicht an den Tag gelegt! Er ist gerannt, als gälte es, das nackte Leben zu retten, hat durch diverse Sträßchen und träumende Gassen einen Sprint samt Hakenschlägen absolviert, um der Spielvogel und ihrem scheinheiligen »Juchu, Herr Nittenwilm!« zu entkommen. In seinem Alter eine durchaus beachtliche Leistung, erst recht mit Geigenkoffer, findet Hans und ist nicht wenig stolz auf sich.

Mal sehen, ob er dieses unverfrorene Luder auch wirklich abgehängt hat. Vorsichtig und noch immer außer Atem reckt er den Kopf vor, um durch den herabwallenden Efeu und seine gepflasterte Brille in den begehbaren Innenring der Wehrmauer zu spähen.

Rechts von ihm sammeln sich auf engem Raum gerade die Alsterspatzen zu einer Traube. Einige haben die Nasen in belehrende Kulturführer gesteckt, andere zupfen unsichtbare Flusen von makellosen Twinsets, richten Brillen, Perlenketten oder Samthaarreifen. Alle tragen wissbegierige Primanergesichter und gehobenen Bildungshunger zur Schau. Fast möchte man ihre Stadtführerin bedauern. Sie wird sich mächtig ins Zeug legen müssen, um ihn zu stillen, zumal die hanseatischen Kulturträgerinnen dank intensiver Lektüre bereits satt und genug über die Historie Templins wissen dürften. Vielleicht dient ihre gute Vorbereitung auch einzig dem Zweck, der Führerin die eine oder andere Fangfrage stellen zu können.

Hans' Magen tut mit lautem Knurren kund, dass ihm ein Nachschlag Omelett mit Würzfleisch lieber wäre als geistige Nahrung, aber sei's drum. Die Eppendorfer Damenschar bildet einen willkommenen Sichtschutz zwischen ihm und seiner Verfolgerin – falls die ihm tatsächlich noch auf den Fersen sein sollte, was Hans für zunehmend unwahrscheinlich hält. Die Spielvogel trägt zu ihrem Mohnblumenkleid immerhin Riemchenpumps mit Absatz, und die meiste Zeit ging es über Buckelpflaster. Hochkragende Bürgersteigplatten und Kanaldeckel galt es außerdem zu überspringen. Keine leichte Übung mit Absatz.

Erst gestern hat seine Tochter auf der Bahnfahrt hierher eindrücklich das Martyrium geschildert, das sie in hohen Schuhen auf Kölns Altstadtpflaster durchlitten hat. Ihre Schuhe waren zwar bedeutend höher als die Pumps seiner Verfolgerin, aber dafür ist die Spielvogel auch um einiges älter als Annika. In etwa so alt wie er, aber er trägt Wanderschuhe.

Ha!

Nach einem Räuspern beginnt die Stadtführerin, die Funktion des hinter ihr aufragenden Gefängnisturms, auch Hungerturm genannt, zu erläutern. Durch eine in sechs Metern Höhe befindliche Tür wurden Häftlinge im Mittelalter per Seil hinabgelassen. Brot gab es für die Bedauernswerten allenfalls wöchentlich, sagt sie.

Immerhin gab es für sie überhaupt welches, denkt Hans grimmig.

Ihm will Madame Folterknecht Spielvogel Brot komplett vorenthalten. Genau wie Bratkartoffeln zum Omelett, grollt er, während er gedanklich noch einmal in das Café am Markt einkehrt.

»Ihre Frau und Ihr junger Begleiter haben mich gebeten, Ihnen keinerlei Kohlehydrate zu servieren, wo Sie doch Diabetes haben und auf Diät sind«, hatte Martha Spielvogels neueste Komplizin, die Kellnerin, seine Kuchenbestellung gerade abgelehnt, als ihre Auftraggeberin »Juhu!« schreiend auf das Café zurannte.

Diabetes? Diät? Das war zu viel. Hans ist der Kragen geplatzt. Endgültig. Ohne groß zu überlegen, hat er seine Geige gepackt und seinem viel zu lange unterdrückten Fluchtimpuls nachgegeben, um jeder weiteren Entmündigung zu entkommen. Nach Erbschaftsdiskussionen mit Annika stand ihm in diesem Moment auch nicht der Sinn.

Natürlich ändert diese kleine Flucht nichts an seinen Plänen, so bald wie möglich mit Annika und Jannik abzureisen, aber erst einmal fühlt sich die neu gewonnene Freiheit fantastisch an. Er wird sie jetzt einfach eine Weile lang genießen und die Reisevorbereitungen später wieder aufnehmen. Jawohl, nickt Hans bekräftigend und will sich aus seinem Versteck lösen. Geht nicht.

Verdammt! Ein Ziereisen oder Maueranker hat sich im Stoff seiner Jacke verkrallt und will ihn, wie es scheint, nicht loslassen. Mit einem beherzten Ruck löst Hans sich von den Steinen. Das Geräusch reißenden Stoffs verrät, dass die wiedergewonnene Freiheit auf Kosten seiner neuen Jacke geht.

Er ertastet einen lineallangen Riss in der Mitte seines Rückens. Ziemlich zerschlissen wird das gute Stück jetzt aussehen. Auch egal, das Ding stammt schließlich von der Spielvogel. Sobald er zurück in Nievenhoven ist, wird er sich was Neues kaufen.

Die Stadtführerin malt rechter Hand mittelalterliche Bestrafungsmethoden aus. Ein Alsterspatz greift erläuternd ein und schildert sachkundig den Gebrauch von Daumenschrauben, nagelbesetzten Spottkronen und eisernen Schandmasken.

Hans ist einen Moment lang geneigt, einige dieser Gerätschaften an seiner Widersacherin Spielvogel zu erproben. Rein gedanklich, versteht sich, aber selbst das wäre zu viel der Ehre für die Dame und verdirbt ihm nur die Laune. Viel lieber verweilt er unter blütenschweren Zweigen, die sich ihm aus einem Garten zu seiner Rechten entgegenrecken. Eine Obstbaumrarität lässt sein Züchterherz höher schlagen. Behutsam, beinahe zärtlich biegt er einen Zweig des Spätblühers zu sich herab, tunkt seine Nase in rosa Blütenschaum. Das muss eine uralte Ochsenherzkirsche sein, auch Schwarzes Traubenherz genannt. Wie schön, dass es so etwas hier noch gibt!

Ganz versunken steht er da, bis schrille Zwitschertöne ihn aufschrecken lassen. Sie stammen weder von echten noch von Alsterspatzen, sondern von Frau Spielvogel. Zumindest ihre Stimme hat Hans zu guter Letzt eingeholt. Erspäht hat sie ihn zu seiner maßlosen Erleichterung aber wohl nicht, wie ihre aufgeregten Fragen beweisen.

»Ist hier eben ein großer Mann mit Hut und Geige vorbeigekommen?«, will sie leicht atemlos von den Alsterspatzen in seinem Rücken wissen. »Stattlich, Vollbartträger, ein wenig zu beleibt?«

Hans wartet die Antwort nicht ab, sondern schlüpft hastig in ein weiteres Wiekhaus, das sich nur wenige Meter vor ihm auftut. Die Eppendorfer Damen schweigen vornehm, während die Stadtführerin barsch verneint.

Die Spielvogel lässt in ihren Nachforschungen nicht locker. »Wo geht es denn dorthin?«

»Zum Busbahnhof«, lautet die knappe Antwort.

»Ach, du liebe Güte, er wird doch nicht etwa …«, stößt seine Verfolgerin aus. »Da muss ich sofort hinterher. Wer weiß, wo der sonst hinfährt. Noch dazu schwarz!«

Reingefallen!, jubiliert Hans still, während er kleine Trippelschritte auf den Steinstufen vernimmt und die Stadtführerin ihren Vortrag über Strafjustiz im Mittelalter wieder aufnimmt. Flüchtig schielt er durch eine Schießscharte in der Mauerwange und findet seine Vermutung bestätigt. Frau Spielvogel hat einen Torausgang genommen und steigt eilig einen Treppenweg zum außerhalb des Mauerrings gelegenen Busbahnhof hinab.

Gewonnen!

Seine Geige fröhlich an sich pressend schlüpft Hans aus seinem Versteck. Er wendet sich mit eiligen Schritten nach links. Dort lockt ein hoch aufragendes Giebeltor mit geziegelten Zinnen. Mit weit ausgreifenden Schritten hat er es in weniger als drei Minuten erreicht und nach einer weiteren passiert.

Hohe Linden flüstern ihm einen Willkommensgruß zu. Die Landstraße hat ihn wieder. Nach fünfzig Jahren. Und das fühlt sich im Moment und in der sich vor ihm öffnenden Landschaft verdammt gut und richtig an.

Ein Lied summt hoch in Hans. Er hat es lange nicht mehr gehört. Geschweige denn gespielt. Wäre ihm peinlich gewesen. Noch dazu in seinem gesetzten Alter. Er muss um die zwanzig gewesen sein, als er es zum ersten Mal gehört und sofort geliebt hat.

Das Lied, das in ihm summt, heißt *Like a Rolling Stone*.

In der Version von Bob Dylan, versteht sich.

Der war einmal sein Gott, und kaum ein Refrain hätte damals seinen trotzigen Lebenshunger und seine Aufbruchsstimmung passender beschreiben können.

Ein wenig gilt das auch jetzt, auch wenn das für einen ehemaligen Beamten im Neusser Grünflächenamt ein wenig albern ist. *How does it feel, to be on your own . . .*

27.

»Ich kümmere mich um die Getränke, und ihr schiebt schon mal den berühmten runden Tisch zusammen«, weist Malinka im Kommandoton Jannik und Wodka an. »Wir wollen unsere Ost-West-Zusammenarbeit ja auf Augenhöhe beginnen.«

»Ähm, sorry, aber rund geht nicht«, wirft Wodka ein und schaut sich ratlos in Uschi's Grillstützpunkt & Campingklause um. »Die Tische hier sind alle viereckig, da bleiben Lücken. Kann man so machen, sieht dann aber Scheiße aus.«

»Wir könnten stattdessen ja einen Stuhlkreis bilden«, beeilt sich Jannik vorzuschlagen, auch wenn er Stuhlkreise peinlich findet, weil er sie nur aus seinen Kindergartentagen kennt, zu denen sie dort ihre Wochenenderlebnisse im Streichelzoo austauschten. Hier geht es um erheblich mehr. Wenn er bislang alles verstanden hat, was Malinka ihm in einem verschwiegenen Gässchen in Templin zugeflüstert hat, geht es um richtig schwere Straftaten wie ganz gemeine Erpressung. Sogar Körperverletzung und Mordabsichten hat sie nicht ausgeschlossen. Das sind alles keine Themen für Kindergartenstuhlkreise, aber egal. Malinkas Wunsch ist ihm Befehl. Wenn sie was Rundes haben will, soll sie was Rundes kriegen.

Voller Tatkraft packt er sich ein Sitzmöbel mit Griffschlitz in der Lehne, das perfekt zum Mobiliar der Jägerstube der Nievenhovener Schützenbrüder passen würde. Hässlich, aber für Dauertrinker mit viel Sitzfleisch saubequem. Überhaupt sieht es hier ziemlich ähnlich aus wie in besagter Jägerstube: halbhohe Holzvertäfelung, darüber eine verstaubte Wimpelkollektion mit Fransen, die allerdings nicht für Sappeur-Korps und Schützenbrüderschaften, sondern für Fußballvereine mit sonderbaren Namen wie »Lokomotive«, »Dynamo« oder »Stahl Brandenburg« werben.

Jannik setzt den Stuhl in der Mitte des Raumes ab und wird von Malinka mit einem entnervten Augenrollen belohnt. Mist, anscheinend hat er wieder etwas falsch gemacht oder falsch verstanden! Bambi ist ziemlich kompliziert, dafür aber auch ziemlich clever.

»In neuer deutscher Geschichte hast du im Unterricht wohl durchgepennt«, stöhnt Malinka, während sie hinter der Theke abtaucht, einen Kühlschrank aufklinkt und mit Flaschen klirrt. »Der runde Tisch ist nur symbolisch gemeint. Ihr könnt auch eckige zu einem Karree zusammenschieben. Hauptsache, wir passen alle dran und keiner kommt zu kurz.«

»Jungchen, Jungchen. Du wirst doch wohl die Sage von König Artus kennen«, ergänzt von einer geblümten Eckbank aus wenig hilfreich Krusewitz. Er schaut von irgendeinem verstaubten Heftchen hoch, das ihm Pfarrer Schiefelbein vorhin mitgebracht hat. »Bambi versucht dir beizubringen, dass wir jetzt alle Ritter der Tafelrunde und gleichberechtigt sind.«

Aha, so, so. Jannik zieht die Augenbrauen hoch. Aber was bitte schön haben Tische – ob rund, eckig, oval oder symbolisch – mit deutscher Geschichte zu tun und diese wiederum mit toten Fantasykönigen, die es nie gab? Mann, Mann, Mann. Das Thema Geschichte geht ihm langsam, aber sicher total auf den Zeiger.

Als hätte Malinkas Rüffel nicht gereicht, tritt Krusewitz die Sache weiter breit. »Mein junger Freund hat nicht nur in der jüngeren Historie unseres Landes bedauerliche Lücken, Fräulein Bambi«, meldet sich der Kantor erneut zu Wort. »Mit dem, was er alles nicht über Geschichte weiß, könnte man Bände füllen, und in Heimatkunde Ost steht die Sache besonders im Argen. Was ich für den Nachfahren einer waschechten Uckermärkerin wie Laurette de la Barré besonders bedauerlich finde.«

»Na, na, na. Nun sei mal nicht so streng, mein Freund. Viele Ältere sind drüben bei euch auch nicht besser beschlagen«, ermahnt ihn Pastor Schiefelbein und wuchtet den ersten Eichentisch in die Mitte der Gaststube. »Ich versuche, es dir kurz zu erklären, Jannik. Am so genannten runden Tisch haben sich nach dem Mauerfall SED-Kader mit Bürgerrechtlern und einigen Kirchenleuten zusammengesetzt, um die Stasi aufzulösen und eine neue Verfassung für die DDR auszuarbeiten. Ersteres ist gelungen, Zweitere ist im Papierkorb gelandet. Der runde Tisch war und ist ein Symbol für die Ebenbürtigkeit verschiedener Interessensparteien. Tatsächlich waren die Tische aber anno 1989 eckig, und einige Bürgerrechtler fühlten sich am Ende über selbige gezogen.«

Jannik bemüht sich mit echtem Ernst und scheuem Seitenblick in Malinkas Richtung, das Gehörte einzuordnen, scheitert stellenweise aber gewaltig. Kann er was dafür? Den Zweiten Weltkrieg hat Jannik gefühlt etwa sechsmal durchgenommen, da kennt er sich aus, was hier nur leider niemanden zu interessieren scheint. Ab November 1989 war bei seinem Geschichtslehrer in Sachen historische Ereignisse hingegen längst Schluss. Wahrscheinlich, weil der für alles, was danach kam, selbst erst einmal Hausaufgaben hätte machen müssen.

Es gibt natürlich immer wieder diese Jubiläumsfilme zum Thema Mauerfall, aber die Hauptdarsteller sind in Janniks Augen derart öde, dass man sich das unmöglich lange anschauen kann. Vor allem, wenn darin dauernd dieser alte Knacker mit der klotzigen Brille und der greisen Fistelstimme auftaucht, dem die SED gehörte und der wahlweise mit lauten Abkürzungen oder mit seinen ellenlangen Bandwurmtiteln um sich wirft, die sich kein Mensch merken kann oder sollte.

Klar, Stasi kennt jeder, auch er, aber der Rest ist schlimmer, als mausetote Lateinvokabeln zu lernen. Vor allem, wenn man sich wie er schon den ganzen Nazi-Scheiß merken musste. Der wimmelt auch nur so vor Abkürzungen und albernen Titeln wie »Reichsjägermeister Hermann Göring«. Den Titel hat er sich gemerkt, weil er nach dem Altherrenlikör klingt, von dem man bei übertriebenem Genuss granatenmäßige Kopfschmerzen bekommt.

Dankenswerterweise beenden seine Mutter und Frau Spielvogel den Ausflug in die deutsche Geschichte nach 1945.

»Malinka, deine Oma meint, wir können die Klause maximal bis vier Uhr haben«, sagt seine Mutter, während sie mit der Spielvogel im Schlepptau die Tür zum Getränkestützpunkt aufstößt. »Danach muss sie in die Küche, um die Nackensteaks für den Herrentag zu marinieren. Euer Platz ist bereits belegt.«

»Geht klar«, antwortet Malinka und schaut kurz auf die Uhr. »In einer halben Stunde sind wir mit dem Wesentlichen durch. Nur dumm, dass Herr Nittenwilm fehlt. Den bräuchten wir wirklich dringend, um Krügers Machenschaften aufzudecken.«

»Das sehe ich genauso«, seufzt auf der Bank Frau Spielvogel. »Hach, ein derartig störrischer Klient wie Hans ist mir in meiner gesamten Therapeutenlaufbahn noch nicht untergekommen. Macht der sich einfach selbstständig! Am Ende einer Therapie ist das natürlich wünschenswert, aber so weit sind wir noch lange nicht. Wenn ich nur wüsste, wo er hingelaufen sein könnte.«

»Der taucht schon wieder auf«, tröstet Janniks Mutter sie und beteiligt sich tatkräftig am allgemeinen Tischerücken. »Ohne Geld kann mein Vater schließlich nicht weit kommen.

Ich wette, wir treffen ihn heute Abend völlig ausgehungert im Hotel wieder.«

»Ihr Wort in Gottes Ohr!«, jammert die Spielvogel. »Ich habe doch meinen therapeutischen Auftrag zu erfüllen.«

»Wir brauchen noch Wasser«, meldet sich von der Theke her Malinka zu Wort. »Jannik, draußen hinter der Klause stehen die Kästen, hol mal einen.«

»Kann ich doch machen«, drängelt sich Wodka vor, als sei er der weltbeste Kavalier aller Zeiten. Ausgerechnet der!

»Nee, ich geh schon!«, ruft Jannik und ist durch die Tür, bevor sein so genannter bester Kumpel sich weiter vor Malinka in den Vordergrund spielen kann.

Draußen empfängt ihn vom nahen Seeufer her Badegeschrei von Kindern und Erwachsenen. Bis direkt ans blitzblaue Wasser sind unter den hohen Buchen Zelte aufgeschlagen. Rechter Hand parken sauber aufgereiht Wohnmobile und die Maschinen mehrerer Motorradclubs. Zu Janniks Freude hat Schiefelbeins dort ebenfalls aufgebockte Ural mit Beiwagen bereits eine Riesenschar Bewunderer angelockt.

Ist ja auch eine Rarität, die Mühle. War ein gutes Gefühl, mit dem Ding hier aufzurauschen. Der Pastor hat ihn und Krusewitz herkutschiert, weil Opas Mercedes nur Platz für vier und nicht für sechs Leute bietet und daher mit Mama, Malinka, Wodka und der Spielvogel voll besetzt war. Außerdem hat Schiefelbein selbst Interesse am Fall de la Barré.

Wodka ist jedenfalls ganz grün vor Neid geworden, als Jannik in Templin beim Pastor hinten aufsitzen durfte und nicht er. Tja, und der Platz im Beiwagen gehörte selbstverständlich Krusewitz. Ans Steuer von Opas Mercedes hat seine Mutter Wodka auch nicht rangelassen, egal, wie lautstark der protestiert hat. Von wegen: »Das ist aber mein Job. Ihr Vater hat mich heute Morgen eingestellt und bezahlt dafür!«

Sein Job? Der hat sie wohl nicht alle.

Schöner Kumpel.

»Wie bitte? Wofür sollte mein Vater dich bezahlen?«, hat seine Mutter scharf wie eine Messerschneide nachgefasst, noch bevor Jannik selbst protestieren konnte, und dann kam heraus, dass Wodka sie nach Hause bringen soll. Ohne Frau Spielvogel und offenbar auch ohne Krusewitz. Was jetzt nicht so schlimm wäre, ihn aber um seine tausend Euro Honorar von der Spielvogel brächte, und überhaupt kommt eine Abreise derzeit gar nicht in Frage.

Das fand auch seine Mutter. »Das kann mein Vater sich abschminken«, hat sie mit ihrem Keine-Widerrede-Gesicht bestimmt. »Nach allem, was Malinka Jannik erzählt hat, verlassen wir die Uckermark nicht, bevor wir Laurette de la Barré aufgespürt und uns vergewissert haben, dass es ihr gut geht.«

Opas mysteriöse Tante könnte laut Malinka nämlich in Lebensgefahr schweben. Der Grund dafür sind ein Gutshaus und einige Ackerflächen und Wälder, die sie von einem ihrer Brüder geerbt hat und Hans vermachen wollte, bis plötzlich zwei habgierige Hamburger Neffen aufgetaucht sind, die die alte und laut Malinka nicht eben kerngesunde Dame mächtig unter Druck gesetzt haben, damit sie die Suche nach seinem Opa abbläst und ihr Testament zu ihren Gunsten aufsetzt beziehungsweise einen Schenkungsvertrag für die Wälder und Felder unterschreibt.

Dabei hat Kröte Krüger ordentlich Beihilfe geleistet und tut es nach wie vor, wie Malinka meint. Etwa, indem er seine Suche nach Hans Nittenwilm als angeblich ergebnislos einfach abgebrochen hat. Krüger arbeitet nämlich für einen Immobilienfritzen, der für Brandenburger Wälder und Felder ordentlich was auf den Tisch legt – samt satter Provision für den Vermittler, ergo Krüger.

Bislang hat Laurette de la Barré noch nichts unterschrieben, glaubt Malinka. Deshalb will sie die alte Dame dringend finden, bevor die etwas tut, was eigentlich gar nicht in ihrem Sinne ist.

Mann, Mann, Mann.

Das ist schon ein Ding, dass Opa als studierter Förster nicht nur Ackerland, sondern auch noch Wälder erben sollte. Noch dazu welche, die ordentlich was wert sind. Wenn Opa das erfährt, wird er seinen Widerstand gegen einen verlängerten Aufenthalt in der Uckermark hoffentlich aufgeben. Muss er doch. Und eine alte Tante in Not lässt der bestimmt nicht im Stich. Opa ist ja auch aus dem Bett gekommen, als es galt, ihm, seinem Enkel, nachzureisen. Mit etwas Nachhilfe von der Spielvogel, zugegebenermaßen.

Jannik biegt um die Ecke der Campingklause und entdeckt die zu Türmen gestapelten Bier-, Limonaden- und Wasserkästen. Leider sind die Türme etwas höher, als er groß ist. Darum muss er zunächst ein paar leere Kisten umdrehen und zum Tritt stapeln, bevor er einen Kasten Wasser mit dem albernen Namen Theodor herunterwuchten kann. Wahrscheinlich ist damit mal wieder Fontane gemeint, nach dem sie hier nicht nur Buchhandlungen, sondern auch Erlebnisschwimmbäder, Fischgerichte und Pralinen benennen. Als Getränk ist Theodor in Glasflaschen abgefüllt und darum verdammt schwer.

Es dauert also eine Weile, bis er endlich wieder bei der Tür zum Grillstützpunkt ankommt. Hoffentlich hat er als Wasserträger jetzt nichts Spannendes verpasst. Etwa Malinkas Erklärung dafür, warum sie sich in der »Sache de la Barré« so heftig engagiert und dafür sogar ihren Job geschmissen hat. Bei ihrem Vieraugengespräch im Gässchen hat sie ihm nur angedeutet, sie habe »persönliche und familiäre Gründe«.

Mann, Mann, Mann. Hoffentlich heißt »familiäre Gründe«

nicht, dass sie und er jetzt auch noch miteinander verwandt sind! Wäre doch irgendwie blöd, wo Bambi das erste Mädchen nach Vanessa ist, das ihn – na ja – interessiert. Ein bisschen wenigstens. Nur nicht als Cousine oder so was.

Jannik drückt die Klinke zur Campingklause mit dem Ellbogen hinunter, gibt der Tür mit der Hüfte einen Schubs. Ein Blick in die Runde am eckigen Tischkarree und ein Wortbeitrag von Malinka bestätigen seine schlimmsten Befürchtungen.

»Okay, damit wäre das Wichtigste über meine persönlichen Motive in dieser Angelegenheit erst einmal gesagt«, beendet diese gerade ihre Ausführungen. »Ich hoffe, es ist klar geworden, dass meine Familie großes Interesse daran hat, Krügers Mauscheleien mit Grundstücksmaklern und Immobilienfritzen aufzudecken. Kommen wir also zur Aufgabenverteilung. Wir haben auf der Suche nach Laurette de la Barré wohl leider ein ziemlich großes Gebiet abzugrasen, da ich bei Krüger aus nicht nachvollziehbaren Gründen nichts über die Adresse ihrer Liegenschaften herausfinden konnte. Haben Sie schon eine ungefähre Ahnung, wie groß das Suchgebiet ist, Herr Krusewitz?«

Jannik wuchtet den Wasserkasten unter lautem Geklirr auf die Theke.

Malinka dreht kurz den Kopf zu ihm. »Schsscht«, macht sie und guckt streng.

Jannik presst fest die Lippen aufeinander und nimmt sich vor, ab sofort mucksmäuschenstill zu sein. Fragen kann er Malinka ja hinterher stellen. Ungestört und unter vier Augen. Das ist ihm ohnehin am liebsten.

Der Kantor tippt mit seinem krummen Zeigefinger auf das alte Heftchen, das er vorhin so aufmerksam studiert hat. »Ich muss dieses historische Orts- und Einwohnerverzeichnis der

Uckermark noch genauer auswerten. Bislang bin ich bis ›L‹ gekommen«, doziert er, »dabei habe ich bereits sieben Dörfer, ehemalige Gutshöfe und sonstige Wohnplätze entdeckt, an denen in der Vergangenheit einmal de la Barrés oder deren Nachfahren gelebt haben, wo also noch Besitz der Familie vorhanden sein könnte.«

»Ein Abgleich mit aktuellen Telefonverzeichnissen und Personensuchmaschinen«, ergänzt Frau Spielvogel und hält kurz Krusewitz' Smartphone in die Höhe, »hat aber leider noch keine direkten Übereinstimmungen zwischen alten und neuen Adressen ergeben.«

»Und was ist mit deinem mysteriösen Heimatforscher Kasulke?«, wirft Pastor Schiefelbein ein. »Vielleicht könnte der diese vage Liste durch genauere Hinweise erheblich abkürzen. Falls er Laurette de la Barré tatsächlich kennt oder irgendwo in der Gegend hier gesehen hat.«

Krusewitz nickt zustimmend. »Sehr richtig, mein Lieber. Herrn Kasulke sollten wir auf keinen Fall vernachlässigen.«

»Kasulke?«, wirft Wodka fragend ein. »Den Namen habe ich irgendwo schon mal gehört. Ich glaube, sogar heute.«

»Wann, wo und von wem?«, fragt Krusewitz aufgeregt.

Wodka runzelt die Stirn, bis sie wie ein ausgewrungener Putzlappen aussieht. Sein Blick wird glasig. Ein wenig deppert und gedanklich überfordert sieht er aus, findet Jannik. Also in etwa so, wie er sich selbst in dieser Runde seit Ankunft in der Campingklause gefühlt hat. Schön zu wissen, dass er damit nicht mehr allein ist.

Endlich zuckt Wodka mit den Schultern. »Tut mir leid, Leute. Ich kann mich echt nicht erinnern.«

»Macht nichts«, sagt Malinka knapp. »Es gibt auch so genug für uns zu tun. Ich schlage vor, dass wir zwei Teams bilden und uns auf die Ural und den Mercedes verteilen. Als Laurette de la

Barré vor zehn Tagen zuletzt in Krügers Kanzlei war, wirkte sie wirklich sehr verängstigt und verstört, darum sollten wir noch heute mit der Suche nach ihr beginnen.«

»Und nicht zu vergessen, mit der Suche nach Hans Nittenwilm«, wirft Frau Spielvogel ein.

28.

Einer Eidechse Rascheln, ein Hauch, ein Husch, ein Augen-Blick – wenig macht die Art des besten Glücks.
Friedrich Nietzsche

Ah, tut das gut! Hans hat die Hosen hochgekrempelt und lässt seine nackten Beine in glasklares Wasser gleiten. Seidenweich umschließt es seine schmerzenden Waden und die Füße. Vergnügt spreizt Hans die Zehen. Schuhe, Strümpfe und die Geige hat er neben sich auf dem Bootssteg abgelegt. Stundenlang könnte er hier auf den warmen Planken sitzen bleiben und sich dem Anblick von Grün und Blau und der gen Westen weichenden Sonne hingeben. Zumal ihm soeben ein köstliches Abendessen in Aussicht gestellt worden ist, für das er nicht einmal bezahlen muss. Jedenfalls nicht mit Geld. In einer halben Stunde soll es so weit sein.

Ganz fabelhafte Pralinen und dazu Kaffee hat er heute Nachmittag auch schon geschenkt bekommen, in einem Dörfchen namens Hammelspring, wo es eine Pralinenmanufaktur mit Schauwerkstatt gibt, deren Chefin nichts gegen ein wenig Geigenmusik vor ihrer Ladentür einzuwenden hatte. Ebenso wenig wie die heiter gestimmten Touristen, die ihm neben Beifall für ein wenig Strauß und Schubert eine große Tüte Hammelbürzel spendiert haben – mit Zartbitterschokolade und gebrannten Mandeln umhülltes Orangenmarzipan. Die gebrannten Mandeln haben Hans zwar einen Moment lang an Frau Spielvogel erinnert, geschmeckt haben sie trotzdem.

Tja, manchmal kann das Leben überraschend leicht sein, wenn man sich dem Moment anvertraut, auf die Freundlichkeit von Menschen setzt und wohlwollende Angebote anzunehmen weiß. Egal, ob in Form von Pralinen oder von Gesprächen. Er sollte lernen, das wieder öfter zu tun, ganz so wie während seiner frühen Wanderjahre, findet Hans und legt genießerisch den Kopf in den Nacken.

Im Gehen ist ihm seine Jugend wieder nahgekommen, ist er sich in seinen Erinnerungen als der Bruder Leichtfuß, der er mal war, neu begegnet. Zeitweise hat der junge, entdeckungsfreudige Hans am Nachmittag die Führung ganz übernommen. Eine durchaus vergnügliche Erfahrung, findet der alte Hans.

Es scheint wahr zu sein, dass das Gedächtnis im Älterwerden sein Archiv öffnet, um vergessene Bilder freizugeben, und dass es diesen eine Intensität und Tiefe verleiht, die es erlaubt, dem Gewesenen nachzuschmecken und einen Kreis zu schließen. Ganz so, wie Rilke das erspürt und formuliert hat: *Ich lebe mein Leben in wachsenden Ringen.*

Hans lächelt.

Ja, selbst sein lyrisches Ich – über Jahre verschüttet und von ihm als lächerlich sentimental denunziert, weil die Liebe zu Gedichten nun einmal seinen romantischen, naiven Jahren angehörte – ist kurz zu neuem Leben erwacht. Eichendorff hat es im Gehen ebenfalls zitiert, den Vierzeiler *Wünschelrute*, der von der verborgenen Poesie der Welt erzählt, an die er früher fest geglaubt hat. Das tut er zwar nicht mehr in dieser Form, aber schön sind die Verse doch.

Schläft ein Lied in allen Dingen,
Die da träumen fort und fort,
Und die Welt hebt an zu singen,
Triffst du nur das Zauberwort.

Unter der Hutkrempe blinzelt Hans gen Himmel, der wie zum Beweis für Eichendorffs Worte so gläsern und mild abendblau wie das Wasser vor ihm leuchtet. Hochkonzentriert zieht ein Raubvogel mit majestätisch aufgespannten Schwingen seine Kreise über dem See.

Ob es ein Fischadler ist oder gar ein Seeadler? Nein. Hans runzelt die Stirn. Deren Flügelbild wäre breiter und brettartig, wenn er sich recht entsinnt. Irgendwann hat er das mal genauer gewusst. Einer seiner Ausbilder an der forstlichen Fakultät Göttingen war begeisterter Raubvogelkundler, obendrein Falkner und Habichthalter. Mit seinen Studenten unternahm er Exkursionen bis nach Skandinavien, was Hans nach seinen Wanderjahren endgültig darin bestärkt hat, keine Laufbahn als reiner Bürohocker anzustreben.

Seine jugendliche Vorstellung vom ungebundenen Försterdasein ist freilich Traum geblieben. Zum einen, weil ihm das Fach Jagdkunde und das Jagen nicht sonderlich lagen, weshalb er sich am Ende auf die Holzwirtschaft und Waldökologie verlegt hat. Zum anderen hat er rasch verstanden, dass das Bild vom stets an der frischen Luft und im Wald herumstromernden Naturburschen in grünen Loden pures Jägerlatein und schamloser Heimatfilmkitsch ist. Auch Förster müssen Unmengen von Papierkram erledigen, der keine Zeit lässt, Rilke zu lesen.

Außerdem wartete im Rheinland seine Verlobte Hilde. Sie wartete schon ziemlich lange, weil er erst mit reifen einundzwanzig Jahren sein Abitur nachholen und dann studieren und gleichzeitig arbeiten musste. Hilde wollte nämlich Kinder und einen Akademiker in gesicherter Position als Mann, keinen Vagabunden oder Geiger mit lyrischen Flausen im Kopf. Womit sie recht hatte.

So ist er schlussendlich in Nievenhoven im Grünflächenamt gelandet: als solider Beamter mit Pensionsanspruch, einer großen Vorliebe für den Außendienst, Waldpädagogik und einer Leidenschaft für die Obstbaumzucht. Auch das war alles in allem kein Fehler, sondern sein Leben.

Hans ist in Hochstimmung. Trotz allem ist er in einem Winkel seines Herzens allem Anschein nach ein Rolling Stone geblieben. Ein bisschen zumindest, wie er sich heute als Wanderer mit leichtem Gepäck und ohne Geld beweisen konnte. Wie schön, dass er noch die Kraft dazu hat, möge sie ihm lange erhalten bleiben! Ins Bett und ins Vergessen wird er sich in jedem Fall nicht mehr so schnell zurückziehen. Schon gar nicht so kampflos.

Seine Augen kehren zum Wasser zurück, über das fast lautlos ein Elektroboot auf ein Waldstück am gegenüberliegenden Ufer zusteuert. Still, als sei er in ein Gebet versunken, gleitet ein Schwan hinterher. Vor etwa zweieinhalb Stunden war Hans selbst noch am anderen Ufer. Seit seiner Flucht aus Templin dürfte eine mehr als fünfstündige Wanderung hinter ihm liegen.

Und was für eine!

Über eine Bogenbrücke hat er kurz hinter Templin zunächst einen verträumten Kanal gequert, an dessen Ufern er im Schilf zahllose Biberbauten entdeckt hat. Weiter ging es querfeldein, im Zickzackkurs durch herrlichen Mischwald und dann wieder hinein in weit geschwungenes, offenes Land, über Hügel und flirrende Sandwege, über denen gelb und blau die Schmetterlinge schaukelten.

Mitunter tauchte am Horizont ein Gehöft vor ihm auf, vage wie eine Bleistiftskizze. Manchmal schien es ihm, als ginge er durch ein Gemälde. Vorbei an endlos ausgedehnten Feldern ist er durch uralte, grün-golden flackernde Alleen gewandert, um schließlich am Röddelinsee zu landen. Über lange Zeit ging es immer an dessen Ufer entlang.

Manchmal war es im Gehen um ihn herum so still, dass er für Sekunden glaubte, taub zu sein oder unter Wasser.

Ein wenig hat er sich gelegentlich auch gegruselt. Vor allem, nachdem er über eine Schleusenbrücke am Westufer des langgestreckten Sees auf armierten Betonwegen mitten in ein altes Militärgelände hineingelaufen ist. Die Natur hatte sich die ehemalige Sperrzone noch nicht zurückerobert; der Sandboden wirkte durch ständige Rodungen ausgelaugt und, so wie es dort aussah, auch durch jahrzehntelangen Pestizideinsatz. Das Gelände und die Anfahrtswege mussten sicherlich für Lkw-Kolonnen von Bewuchs freigehalten werden.

Trotz des Sonnenscheins fröstelt Hans, als er an die moosbepelzten Ruinen von Lagerhallen, an die verrottenden Wachtürme, die Löschwasserzisternen, die rostenden Benzinfässer und an den riesigen roten Betonstern über der Klärgrube denkt, der selbst für Beobachter aus dem All unmissverständlich klarstellen würde, wer hier mal das Sagen hatte. Unwillkürlich zieht Hans die Beine aus dem Wasser. Die Kälte will sich trotzdem nicht aus ihm zurückziehen.

Selbst die astlos aufgeschossenen Kiefern rund um das alte Sperrgebiet standen stramm, als seien sie zum Appell angetreten, und jagten ihm eine regelrechte Gänsehaut über den Rücken. Planmäßig angelegte Wirtschaftsforste, in denen Kiefern oder Fichten dicht an dicht auf Linie stehen, die im Kampf um Licht andere Baumarten verdrängen und in denen alles Unterholz systematisch vernichtet wird, waren ihm schon immer ein Gräuel. Warum genau ihn aber das trostlose Kieferngestaffel am Nachmittag so heftig hat frösteln lassen, warum er den strandhellen Sand unter seinen Füßen sekundenlang für eine Schneedecke hielt und ihn die märkischen Kiefern mit einem Mal an Fichten erinnerten, die nicht in Brandenburg, sondern im Mittelgebirge heimisch sind – darüber wollte und will er sich nicht Rechenschaft ablegen. Genauso wenig wie über das peitschende Geräusch von Schüssen, das flüchtig in ihm aufhallte. Nur so viel weiß er: dass sein Gedächtnis mitunter ein ungehorsamer Diener ist.

Gottfroh war er, an diesem militärischen Spukort kurz vor Hammelspring auf einen jungen Mann zu treffen, der dabei war, das Gelände sorgfältig abzufotografieren. Geheime, verlassene und vergessene Orte, so hat er Hans erklärt, seien Thema seiner Diplomarbeit. Er wolle für die Nachwelt dokumentieren, wie die Natur in Brandenburg stets auch militärisch genutzt worden sei. Als Rückzugsraum, als Lagerstätte, als Aufmarschgebiet, als Schlachtfeld. Von der Wehrmacht, von der russischen Armee genau wie von den Preußen und den schwedischen Truppen im Dreißigjährigen Krieg. Das Munitionsdepot, vor dem sie stünden, habe einem Gardepanzerregiment der Roten Armee gedient, davor vielleicht bereits den Deutschen, die Übergänge seien hier in Brandenburg immer fließend gewesen.

Die sachlich-nüchternen Erklärungen und der akribische Versuch des Studenten, Licht ins Dunkel der Geschichte zu bringen, haben Hans seltsam beruhigt. Sie gaben der Welt und dem Wald um ihn herum eine Wirklichkeit zurück, mit der er leben kann. Er ist immerhin alt und klug genug, um zu wissen, dass in jeder noch so schönen Idylle der Schrecken hausen kann.

Manchmal ist es zum Glück auch umgekehrt, machen seine Gedanken unvermittelt einen Sprung zurück in seine frühe Kindheit. Zurück in die Zeit, als er selbst hinter der schäbigsten Nissenhütte oder Flüchtlingsbaracke seine Spielplätze, ein Stück Heimat und ab und an einen Freund gefunden hat, der wie er wenig bis nichts besaß, das aber zu teilen wusste. Zigarettenkippen, gegen die sich etwas tauschen ließ, stibitzte Kirschen oder Einmachgummis, mit denen sich perfekte Zwillen zum Abschuss der Kirschkerne basteln ließen.

Hans' Gedächtnis gibt Sommerbilder frei, die tröstlich sind und ihn von innen her so angenehm wärmen wie die sonnensatten Bootsplanken unter seinen Füßen. Genau wie ein Satz von seiner Mutter, seiner einzig wirklichen Mutter, Margarete Nittenwilm: »Heimat ist immer da, wo deine Menschen sind.« Ein Satz, der ihm lebenslang Halt gegeben und ihn vor dem Erfrieren geschützt hat.

Vor dem Erfrieren? Wo kommt dieses Wort mit einem Mal her?

Aus dem Fichtenwald.

»Ich grill dann jetzt an, Kumpel. Lust zu helfen?«, meldet sich hinter ihm auf dem Bootssteg sein Gastgeber zu Wort und reißt Hans damit aus den Gedanken und zurück in die Gegenwart, aus der der Student von vorhin längst verschwunden ist.

»Mach ich gern«, sagt Hans. Er wundert sich selbst darüber, wie eilig er es hat, auf die Beine zu kommen, um beim Transport von Holzkohle, Aluschalen, Kühltaschen und dem Aufbau eines Standgrills zu helfen, die Kasulke auf seinem Planwagen mitgebracht hat.

Als sich endlich die Glut rot durch das Kohlenbett frisst, nimmt Hans mit Freuden erst Mückenspray und dann ein Bier entgegen.

»Aber nur eins für jeden, okay? Du musst nachher noch fiedeln und ich selbst noch Kutsche fahren und dich erschießen. Natürlich nur mit Platzpatronen, aber ein torkelnder Scharfschütze wirkt unrealistisch«, warnt Kasulke. Fachmännisch schlägt er einen mit Kräutern gefüllten Zander in Alufolie ein.

»Geht klar«, nickt Hans und stößt mit dem Gemüsesheriff an. Sein Seerundweg hat ihn ab Hammelspring schnurstracks und ohne jegliche Möglichkeit abzuzweigen auf das Westerndorf Santa Fé am Röddelinsee zugeführt.

Hans weiß nicht genau, warum, aber er hat diesen Zufall als Zeichen und glückliche Fügung genommen. Genau, wie es der junge Hans auf der Suche nach einem sicheren Unterschlupf und Schlafplatz getan hätte. Außerdem stand ihm nicht der Sinn danach, einfach so und wie ein verlorener Sohn nach Templin zurückzukehren.

Schon gar nicht zu Frau Spielvogel.

Was Annika und Jannik angeht, so wird er den beiden nach dem Essen über Kasulkes Handy eine SMS zukommen lassen. Gewiss würden sie sich sonst Sorgen machen, auch wenn dazu nicht der geringste Grund besteht. Im Gegenteil: Hans freut sich auf alles, was heute Abend noch vor ihm liegt.

Er nimmt mit seinem Bier neben Kasulke auf einem quer gelegten Baumstamm Platz. »Sag mal, bist du eigentlich hauptberuflich Sheriff?«, fragt er, und das Du geht ihm erstaunlich leicht über die Lippen. Genau wie die Frage. Der freigiebige Kasulke interessiert ihn, interessiert ihn sogar sehr. Es gibt schließlich nicht viele Menschen, die einem vermeintlichen Tippelbruder Essen, Unterkunft und Kameradschaft anbieten.

Kasulke lacht trocken. »Nee, hauptberuflich mach ich inzwischen in alten Gemüsesorten und Wildkräutern. Oben an der Grenze zu Mecklenburg habe ich ein bisschen Land gepachtet. Regionalprodukte für die gefräßigen Berliner und ihre Luxusrestaurants gehen ganz gut. Die Gastauftritte in Santa Fé sind mehr Hobby. Mein Vater war in den Fünfzigern einer der ersten Indianer in Brandenburg. Das prägt.«

»Indianer in Brandenburg?«, fragt Hans irritiert.

Kasulke nimmt einen kurzen Schluck aus seiner Flasche und nickt. »Nie gehört? Die DDR war das indianerverrückteste Land der Erde. Am Ende gab es hier fünfzig Freizeitstämme.

Hobbycowboys hatten es damals schwerer – die rochen zu stark nach Klassenfeind –, aber als Freizeitindianer konntest du behaupten, dich für die Opfer des amerikanischen Imperialismus zu interessieren. Am Wochenende sind wir mit dem Trabbi raus zum Tipi-Treffen und hatten jede Menge Spaß. War was anderes als diese ewigen Aufmärsche und Winke-Winke-Paraden. Davon hatte mein Vater nach Adolf die Nase gestrichen voll. Wenn irgendein Waschbrettkopf von der Partei über uns Rothäute meckerte, hat mein Vater total empört getan und dem gesagt: ›Wir Roten müssen doch zusammenhalten.‹ So ging's.« Er grinst.

Hans grinst ebenfalls. Er wird seinen Ausflug in den Wilden Westen genießen und nach seinem musikalischen Zwischenspiel auf dem Saloon-Dach sogar mit Kasulke in der Westernstadt übernachten. In einem waschechten Tipi, was dem jungen Hans in ihm durchaus zusagt. Der alte Hans ist freilich froh, dass Kasulke ihm nicht nur ein Indianerzelt, sondern auch ein Klappbett mit Matratze und Bettzeug zugesagt hat.

Gleichgültig, wie jugendfrisch die eigenen Erinnerungen sein mögen – Altmännerrücken neigen nun einmal dazu, sich keinen Tag jünger zu fühlen, als sie sind, und eine Nacht auf harter Erde verwandelt sie verlässlich in schmerzgebeugte Greisenbuckel.

29.

Verheiz deine Reifen, aber nicht deine Seele.
Filmzitat aus *Biker Boyz*

»Und jetzt langsam die Kupplung kommen lassen. Langsamer, Kerl! Mit mehr Gefühl. Nicht so viel Gas geben! Das verträgt die Maschine nicht.«

Schiefelbein bläht die Backen auf und atmet prustend durch seine gespitzten Lippen aus. Sein Gesicht verrät höchste Anspannung. Fehlt nur noch, dass er drei Kreuze schlägt, während Wodka auf seiner Ural das Anfahren auf Kopfsteinpflaster üben muss.

Martha ärgert sich. Was für eine Zeitverschwendung! Der Pfarrer unterzieht den armen Jungen keiner Fahrprüfung, sondern einer Art Katechismus für Kraftradfanatiker. Hätte sie gewusst, was für einen Buhei Schiefelbein um seine Ural veranstaltet, bevor er sie verleiht, hätte sie sich Malinkas Mercedes-Team angeschlossen. Gemeinsam mit Annika und Jannik ist Malinka in Hans Nittenwilms Limousine längst unterwegs, um die Dörfer von Krusewitz' Liste abzuklappern. Später wollen die drei noch einen Verwandten von Malinka als weiteren Verbündeten einsammeln, der ausgesprochen interessant klingt.

Es handelt sich um Malinkas Lieblingsonkel, der ebenfalls eine Rechnung mit Notar Windei offen hat und über Informationen und IT-Kenntnisse verfügen soll, die ihnen beim Ausspähen von Krügers Computer und Handy nützlich werden könnten. Das zumindest behauptet Malinka.

Leider ist es diesem findigen Mädchen in seinen zwei Monaten als Azubi nicht gelungen, Krügers Aktenschrank geschweige denn sein Laptop-Passwort zu knacken. Immerhin konnte Malinka eine Lokalisierungsapp auf Krügers Handy aufspielen, mit deren Hilfe ihr Onkel nun dessen Bewegungsprofil erarbeitet. Möglicherweise erhalten sie so Hinweise über den möglichen Aufenthaltsort von Laurette de la Barré, mit der Krüger und die gierigen Neffen offenbar immer noch in Verhandlungen über die Weitergabe ihres Besitzes stehen.

Passwörter knacken und Bewegungsprofil – das klingt fast schon nach Agentenkrimi, findet Martha und ärgert sich erneut, dass sie hier dumm im Nirgendwo herumsteht, anstatt von Malinkas Onkel etwas über moderne Abhörmethoden zu lernen. Mit dem Lesen fremder Briefe allein kommt man heutzutage schließlich nicht mehr weit. Für die Motorradmannschaft und Krusewitz' eher herkömmliche Fahndungsmethode hat sie sich nur entschieden, weil der Kantor felsenfest davon überzeugt ist, dass er die heißeste Spur verfolgt: die zu seinem Internetinformanten Kasulke, der heute Abend einen Spätauftritt in der hiesigen Westernstadt hat. Das wissen sie dank Wodka, der sich am Ende doch noch erinnern konnte, wo und wann ihm der Name und der Mann höchstselbst begegnet sind. Weshalb Wodka ihn hoffentlich zweifelsfrei erkennen wird.

Falls sie jemals von hier loskommen.

Geschätzt zum zehnten Mal fährt Wodka vor ihrer Nase an. Wie immer gelingt ihm das schlenkerfrei und geradezu elegant, findet Martha.

Wodka bremst ab und wendet den behelmten Kopf. Sein Gesicht glüht allen Schikanen zum Trotz vor Begeisterung. »Kann ich mit der Taigaschüssel jetzt endlich mal eine Runde durchs Dorf drehen, Pastor?«

»In Ordnung, aber nicht schneller als fünfzig werden, hörst du? Sonst laufen die Räder unrund«, ruft Schiefelbein mahnend.

Wodka nickt und fährt erneut an, schaltet sich laut klackernd, aber durchaus gefühlvoll durch die Gänge. Begleitet von sonorem Tuckern und mit lässig durchgestrecktem Kreuz entfernt er sich durch die abendstille Dorfstraße vom Pfarrhaus.

Schiefelbein starrt seinem Motorradgespann hinterher, als könne er es mit seinen Blicken an der Leine führen. Martha nimmt zu seinen Gunsten an, dass seine größte Sorge Wodka gilt und nicht der Maschine.

Sie irrt.

»Gerne verleihe ich das Gespann nicht«, grummelt der Pastor. »Eine Ural ist robust, aber man muss sie mit sehr sanfter Hand regieren, sonst macht sie Mucken.«

»Genau wie unser lieber Freund Wodka«, entgegnet Martha entnervt. »Nun geben Sie Ihrem Herzen einen Schubs. Wir müssen endlich los. Wodka und die Maschine sind wie füreinander geschaffen, da passiert nichts.«

Als wolle er den Beweis antreten, weicht Wodka auf der Mitte der Dorfstraße einer Entenfamilie aus, die in Richtung eines verschilften Löschteichs watschelt.

»Sehen Sie! Der Junge hat ein Herz wie ein rohes Ei!«, jubelt Martha. Sie ist ehrlich angetan von Wodka und von ihrer Menschenkenntnis. In ihren Rummelplatztagen musste sie schließlich genug »junge Männer zum Mitreisen« begutachten. Einen wie Wodka hätte sie sofort genommen. Ohne Fahrkatechismus.

Das Gespann nimmt eine Linkskurve und verschwindet hinter dem für den Herrentag geschmückten Spritzenhaus.

»Na, wenigstens hebt er nicht ab«, brummt der Pastor.

Was das Motorradfahren angeht, gehört der Mann eindeutig zur Fraktion »Nicht gemeckert ist genug gelobt«, die in Berlin und Brandenburg verbreitet sein soll, mutmaßt Martha.

»Ich sage Krusewitz Bescheid, dass es losgehen kann. Schätze mal, der Kerl hat die Maschine allmählich im Griff«, sagt Schiefelbein und öffnet das Gartentor.

»Das klang jetzt fast schon anerkennend«, bemerkt Martha spitz.

»Anerkennend?« Pastor Schiefelbein schüttelt den Kopf. »Verraten Sie's nicht weiter, aber der Junge fährt um Klassen besser als ich. Ein Naturtalent. Das muss man auch erst mal verdauen.«

Sieh mal einer an, auch der Pastor ist zarter besaitet, als er sich gibt, denkt Martha versöhnt, während Schiefelbein im Haus verschwindet.

Davon abgesehen, dass sie es in der Sache Laurette de la Barré wahrscheinlich mit einem Kriminalfall zu tun haben, erweist sich die gemeinsame Fahndung psychologisch betrachtet als wertvolle Teambuilding-Maßnahme, wie ihre Kollegen aus dem Coaching-Bereich sagen würden. Wirklich wahr: Es bringt Menschen zusammen, die im Alltag erhebliche Kooperationsprobleme haben dürften.

Vielleicht könnte sie daraus ein Seminarprogramm entwickeln. Firmen und Behörden zahlen einen Haufen Geld dafür, dass Mitarbeiter gemeinsam Holz hacken, Flöße bauen, Fischernetze knüpfen, nachts zusammen Bogen schießen oder das nackte Überleben in Wäldern üben. Sogar kollektive Schnitzeljagden, die im Grunde jede Kindergärtnerin kompetent anleiten könnte, bringen in Coaching-Kreisen enorme Honorare. Nicht auszudenken, was manche Arbeitgeber für eine raffiniert inszenierte, therapeutisch gestützte Verbrecherjagd hinblättern würden, um den Teamgeist unter ihren Angestellten zu fördern! Wobei der Täter natürlich nicht aus den eigenen Reihen stammen dürfte. Schon gar nicht aus der Chefetage. Aber ansonsten …

Ein basslastiger Trommelwirbel reißt Martha aus ihren Karriereträumen und erschreckt sie fast zu Tode. Rasch flattert ihre Hand zum Busen. Nicht, um ihr wild schlagendes Herz zu beruhigen, sondern um Janniks lärmendes Handy aus der Brusttasche der Gartenlatzhose zu nesteln, die Schiefelbein ihr für die Motorradfahrt geliehen hat, weil ihr Mohnblumenkleid für eine Fahrt auf dem Sozius zu knapp ist.

Das Schlagzeuggewitter setzt erneut ein. Herrjemine! Den Klingelton muss sie dringend ändern. Mit zitternden Händen drückt Martha auf »Empfang« und führt das Smartphone zum Ohr.

Eine vertraute Stimme meldet sich unterbrochen von Störgeräuschen und fernem Rauschen.

Oh, verdammt! Dieses Gespräch kommt völlig ungelegen. Über die ganze Aufregung am heutigen Nachmittag und die vielen neuen Begegnungen hat Martha ihren eigentlichen Reisezweck ein winziges bisschen aus den Augen verloren. Genau wie Hans Nittenwilm. Das könnte ihre Auftraggeber zu Recht verärgern. Vor allem im Hinblick auf die nicht unerhebliche Spesenrechnung. Um davon abzulenken, grüßt Martha zunächst besonders herzlich und ausführlich. Trotzdem muss sie die entscheidenden Nachfragen beantworten. Die Frage nach Hans' Wohlergehen (hoffentlich gut), seinen Heilungsfortschritten (zweifelhaft) und den Erfolgsaussichten für ihr eigentliches Projekt (derzeit völlig unklar). Das kann sie so deutlich selbstverständlich nicht sagen.

»Also, was Hans betrifft …« Martha schaut sich verstohlen auf der stillen Dorfstraße um. »Hans musste ich heute einen therapiefreien Tag gewähren, dafür komme ich mit dem Rest der Familie erstaunlich gut voran ... Ich ... äh ... nutze unser unerwartetes Aufeinandertreffen mit Annika gerade für einen Teambuilding-Prozess ...«

In Marthas Rücken fällt eine Haustür ins Schloss.

Gott sei Dank, der Pfarrer kommt!

»Ich muss jetzt Schluss machen«, zischt sie erleichtert und schaltet im nächsten Moment das Handy aus und lässt es im Hosenlatz verschwinden.

Schiefelbein tritt mit Krusewitz im Schlepptau auf die Straße und reicht ihr einen Helm. Viel kleidsamer als die weißen Eierschalen, die Krusewitz und Wodka tragen müssen, ist das Ding nicht, aber wenigstens schwarz und damit weit unauffälliger. Von ihrer bei Schiefelbein geliehenen leuchtend grünen Hose kann man dasselbe leider nicht behaupten.

Martha unterdrückt den Anflug eines Seufzers. Der Platz im Beiwagen wäre modisch gesehen angenehmer, ist aber natürlich für den körperlichen Wackelkandidaten Krusewitz reserviert, der soeben sein historisches Ortsverzeichnis zuschlägt und sich mit entschlossener Miene dem Pastor zuwendet. »Sag mal, ist deine Maschine vollgetankt und nachttauglich? Falls wir von Herrn Kasulke den aktuellen Aufenthaltsort von Laurette de la Barré erfahren, sollten wir natürlich direkt hinfahren.«

Der Pastor schüttelt energisch den Kopf. »Keine Chance, Krusewitz. Ihr müsst mir das Motorrad noch heute Abend zurückbringen. Morgen ist Christi Himmelfahrt, und ich habe Gottesdienste in fünf verschiedenen Gemeinden zu halten. Unser gemeinsamer Nachmittag heute hat mich schon genug Zeit gekostet.« Er konsultiert kurz seine Armbanduhr. »Ihr könnt die Ural für drei Stunden haben, also bis zehn Uhr. So lange werde ich noch über der Predigt sitzen.«

»Wie ausgesprochen ärgerlich«, murrt der Kantor.

»Macht doch nichts«, tröstet ihn Martha. »Wenn wir den Namen des Dorfes erfahren, rufen wir einfach Annika an, und sie fährt umgehend hin.«

»Also, wenn's wirklich brennt«, wirft der Pastor ein, »kann ich auch meine Freunde von der freiwilligen Feuerwehr einschalten. Aber dafür muss es wirklich sehr brenzlig sein, verstanden?«

»Haben die auch richtiges Blaulicht?«, will Krusewitz wissen.

»Falsches gibt's ja wohl nicht«, antwortet Schiefelbein.

Hinter ihnen tuckert es vernehmlich. Wodka ist von seiner Dorfrunde zurückgekehrt und bringt die Ural mit elegantem Schwung und sanfter Bremsung direkt neben dem Grüppchen zum Stehen.

»So, dann können wir los«, beschließt Martha und lupft ein Bein, um den Sozius zu erklimmen, während Schiefelbein dem Kantor beim Einstieg in den Beiwagen behilflich ist.

»Eine Frage noch«, sagt Wodka. »Da ist so ein merkwürdiger Schlitz im Bug des Beiwagens, ziemlicher Rostfänger, könnte ich zuspachteln – oder hat der irgendeine Funktion?«

»Nein, nicht mehr«, antwortet Schiefelbein. »Darin wurde früher die Halterung für das MG befestigt.«

Wodka klappt die Kinnlade runter. »Sie meinen, das Ding war im Original mit 'ner Kalaschnikow ausgerüstet? Wow, echt scharfe Schüssel für 'nen Mann der Kirche! Haben Sie die alte Knarre noch?«

Schiefelbein nickt verlegen. »Ja, leider. Es ist schwer, so ein Ding zu entsorgen, ohne dumme Fragen beantworten zu müssen.«

»Sie haben ein Schießgewehr? Nein, wie aufregend! Damit könnten wir Krüger bestimmt gesprächig machen«, scherzt Martha. Mit Blick auf die sich verfinsternde Miene des Pastors fängt sie sich wieder. »Obwohl so ein Gewehr natürlich ein wenig hinderlich wäre. Herr Krusewitz möchte die Aussicht auf die schöne Uckermark sicher barrierefrei genießen.«

30.

Schwein gehabt!

Jannik kurbelt das Seitenfenster des parkenden Mercedes hinunter und blickt sich missmutig auf dem totenstillen Dorfplatz um. Ganz Bindelow sieht aus, als habe ein Riesenstaubsauger sämtliche Farben von den Häusern und aus den Straßen gesogen. Und die Bewohner anscheinend gleich mit.

Etwa fünfzehn Häuschen und Minibauernhöfe, die Mehrzahl grau, beige oder braun verputzt, ducken sich im Rund hinter Zäune und Hecken. Zwei der Häuser gähnen ihn aus blinden Fenstern an und sehen aus, als warteten sie nur auf den Abriss. Hinter einem Gittertor verrostet ein Traktor, irgendwo kräht heiser ein Hahn. Sogar das Grün wirkt hier staubgrau. Außer Sterben passiert in Bindelow bestimmt nicht viel.

Janniks Blick fällt auf einen Laternenmast, an dem als einzige Farbtupfer zwei zerfledderte Wahlplakate schaukeln. »Volksbegehren: Schafft die GEZ-Gebühren ab«, prangt es auf dem einen in neonorangener Schrift, darunter leicht verhalten in Knallrot auf tiefseeblauem Grund »C wie Zukunft – CDU«.

Also, wenn er hier wählen müsste, würde er sich für kostenlos Glotze gucken entscheiden. Eine Zukunft oder *Cukunft* hat Bindelow nämlich garantiert nicht mehr.

Aus den Augenwinkeln nimmt Jannik seine Mutter und Malinka wahr, die auf der Fahndung nach Vor- oder Nachfahren von Laurette de la Barré eifrig Klinken putzen und sich dabei sogar zu amüsieren scheinen. Sein Unmut mischt sich mit der Wut darüber, dass er im Auto hocken und warten muss,

»weil eine Befragung zu dritt in einem so kleinen Dorf wie diesem nach einem Überfall aussähe«, wie Malinka behauptet.

Das ist eine fette, feiste Lüge. Sie will ihn einfach nicht mehr dabeihaben. Und das nur, weil ihm in zwei oder drei Dörfern die Leute die Nase vor der Tür zugeschlagen haben, kaum dass er »Guten Tag« gesagt hatte. Dabei hat er sehr höflich »Guten Tag« gesagt, findet Jannik, überaus höflich sogar, und sich sodann ausführlich vorgestellt, aber so was fällt hier angeblich unter schlechte Manieren.

»Du quasselst zu viel«, sagt Malinka, »Uckermärker mögen keine heiß gelaufenen Turboschwätzer. Schon gar nicht auf dem Land, hier gilt: Erst rackern, dann reden.«

»Turboschwätzer« hat ihn noch nie jemand genannt. Noch nie! Mit den lyrischen Mails an Vanessa mag er es ja ein wenig übertrieben haben, aber Turboschwätzer? Schwachsinn! Er kann schließlich nichts dafür, dass hier schon Drei-Wort-Sätze unter die Gattung »Romane und Erzählungen« fallen.

Mann, Mann, Mann.

Irgendwie hatte er sich die Detektivarbeit mit Malinka prickelnder vorgestellt. Ohne Schießereien und ähnlichem Kinoquatsch natürlich, aber eine abwechslungsreiche Erkundungsfahrt hatte er sich schon erhofft. Mit ihm am Steuer von Opas Mercedes und Malinka auf dem Beifahrersitz. Dazu ein paar herausfordernde Kurven, spannende Schussfahrten über Hügelkämme und ab und an ein kleines Verhör, bei dem er eine tragende Rolle übernehmen und irgendwann den entscheidenden Hinweis finden würde. Stattdessen sitzt er seit der Abfahrt vom Campingplatz wie ein Statist im Fond, während Mama fährt. Und das alles nur, weil ihm auf dem Weg nach Brandenburg der Auspuff abgefallen ist. Malinka hockt zwar tatsächlich auf dem Beifahrersitz, weiß aber wie immer alles besser und als Einzige, wo's langgeht.

Leider tut sie das wirklich. Schließlich kommt sie von hier, und der Osten ist ein so fremdes, total abgeschrägtes Pflaster für ihn, dass er mit seinem Wessi-Wissen nichts reißen kann – schon gar nicht bei seinem Orientierungssinn.

Gerade verschwinden Malinka und seine Mutter in einem der Häuser auf der gegenüberliegenden Seite des Platzes. Na prima, wahrscheinlich hat man sie wieder zu Kaffee und Erdbeerkuchen eingeladen, so wie im vorletzten Kaff!

Da durfte er noch Assistent spielen und miterleben, wie seine Mutter bei den verstockten Eingeborenen mühelos mit Anmerkungen über Klinkerqualitäten und glasierte Dachpfannen punktet, während Malinka dank ihres Ossibonus spielend noch die größte Frostbeule auftaut, obwohl sie immer direkt mit der Tür ins Haus fällt. Kein bisschen höflich ist die, sondern total aufdringlich.

Hm. Jannik streicht sich übers Kinn. Vielleicht sollte er es doch noch mal versuchen und Malinka im Alleingang beweisen, was in ihm steckt. Das wäre immer noch besser, als sich in Downtown Bindelow schimmelig zu warten. Und wenn es wieder nicht klappt, bekommt Malinka wenigstens nichts davon mit.

Entschlossen kurbelt Jannik das Seitenfenster hoch, steigt aus und steuert das nächstbeste Haus an. Es ist ein winziger Bauernhof, an dessen Tor vor einem bissigen Hund gewarnt wird. Das Tor steht offen, und von einem Hund ist nichts zu sehen oder zu hören. Irgendwo quiekt lediglich ein Ferkel, das nicht gefährlich klingt. Beherzt quert Jannik einen kleinen Hof mit Scheunengebäuden und stapft die drei Treppen zur Eingangstür des Wohnhauses hinauf.

Er drückt eine Klingel.

Erst einmal passiert nichts.

Typisch Bindelow, denkt Jannik und klingelt noch einmal.

Statt eines bissigen Hundes trippelt ein herrenloses Ferkel um die Hausecke, ein ausgesprochen merkwürdiges Ferkel mit schwarzem Kopf und schwarzem Popo, nur in der Mitte ist es schweinchenrosa. Das Ferkel grunzt und stempelt mit seiner schlammiger Schnauze Janniks Hose.

Na super! Verärgert zieht er sein Bein zurück. Zudringliche Hunde sind schon nicht sein Ding, zutrauliche Schweine erst recht nicht. »Kusch!«, macht Jannik, und das Schweinchen trollt sich.

Er klingelt ein drittes Mal.

Endlich öffnet sich die Tür, wenn auch nur einen Spalt breit. Er genügt, um einer ohrenbetäubenden Schlagerschallwelle den Weg freizumachen. Jannik erblickt eine verknitterte Greisin mit Angela-Merkel-Mundwinkeln und ist abgeschreckt und fasziniert zugleich: Wer solche Mundwinkel sein Eigen nennt und eine scharfzinkige Harke in der Hand hält, könnte sich das Warnschild »Bissiger Hund« am Gartenzaun eigentlich sparen.

Die Dame beäugt ihn äußerst misstrauisch, während sich Helene Fischer aus der Tasche ihrer Kittelschürze via Transistorradio atemlos durch die Nacht kämpft. Das Radio ist so laut gedreht, dass ganz Bindelow mithören dürfte und Jannik vorerst keine Chance hat, verstanden zu werden.

Ergeben wartet er zusammen mit der Greisin die letzte Strophe ab. Es folgt der Hinweis auf ein Kettenschausägen am morgigen Herrentag, der die Dame nicht zu reizen scheint. Ihre Hand fährt in die Kittelschürze und dreht das tragbare Radio ein, zwei Dezibel leiser. Dann guckt sie ihn wieder so misstrauisch an, als lebe sie nicht in Bindelow, sondern in der Bronx. Immerhin hat sie ihm bislang nicht die Tür vor der Nase zugeschlagen, freut sich Jannik. Gemeinsames Schweigen scheint in dieser Gegend eine fruchtbare Kommunikationsform zu sein.

»Äh … also … guten Tag«, unterbricht er behutsam die mühsam erarbeitete Stille.

Tatsächlich kommt die erhoffte Antwort – allerdings nicht aus dem Türspalt. »Lass mich lieber reden«, zischt Malinka in seinem Rücken zwischen zusammengepressten Zähnen. Sie muss im Sprint über den Platz gesaust sein, um wieder einmal den Kontroletti zu spielen.

Herzlichen Dank auch, Helene Fischer! Verstimmt fährt Jannik den rechten Arm zur Schranke aus. Kommt gar nicht in die Tüte, dass Malinka ihm die Tour vermasselt, nachdem er vier Strophen musikalische Höchststrafe heldenhaft ertragen hat. Er setzt ein strahlendes Lächeln auf, mit dem er als Kommunionkind punkten könnte.

»Äh … Bitte verzeihen Sie die Störung. Mein Name ist Jannik Nittenwilm, und äh … Hinter mir steht meine, also … meine Assistentin Malinka«, versucht er, die Werbung eines Potsdamer Polsterfachmarktes für Preiskracher zu Kracherpreisen zu übertönen, die gerade untermalt von akustischen Knallkörperexplosionen aus der Kittelschürze dringt. »Ich bin auf der Suche nach einer Verwandten von mir und hätte da mal eine kurze Frage.«

Das alles scheint das stark verknitterte Frauengesicht im Türspalt allerdings nicht die Bohne zu interessieren. Sie schweigt und schiebt lediglich ihre Harke zwischen sich und ihn.

Malinka stößt hinter ihm ein leises Stöhnen aus. »Geht's noch schleimiger?«

Jannik wagt trotzdem einen weiteren Vorstoß. »Genauer gesagt handelt es sich um die Tante meines Großvaters, also um meine … ähm … also, meine …« Verdammt! Was für eine Art von Tante ist diese Laurette noch mal genau?

»Urgroßtante«, löst Malinka das Rätsel um seine Verwandtschaftsverhältnisse.

»Meine Urgroßtante – richtig!«, wiederholt Jannik.

Aus der Kittelschürze wird der Ausbruch eines Bullen vermeldet sowie die Information, dass ein Polizeiaufgebot des gesamten Landkreises bereits die Verfolgung aufgenommen habe. Wanderer werden zu Vorsicht gemahnt. Der Türspalt vor Janniks Nase beginnt sich zu schließen.

Moment mal! Hält diese Gewitterhexe ihn etwa für einen wild gewordenen Bullen? Die soll mal lieber auf ihre freilaufenden Ferkel aufpassen!

»Sag endlich, was du willst«, drängelt Malinka.

Okay, okay, okay.

»Hat Ihr Haus mal einer Familie de la Barré gehört?«, fragt Jannik hastig.

Die Dame öffnet erstmals den Mund. »Weeßickni«, knurrt sie und klingt jetzt tatsächlich wie ein bissiger Hund. Ein sehr bissiger.

»Ähm, wie bitte?«

»Sie weiß es nicht«, entzerrt Malinka das Fremdwort zu einem vollständigen Satz.

»Sa'ick do«, bestätigt die Dame grimmig.

Das klingt in Janniks Ohren fast japanisch, könnte aber in ausgeschriebener Form »Das sagte ich doch« heißen.

»Und in der Nachbarschaft?«, versucht er, sich der Kurzsprechtechnik anzupassen.

Das Gesicht im Türspalt wird zum feindseligen Fragezeichen.

»Haben da irgendwelche Häuser mal den de la Barrés gehört?«, präzisiert Jannik seine Frage. »Oder jetzt einer Laurette ...«

»Gehtminichtsan«, bellt die Gewitterhexe und schließt krachend die Tür. Ein metallisches Schrappen verrät, dass sie außerdem einen Riegel vorschiebt.

»Nix für ungut!«, ruft Malinka ihr durch die geschlossene Tür hinterher. Dann reißt sie Jannik von der Eingangsstufe herunter. »Sag mal, bist du völlig Banane?«, schnauzt sie ihn an. »Du kannst hier nicht einfach bei alten Leuten klingeln und fragen, ob ihr Haus mal jemand anderem gehört hat!« Wutschnaubend stapft sie über einen Betonweg auf die Dorfstraße.

»Und warum nicht?«, fragt Jannik, während er ihr ebenso wütend hinterherschlurft. »Ich meine: Darum sind wir doch wohl hier, oder? Das Dorf steht auf Krusewitz' Liste, und in Bindelow sollen irgendwann mal drei Familien de la Barré gewohnt haben. Das hast du vorhin selbst gesagt.«

Malinka verdreht ihre Bambiaugen und stemmt kopfschüttelnd die Arme in die Hüften. Was verdammt niedlich aussieht. Oberniedlich.

Leider klingen ihre ständigen Rüffel nicht so, und auch jetzt mäkelt sie schon wieder los. »Sag mal, weißt du wirklich gar nichts über Ostdeutschland nach der Wende? Was meinst du denn, wie viele Wessis direkt nach dem Mauerfall bei Hinz und Kunz geklingelt haben, um ihre Häuser und Datschen zurückzuverlangen? Meinem Opa wollten ein paar Immobilienfritzen 1991 den Campingplatz, seine Schrebergartenparzelle und sein Haus abnehmen, das er als völlig zerschossene, halb verbrannte Bruchbude übernommen und jahrelang mühevoll saniert hatte. Krumm geschuftet hat er sich dabei, und um alles zu retten, musste er einen Riesenkredit aufnehmen, den meine Oma heute noch abbezahlt. Was meinst du, was hier für eine Panik herrschte? Keiner wusste mehr, was wem gehört. Allein hier in Brandenburg gab es eine Viertelmillion Rückgabeanträge. Das war ein Riesenhickhack, und die Leute hatten eine Todesangst davor, nach ihren Jobs auch noch das Dach über dem Kopf zu verlieren!«

Jannik hebt abwehrend die Hände. »Okay, okay. Falsche Fragetechnik, ich hab's verstanden.« Er wendet kurz noch einmal den Blick zum Haus der Gewitterhexe. »Aber jetzt mal im Ernst: So 'ne Hütte in so einem Dorf am Arsch der Welt und kurz vor Polen, die will doch bestimmt keiner mehr haben.«

»Nein, jetzt nicht mehr, aber damals hat eine Menge Menschen geglaubt, man könne im Osten mal eben die Millionen scheffeln«, sagt Malinka. Für einen Moment klingt sie so mutlos und traurig, dass Jannik schlucken muss.

»So wie Krüger?«, fragt er fast schüchtern.

Malinka nickt. »Ja, so wie Krüger.« Sie strafft den Rücken. »Und jetzt schlag ich vor, dass du dir mal das alte Gutshaus von Bindelow anschaust.« Sie deutet eine Straße entlang, die sich in einem staubigen Sandweg und dann in einem Waldstück verliert.

»Ich seh kein Gutshaus.«

»Kunststück, das wurde laut Krusewitz' Unterlagen ja auch 1945 von den Russen gesprengt. Dafür soll dort um 1850 nachweislich mal ein Sebastian de la Barré für einige Jahre als Verwalter gearbeitet haben.«

»Meine Urgroßtante wird uns ja wohl kaum ein gesprengtes Haus vererben wollen«, wendet Jannik ein. Scheint ganz so, als wolle Malinka ihn schon wieder loswerden.

»Das Verwalterhaus soll noch stehen«, sagt sie. »Vielleicht findest du dort noch irgendeinen Hinweis. Jetzt geh schon! Wir sollten noch ein paar Dörfer schaffen, bevor es dunkel wird.«

Zögernd macht Jannik sich auf den Weg. Immerhin darf er allein los. Er ist gerade zwei Schritte weit gekommen, als es hinter ihm quiekt. Schnell schaut er sich um. Scheiße, das blöde Ferkel rennt ihm hinterher und stempelt mit seiner Steckdosennase auch noch sein zweites Hosenbein! Was findet dieses blöde Vieh bloß an ihm?

Malinka hinter ihm bricht in lautes Lachen aus. »Wenn du Glück hast, zeigt dir Schweinchen Wutz den Weg! Ach – und keine Bange: Das Verwalterhaus ist unbewohnt, da kannst du nicht viel falsch machen. Halt einfach die Augen offen, und schalt den Grips zu.«

Jannik ärgert sich einmal mehr. Die nimmt ihn nicht ernst, die nimmt ihn zum Verrecken nicht ernst! Widerwillig setzt er seinen Weg fort, dicht gefolgt von dem Ferkel, das sich durch keinen Trick von ihm verscheuchen lässt.

Kaum fünf Minuten später haben die beiden den Waldpfad erreicht. Bereits nach wenigen Metern knirschen Sandkörner zwischen Janniks Zehen. Die stecken nämlich ausnahmsweise nicht in Turnschuhen, sondern barfuß in neuen Trekkingsandalen, einem Mitbringsel von Frau Spielvogel, das ihn zum Wandern animieren soll. Albernes Schuhwerk, in dem er in Nievenhoven nicht mal den Müll raustragen würde. Schon gar nicht in Begleitung eines Ferkels, das neben ihm in wilden Schweinsgalopp verfällt und eine Ziegelmauer ansteuert, die rechts des Weges aufragt. Hier und da klebt noch etwas uralter gelber Putz daran, den das Ferkel offenbar schmackhaft findet. Genüsslich knabbert es ein paar Placken ab.

Jannik nutzt die Chance, das vorwitzige Vieh mit Riesenschritten abzuhängen, und erreicht wenig später ein verwittertes mannshohes Gartentor. Dessen Holz ist so rau und totengrau, als hinge das Tor seit mindestens siebzig Jahren in den Angeln. Wie ein Haupteingang sieht es nicht aus, trotzdem stupst er das Tor an, um es zu öffnen. Es ist schließlich egal, von wo man ein verlassenes Haus betritt.

Knarzend schwingt das Tor nach innen auf. Vor Jannik liegen überwucherte Gemüsebeete, auf denen sich die ersten

Abendschatten sammeln. Die Beete sind mit umgestülpten Schnapsflaschen eingefasst und bringen neben Pusteblumen eine reiche Brennnesselernte hervor. Krähen zanken sich lautstark um ihren Schlafbaum, eine Elster krallt sich in den Rost einer Teppichstange und grüßt mit schnippischem Geschrei. Zusammengenommen ergibt das eine ideale Kulisse für einen Gruselschocker. Etwa einen Remix von Hitchcocks *Vögeln* und *Psycho*.

Allerdings spielt diesmal ein Ferkel die Hauptrolle.

Das schwarzrosa Schweinchen drängt sich zwischen Janniks Beinen hindurch und beginnt munter, die Beete durchzuschnüffeln. Jannik folgt ihm durch dichtes Brombeergestrüpp über einen Trampelpfad, der auf ein verfallendes Gebäude zuführt. Lediglich das erste Stockwerk und ein bemoostes Dach ragen über das Dornengestrüpp heraus. Bewohnt wirkt die Bruchbude wirklich nicht.

Jannik winkelt die Ellbogen an, presst sie fest gegen seinen Körper und kämpft sich durch die explodierten Brennnesselbeete näher an die Ruine heran. Kurz vor der schattenfeuchten Brombeerhecke bleibt er auf den Resten einer grob verfugten Steinterrasse stehen und legt den Kopf in den Nacken. Seine Augen erklimmen eine nach hiesiger Art kratzverputzte Fassade.

Auweia! Hoffentlich hat Opa nicht diese Ruine geerbt, durchzuckt es ihn. Der Dachfirst sieht aus wie ein verformtes Rückgrat, der Schornstein ist löchrig wie ein kariöser Backenzahn. Hier möchte man nicht einmal tot und begraben sein.

Seufzend will er sich zum Gehen wenden, als ein feuchtklebriges Gefühl auf seinem rechten Fuß seinen Blick nach unten lenkt. Blödes Ferkel!

Oh, nein! Diesmal ist es eine fette Nacktschnecke, die seinen Fuß erobert. Eine von der besonders fiesen, durchfallbraunen Sorte!

Weil sich das Vieh mit Gezappel partout nicht abschütteln lässt, geht Jannik in die Hocke, rupft sich die Schnecke vom Fuß und wirft sie vor sich in die Brombeeren. Angewidert streift er seine Finger auf einem Bruchstein unter sich ab.

Er stutzt.

Der Stein ist beschriftet. Genauer gesagt ist ein Name in ihn hineingemeißelt und Jahreszahlen, ganz wie auf einem Grabstein.

Ach du Scheiße, das ist ein Grabstein! Zumindest ein Teil davon. Wer zerhaut denn Grabsteine und verfugt sie anschließend zu einer Terrasse? Mühsam entziffert Jannik die Reste einiger Inschriften. Offenbar wurden zwei Juloleks ihres Grabschmucks beraubt, dann ein Wilhelm Gutekunst, und direkt unter seinen Füßen ruht dessen Frau Helene, geborene de la Barré.

Geborene de la Barré?

Jannik schnellt vor Verblüffung in die Höhe, macht einen Satz nach hinten und nur eine Sekunde später denselben Satz zurück nach vorne, weil er eine Hand auf seiner Schulter spürt. Spitze Brombeerdornen bohren sich in seine Stirn, ihm entfährt ein Schrei, der ihn für die Rolle eines Opfers in seinem neu verfilmten Gruselschocker prädestinieren dürfte.

»Na, was Interessantes entdeckt?« Malinkas Tonfall ist ohne Zweifel spöttisch. »Oder nur Schnecken?«

Jannik wirbelt erbost herum. Bambiaugen hin oder her. Jetzt reicht's!

»Ja, habe ich«, fährt er seine Verfolgerin an, die ebenso quietschvergnügt wie das Ferkel zu sein scheint, das sie sich zärtlich an die Brust drückt.

»Und was?«, fragt Malinka ungerührt von seinem schroffen Ton und krault zugleich das Schweinchen hinter dessen Ohr, bis es grunzt. Diese Geste verstimmt Jannik nur noch mehr.

Wer so zärtlich zu einem blöden Borstenvieh ist, könnte doch auch zu ihm ein bisschen freundlicher sein, oder?

»Jetzt sag schon, was du hier Tolles herausgefunden haben willst«, wiederholt Malinka.

»Ich habe rausgefunden, dass wir möglicherweise ganz gehörig auf dem Holzweg sind, wenn wir wegen der Erbschaft nach einer Familie de la Barré forschen«, erwidert Jannik schroff.

»Wie meinst du das denn?«, fragt seine Kontrahentin verblüfft.

»Guck mal da runter, und lies selbst.« Jannik weist lässig auf den Grabstein von Helene Gutekunst.

Malinka geht in die Hocke, lässt das Ferkel frei, entziffert murmelnd die Grabinschrift und zuckt mit den Schultern. »Glückwunsch zu deinem Treffer. Aber leider ist diese Dame de la Barré seit fast hundertfünfzig Jahren tot. Ich weiß echt nicht, wie die uns weiterbringen soll ...«

»Dann lies nochmal, und denk mal ganz scharf nach«, empfiehlt Jannik und genießt die Vorfreude auf seinen unvermeidlichen Triumph.

»Hm«, sagt Malinka endlich gedehnt, »geborene ... Mist, ich glaube, ich verstehe, worauf du hinauswillst ...«

Bevor sie den Beweis dafür antreten kann, saust laut klirrend eine Harke auf dem Grabstein neben ihr herab.

»Ihr habt mein Ferkel entführt!«, zetert die Gewitterhexe. »Gebt mir sofort mein Ferkel zurück! Gebt mir das Ferkel.« Ihre Forderung unterstreicht sie mit weiteren Harkenhieben, die das Ferkel ins Brombeerdickicht vertreiben.

»Mach ich gleich«, sagt Jannik, nachdem er sich vom ersten Schreck erholt hat. Was ihm erstaunlich rasch gelungen ist, weil Malinka sich weit mehr erschreckt und sich ihm regelrecht an den Hals geworfen hat. So etwas verpflichtet zu Heldenmut und Todesverachtung.

»Hol mein Schwein, sofort!«, verlangt die Greisin mit erhobener Harke. »Ich will das morgen grillen. Herrentag!«

Pah! Jetzt kann zur Abwechslung mal die warten und ihm beim Schweigen zuhören. Und zwar so lange, bis Malinka ihre Arme von seinem Hals lösen und sich nicht mehr an ihn pressen möchte. Was hoffentlich noch eine Weile dauern wird. Es fühlt sich nämlich wunderbar und haargenau richtig an, Bambis Freund und Helfer zu sein. Jannik kann kaum atmen vor Glück.

Bis zu dem Moment, als Malinka den Kopf hebt, sich zur Gewitterhexe umdreht und eine Frage stellt, die ihn zum Luftholen zwingt und seine Zuneigung erneut auf eine harte Probe stellt.

31.

I'm a poor lonesome cowboy . . .
Lucky Luke

Wie eine glühende Abschiedszeile steht die Sonne über dem nordwestlichen Ufer des Röddelinsees. Einige Schwalben fliegen rasend schnell über den Abendhimmel. Mit der Geige unter dem Kinn steht Hans hinter der kniehohen Dachkante des Lucky-Dollar-Saloons und wartet im Schein der Blendlaternen auf seinen Auftritt. Sobald die Sonne hinter dem Waldsaum abtaucht und von dort ihr rotes Feuer am Himmel entzündet, soll der Showdown in der Westernstadt beginnen.

Zu Hans' Überraschung fügt sich das Santa Fé der Uckermark recht authentisch in die Weite der Landschaft ein. Noch mehr aber erstaunt ihn die wachsende Fangemeinde, die sich unter ihm in der staubigen Mainstreet versammelt. Nach und nach füllen sich die Veranden und Treppen des General Store, des Post Office und des Hotels mit immer aufwendiger kostümierten Zuschauern. Neben Cowboys, die eifrig ihre Vereinsfahnen schwingen, entdeckt er Saloon-Damen in ausgreifenden Reifröcken, Totengräber in Frack und Zylinder und ganze Indianerstämme in fransigen Lederleggins, die so kunstvoll bestickt sind, dass sie handgemacht sein müssen. Vielleicht sogar von ihren Trägern. Falls diese schon zu DDR-Zeiten als Rothäute aktiv waren, sogar ganz sicher. Das Cowboy- und Indianerdasein scheint im Osten tatsächlich ein Hobby mit langer Tradition zu sein und eine Angelegenheit für leidenschaftliche Kenner, ganz wie Kasulke ihm beim Grillen versichert hat. Vielleicht ist das auch deshalb so, weil der Sachse Karl May und sein weltberühmter Winnetou in der DDR lange Zeit allenfalls unter dem Ladentisch gehandelt und unter der Bettdecke gelesen werden konnten.

Hans spürt plötzlich Lampenfieber in sich aufsteigen und beginnt, sein Song- und Melodienrepertoire auf passende Musik hin abzuklopfen. Das Gemurmel des Publikums unter ihm verrät Spannung und wachsende Ungeduld.

Endlich flankt ein paar Meter unter Hans ein Trupp Banditen die Schwingtür des Saloons mit Stiefeltritten auf und stürmt grölend, schießend und pöbelnd die Mainstreet. Zuckerglasflaschen gehen auf kantigen Schädeln zu Bruch, Körper stürzen zu Boden, raffen sich wieder auf, werfen sich mit gewaltigen Hechtsprüngen erneut in den Kampf. Über Mikroports verstärkte Schmerzensschreie und Wutgeheul schrillen auf, und im Licht der Scheinwerfer zetteln die Stuntleute eine prachtvolle Massenschlägerei an, die, wie Hans weiß, auf einen bewaffneten Konflikt samt finalem Überfall auf Kasulkes Kutsche hinauslaufen wird.

Zunächst jedoch entpuppt sich ein blondes Cowgirl zum Vergnügen des Publikums als besonders schlagkräftig. Unterstützt von krachenden Hiebgeräuschen vermöbelt das schlanke Persönchen, das Hans ein wenig an seine Annika erinnert, fachgerecht drei Revolverhelden. Den letzten versenkt sie filmreif in einer Viehtränke, noch bevor dieser seinen Colt zum Einsatz bringen kann.

Als unter ihm nur noch die Fäuste sprechen, setzt Hans den Bogen an. Im rasanten Tempo eines Teufelsgeigers intoniert er einen schottischen Reel, um das Tempo der Schlägerei und die Begeisterung des Publikums weiter anzuheizen.

Was ihm auch tatsächlich gelingt.

Wenn er es vom Dach aus und durch seine schiefe Brille richtig erkennt, animiert sein Reel einige Zuschauer sogar zu kleinen Squaredance-Einlagen. Seine Rechnung ist aufgegangen. Nicht umsonst gehören temperamentvolle Schottentänze zu den wichtigsten Vorläufern der Westernmusik, freut sich Hans, der – von ein wenig Johnny Cash mal abgesehen – mit Country- und Westernmusik nur entfernt vertraut ist. Das scheint ihm aber niemand übelzunehmen, genauso wenig wie sein doch recht abenteuerliches Aussehen.

Von der Reaktion des Publikums ermutigt, leitet Hans zu einem nicht minder flotten irischen Jig über, dessen temporeicher Takt auch ihm in die Beine fährt und ihn zu ein paar Tanzsprüngen hinreißt. Es ist auch für ihn selbst unfassbar, dass er das noch kann. So leicht hat er sich lange nicht mehr gefühlt. Noch dazu bei seiner Leibesfülle! Begeistert spielt er sich weiter in Fahrt.

Rechts neben ihm robbt ein Cowboy auf den Rand des Daches, um von dort aus einen Kurzauftritt als Kanonenfutter zu absolvieren. Als in der Ferne Hufgetrappel vernehmbar wird, zieht er sich ein Halstuch vor Mund und Nase und erklimmt mit einem katzengleichen Sprung die handbreite Dachkante. Die Stiefelspitzen des gelernten Stuntmans ragen fünf Meter über dem Abgrund nebeneinander in die Luft.

Dieser Balanceakt lässt den fiedelnden Hans schwindeln. Nur gut, dass er sich nachher lediglich nach hinten auf ein Polster aus Strohballen fallen lassen muss! Sein Profikollege wird sich dagegen kopfüber auf ein gigantisches Luftkissen stürzen, das für die Zuschauer mit Gestrüpp getarnt und damit unsichtbar ist.

Der Gedanke, Teil dieser Show zu sein, erfüllt Hans mit Stolz – auch wenn er sich ein wenig Sorgen um seine geliebte Geige macht.

Der Cowboy grinst unbekümmert, zwinkert Hans zu und zieht seinen Colt. Zugleich verstärkt sich das Geräusch der trappelnden Hufe; man kann bereits das Ächzen von Kasulkes Kutschrädern ausmachen. Höchste Zeit, von den flotten Tänzen auf ein Abschiedsständchen umzuschwenken.

Hans führt seine Violine wie eine echte Westerngeige vom Kinn hinab zur Brust, um den Song nicht nur spielen, sondern auch singen zu können. Johnny Cashs Allzeitklassiker *Ghost Rider In The Sky* scheint ihm passend zu sein. Der Song kann ihm zwar unmöglich so meisterlich gelingen wie dem King of Country, dafür ist die Melodie sehr eingängig.

Tatsächlich wippt nach zwei Textzeilen sein Kollege auf der Dachkante den Takt mit. Drei Takte später ist er tot, die Postkutsche ist donnernd in die Mainstreet eingefahren, und ein verlustreiches Gefecht zwischen dem beidhändig feuernden Kasulke auf dem Kutschbock und diversen Angreifern ist im Gange, dem auch Hans in den nächsten Sekunden zum Opfer fallen soll.

Hans nutzt eine gesangsfreie Bridge, um rasch einen Blick über seine rechte Schulter zu werfen. Die Strohballen liegen in Position und sind mit einer weichen Auflage gepolstert. Seine Augen kehren zur Mainstreet zurück. Keinen Moment zu früh: Der als Marshall verkleidete Parkchef macht ihm von unten das verabredete Zeichen. Kasulkes Winchester zielt auf ihn, Hans fixiert die Mündung, presst Geige und Bogen schützend an seine Brust, ein Schuss fällt, und Hans fällt mit.

Die Landung auf dem Polster gelingt einwandfrei und durchaus rückenschonend. Hans atmet erleichtert aus und bleibt eine Weile einfach liegen. Dann überprüft er im Licht der auf dem Dach flackernden Blendlaternen seine Geige. Sie hat keine Blessuren davongetragen. Somit ist er um ein Honorar von fünfzig Euro und – weit wichtiger – um eine unvergessliche Erfahrung reicher.

Hans gönnt sich ein breites, höchst zufriedenes Grinsen, das Grinsen eines echten Teufelskerls. Sein Bühnentod hat ihn zu ganz neuem Leben erweckt, und er schwört sich im Stillen, sich nie wieder vom Gift der Mutlosigkeit anstecken zu lassen. Irgendwas geht immer, daran will er fortan glauben.

Unten tobt in unverminderter Lautstärke die Schlacht um Kasulkes Kutsche weiter. Als letzte Höhepunkte stehen noch einige Stunts mit durchgehenden Gäulen an, die ihre Reiter abwerfen und durch den Staub der Mainstreet schleifen werden. Danach folgen Kasulkes Ehrenrunde einmal rund um die Westernstadt und ein kurzes Feuerwerk über dem See.

Alles in allem wird das Spektakel noch gut dreißig bis vierzig Minuten dauern, die Hans an Ort und Stelle bleiben muss, weshalb Kasulke ihm vor dem Aufstieg aufs Dach zwei Büchsen Bier, einen Rest köstlichen Kartoffelsalates und sein Handy mitgegeben hat. Der Anruf bei Annika steht nämlich noch aus, und es ist höchste Zeit, dass er ihn tätigt. Es wird Hans außerdem ein Vergnügen sein, seiner Tochter von seinem Abenteuer als Fiedler auf dem Dach zu berichten. Etwas auch nur annähernd so Verrücktes hat er seit Jahren nicht mehr angestellt. Seiner Tochter wird das ganz sicher gefallen. Als Hallodri hat sie ihn immer gemocht. Früher zumindest.

Hans greift nach Kasulkes Handy, drückt eine grüne Taste und gibt im Schein des aufleuchtenden Displays Annikas Nummer ein. Gut gelaunt, fast schon euphorisch drückt er das Gerät an sein Ohr. Elektronische Hüpftöne zeigen an, dass die eingegebene Nummer gewählt wird.

Mit Blick auf den über ihm aufgehenden Mond lauscht Hans den langgezogenen Freizeichen im Hörer und erinnert sich mit leiser Wehmut an Nachtwanderungen mit Annika und dem fünfjährigen Jannik, bei denen sie Lagerfeuer am Rhein entzündet, vom Feld gemopste Maiskolben gegrillt und im Schein ihrer Taschenlampen Schätze oder eine Flaschenpost im Kies entdeckt haben, die Hans dort zuvor deponiert hatte.

Ah, endlich klickt es in der Leitung! Doch statt Annika begrüßt ihn eine automatische Frauenstimme, um ihm auf Deutsch und Englisch mitzuteilen, dass sein gewünschter Gesprächsteilnehmer vorübergehend nicht erreichbar sei. Eine Nachricht kann er nicht hinterlassen.

Als die Mailbox nach zwei weiteren Anrufversuchen immer noch nicht anspringt, versucht es Hans mit einer SMS, die Annikas Handy hoffentlich trotz abgeschalteter Mailbox erreichen wird. Danach legt er das Telefon beiseite. Diese Nacht in Santa Fé ist viel zu schade, um sie mit Anrufen zu verplempern. Er rollt ein Teil des Polsters zum Kissen auf, lehnt sich mit Blick auf den See dagegen, reißt die Bierdose auf und holt die Frischhaltedose mit Kasulkes hausgemachtem Kartoffelsalat hervor. Genüsslich nimmt er einen tiefen, kühlen Schluck Pils. Dann taucht er eine Plastikgabel in den Kartoffelsalat, führt sie zum Mund und kaut beglückt den ersten Bissen.

Der sozialistische Gemüsesheriff Kasulke ist wahrlich ein Mann mit vielen Talenten, und Kochen gehört eindeutig dazu. Sein gegrillter Zander von vorhin war ebenfalls eine Offenbarung.

Hans steckt sich einen zweiten Happen in den Mund. Einmal abgesehen von den Kampfgeräuschen auf der Mainstreet, kann er sich keinen Ort denken, an dem er jetzt lieber säße, um ein nächtliches Picknick zu genießen. Der Himmel über ihm leuchtet nachtblau, bald wird er vollkommen dunkel sein, so samtschwarz, wie er über erleuchteten Städten nie werden kann. Hier wird nichts das Funkeln und Blinken der Sterne überstrahlen. Auf diesen Anblick freut sich Hans schon jetzt.

Die Venus ist am Westhimmel bereits auszumachen, noch etwas angekränkelt blass, aber das wird sich mit zunehmender Dunkelheit ändern. In triumphaler Helligkeit wird sie dann alle anderen Gestirne überstrahlen. Aber so gehört es sich auch für einen Stern, der nach der Göttin der Liebe benannt ist, denkt Hans in einem milden Anflug von Sentimentalität. Es ist ein ausgesprochen altersmilder Anfall von Sentimentalität. Fast ist er froh, das mit der Liebe ein für allemal hinter sich zu haben.

Er nimmt eine dritte Gabel Kartoffelsalat. Köstlich, wirklich köstlich. Nein, eine Frau braucht's nicht, um einen Sternenhimmel angemessen und eher astronomisch motiviert zu genießen. Mit einem Männerfreund wie Kasulke geht das wahrscheinlich sogar besser und in angemessener Stille.

Ein knarrendes Geräusch unterbricht Hans' Sternenguckerträume.

Nanu, das klingt fast so, als steige jemand die hölzerne Hintertreppe zum Dach hinauf. Kasulke kann es nicht sein, der treibt vor dem Saloon mit langegezogen »Heho!«-Rufen und Schüssen gerade seine Kutschpferde zur letzten Runde an. Gespannt setzt sich Hans im Polster auf. Ein Kopf taucht über der rückwärtigen Dachkante auf, gleich danach ein zweiter. Hans kneift die Augen zusammen, um sie besser zu erkennen. Der rückwärtige Teil des Daches ist leider nicht beleuchtet.

Die beiden Köpfe wachsen sich zu schmalen Gestalten aus, die Helme unter den Armen tragen. Sehr seltsam. Sieht fast aus, als bekäme er Besuch von zwei Marsmännchen. Das müssen verirrte Westernfans und Motorradfahrer sein.

Nacheinander klettern sie aufs Flachdach, der eine beschwingt und in äußerst merkwürdigen Latzhosen, der andere ein wenig wackelig und sehr behutsam. Offenbar handelt es sich um ein älteres Semester oder um jemanden, der frühzeitig auf den morgigen Herrentag angestoßen hat. Und das nicht zu knapp. Hach, wie schade! Nach ungebetenem Besuch verlangt es Hans so gar nicht.

»Sehen Sie, Krusewitz, ich hab mich nicht getäuscht! Da vorn sitzt er. Unser Freund und Geigenvirtuose Hans Nittenwilm!«, ruft eine der Gestalten triumphierend und aufs Höchste erfreut.

Hans freut sich nicht. Ganz im Gegenteil. Wie kommt nur diese Nervensäge hierher? Das kann doch nicht mit rechten Dingen zugehen. Frau Spielvogel ist der letzte, der allerletzte Mensch auf Erden, mit dem er die Nacht, das Dach und den Sternenhimmel über Santa Fé teilen möchte.

Geschweige denn Kasulkes Kartoffelsalat.

32.

Am Seitenfenster fliegen Schatten, Wald und wachsende Dunkelheit vorbei. Mit deutlich überhöhter Geschwindigkeit. Malinka hat das Steuer übernommen und legt wie alle eingefleischten Landbewohner ein flottes Tempo vor. Jannik kennt das aus Nievenhoven – auch in den Dörfern der rheinischen Tiefebene werden Geschwindigkeitsbegrenzungen lediglich als Empfehlungen gewertet und nicht selten sogar Trecker wegen Raserei angehalten.

Neben Malinka sitzt seine Mutter; er selbst wurde wie gehabt auf die Rückbank von Opas Mercedes verwiesen. Allerdings nicht allein. Auf seinem Schoß schläft sabbernd Rippchen. So hat Malinka das schwarz-rosa Ferkel getauft, nachdem sie es der Gewitterhexe von Bindelow nach intensiver Feilscherei für stolze achtzig Euro abgekauft hatte. Genauer gesagt, hat seine Mutter das Vieh gekauft, er selbst hatte nämlich nur zwanzig Euro dabei und Malinka gerade mal zehn. Die beiden Frauen waren sich vollkommen einig, dass ein so »süßes« Schweinchen unbedingt vor dem Tod auf dem Grill gerettet werden muss.

Frauen!

Diese Rettungsaktion war völlig unlogisch und überdies eine ziemliche Heuchelei. Sowohl Malinka als auch Mama haben nämlich heute Nachmittag auf dem Campingplatz die Rostbratwürste von Malinkas Oma gegessen, ohne mit der Wimper zu zucken. Dabei werden Bratwürste auch nicht aus Glücksklee und Gänseblümchen gemacht. Malinka zuliebe hat Jannik trotzdem spontane Zuneigung zum Schwein geäußert und lediglich Bedenken wegen Rippchens künftiger Unterbringung angemeldet. In der Hoffnung, dass zumindest seine Mutter sich den Spontankauf noch einmal überlegen würde.

»Mein Onkel ist studierter Agrarökonom und will ohnehin so bald wie möglich einen Bauernhof kaufen. Der nimmt Rippchen gern«, hat Malinka prompt behauptet. »Das ist nämlich ein waschechtes deutsches Sattelschwein, eine alte DDR-Züchtung. Man kann es ganzjährig draußen halten.«

Das wird Rippchen angesichts der Freiheitsliebe, die es heute an den Tag gelegt hat, gewiss zusagen. Blieb allerdings noch die Frage, wo Rippchen leben soll, solange Malinkas Onkel noch keinen Bauernhof besitzt.

»Auf dem Campingplatz«, hat Malinka lässig erwidert. »Vorübergehend kann meine Oma für Rippchen ein Gehege im Wald einzäunen, ein paar Kaninchen dazusetzen und das Ganze als Streichelzoo deklarieren. Die blöden Berliner lieben so 'nen Scheiß. Erst recht, wenn wir ganz groß ›Öko‹ dranschreiben. Da überschlagen die sich.«

Mann, Mann, Mann, die scheinen echt pragmatisch zu sein, diese Ossi-Bräute, und Bambi ist wirklich nie um einen Einfall verlegen, denkt Jannik mit Blick auf seinen Schoß. Leicht verstimmt registriert er einen Faden Schweinerotz, der aus Rippchens Maul auf seine Hose tropft. Wenn das so weitergeht, kann er die Jeans heute Abend in der Tonne versenken. So wie gestern schon seine Sneakers. Klamottentechnisch erweist sich die Uckermark als sehr verlustreich.

Rippchen streckt die Pfötchen aus und schnauft selig mit nach oben gezogenen Mundwinkeln. Sieht fast so aus, als lächle es.

Okay, okay, okay. Mit Mädchenaugen betrachtet, ist so ein Babyschwein wahrscheinlich wirklich ganz niedlich. Sogar, wenn es nur stellenweise rosa ist. Dem Bolzenschussgerät dürfte Rippchen deshalb auf Dauer dennoch nicht entkommen. Malinkas Onkel wird ein Ferkel wohl kaum als Ersatz für einen Schoßhund halten oder es totstreicheln, statt es zu schlachten.

All diese naheliegenden Überlegungen behält Jannik natürlich für sich. Er ist ja nicht bescheuert und bringt für ein Ferkel seinen hart erarbeiteten Heldenstatus in Gefahr.

Denn Rippchen hin oder her: Malinka und seine Mutter nehmen ihn seit seinem Geistesblitz am Grabstein von Helene Gutekunst, geborene de la Barré, endlich für voll. Sie nehmen ihn sogar so ernst, dass sie die Tour über die Dörfer erst einmal abgebrochen haben. Schließlich bringt es nicht viel, nach Vor- oder Nachfahren der de la Barrés zu forschen, solange man nicht weiß, ob Laurette de la Barré verheiratet war – was wahrscheinlich ist – und ergo mit Mädchennamen ganz anders hieß. Das wiederum würde bedeuten, dass sie keinen Besitz einer Familie de la Barré zu vererben hat, sondern den einer Familie mit einem völlig anderen Nachnamen, ihrem Mädchennamen! Eins wissen sie nämlich mit Bestimmtheit: Das Gut, die Äcker und die Wälder, um die es in Laurettes Testament gehen soll, haben zuletzt deren Bruder gehört, der in den Briefen an Opa aber leider nirgends namentlich genannt ist. Weiß der Himmel, wie der hieß. Kröte Krüger ist leider eine verdammt diskrete Kröte, die weiß, was Informationen wert sein können.

Mama hat versucht, die neu gewonnene Erkenntnis sofort per Handy mit dem Team Krusewitz zu besprechen, dabei aber leider festgestellt, dass sie hier in einem Funkloch festhängen. Einem ausgedehnten Funkloch, das sie handytechnisch nach wie vor außer Gefecht setzt. Auch jetzt lässt seine Mutter ihr Smartphone kopfschüttelnd zurück in die Handtasche gleiten.

»Es hat keinen Sinn, hier gibt's keinen Empfang«, sagt sie.

»Dann fahren wir jetzt erst mal zu meinem Onkel. Ist nicht weit von hier«, schlägt Malinka vor. »Vielleicht bringt uns ja seine Auswertung von Krügers Bewegungsprofil weiter. In letzter Zeit ist der ziemlich viel im Norden der Uckermark herumgekurvt, um Häuser und Grundstücke zu begutachten. Wahrscheinlich hat er auf diesen Fahrten auch Laurette de la Barrés Besitz besucht, um die Schenkung an die Neffen voranzutreiben. Es würde mich nicht wundern, wenn er heute nach eurem Besuch in der Kanzlei umgehend wieder hingefahren ist. Jetzt weiß er schließlich, dass ihm jemand mit älteren Rechten im Nacken sitzt.«

Das ist zwar eine ziemlich vage Spur und Hoffnung, findet Jannik, aber Malinka scheint ihren Onkel für einen Einstein der Informationstechnologie zu halten. Himmel, vielleicht war der Kerl ja mal bei der Stasi!, durchzuckt es ihn. Diese Frage will er Malinka aber lieber nicht stellen. Sollte er mit dieser Vermutung danebenliegen, dürfte sie sich ihm im Leben nicht mehr an den Hals werfen. Was sehr schade wäre.

»Na, wie geht es unserem Schweinchen?«, fragt seine Mutter und dreht kurz den Kopf zu ihm um.

»Schläft wie ein Murmeltier«, erwidert Jannik.

Seine Mutter seufzt gerührt. »Rippchen scheint einen echten Narren an dir gefressen zu haben. Es hat dich regelrecht adoptiert. Vielleicht hätten wir dir früher ein Schwein statt all der Hamster schenken sollen. Für die hattest du überhaupt kein Händchen. Erinnerst du dich noch daran, wie du als Fünfjähriger mit Hannibal Fallschirmspringen im Planschbecken üben wolltest und …?«

»Äh … Ist es noch weit bis zu deinem Onkel?«, unterbricht Jannik hastig seine Mutter, bevor Malinka Zweifel an der Aufrichtigkeit seiner Tierliebe kommen könnten. »Ich hab das

Gefühl, Rippchen muss mal«, fügt er betont fürsorglich hinzu.

Malinka schüttelt den Kopf. »Wir nehmen den nächsten Abzweig zum See. Dann müssen wir ohnehin zu Fuß weiter. Zum Boot führt nur ein kleiner Trampelpfad.«

»Zum Boot?«, fragt Janniks Mutter erstaunt. »Müssen wir denn über einen See, um deinen Onkel zu erreichen?«

»Genauer gesagt müssen wir *auf* den See«, erwidert Malinka und schlägt den Lenker rechts ein. »Er lebt momentan auf einer kleinen Insel.«

»Einer Insel!«, entfährt es Jannik und seiner Mutter beinahe zeitgleich.

Malinka nickt nur knapp.

Der Mercedes rumpelt und schaukelt in einen Waldweg, der von schwarzen Baumriesen bewacht wird. Hoch konzentriert umrundet Malinka Schlaglöcher, die tief wie Baggerseen zu sein scheinen. Sie weicht Baumwurzeln aus, die sich lindwurmhaft aus dem Unterholz hervorschlängeln, und kann doch nicht vermeiden, die Federung von Opas Wagen einer heftigen Belastungsprobe auszusetzen. Endlich lenkt sie den Mercedes unter einen ausladenden Holunderstrauch. Die Zweige umpeitschen den Wagen, doch Malinka bringt ihn erst zum Stehen, als der Busch ihn so gut wie vollständig verbirgt.

Jannik wundert sich. Ist das etwa Absicht? Eigentlich sieht die Gegend nicht danach aus, als würde sie häufig von Autodieben frequentiert.

»Von hier an müssen wir ans Ufer laufen«, sagt Malinka nur. Sie schaut sich suchend um. »Gibt es im Auto eine Taschenlampe?«

Annika nickt und öffnet die Beifahrertür. »Ich glaube, ich habe in den Tüten, die uns Frau Spielvogel mitgegeben hat, sogar eine Campingsolarleuchte gesehen.«

Malinka schüttelt den Kopf. »Die ist zu hell. Stevko legt Wert darauf, seinen derzeitigen Aufenthaltsort so geheim wie möglich zu halten, aber wir können die Zelte und Schlafsäcke mitnehmen. Ein paar Vorräte wären auch nicht schlecht. Stevko meidet Einkaufstouren.«

»Warum versteckt sich dein …«, setzt Janniks Mutter zu einer durchaus berechtigten Frage an.

Jannik übertönt sie jedoch mühelos mit einer ganz anderen: »Was denn, dein Onkel heißt Stevko? Wie dieser Stevko Blumenthal? Der Bräutigam von Blondie Nadine?«

»Was dagegen?«, erwidert Malinka fast schon schnippisch und hüpft aus dem Mercedes. »Außerdem ist Stevko nicht mehr ihr Bräutigam, wie du seit dem bekloppten Brautgespräch in Alt Placht sehr gut wissen dürftest. Die Verlobung war ein einmaliger Ausrutscher.«

»Ziemlich übler Ausrutscher«, bemerkt Jannik. Er setzt Rippchen ab und steigt aus.

»Welches Brautgespräch?«, wirft seine Mutter verwundert ein. Sie findet erneut keine Beachtung. Schulterzuckend öffnet sie den Kofferraum und beginnt, Martha Spielvogels knisternde Tüten zu durchsuchen.

»Es war der denkbar beschissenste Ausrutscher, den Stevko sich je geleistet hat«, bemerkt Malinka in Janniks Richtung. »Wenn es uns nicht gelingt, Nadine Scharnhorst, ihren Vater und Krüger mit handfesten Beweisen für ihre diversen Betrügereien auszuschalten, wird er sein Leben lang für diesen Fehler bezahlen müssen.« Nach einer kurzer Pause fügt sie hinzu: »Und meine Oma verliert ihren Campingplatz. Scheiß Liebe!«

Herrje, jetzt klingt sie wieder traurig, fast zerbrechlich. So, dass man sie einfach nur beschützen will, findet Jannik. Wenigstens ein bisschen.

»Warum denn das?«, fragt er stattdessen vorsichtig nach.

»Ich meine: Was haben Blondies und Krügers Machenschaften mit deiner Oma zu tun?« Und mit dem Fall de la Barré, ergänzt er still. Mann, Mann, Mann, die Sache wird wirklich immer komplizierter. Dabei hatte er seit Bindelow das schöne Gefühl, endlich einmal den Durchblick zu haben.

»Dazu habe ich heute in der Campingklause genug erklärt«, sagt Malinka unwirsch.

»Da war ich gerade Wasser holen«, erinnert Jannik sie empört.

»Kannst ja bei Stevko nachfragen.« Malinka wendet sich abrupt ab. »Wir müssen los, bevor es völlig dunkel wird.« Sie hebt Rippchen vom Rücksitz und drückt es ihm wieder in die Arme. »Du trägst das Ferkel, aber pass auf, dass es nicht ins Wasser fällt, klar? Und keine Fallschirmübungen!«

Verdammt, die merkt sich aber auch alles – nur nicht, wann er in ihrer Nähe war und wann nicht. Die Umarmung von eben hat sie wahrscheinlich längst vergessen. So wie Vanessa damals seinen Kuss.

Jannik fühlt einen gemeinen kleinen Messerstich im Herzen. Scheiß Liebe! In der Tat. Nur Rippchen scheint ihm auch dieses Mal treu zu bleiben und stempelt zur Abwechslung seine Wange. Bäh!

33.

Unweit des Lucky-Dollar-Saloons heulen und jagen Feuerwerkskörper in den Nachthimmel; sie zerbersten krachend über Santa Fé und versprühen ihren Sternenregen ins Dunkel. Im Saloon selbst herrscht am einzig besetzten Tisch Schweigen, die Stimmung unter den fünf anwesenden Gästen ist jedoch ebenfalls hochexplosiv.

Vor allem Kasulke sieht aus, als platze er gleich, findet Martha und presst aufgeregt die Fingernägel in ihre Handflächen. Ihre Nerven sind so angespannt, dass man ein Cellokonzert darauf spielen könnte. Sie sind so verdammt nah dran an der Auflösung sämtlicher Geheimnisse um Laurette de la Barré! Wenn Kasulke nur endlich den Mund aufmachen und verraten würde, wo sich Hans' Erbtante aufhält. Er weiß es doch. Sogar ganz genau. Das hat er seinem Internet-Chatfreund Krusewitz jedenfalls vor kaum zwanzig Minuten beim Abstieg vom Dach ausdrücklich versichert. Er hat ihnen auch kurz die Nöte und Sorgen geschildert, die die alte Dame und er – wenn auch in weit geringerem Maße – dank ihrer habgierigen Neffen auszustehen haben.

Leider ist Kasulkes Mitteilungsfreude spontan versiegt, als er von ihr erfahren hat, dass sein Aushilfscowboy Hans kein Landstreicher, sondern ebenfalls ein Neffe von Laurette und ihr Wunscherbe ist. Für Martha ist Hans damit der große Retter, Kasulke hingegen scheint einen weiteren Unruhestifter in ihm zu wittern. Deshalb hüllt er sich jetzt in misstrauisches Schweigen und mustert seinen vorhin noch hochgeschätzten

Kollegen und Fiedler wie ein Insekt, von dem er nicht weiß, ob es als nützlich, lästig oder hochgradig schädlich einzustufen ist und bekämpft werden sollte.

Das ärgert Hans ganz offensichtlich und scheint seinen Hang zu fruchtloser Wut und zu Starrsinn wachzukitzeln. Sehr bedauerlich. Sein Auftritt als Fiedler auf dem Dach hatte Martha gerade erst hoffen lassen, dass er beides zugunsten schöpferischen Eigensinns und unverwüstlicher Lebensfreude überwunden habe, also quasi kurz vor seiner Heilung stünde.

»Ähm ... will jemand was zu trinken?«, unterbricht Wodka die lastende Stille. Er erhebt sich zögernd.

Keine schlechte Idee, findet Martha. Die Herren können einen Zungenlöser brauchen. Bei Hans hat sie mit Likör ja nur die allerbesten Erfahrungen gemacht. Kasulke wirkt allerdings trinkfester. »Ich denke, wir nehmen eine große Flasche Kleiner Feigling«, sagt sie.

Hans und Kasulke antworten simultan mit einem abweisenden Knurren. Krusewitz bestellt von seinem Sitzplatz am Westernpiano aus: »Einen Piccolo für meinen Kreislauf. Aber bitte keinen sauren Hund. Ich bin mehr ein Süßer.«

Wodka macht sich auf den Weg zum Tresen, hinter dem ein Barkeeper im Akkord Gläser poliert. Nach dem Feuerwerk steht ihm laut Plakat noch eine Abschlussshow mit Pokertricks und Saloonschlägerei ins Haus.

»Vielleicht lieber einen Klaren?«, hakt Martha am Tisch noch einmal bei Kasulke nach. Sie erntet ein erneutes Knurren. Klingt nicht so, als wäre diesem Piesepampel an friedensstiftenden Likörchen oder Schnaps gelegen. Im Gegenteil: Jetzt beginnt Kasulke auch noch, mit seinem albernen Colt herumzuspielen, der hoffentlich nur Platzpatronen enthält. Der Mann muss wirklich sehr schlechte Erfahrungen mit Laurettes Neffen gemacht haben, die sich offenbar als seine neuen

Pachtherren aufspielen und ihm Land und Häuschen kündigen wollen. Kasulke baut sein seltenes Gemüse nämlich auf dem Grund und Boden an, den die Neffen ihrer Tante gern abluchsen und verkaufen möchten. So viel hat Martha sich zusammenreimen können, bevor der Gemüsesheriff verstummt ist.

»Feigling gibt's hier nicht«, meldet sich Wodka am Tisch zurück und setzt ein Tablett mit Gläsern und einer grün, gelb und rötlichbraun schillernden Getränkeauswahl vor ihr ab. »Ich hab zur Auswahl mal ein paar Spezialitäten von hier mitgebracht. Eine Flasche Pfeffi, eine Wilde Sau und Suhler Waffenöl. Das sind laut Barkeeper ein Pfefferminz-, ein Zitronen- und ein Kräuterlikör. Letzterer soll so 'ne Art Jägermeister sein. Für das Zeug hat der Barkeeper aber einen Waffenschein empfohlen; das ist wohl nix für Sissis. Hat reichlich Umdrehungen.«

Martha entscheidet sich folgerichtig für das Waffenöl – mit Damenlikörchen, die nach überzuckerter Zahnpasta oder Zitrone schmecken, darf man sich in diesem Fall nicht aufhalten.

»Und was bekomme ich?«, will Krusewitz wissen.

»Als Piccolo hätte ich Rotkäppchen lieblich und Mocca Perle zur Auswahl. Die Perle ist Schaumwein mit Kaffeegeschmack oder so ähnlich«, erklärt Getränkefachmann Wodka eifrig. »Der ist auch süß und soll mächtig knallen.« Er hat offensichtlich nicht nur Freude daran, Autos mit dem geeigneten Kraftstoff zu betanken.

»Dann bitte die Mocca Perle«, bestellt Krusewitz.

Wodka wechselt sogleich mit zwei Fläschchen und Sektflöten zum benachbarten Klavier. Scheint so, als teile er den Getränkegeschmack des Kantors.

Martha schraubt derweil die Flasche mit dem Waffenöl auf, füllt drei Gläser und prostet den beiden Männern am Klavier zu. Die beiden prosten vergnügt zurück. Am Tisch vor ihr kommt leider weder Durst noch Feierlaune auf.

»Ähm … Ich geh dann mal besser«, erklärt Wodka, nachdem er ausgetrunken hat. »Ich muss dem Pastor noch die Ural zurückbringen.«

»Ja, tu das mal«, sagt Martha, ohne die Augen von Hans und Kasulke abzuwenden, die quer über den Tisch hinweg stumm ihr Duell der Blicke fortsetzen. Passenderweise starren beide unter Cowboyhüten hervor: Kasulke mit skeptisch-hölzernem Pokerface und aus eisblauen Augen, Hans mit schmalen Blicken über den Rand seiner mit Heftpflaster geflickten Brille hinweg.

Martha ärgert sich. Das dämliche Ding benachteiligt Hans nicht nur optisch, sondern schränkt auch sein Drohpotential erheblich ein. Mit der Brille bringt der niemanden zum Reden. Irgendwann einmal, wenn das hier alles vorbei und seine Therapie erfolgreich abgeschlossen ist, wird sie mit ihm über Kontaktlinsen sprechen. Oder über eine Laserkorrektur. Das müsste doch machbar sein. Hans ist ja nicht blind wie ein Maulwurf.

Es gehört momentan zwar nicht zur Sache, aber Hans' faszinierend brombeerdunklen Augen haben es verdient, besser zur Geltung zu kommen. Erst recht, wenn er Geige spielt, und das sogar mit Tanzeinlagen! Nicht auszudenken, welche Chancen Hans mit gestutztem Bart, weniger Bauch, feurigen Brombeeraugen *und* Violine bei Frauen noch immer haben könnte.

Vielleicht sogar bei Hilde, schießt es Martha plötzlich durch den Kopf. Das wäre doch möglich! Vielleicht sollte sie ihren Therapieauftrag einfach dahingehend ausweiten? Eine faszinierende Idee, auf die sie dringend noch ein Gläschen Waffenöl braucht.

In Marthas Rücken schwingt knarzend die Saloon-Tür auf und wieder zu. Wodka ist gegangen. Die gespannte Stille hält an, wird nur hier und da unterbrochen von einzelnen Tönen, die Krusewitz ins Westernpiano tupft. Holla, jetzt schlägt er sogar ganz rasante Taktfolgen an! Wenn Martha nicht irrt, sucht sich der Kantor einen Ragtime zusammen. Glücklicher Krusewitz! In seinem musikalischen Universum geht es hörbar munterer zu und flotter voran als bei ihr.

»Nicht doch ein Schlückchen Waffenöl?«, fragt Martha bei ihren Duellanten an und winkt mit der Flasche.

Keine Reaktion. Oder halt, doch, da war was. Kasulkes rechter Mundwinkel hat gezuckt. Rasch schiebt sie ihm ein Kräuterlikörchen zu, der ihr im Übrigen ganz ausgezeichnet mundet.

Kasulke zögert kurz, dann greift er zu und kippt das Gläschen in einem Zug leer, setzt es knallend auf dem Tisch ab. »Fangen wir noch mal ganz von vorn an, Kerl«, wendet er sich an Hans und beendet damit die Stille. »Du willst also der einzig wahre Erbe von Laurette de la Barré sein ...«

Suhler Waffenöl muss man sich merken!

Kasulkes deutlich abfälliger Ton bringt Hans zur Explosion. »Ich will auf gar keinen Fall der Erbe sein, hörst du!«, schreit er zornig und springt so heftig auf, dass sein Stuhl krachend nach hinten umfällt.

»Übt eure Schlägereien woanders«, warnt der Barkeeper. Er eilt hinter dem Tresen hervor und quer durch den Raum, um den Stuhl wieder aufzustellen. »Eure letzte Prügelshow beginnt um Punkt elf und keine Minute früher, klar! Hab gerade erst alles aufgeräumt und durchgewischt.«

Unbeeindruckt lehnt sich Kasulke provozierend lässig in seinem Westernstuhl zurück. Erst als der Barkeeper grummelnd hinter seiner Theke verschwunden ist, greift er das Gespräch wieder auf. »Habe ich das richtig verstanden? Du willst das Erbe ausschlagen?«, fragt er mit lauerndem Blick, der an einen

Fuchs gemahnt, der zu den Hühnern schleicht. »Warum das? Wenn Laurette de la Barré tatsächlich die Schwester deiner Mutter ist, wie diese Dame hier behauptet, bist du als Erbe am engsten mit ihr verwandt.«

So wie dieser Cowboy das Wort »Dame«, betont, kann es sich nur um eine Beleidigung handeln, bemerkt Martha und muss ihre Verärgerung mit einem weiteren Schlückchen Waffenöl hinunterspülen.

»Ich bin mein Leben lang sehr gut ohne diese Verwandtschaft klargekommen«, grollt Hans. Auf seinen Wangen tanzen hektische rote Flecken. »Erst recht ohne eine Mutter, die ich nie gekannt und nie gesehen habe.«

Oh nein! Martha stöhnt innerlich auf. Nicht schon wieder diese alte Leier! Mit Hans' Mutter- und Waisenknabenkomplex hat sie sich nun wirklich lange genug herumgeschlagen.

Auch Kasulke scheint mit der Antwort unzufrieden zu sein. »Und warum bist du dann überhaupt hier hergekommen?«, blafft er seinen Kontrahenten an. »Doch sicher nicht der schönen Aussicht wegen, oder? Also: Was willst du hier?«

Hans hebt hilflos die Hände. »Ich ... äh ... ich ...«, stammelt er um jede vernünftige Erklärung für die Reise verlegen. Dabei ist die Sache doch ganz einfach.

»Vielleicht darf ich das Ganze als seine Therapeutin einmal kurz erläutern«, greift Martha hastig ein.

»Nein!«, brüllt Hans und feuert brombeerschwarze Blicke auf sie ab. Holla, kann der gefährlich gucken!

»Therapeutin?«, wiederholt Kasulke völlig verblüfft. »Du brauchst eine Therapeutin, Kerl? Okay, verstehe, das könnte natürlich einiges erklären. Nur ein Bekloppter würde freiwillig auf ein Erbe verzichten, das bei einem Verkauf an Scharnhorst Immobilien über zwei Millionen Euro einbringt. Konservativ geschätzt.«

Hans und Martha schnappen simultan nach Luft.

Himmel, das darf nicht wahr sein!, staunt Martha, während Hans völlig fassungslos auf seinen Stuhl zurücksinkt. Diese Summe übertrifft ihre kühnsten Spekulationen.

»Dann wird Hans ja Millionär!«, jubelt sie. Nicht auszudenken, was sich in der Familie Nittenwilm mit so viel Geld auf einen Schlag wieder richten ließe: Annika könnte ihren blöden Baumarkt vergessen und eines ihrer diversen Studien beenden, Jannik wäre mit der Aussicht auf ein eigenes Auto vielleicht davon zu überzeugen, in die Schule zurückzukehren, und Hilde hätte einen Grund mehr, Mallorca und ihrem Scheidungsanwalt den Rücken zu kehren. Die Nittenwilms könnten ihr einen Therapieerfolg der Superlative bescheren und damit eine Flut neuer Klienten sichern. Es gibt ja so unendlich viele zerstrittene Familien, die überhaupt nicht wissen, wie nah sie einander im Grunde stehen. Sie brauchen nur jemanden wie sie, der sie daran erinnert.

»Darauf sollten wir mit einer Mocca Perle anstoßen«, gratuliert vom Piano her der Kantor leicht schlingernd.

»Gehört zum Erbe zufälligerweise auch ein Schloss, ein klitzekleines wenigstens?«, erkundigt sich Martha bei Kasulke. »Oder ein hübsches Gutshaus mit Park? So eins, wie früher auf den Unox-Suppendosen?« Das würde Hilde todsicher gefallen. Ihr selbst würde es jedenfalls viel besser gefallen als eine hastig hingeklotzte Villa im Finca-Stil, wie sie Mallorca-Rentner mit viel Geld und ohne Geschmack bauen lassen. »Oder müsste das Haus auch verkauft werden?«

Hoffentlich nicht.

Kasulke verzieht angewidert den Mund.

»Frau Spielvogel!«, herrscht Hans sie an. »Was fällt Ihnen ein? Ich will weder Millionär sein noch Schlossbesitzer werden. Ich will bleiben, wer ich bin, und so bald als möglich zurück nach Nievenhoven. Da habe ich alles, was ich brauche.«

Kasulke schnaubt. »Erzähl das mal dem Mann im Mond. So, wie du aussiehst!«

Am Tresen knallt laut ein Korken. »Ich habe eine große Flasche bestellt. Auf deine Rechnung, wenn's recht ist, Hans«, erklärt der Kantor. »In Magnumgröße gibt es Mocca Perle bedauerlicherweise nicht.«

34.

Niemand ist eine Insel.
John Donne, englischer Dichter

Die ersten Sonnenstrahlen entziehen dem Ufersaum weichen Dunst, klimpern im Blattwerk, kitzeln den Wald und Annika wach. Blinzelnd öffnet sie die Augen, schaut sich leicht benommen um. Für die Dauer eines Wimpernschlags wähnt sie sich noch immer schlafend. Das funkelnde Licht, das sie vom See vielfach gespiegelt begrüßt, der Schatten eines schreitenden Reihers im Schilf, die Tautropfencolliers, die im Zweigwerk über ihr in den Spinnweben glänzen, scheinen einer Traumwelt anzugehören.

Ein wenig ungläubig reibt Annika sich die Augen. Dann zieht sie den Reißverschluss ihres Schlafsacks hinunter und richtet sich auf, um die kleine Insel im See genauer in Augenschein zu nehmen. Als sie gestern Nacht mit dem Kahn an einem nahen Steg angelegt haben, hat zwar der Mond geschienen, und auch die Sterne haben tapfer geleuchtet, aber die Welt ringsum war vom Dunkel gelöscht. Jetzt liegen Insel und See im Morgenrot wie neu geschaffen da, und als sei beides nicht schon Augenweide genug, flitzt kobaltblau blinkend ein Eisvogel über das Wasser. So schön ist es hier, denkt Annika und schlingt die Arme um ihre Knie, dass man still bis ins Innerste werden möchte vor Ehrfurcht und Staunen.

Die dem Vernehmen nach zahl- und artenreiche Vogelgesellschaft im Wäldchen hinter ihr ist alles andere als still. Amsel,

Drossel, Grünfink und auch der Spätaufsteher Star haben ihr übliches Tagesgeschäft – Brautwerbung und Revierverteidigung – längst aufgenommen. Während es stetig heller wird, üben sie sich zwitschernd, zankend, sehnend, drohend, vor allem aber jubilierend in Frühlingsgesängen und purer Daseinslust.

Annika hat schon lange nicht mehr so naturnah genächtigt. Nicht einmal die Zelte haben sie aufbauen müssen, weil die Nacht sommerlau und Frau Spielvogels Schlafsäcke für die nebelkühlen Stunden vor Sonnenaufgang warm genug waren. Eigentlich ist es eine Schande, in Nächten wie diesen nicht öfter unter freiem Himmel zu campieren, so wie sie es früher im Garten, am Rheinufer und manchmal sogar im Wald getan haben. Sie, ihr Vater, manchmal auch ihre Mutter Hilde und immer Jannik. Als er noch klein und für Familienausflüge leicht zu begeistern war, versteht sich.

Annikas Augen suchen ihren Sohn und Malinka. Beide schlafen noch. Neben der Feuerstelle, die längst erkaltet ist, liegen sie dicht an dicht mit einander zugewandten Gesichtern in ihren Schlafsäcken. Malinka hat im Schlaf ihre rechte Hand freigenestelt. Sie ruht auf Janniks Schulter, als wolle sie ihn enger an sich ziehen, was Annika nicht unlieb wäre, aber doch recht unwahrscheinlich ist. Die beiden zanken sich im Wachzustand oft wie die Kesselflicker. Schade eigentlich.

Malinka ist eine ganz andere Hausnummer als diese Zicke Vanessa. Nicht weniger hübsch, aber dazu gewitzt, beherzt und vor allem ausgesprochen zielstrebig. Letzteres ist eine Eigenschaft, von der ihr Sohn nur profitieren kann, wie seine gestrige Einsatzbereitschaft bewiesen hat.

Wahrscheinlich hat Malinkas Hand im Schlaf nicht nach Jannik, sondern nach dem Ferkel getastet, seufzt ihr Mutterherz. Rippchen liegt zwischen den beiden eingeklemmt, presst seine Schnauze in Janniks Brust und hängt mit hochgerecktem Stummelschwänzchen seligen Ferkelträumen nach.

Fragt sich nur, wo der Herr der Insel – Malinkas Onkel Stevko Blumenthal – abgeblieben ist. Ratlos schaut Annika erst zu seinem leeren Schlafsack und dann von einem leisen Rascheln gelenkt zum Wald hinüber. Ob er aufgestanden ist, um Holz für ein morgendliches Feuer und heißes Wasser zu sammeln?

Ein heißer Kaffee wäre ihr jetzt sehr willkommen. Hoffentlich hat dieser Muffkopf überhaupt welchen dabei. Zum Abendessen konnte er gestern lediglich eine Dose Ravioli vom Discounter servieren. Sie selbst hat sie mit gedörrtem Bisonfleisch aus Frau Spielvogels schier unerschöpflichen Campingvorräten verlängert. Zusammen ergab das eine ziemlich widerliche Pampe mit übertriebenem Räucheraroma, was nur Rippchen und Stevko – offenbar ein Meister der Askese und Freund der Besitzlosigkeit – nichts auszumachen schien. Dieser verdrehte Eigenbrötler bestreitet sein komplettes Inselleben aus einem Rucksack heraus, der neben einigen Wechselklamotten und Waschzeug vor allem elektronischen Schnickschnack, Solarpads, Akkus und Laptopzubehör enthält.

Mit anderen Worten: Der Mann spielt hier eine Art Robinson 2.0 mit mobilem Internetzugang. Und, nicht zu vergessen, den Rächer aller Enterbten, der die Menschheit liebt, aber mit ihren einzelnen Vertretern möglichst wenig zu tun haben will. Der Kerl ist wirklich ein komischer Heiliger.

Ein leises Plätschern rechts von ihr und das Geräusch eines eintauchenden Ruderblatts verraten Annika, dass Stevko nicht zum Holzholen oder in Sachen Kaffee unterwegs ist. Ihr Blick fährt zum Anlegesteg hinüber. Sie ist ein wenig geblendet und erkennt erst, als sie ihre Augen mit der Hand beschirmt, sein Kanu, das sich mit ihm an Bord träge vom Steg löst.

Annika ahnt, wohin Stevko will – zur gegenüberliegenden Seeseite, wo das Funkloch angeblich endet und er per Smartphone und GPS einmal mehr Krügers Handy orten kann. Den zwielichtigen Anwalt verabscheut Malinkas Onkel beinahe ebenso inbrünstig wie seinen Ex-Arbeitgeber und Ex-Beinahe-Schwiegervater Volker Scharnhorst, einen Berliner Immobilienmakler, für den Krüger nicht nur in der Erbschaftsangelegenheit Laurette de la Barré tätig ist.

Annika strampelt ihren Schlafsack ab, springt auf und sprintet barfuß zum Steg. »Stevko? Nehmen Sie mich mit!«, ruft sie ihm hinterher.

Der Gerufene wendet den Kopf. Nur kurz, aber lange genug, damit Annika erkennen kann, dass sein Gesicht wieder haargenau jenen abweisenden und leicht ungehaltenen Ausdruck zur Schau trägt, mit dem er seine Nichte, Jannik und sie gestern auf der Insel empfangen hat. Sieht ganz so aus, als traue er ihren ehrlichen Absichten noch immer nicht über den Weg. Wie mit Engelszungen musste Malinka gestern auf ihren zugeknöpften Onkel einreden, um ihn von einer gemeinsamen Suche nach Laurette de la Barré zu überzeugen.

Annika findet es hochgradig albern, dass ein Mann von Mitte dreißig sich mürrisch wie Jannik in seinen schlimmsten Teeniejahren gebärdet und vorzugsweise düster wie der Fürst der Finsternis dreinschaut. Vor allem, wenn er wie Stevko aus einer Familie mit höchst gefühlvollen Bambiaugen stammt. Die Ähnlichkeit zwischen Malinka und ihm ist in dieser Hinsicht unverkennbar, auch wenn Stevkos Statur im Gegensatz zu Malinkas zarter Gestalt ausgesprochen kompakt, fast bullig wirkt.

»Stevko! Verdammt, ich muss dringend mit meinem Vater und unseren Freunden telefonieren!«, ruft sie über den See.

Endlich wendet er und steuert sein Kanu mit wenigen

Paddelschlägen zurück an den Steg. Ein »Guten Morgen« kommt ihm nicht über die Lippen, während er sich und das Boot seitlich an den Steg heranzieht.

»Wissen Sie, wie man unfallfrei in ein Kanu einsteigt?«, fragt er brüsk.

Wie bitte? Hält dieser Kauz etwa alle Frauen für Idiotinnen, nur weil er – Janniks heimlichen Beschreibungen nach zu urteilen – bis vor Kurzem mit einer verlobt war? Natürlich weiß sie, wie man ein Kanu besteigt. Wahrscheinlich sogar besser als er. Immerhin hat sie das Paddeln auf kabbeligen Rheinfluten von ihrem Vater gelernt und nicht auf einem See, der glatt und blank wie ein Spiegel daliegt.

Annika lässt sich auf den niedrigen Steg nieder, schwingt die Beine über den Bootsrand, stemmt sich sanft von der Stegkante ab und nimmt in einer fließenden Bewegung mit dem Rücken zu ihm auf der Sitzbank im Bug Platz. Ohne den Kopf zu wenden, streckt sie die geöffnete Hand nach hinten aus. »Paddel?«

»Nicht nötig, ich schaff das allein.«

»Zu zweit geht's aber wesentlich schneller.«

Wortlos stößt Stevko das Kanu ab und beginnt, es solo auf die Mitte des Sees zu lenken.

So ein Sturkopf!

»Halten Sie eigentlich jedes Hilfsangebot für eine persönliche Beleidigung?«, fragt Annika leicht verärgert.

»Ich helfe mir lieber selbst«, erwidert Stevko kurz angebunden. Sein brummiger Tonfall lässt keinen Zweifel daran, dass sein Interesse an Gesprächen mit ihr gegen null tendiert. Na, dann eben nicht. So weit ist ja auch alles gesagt und die gemeinsame Suche beschlossene Sache.

Wie Annika gestern Abend erfahren hat, will Stevko Blumenthal ihre Tante Laurette finden, um sie sich als Zeugin für die unsauberen Machenschaften von Anwalt Krüger und seinem Beinahe-Schwiegervater Scharnhorst zu sichern, in dessen Immobilienagentur er eine Zeitlang für die Wertgutachten zu Ackerflächen und Forsten zuständig war. Für einen Agrarökonomen, der sich nach seiner Promotion von Theorie und Wissenschaft verabschiedet hat, um sich knapp drei Jahre lang als Aushilfsbauer in Ökobauerndörfen durchzuschlagen, war das ein fürstlich bezahlter Job. Stevko war zwar ständig überarbeitet und drastisch unterbezahlt, aber von dem Wunsch nach einem eigenen Hof in seiner Heimat Uckermark beseelt, wie Malinka ihr gestern auf dem Weg zur Insel berichtet hat.

Durch Scharnhorst und die Verlobung mit dessen Tochter Nadine war die Verwirklichung seines Traums für Stevko plötzlich in greifbare Nähe gerückt. Direkt nach der Verlobungsfeier soll der Brautvater ihm eine beachtliche Summe als zinsfreies Darlehen gewährt, ja, geradezu aufgedrängt haben. Auch diese Info stammt von der Nichte, nicht vom Onkel, der aus seinem Privat- und Gefühlsleben ein Staatsgeheimnis macht.

Es hat Malinka zufolge nicht lange gedauert, bis Stevko hinter dem großzügigen Geldgeschenk aus Scharnhorsts Privatschatulle etwas anderes als eine Starthilfe für die eigene Existenzgründung zu wittern begann. Nämlich ein vorsorglich gezahltes Schweigegeld an ein künftiges Familienmitglied, vor dem Scharnhorst seine dubiosen Geschäfte auf Dauer unmöglich hätte verheimlichen können.

Mit ein wenig firmeninterner Recherche ist Stevko schnell darauf gestoßen, dass hinter Scharnhorsts etwas wahllos wirkenden Flächenankäufen im Osten der Republik ein Masterplan steckt. Als die Sprache darauf kam, ist der maulfaule Stevko gestern überraschend zum flammenden Volkstribun mutiert und richtig gesprächig geworden. In seinen Bambiaugen irrlichterte dabei sogar etwas Ähnliches wie Leidenschaft.

Verstohlen schaut sich Annika zu dem Mann im Heck um, der ganz mit Paddeln und düsteren Gedanken beschäftigt zu sein scheint.

Stevkos gewitzter Chef jedenfalls hat durch durchaus gezielte Landkäufe in den letzten Jahren Stück für Stück einige riesige, zusammenhängende Areale zusammengebracht. Dabei hat er sich nicht ganz einwandfreier Methoden bedient. Zum Landkauf schickte er etwa gerne ehemalige Pächter als Strohmänner vor, denen ein Vorkaufsrecht und preislich sehr günstige Konditionen zustanden. Alten, arbeitsmüden Landwirten hat er kleinere Höfe zu schamlos niedrigen Preisen abgeluchst, und vereinzelt floss sogar Schmiergeld an klamme Ortsvorstände und bestechliche Landräte, um den Verkauf von Gemeindeland anzuregen, mit dem sich Flächenlücken zwischen bereits erworbenem Land schließen ließen.

Scharnhorsts ausgedehnte Landareale sind für Einzelbauern – erst recht für ökologisch gesinnte wie Stevko –, ja, selbst für mittlere Genossenschaften völlig unerschwinglich. Leisten können sie sich nur internationale Agrarkonzerne, die Landwirtschaft mit drohnengesteuerten Monstermaschinen und einer Hand voll Wanderarbeiter betreiben, oder für Biogasproduzenten, die Raps oder Grünroggen im industriellen Stil und in gigantischen Monokulturen anbauen. Auch Energieriesen, die Stellflächen für Windkrafträder benötigen, und Papierhersteller, die sich von Naturschützern möglichst unbehelligt aus eigenen Waldgebieten mit Holz versorgen möchten, hat Scharnhorst als zahlungskräftige Käufer für seine Großareale im Auge und teilweise bereits an der Hand. Hinzu kommen millionenschwere Privatanleger aus aller Welt, die aus Angst um ihr Geld in Landkäufe flüchten.

Kurz: Der Mann ist erpicht auf jene Millionendeals, die Stevko wie vielen Uckermärkern ein Dorn im Auge sind, weil sie die Bodenpreise in astronomische Höhe getrieben und das Gesicht seiner Heimat mancherorts bereits bis zur Unkenntlichkeit verändert haben, Bauern zum Aufgeben zwingen, die letzten Arbeitsplätze in der Landwirtschaft vernichten und am Ende ganze Dörfer sterben lassen.

Das sind, zugegeben, hehre Gründe dafür, einen Immobilienhai wie Scharnhorst zu hassen und sang- und klanglos seinen Job bei ihm hinzuschmeißen, sinniert Annika beim Blick auf die Bugwellen, die das Kanu ins leuchtende Wasser schneidet.

Fragt sich nur, warum Stevko mit seinem Wissen und den gewonnenen Erkenntnissen nicht einfach an die Presse geht, sondern anonym im Hintergrund agiert. Hat auch er Dreck am Stecken? Fürchtet er, dass Krüger und Scharnhorst ihn mit allen nur erdenklichen Klagen überziehen könnten? Oder hat er ein Problem mit der Rückzahlung des Darlehens und meint deshalb, sein Chef habe ihn in der Hand?

»Das ist privat«, hat er sie gestern kurz abgefertigt und damit noch ratloser gemacht. Heißt privat, dass er seiner versetzten Braut zuliebe nicht selbst Klage führen und ihr damit nicht noch mehr Kummer bereiten will?

Nein, so viel Zartgefühl passt irgendwie nicht zu ihm.

Ein platschendes Geräusch reißt Annika aus den Gedanken. Rasch wendet sie den Kopf dem Heck zu. Steuermann Stevko hat einen Klappanker ausgeworfen, das Ankerseil strafft sich, der Anker hat Halt gefunden.

Stevko drückt sein Paddel unter Wasser und bremst das Boot komplett ab. »Können Sie ein Kanu mit dem Paddel auf genau dieser Position halten? Könnte sein, dass es trotz Anker zu sehr in Richtung Schilf abdriftet.«

»Klar«, antwortet Annika knapp. »Gibt's denn hier Empfang?«

Stevko nickt und reicht ihr mit der linken Hand ein Doppelpaddel, während sein rechter Daumen bereits über das Touchpad seines Smartphones wischt.

Mit kleinen Bogenschlägen hindert Annika das Kanu an größeren Ausreißern, während Stevko unter hochkonzentriertem Stirnrunzeln Koordinaten in ein GPS-Gerät eingibt.

Annika zweifelt immer noch, ob das etwas bringt. Um diese Uhrzeit, noch dazu an einem Feiertag, dürfte Krüger doch wohl daheim in seinem Bett liegen.

»Bingo«, murmelt Stevko.

»Was heißt ›Bingo‹?«, fragt Annika und wundert sich selbst über ihren patzigen Ton.

Stevko scheint er nicht weiter aufzufallen. »Krüger hält sich seit gestern an einem Ort auf, den er in letzter Zeit auffallend häufig besucht hat. Er muss dort sogar übernachtet haben.«

»Na und?«

Stevko zuckt mit den Schultern. »Könnte sein, dass er dort Verhandlungen führt, die sich ein wenig in die Länge ziehen. Etwa über das Gut Ihrer Tante, und zwar direkt vor Ort. Ich kenne Krügers und Scharnhorsts Methoden: Sie belagern die Leute mit der Hartnäckigkeit von Inkassoeintreibern, vor allem, wenn sie mit einem Konkurrenten zu rechnen haben.«

Himmel, das ist doch reine Spekulation!, denkt Annika. Der Mann scheint derart stolz auf seine technischen Sperenzchen zu sein, dass er ein paar GPS-Daten für die alles erklärende Weltenformel hält. »Ziemlich abenteuerliche Schlussfolgerung«, bemerkt sie laut. »Außerdem haben Sie gestern gesagt, dass es noch drei weitere Orte in Brandenburg gibt, an denen Krüger sich zuletzt auffallend häufig aufgehalten hat. Schon mal daran gedacht, dass es sich auch einfach um Besuche bei Freunden oder eine Freundin halten könnte?«

Stevko zuckt mit den Schultern. »Dann fahren wir eben alle

vier Orte ab. Außerdem hat ein Mann wie Krüger sicherlich keine Freunde.«

Annika verdreht die Augen. »Mit zielloser Rumfahrerei haben wir gestern schon genug Zeit verplempert. Geben Sie mir mal bitte Ihr Telefon. Ich hab meins am Ufer vergessen.«

»Wozu?«, sträubt sich Stevko und hält das Handy extra weit von ihr weg.

So ein Kindskopf!

»Ich will die anderen anrufen, vielleicht haben sie schon etwas Genaueres herausgefunden.«

Stevko schnaubt. »Mithilfe dieses antiquierten Ortsverzeichnisses?«

»Herr Krusewitz ist ein sehr findiger Kopf, er hat noch ganz andere Eisen im Feuer.«

»Haben Sie kein eigenes Handy?«

»Herrje, ich sagte bereits, dass ich es im Auto vergessen habe.«

»Ich gebe mein Smartphone ungern aus der Hand, das ist ein empfindliches Spezialge...«

Ein schriller Rufton unterbricht ihn. Stevko drückt auf »Empfang«, führt sein Smartphone ans Ohr und meldet sich mit einem schnörkellosen »Ja«. Nach kaum zwei Sekunden, in denen der Anrufer nicht mehr als »Hallo« gesagt haben kann, stößt er ein deftiges »Verdammt!« hervor und tut etwas hochgradig Merkwürdiges für einen Mann, der sein Smartphone ungern aus der Hand gibt.

Er schleudert das empfindliche Spezialgerät in hohem Bogen ins Wasser, als habe er sich gerade ganz scheußlich die Finger verbrannt. Am nahen Ufer stellt ein aufgescheuchter Schwan im Schilf fauchend die Flügel auf.

»Was war das denn gerade?«, fragt Annika vollkommen fassungslos.

»Meine verfluchte Ex-Verlobte!«, explodiert Stevko und schaut voll des Zorns seinem längst in der Schilfbucht ertrunkenen Smartphone hinterher. Noch immer faucht der Schwan. Stevko ebenfalls. »Scheinheiliges Miststück!«, stößt er erbost hervor und meint damit ganz sicher nicht den Wasservogel.

Oha! Der Mann hat nicht nur glühende Heimatgefühle, sondern auch welche für Menschen. Noch dazu solche, mit denen Annika sich bestens auskennt. Es ist schließlich gerade mal zwei Tage her, dass sie ohne Rücksicht auf eigene Verluste Deutschlands bedeutendsten Hersteller von Bodenbelägen vor den Augen ihres Chefs im Florint geohrfeigt hat. Aus guten Gründen. Wer weiß: Vielleicht hat Stevko ebenso gute?

Es könnte sein, dass sie ihre Meinung über Stevko Blumenthal ein wenig revidieren sollte, sinniert sie, als hinter ihr wuchtige Flügelschläge und ein bedrohliches Zischen laut werden.

»Verdammt, der Schwan greift an!«, brüllt Stevko und macht einen Hechtsprung quer durchs Boot auf sie zu.

Das bringt das Kanu zwangsläufig zum Kentern. Als sie ins Wasser eintaucht, schnappt Annika nach Luft, während Stevko Blumenthal sie fest umklammert und so erbarmungslos unter Wasser drückt, dass ihr für einen Hilfeschrei keine Zeit bleibt.

35.

Wenn du es eilig hast, nimm einen Umweg.
Chinesische Weisheit

»Könnten Sie uns ein paar Brote machen? Es ist gleich halb zehn, höchste Zeit fürs Frühstück«, sagt Kasulke und dreht sich flüchtig auf dem Kutschbock um. »Falls es schon mit dem Aufstehen klappt«, schiebt er mit Blick ins Innere seines dahinrumpelnden Planwagens nach.

»Kein Problem, bin gleich so weit«, rafft sich Martha zu einer Antwort auf und hebt vorsichtig den Kopf von der Sitzbank, auf der sie liegt. Ihr Brummschädel protestiert. »In etwa fünf Minuten«, stöhnt sie und lässt den Kopf zurück aufs harte Holz sinken. Nie mehr Suhler Waffenöl! Zumindest nicht im Wechsel mit Mocca Perle. Grimmig pflückt Martha sich die Tüte mit angetautem Gefriergut von der Stirn, die sie seit einer Stunde fest dagegen gepresst hat. Laut Filzstift-Beschriftung enthält sie Chicken Nuggets. Einen besseren Eisbeutelersatz konnte Kasulke in aller Herrgottsfrühe und in der Personalkantine von Santa Fé nicht auftreiben. Behutsam betastet Martha ihre Stirn. Sie fühlt sich spiegelglatt und taub vor Kälte an. Der Schmerz dahinter scheint zumindest teilweise eingefroren zu sein. Kasulkes Kopfschmerztabletten beginnen ebenfalls zu wirken und bringen das dröhnende Hammerwerk in ihrem Kopf zum Stillstand. Sie wartet, bis es nur noch ganz sacht, wie mit Filzhämmerchen anschlägt, dann richtet sie sich auf der Holzbank auf.

Endlich, der Kater hat die Krallen eingefahren! Wenn man Kasulkes Planwagen jetzt noch für ein Weilchen vom Rumpeln und Ruckeln ab- und seine Pferde kurz anhalten könnte, würde sie sogar versuchen aufzustehen. Am besten wäre natürlich ein kleiner Waldspaziergang, um den Kreislauf in Schwung zu bringen.

Vergiss es!, ruft sich Martha streng zur Ordnung. Für unnötige Fahrpausen haben wir überhaupt keine Zeit.

Sie wollen Kasulkes Gemüsefarm schließlich noch vor dem Mittag erreichen. Und damit zugleich auch endlich Hans' geheimnisvolles Millionenerbe, das Gut von Laurette de la Barré. Am Ende des gestrigen Abends hat Kasulke nämlich doch noch den Mund aufgekriegt. Und wie.

Die unverhoffte Gesprächigkeit haben sie allein Krusewitz zu verdanken, der Hans als Familienmensch, studiertem Forstwirt und rechtschaffenem Naturfreund, der mit Land- und Waldverkäufen nichts im Sinn hat, das allerbeste Leumundszeugnis ausgestellt hat. Das hätte sie als Therapeutin zwar wissenschaftlich weit fundierter tun können, aber sei's drum. Hauptsache, die zwei Kampfhähne reden wieder miteinander.

Hans' Zunge hat sich später am Lagerfeuer vor ihrem Zelt ebenfalls gelöst. Dabei sind er und Kasulke in Sachen Suhler Waffenöl weit zurückhaltender gewesen als sie selbst. Wenn sie sich recht entsinnt, waren es der lebhafte Austausch über die artgerechte Haltung von Tomaten sowie Hans' Leidenschaft für das Pfropfen von Obstbäumen, die Kasulke weit nach Mitternacht dazu bewegt haben, endgültig Frieden zu schließen. Zu guter Letzt hat er sogar einen gemeinsamen Ausflug zu seiner Gemüsefarm und zu dem Gut der de la Barrés vorgeschlagen, das an der Grenze zu Mecklenburg liegt. Es liegt zwar kaum dreißig Kilometer von Santa Fé entfernt, aber mit Pferden zieht sich die Strecke doch. Kasulke rechnet mit etwa fünf oder sechs Stunden Fahrtzeit.

Darum sind sie nach kaum fünf Stunden Schlaf in einem Tipi, das nicht nur sie, Hans, Kasulke und Krusewitz, sondern auch noch drei weitere schnarchende Cowboys beherbergt hat, aufgestanden, um kurz nach Sonnenaufgang losfahren zu können. Eine beachtliche Leistung.

So, jetzt könnte ich mich wirklich mal wieder nützlich machen, nachdem ich den Männern schon die ganze Arbeit mit den Pferden und dem Packen überlassen habe, beschließt Martha mit Blick auf den Kutschbock vor sich. Dort sitzen Hans und Kasulke wie schwankende Schatten und lenken die Kaltblüter *Gammel* und *Gaultier* gen Norden. Krusewitz, dem als echtem Wandersmann Frühtau und Bewegungsfreiheit lieber sind als rumpelige Kutschfahrten, hält per pedes hinter dem Wagen locker mit, wie ihr ein kurzer Blick beweist. Selbst seine verträumten Gehpausen, die er in Feld, Wald und Wiesen gelegentlich einlegt, um ein im Morgennebel davonspringendes Reh zu bewundern oder dem Flöten eines Pirols zu lauschen, macht er mit hernach erhöhter Marschgeschwindigkeit wieder wett.

Ächzend zerrt Martha eine Proviantkiste unter ihrer Sitzbank hervor. Nicht zu glauben, was Kasulke unter der Bank alles verstaut hat! Gemüsesteigen, Grillkohle, Schießgewehre, Colts, Federschmuck, Feuerwerkskörper, Westernstiefel, ein Tomahawk, sogar Pfeil und Bogen. Der Mann ist wirklich Vollblutsheriff – und ein Indianer noch dazu! Zwei Rollen, die in Personalunion klassischerweise nicht zusammengehören. Kasulke ist atemberaubend eigenwillig und damit ein Segen für Hans, den er soeben in die Kunst der Zügelführung und die Funktion der Fahrkandare einweiht.

»Du musst die Pferde spüren, ihnen genug Spielraum lassen

und immer nur befehlen, was auch befolgt wird, klar? Von unsinnig scharfen Kommandos halte ich überhaupt nichts. Ein Tier sollte dir niemals aus Angst folgen, sondern weil es dir vertrauen kann. Ohne Vertrauen kommst du nicht weit.«

Hans nickt. »Das sehe ich genauso.«

»Für Menschen gilt im Prinzip dasselbe«, ergänzt Kasulke.

»Unbedingt.«

»Na denn, rinjehaun!« Kasulke übergibt Hans die Zügel. Der nimmt sie fast ehrfurchtsvoll entgegen und lässt sie ganz nach Anweisung locker. Kasulkes Kaltblüter scheinen den Führungswechsel nicht zu registrieren und bleiben ihrem Trott treu.

Hans und Kasulke verstehen sich wirklich prachtvoll, denkt Martha fast ein wenig gerührt, während sie die Proviantkiste neben sich auf den Sitz wuchtet. Sind ja auch verwandte Seelen: gewesene Träumer, gewordene Realisten und in einem Winkel ihrer Herzen zwei trotzige Rebellen. Der eine mag ein pensionierter Beamter aus dem Grünflächenamt mit Hang zum Vagabundendasein sein, der andere ein ehemaliger Tierarzt oder Veterinäringenieur, wie das zu DDR-Zeiten wohl mal hieß, mit ausgeprägtem Wildwestfimmel. Was sie eint, ist ihr Eigensinn und eine tiefe Liebe zur Natur, die sich seit Kindertagen in ihre Seelen eingebrannt hat. Die freie Wildbahn ist ihre Heimat. Mit allem, was darin wächst und kreucht und fleucht, wird und vergeht. In Kindertagen hätten die beiden ihre Freundschaft womöglich mit einer Blutsbrüderschaft im Gebüsch besiegelt. Erst recht, nachdem Hans gestern eine Art Mutprobe als Fiedler auf dem Dach absolviert hat.

Mit einem versonnenen Nicken öffnet Martha eine Brötchentüte. Eine so wundersame Begegnung hatte sie gar nicht eingeplant. Aber wer sich aufmacht, um etwas Ungewöhnliches zu unternehmen, der lernt eben auch ungewöhnliche

Menschen kennen. Insofern hat sich Hans' Ausbüxerei gestern durchaus gelohnt. Aus therapeutischer Sicht sind Freundschaften, die auf gemeinsamen Erlebnissen und abenteuerlichen Unternehmungen fußen, nämlich Gold wert. Eigentlich müsste es sie auf Rezept geben. Gerade für Männer im Rentenalter.

Von außen betrachtet, wird man ihre morgendliche Landpartie im Planwagen gewiss für einen Herrentagausflug halten. Seit ihrer Abfahrt aus Santa Fé sind ihnen schon Dutzende Traktoren und Pritschenwagen begegnet, auf denen umrankt von Birkengrün und begleitet von Stimmungsmusik und Bierfässern männliche Dorfhonoratioren und die Landjugend ihrem Herrentag entgegenfuhren.

Gedankenverloren leert Martha die Brötchentüte auf den schmalen Holztisch in der Wagenmitte. Was heute vor ihnen liegt, dürfte keine bierselige Spazierfahrt werden. Im Gegenteil: Sie könnten einer heftigen und äußerst unschönen Auseinandersetzung im Gutshaus von Laurette entgegenreisen.

Seufzend kramt Martha in der Proviantkiste nach einem Messer und Butter. Sie kommt jedoch nur im Zeitlupentempo voran, alkoholbedingt und weil sie in Gedanken noch einmal die gestern gewonnenen Erkenntnisse rekapituliert.

Dank Kasulke wissen sie nun, wo Laurette de la Barré sich aufhält – so sie denn überhaupt noch in Brandenburg ist. Möglich wäre freilich auch, dass Hans' Tante inzwischen einen Schenkungsvertrag oder ein Testament zugunsten ihrer anderen Neffen unterschrieben hat und wieder in Richtung ihrer Heimat, einem Dorf bei Lüneburg, abgereist ist. Für eine rasche, außergerichtliche Klärung kämen sie in diesem Fall zu spät. Vor allem aber für die seit Jahrzehnten fällige Familienzusammenführung.

Was für eine schreckliche Vorstellung nach allem, was Laurette de la Barré und nicht zuletzt auch sie selbst unternommen haben, um den verstockten Hans nach Brandenburg zu bewegen! Hoffentlich ist seine Tante trotz Gebrechlichkeit von einem unbeugsamen Geist. Nach dem, was erst Malinka und dann Kasulke bislang von ihr berichtet haben, spricht einiges dafür.

Der Gemüsesheriff hat Laurette de la Barré auch erst vor einigen Wochen kennengelernt, als er nach dem Tod ihres Bruders mit ihr in Verhandlungen über die Verlängerung des Pachtvertrags für seinen Gemüsezuchtbetrieb getreten ist, den er auf dem weitläufigen Gutsgelände weiterführen wollte, und ...

Der Fahrtwind nimmt die leere Brötchentüte auf und lässt sie fliegen. Martha besinnt sich vorübergehend aufs Frühstückmachen, fischt ein frisches Messer und einen Block eingeschweißten Käse aus der Proviantkiste und beginnt, ihn zu entkleiden. Die Folie erweist sich als widerspenstig, genau wie ihre Gedanken, die nicht von Laurette de la Barré loskommen.

Wo war sie stehengeblieben?

Ach ja.

Die alte Dame schien einer Verlängerung des Pachtvertrags mit Kasulke nicht abgeneigt zu sein – bis ihre Neffen das gesamte Gut überfallartig übernommen haben, um ihre Tante zum Verkauf zu bewegen. Kein Wunder, wo allein der Land- und Waldbesitz über zwei Millionen Euro einbringen würde!

Um den Verkauf voranzutreiben, bewachen und bedrängen ihre Neffen Laurette de la Barré deshalb seither auf Schritt und Tritt. Kasulke beschreibt sie als übellaunige, abweisende und äußerst aggressive Mittvierziger, als »Hamburger Kotzbrocken, denen – mit Verlaub – was auf die Luke gehört, und das nach Gesangbuch«. Seit sie das Gut per Handstreich übernommen haben, gibt es für ihn kein Herankommen mehr an Laurette de la Barré. Darum hat er im Internet auf Genealogieseiten nach weiteren Verwandten von ihr gefahndet, in der Hoffnung, über diese wieder Kontakt mit seiner Verpächterin aufnehmen zu können. Dadurch ist schließlich Krusewitz auf ihn aufmerksam geworden.

Die Hamburger Neffen wissen natürlich, dass es mit Hans einen Konkurrenten um das Erbe gibt, und lassen darum schon seit einiger Zeit niemanden mehr ins Haus. Abgesehen von einem »verschlagenen Schleimscheißer mit Aktenkoffer«, bei dem es sich zweifelsfrei um Notar Krüger handelt. Der hat Kasulke in einem Schreiben bereits mit einer Anzeige wegen Hausfriedensbruch gedroht. Zugegeben nicht ganz grundlos, denn Kasulke ist zu einem letzten Verhandlungsversuch mit seiner Winchester erschienen.

Dafür hat Martha durchaus Verständnis. Oh ja, durchaus. Schließlich hatte Kasulke kurz zuvor miterleben müssen, wie die nassforschen Neffen ihre gebrechliche Tante mit Gebrüll und unter Drohungen von einem Waldspaziergang zurück ins Haus gescheucht haben, um ein Aufeinandertreffen zwischen ihm und ihr zu vermeiden.

Aufgebracht versenkt Martha ihr Messer im Käse und säbelt ihn ungestüm in Scheiben. Diese Grobiane scheinen noch üblere Zeitgenossen zu sein als ihr Komplize Krüger.

Nun, mit Kasulke und Hans Nittenwilm werden dem dreisten Duo heute gegen Mittag zwei recht stattliche Hünen entgegentreten, versucht sie, sich wieder zu beruhigen. Es sind dazu zwei sehr entschlossene Hünen, und Hans Nittenwilm ist ohne Zweifel der Neffe mit den weitaus älteren Rechten.

Marthas Gefühle lichten sich ein wenig, sodass ihre letzten Käsescheiben bedeutend formschöner und filigraner ausfallen.

Es ist allein Kasulke zu verdanken, dass Hans sich endlich aufgerafft hat, bei der Suche nach seiner bedrängten Tante aktiv zu werden. Dazu musste ihn sein neu gewonnener Freund nicht einmal groß überreden. Nachdem Kasulke aufs Äußerste ergrimmt erzählt hatte, was es über die Notlage von Laurette zu berichten gab, war die Sache stillschweigend abgemacht. Ob Hans sein mögliches Erbe antreten will, ist allerdings nach wie vor offen.

Martha häuft die Käsescheiben auf einen Pappteller und macht sich dran, die Brötchen aufzuschneiden.

Ein wenig Verstärkung wäre ihr bei der anstehenden Konfrontation freilich lieb. Kasulke und Hans sind schließlich nicht die Gebrüder Klitschko, und was ihre eigenen Interventionsmöglichkeiten betrifft, so hält sie die Neffen für ähnlich therapieresistent wie Aktienjunkies auf Koks.

Leider konnten sie bislang weder Malinkas Team noch Pastor Schiefelbein erreichen. Erstere sitzen im Nordosten in einem ausgedehnten Funkloch fest, mutmaßt Kasulke. Schiefelbein dagegen hat anscheinend bereits seinen Himmelfahrtsmarathon als Prediger begonnen. Wodka wiederum, der dem Pastor gestern noch die Ural zurückgebracht hat, ist nach wie vor verschwunden, und seine Handynummer kennt leider keiner von ihnen.

»Und jetzt lass die Pferdchen mal ein bisschen Tempo vorlegen«, weist Kasulke vor ihr Hans an. Er schnalzt mit der Zunge. »Kaltblüter haben einen ebenso ausgeprägten Bewegungsdrang wie andere Pferde auch. Man sollte es mit Kutsche nur nicht übertreiben. Aber keine Sorge: Ich halt den Fuß auf der Bremse, wenn's zu schnell wird.«

Martha staunt. *Gammel* und *Gaultier* können tatsächlich traben? Sogar so schnell, dass man sie bremsen muss? Dann müssten sie die Strecke bis zum Gut doch eigentlich auch schneller als in den von Kasulke berechneten fünf Stunden schaffen.

Tatsächlich legen seine sanftmütigen Mecklenburger gerade ein beachtliches Tempo vor. Sie preschen richtig voran. Eine Meisterleistung für Hufe von der Größe mittlerer Kuchenteller, wie Martha findet. Etwas besorgt hält sie nach dem Kantor Ausschau. Wenn es in dieser Geschwindigkeit weitergeht, sollten sie ihn besser einsammeln. Vor allem, weil er, statt weiter geradeaus zu laufen, soeben nach rechts ausschwenkt, stehen bleibt und seinen Rucksack absetzt. Krusewitz ist ein Zen-Meister in Sachen gelebte Entschleunigung, aber, wenn man es eilig hat, gelegentlich ein Hemmschuh.

Ohne dass sie darum bitten muss, zügelt Hans in diesem Augenblick die Pferde, während Kasulke die Bremse antippt. Kaum ist der Wagen zum Stehen gekommen, setzt sich weit hinter ihnen heftig winkend, »Huhu!« rufend und in einem Tempo, das man mit gutem Willen als flotten Rentnertrab bezeichnen könnte, der Kantor in Bewegung. In seiner Rechten schwenkt er ein Handy, ihr Handy.

»Frau Spielvogel!«, ruft er keuchend. »Frau Spielvogel, da kam gerade ein Anruf für Sie. Ich glaube aus Mallorca.«

Der Kutschbock knarrt heftig, der Planwagen schwankt leicht. Martha muss sich nicht umdrehen, um zu wissen, wer da gerade vor Verblüffung aufgesprungen ist. Himmel, wie soll sie Hans das nun wieder erklären!

Am besten gar nicht. Für eine Erklärung in dieser Angelegenheit ist es viel zu früh.

»Mallorca?«, wiederholt sie wie für sich, mit einem Kopfschütteln und in möglichst beiläufigem Tonfall. »Da muss sich jemand verwählt haben.«

Flugs belegt sie zwei Brötchenhälften mit Käse, schubst sie auf einen Pappteller und dreht sich zum Kutschbock und dem vor Staunen erstarrten Hans um. »Und jetzt frühstücken wir erst einmal! Guten Appetit.«

Kasulke runzelt die Stirn, rettet Sekunden später jedoch die brenzlige Situation mit unbändigem Gelächter. »Was haben Sie denn mit Ihrer Stirn veranstaltet?«, fragt er, deutet in Richtung ihres noch immer empfindlichen Kopfes und knufft Hans in die Seite. »Lies mal, was da steht, und dreh's um«, sagt er. Er kann sich kaum halten vor Lachen.

Lies mal? Was soll sie denn lesen?, fragt sich Martha. Egal, sie muss unbedingt ihr Handy in die Finger bekommen und es zum Schweigen bringen. Wo bleibt Krusewitz mit dem verflixten Ding nur? Nervös schiebt sie sich auf der Bank zum hinteren Teil des Planwagens und hält nach ihm Ausschau. Wo ist der jetzt wieder hin? Ach herrje! Der Kantor steht schon wieder am Feldrand.

Noch dazu mit ihrem Handy am Ohr!

Das wird doch hoffentlich nicht schon wieder Mallorca sein.

36.

»Mensch, Jannik, kannst du nicht mit etwas mehr Pfeffer in die Kurve gehen? Das ist hier kein Ausflug ins Grüne, sondern ein Rettungseinsatz!« Malinka ist ungeduldig wie eh und je. Dabei hat sie hoch und heilig versprochen, sich beim Fahren nur als sein Navigationsgerät zu betätigen.

»Nicht mit einem Schwein auf dem Schoß«, lehnt Jannik entschieden ab und tritt gefühlvoll die Kupplung, damit Rippchen auf seinen Oberschenkeln das Gleichgewicht halten und er vor einer scharfen Rechtskurve in den zweiten Gang hinunterschalten kann.

Jetzt, wo er sich endlich seinen angestammten Platz hinter dem Lenkrad zurückerobert hat, wird er mit Opas Auto keinerlei fahrerischen Risiken mehr eingehen. Und schon gar nicht, um einem wieder einmal übellaunigen Bambi zu imponieren. Solche Kindereien hat ein kluger Kopf und Mercedesfahrer wie er nicht mehr nötig.

Jannik nimmt die Kurve in gehobener Stimmung, souveräner Ideallinie und dem sowohl kinder- als auch ferkelfreundlichen Tempo von dreißig Stundenkilometern.

Malinka beugt sich vom Beifahrersitz zu ihm herüber und umfasst energisch Rippchens Bauch. Das Ferkel ahnt ihre Absichten und verteidigt strampelnd und quiekend seinen Stammplatz im Schoß seines allerbesten Freundes, der ihn zudem gerade mit Stevkos letzter Prinzenrolle füttert.

»Hey, hey! Lass das Schwein los, oder willst du, dass wir aus der Kurve fliegen?«, meldet auch Jannik Widerstand an, während er einen Abzweig in ein namenloses Nest nimmt, das aus etwa fünfeinhalb Häusern besteht, von mehr Telegraphenmasten als Menschen bewohnt zu sein scheint und ihn herzlich in »Mecklenburg-Vorpommern« willkommen heißt. Hier sieht es allerdings auch nicht bedeutend anders aus als in der Uckermark, höchstens noch ein bisschen leerer.

»Ich wollte dir nur ermöglichen, schneller zu fahren«, sagt Malinka leicht eingeschnappt. »Rippchen klebt ja förmlich an dir.« Sie verschränkt die Arme vor der Brust und klingt zum ersten Mal so, als bereue sie ihren spontanen Ferkelkauf.

Selbst schuld, denkt Jannik und unterdrückt ein Grinsen. Er muss diesen späten Triumph nicht auskosten. Nicht, nachdem er vor einer Stunde mit Malinkas Hand auf der Schulter aufgewacht ist, um kurz darauf mit einem weiteren, unschlagbaren Geistesblitz aufzuwarten. Was jetzt nicht an Malinkas Hand auf seiner Schulter lag – jedenfalls nicht nur –, sondern vor allem an seiner fast schon beängstigend guten Beobachtungsgabe.

Kann ein Tag schöner beginnen? Kaum.

Seine geistige Überlegenheit hat Malinka für mehrere Minuten komplett sprachlos gemacht und ihn mehr oder weniger zum Chef der ganzen Unternehmung aufsteigen lassen. Zumindest so lange, bis sich seine Mutter und Stevko vom Angriff des aufgebrachten Schwans erholt haben und wieder vollständig trocken sind. Momentan sind sie auf dem Rücksitz noch mit Niesanfällen, Handtüchern, Kühlsalbe und Mullbinden aus dem Erste-Hilfe-Kasten beschäftigt. Wobei seine Mutter es in Janniks Augen mit der Krankenschwesternummer gehörig übertreibt. So schlimm hat es Stevko nun auch wieder nicht erwischt, und mehr Wasser hat zweifelsohne sie gespuckt, nachdem beide pitschnass und hustend aus dem See geklettert waren. Im Gegensatz zu Mama war Stevko auch schnell wieder fit genug, um zum Kanu zurückzuschwimmen und dieses am Ankerseil zum Steg zu ziehen. Wer so was kann, braucht keine Intensivpflege.

»Bei der nächsten T-Kreuzung musst du in Richtung Strasburg/Uckermark links abbiegen«, meldet sich neben ihm sein persönliches Navi und deutet auf ein gelbes Schild.

Jannik liest und wundert sich. »Wie jetzt, Uckermark? Da kommen wir doch grade her. Ich dachte, wir wollen über Meck-Pomm in Richtung Westen fahren, weil's da 'ne schnellere Straße gibt.«

»Strasburg gehört zu Mecklenburg«, belehrt ihn Malinka im Ton einer geduldigen Grundschullehrerin, die einem I-Dötzchen wiederholt den Buchstaben A wie Analphabet erklärt.

»Aber da steht dick und fett Uckermark dahinter«, beharrt Jannik. Er kann doch lesen!

»An dieser Stelle gehört die Uckermark zu Mecklenburg. Jedenfalls seit 1990. Davor gehörte Strasburg/Uckermark zum Bezirk Neubrandenburg, in der DDR gab es nämlich gar keine Bundesländer, und davor war es Brandenburg-Preußen und davor ...«

Jannik schüttelt verwirrt den Kopf. Mann, Mann, Mann! Die DDR scheint hier sogar geographisch alles durcheinandergebracht zu haben oder die BRD, ganz wie man's nimmt. Die armen Ossi-Schüler konnten nach der Wende ihre Erdkundehefte jedenfalls komplett wegschmeißen und wahrscheinlich nicht nur die. Junge, hätte ihm das gestunken, den ganzen Sums nochmal von vorn zu lernen, weil vorher angeblich alles verkehrt war!

»Gegründet wurde Strasburg aber tatsächlich von einem Herzog von Pommern«, setzt Malinka ihre Geschichtsstunde fort, »und dann kamen irgendwann die Hugenotten ...«

»Schon gut, schon gut!«, unterbricht Jannik seine belesene

Beifahrerin und setzt mit Blick auf die nahende Kreuzung hastig den Blinker. »Hauptsache, die Richtung Strasburg stimmt.«

»Tut es. Aber nur, wenn du links abbiegst.«

»Das habe ich auch vor.«

»Und warum schlägst du dann das Lenkrad rechts ein?« Malinka zieht verwundert die Brauen hoch.

Mist, Mist, Mist!

»Kleines Versehen«, murmelt Jannik und dreht das Lenkrad rasch in die andere Richtung, weshalb er den Abzweig eiernd und im Schlingerkurs bewältigen muss. Na ja, kann mal passieren. Und überhaupt: Er mag zwar nicht immer wissen, wo es hier langgeht, aber wo es hingeht, hingehen muss, das hat er vor allen anderen herausgefunden, und zwar im Alleingang!

Okay, okay, nicht ganz, korrigiert er sich. Stevkos GPS-Daten über Krügers bevorzugte Aufenthaltsorte, die er in seinem Laptop gespeichert und Gott sei Dank am Ufer gelassen hatte, waren natürlich nützlich, aber der entscheidende Hinweis, an welchem dieser Orte das Gutshaus seiner Urgroßtante tatsächlich liegt, der kam von ihm, nicht von Malinka und schon gar nicht von ihrem Onkel Dr. Besserwisser Blumenthal, der ihn gestern fortgesetzt als Tierquäler angepflaumt hat. Und das nur, weil er mit einem Ferkel durch die Gegend reist. Wer so blöd ist, einen testosterongesteuerten Schwan mit einem Smartphone zu bewerfen, sollte sich mit Vorträgen über den einfühlsamen Umgang mit Tieren mal schön zurückhalten!

Jannik linst kurz in den Rückspiegel und muss sich erneut ein Griemeln verkneifen. Im Fond sitzt Malinkas Onkel mit einer mittlerweile bandagierten Riesenbeule auf der Stirn und einem Veilchen, das nach einem harten Faustkampf unter echten Kerlen aussieht, ihm aber von einem Schwanenflügel und Schwimmfüßen beigebracht wurde. Wenn er das Wodka erzählt!

»Jannik!«, mahnt seine Mutter, als sie seinen Blick auffängt. Sie lässt kurz das Handtuch sinken, mit dem sie ihre Haare trockenrubbelt. »Das ist echt nicht zum Lachen! So ein Schwan ist verdammt kräftig, es soll schon Paddler gegeben haben, die bei solchen Angriffen bewusstlos geschlagen wurden, gekentert und ertrunken sind.«

Stevko stöhnt kurz auf.

Sofort wendet sich Janniks Mutter ihm mit tiefstem Mitgefühl in der Stimme zu. »Tut es immer noch weh? Sollen wir anhalten? In Frau Spielvogels Tüten steckt, glaube ich, auch irgendwo ein homöopathisches Reiseset mit Globulis. Arnika könnte helfen, das habe ich Jannik immer gegeben, wenn er vom Dreirad gefallen ist.«

Mann, Mann, Mann. Wenn seine Mutter doch nur damit aufhören würde, ständig ihre Erinnerungen an seine Kindheit hervorzukramen! Als Führerscheininhaber und Mercedesfahrer wird niemand gern an seine Dreiradunfälle erinnert.

Ebenso wenig freut sich offenbar ein Kanute, an Zusammenstöße mit wilden Schwänen angesprochen zu werden. »Nein, nein, nicht nötig, sind doch nur Kratzer«, wehrt Stevko eilig ab und richtet sich im Fond zu seiner vollen Größe auf. »Ich ärgere mich einfach höllisch über meine eigene Blödheit.«

Das Gefühl kennt Jannik gut. Vor allem in Anwesenheit von Frauen ist Blödheit schlimmer als eine Beule auf der Stirn. Mit einer Beule kann man angeben, mit Blödheit nicht.

»Dazu hast du auch allen Grund«, lästert derweil Stevkos Nichte, Madame Gnadenlos, über die Gedankenaussetzer ihres Onkels. »Ich sag nur: Nadine Scharnhorst.«

Also, jetzt tut Stevko Jannik fast schon wieder leid. Immerhin hat der wegen dieser Nullnummer nicht nur vorübergehend den Verstand, sondern jetzt auch noch ein erstklassiges Smartphone der neuesten Generation verloren. Samt Ortungsapp.

»Ich hoffe, Sie können mir verzeihen, dass ich Sie in Gefahr gebracht habe. Normalerweise bin ich nicht so leicht reizbar«, wendet Stevko sich zerknirscht an Janniks Mutter.

»Kann ich. Immerhin haben Sie mich sehr beherzt vor dem durchgedrehten Vogel beschützt. Andernfalls sähe ich jetzt so aus wie Sie«, erwidert diese großzügig.

»Unmöglich, dazu sind Sie viel zu hübsch«, sülzt schwer galant der vermeintliche Pflegefall, woraufhin Janniks Mutter Stevkos Veilchen mit einem neuen Tupfer Kühlsalbe und noch mehr Zartgefühl versorgt.

Ein wenig zu viel Zartgefühl für Janniks Geschmack.

Sein Mitleid weicht allmählich dem alarmierenden Verdacht, dass Mama den Schwanenritter Stevko nicht nur bemitleidenswert finden, sondern infolge des gemeinsamen Bootsunfalls romantisch verklären könnte. Vor allem, wenn der auch noch den Minnesänger spielt. Da wird er ein Auge drauf haben. Bislang hat Stevko schließlich nur gezeigt, dass er richtig schlechte Laune verbreiten, Kanus zum Kentern bringen und Frauen unter Wasser drücken oder kurz vor der Trauung sitzenlassen kann.

»Sollten wir nicht nochmal versuchen, bei den anderen anzurufen?«, erinnert Jannik seine Mutter energisch an den Zweck dieser Fahrt. »Wir hatten doch vorhin schon mal kurz Empfang und sollten ihnen endlich mitteilen, wohin sie und Opa fahren müssen.« Und zwar zu einem Gutshof mit einem Namen, den er gestern auf einem von Krügers ockergelben Aktendeckeln über Forst- und Ackergrundstücke entdeckt und sich gemerkt hat, weil er nach Mamas bevorzugter Staubsaugermarke klingt: Vorwerk Mühlengrund. Also Vorwerk, nicht Mühlengrund.

Dass ein Vorwerk in diesem Fall natürlich kein Staubsauger ist, sondern so etwas wie ein landwirtschaftlicher Außenposten eines größeren Gutskomplexes, hat Malinka ihm erklärt. Das spielt aber in diesem Zusammenhang keine Rolle. Viel entscheidender ist, dass sich Krüger seit gestern am frühen Nachmittag auf oder in diesem Vorwerk aufhält und unmittelbar nach ihrem Besuch in seiner Templiner Kanzlei dorthin gefahren sein muss. Das konnte kein Zufall sein und war es auch nicht, wie er und Malinka mit ein wenig klassischer Detektivarbeit herausgefunden haben. Gemeinsam sind sie nämlich unschlagbar. Manchmal.

Als sie gegen acht endlich von der Insel runter waren und nach einer zwanzigminütigen Fahrt – oh Wunder! – vorübergehend wieder Handyempfang hatten, hat Malinka über Mamas Smartphone eine Telefonnummer des Vorwerks gegoogelt, dabei tatsächlich einen alten Eintrag über private Gästezimmer im Mühlengrund gefunden und die für Buchungen angegebene Nummer gewählt. Der Ruf ging durch. Statt seiner Erbtante oder Krüger höchstselbst hat sich nach drei Versuchen jedoch ein Unsympath »mit unrasierter Stimme« – O-Ton Malinka – gemeldet, in dem sie sofort einen der habgierigen Hamburger Neffen erkannt hat.

Der Rest war für ein Mädchen von Malinkas Kaliber und einen hellen Kopf wie ihn Routine. Als angebliche Assistentin der Geschäftsleitung von Scharnhorst-Immobilien hat Malinka mit verstellter Stimme nach Anwalt Krüger verlangt, und zwar so hochnäsig und blasiert, dass der Unsympath ohne Zögern geantwortet hat, Herr Krüger schlafe noch. Jannik hat ihr daraufhin blitzschnell eine Zusatzfrage souffliert, die sie ebenso flink nachgeschoben hat: »Ist denn Herr Scharnhorst schon zu sprechen?«

War er nicht.

Noch nicht!

Herr Scharnhorst werde doch erst gegen elf Uhr zur Vertragsunterzeichnung und zum anschließenden Mittagessen aus Berlin erwartet, hat der unbedarfte Unsympath sich gewundert und damit alles verraten: Krüger und Scharnhorst wollen den Deal offensichtlich noch heute abschließen. Mehr mussten sie nicht wissen. So hat Malinka sich mit der Bemerkung verabschiedet, sie werde sich später wieder melden – was nicht einmal gelogen ist –, und aufgelegt.

Janniks Augen streifen die Uhr des Armaturenbretts. Es ist Viertel vor zehn, aber mehr als zwanzig Minuten trennen sie nicht mehr vom Vorwerk, eher weniger. Sie haben also satt und genug Zeit, um Krügers Pläne mit einem kleinen Höflichkeitsbesuch bei Tante Laurette zu durchkreuzen, bevor gegen elf Krügers Komplize Scharnhorst eintrifft.

»Hier ist siebzig erlaubt«, meldet sich neben ihm Malinka zu Wort, als habe sie gerade seine Gedanken gelesen. »Und Kurven gibt's auch kaum. Geht's nicht wenigstens ein bisschen schneller als sechzig?« Pause. »Bitte.«

Hm. Wow! Dieses Wort hat er aus ihrem Mund noch nie gehört. Schon gar nicht in diesem Tonfall. Der klingt fast so, wie ihre Augen aussehen können. Andererseits kann Malinka ihre Stimme verdammt gut verstellen. Aber gut, eigentlich ist ihm ja auch nach ein bisschen mehr Tempo.

»Rippchen?«, wendet er sich mit zärtlicher Strenge an sein Schwein, das auch tatsächlich die Öhrchen aufstellt. »Es ist an der Zeit für einen Platzwechsel.« Mit diesen Worten reicht er die letzten Doppelkekse an Malinka weiter, dann schiebt er eine Hand unter den strammen kleinen Ferkelbauch und hievt das Schweinchen zu seiner Sitznachbarin hinüber.

»Na also, geht doch.« Malinka nimmt Rippchen mit einem Begrüßungskeks in der Hand in Empfang, während Jannik sportiv auf siebzig, eher achtzig Sachen beschleunigt.

Gleichzeitig beginnt seine Mutter im Fond ein Telefonat.

»Herr Krusewitz!«, grüßt sie ein wenig überrascht, aber durchaus erfreut ins Handy.

Ein anderer Gesprächspartner wäre Jannik zwar lieber, aber besser der Kantor als keiner. Hauptsache, sie können bei der Tantenbefreiung gleich alle zusammen losschlagen. Laut Google-Routenplaner ist das Vorwerk auch vom Eichkater in Templin aus nur fünfundzwanzig Fahrminuten entfernt. Mit dem Auto allerdings. Mit der Ural könnte es ein wenig länger dauern, selbst wenn Wodka sie fährt.

Na, vielleicht kann der Templiner Trupp sich auch irgendwo ein Auto leihen. Oder Taxi fahren. Das wäre ohnehin nötig, falls Opa endlich mit von der Partie ist. Für ihn und das Team Krusewitz/Spielvogel/Wodka wäre auf der Ural schließlich nicht genug Platz.

»Nein, nein, ich rufe *nicht* aus Mallorca an«, sagt seine Mutter in den Hörer. »Nein, ich habe auch vor zwei Minuten nicht aus Mallorca angerufen ...«

Der Kantor mal wieder! Jannik verdreht entnervt die Augen.

»Herr Krusewitz, wir wissen jetzt, wo Laurette de la Barré steckt«, verkündet seine Mutter endlich die wichtigste Nachricht des Tages. »Wie, das wissen Sie schon? Woher denn das?« Sie lauscht einige Minuten schweigend in den Hörer. Dann fragt sie: »Aha, und wer ist dieser Herr Kasulke? ... Ein *Gemüsesheriff?*«

Jetzt reicht es aber mit Krusewitz' Kapriolen! Wütend wendet Jannik den Kopf nach hinten. »Frag nach Frau Spielvogel oder Opa«, zischt er, »der Kantor hat doch ein Rad ab!«

Seine Mutter schüttelt tadelnd das Haupt, legt den linken Zeigefinger an die Lippen und lauscht weiter in den Hörer.

»Guck nach vorn, und runter vom Gas, Kerl!«, herrscht ihn dafür wie aus dem Nichts Stevko an und schnellt im Sitz vor.

Jannik reißt den Kopf zur Fahrbahn herum und steigt in die Bremsen.

Gerade noch rechtzeitig, um einer von rechts herannahenden Treckerkolonne Vorfahrt zu gewähren. Laut hupend reiht sie sich hinter einem knapp hundert Meter vor ihm tuckernden Führungstraktor auf und verstopft die schmale Landstraße gründlich. Es folgen Pritschenwagen und eine Kolonne Radfahrer, die singend und teils schlingernd die volle Straßenbreite einnimmt und den Abschluss bildet.

»Verdammter Herrentag«, stöhnt Malinka.

In der Tat. So, wie die alle vor ihm herfahren, gibt es keine Möglichkeit zu überholen, und wenn sich die Landstraße länger zieht, kommen sie im Leben nicht um kurz nach zehn im Gutshaus an.

Jannik kontrolliert noch einmal die Uhr auf dem Armaturenbrett. Sie gibt ihm recht. Der Zeiger springt soeben auf zehn vor zehn.

37.

Denn zu Zeiten der Not bedarf man seiner Verwandten
Johann Wolfgang von Goethe

Nach einem Riesensatz vom Kutschbock und einem anschließenden Sprint zum Feldrand erreicht Hans den telefonierenden Kantor mit souveränem Vorsprung vor Frau Spielvogel. Atemlos und nicht gerade sanft entreißt er Krusewitz das Handy, bevor dessen Besitzerin ihn einholen und vor ihm zugreifen kann.

Natürlich ist sein Umgang mit dem armen Krusewitz unverzeihlich grob, aber das Stichwort »Mallorca«, noch dazu in Verbindung mit Frau Spielvogel, hat in Hans neben maßlosem Erstaunen äußerst unfreundliche Gefühle geweckt.

Und – zugegeben – unbändige Neugier.

Wer, zum Teufel, ruft diese angebliche Therapeutin ausgerechnet aus Mallorca an? Und das, wie es scheint, soeben zum zweiten Mal innerhalb weniger Minuten.

»Wer ist da?«, bellt Hans keuchend und getrieben von einem wahnwitzigen Verdacht in den Hörer.

Am anderen Ende der Leitung begrüßt ihn mit einem kleinen Freudenschrei seine Tochter. »Papa, na endlich hab ich dich mal an der Strippe!«

»Annika, du?«, ruft Hans nach Atem ringend. Aus den Augenwinkeln nimmt er wahr, dass seine Kontrahentin Spielvogel von rasantem Laufschritt auf Gehgeschwindigkeit und sodann auf Schlendergang abbremst. »Ich dachte, es wäre ein Anruf aus Mallorca«, sagt Hans und mustert dabei argwöhnisch Martha Spielvogel, die sich betont harmlos dem Studium einer gewöhnlichen Butterblume und einer Armee grünglänzender Käfer widmet, die gerade fachgerecht einen toten Schmetterling zerlegen.

»Mallorca?«, wiederholt seine Tochter halb verdutzt, halb ärgerlich. »Was habt ihr bloß alle mit Mallorca? Wir sind in Mecklenburg.«

»Ist nicht so wichtig«, unterbricht Hans sie hastig. »Äh ... Geht's dir auch gut, Kind?«

Annika bejaht und erzählt im Telegrammstil eine verwirrende Geschichte über ein Kanu, einen Schwan, einen ihm unbekannten Helden namens Stevko und GPS-Daten.

Hans hat Mühe, sich zu konzentrieren, weil Martha Spielvogel neben ihm sich mit dem Ärmel ihres Karohemdes im Gesicht herumfuhrwerkt, als sei sie eine Katze, die sich unter Zuhilfenahme eines Topfkratzers putzt. Zweifelsohne bemüht sie sich, den zwar spiegelverkehrten, aber gut lesbaren Schriftzug ƆHICꓘƎИ von ihrer Stirn zu rubbeln, den Kasulke nach kurzem Stutzen vorhin mühelos als »Chicken« entziffert hat. Tja, das kommt davon, wenn man einen Beutel auftauender Hühnchennuggets als Kühlpack missbraucht! Vom Planwagen her dringen noch immer laute Lachsalven.

»Der Kerl ist ein Knallkopf«, grummelt Martha Spielvogel hinter ihrer Serviette. »Konnte ich doch nicht wissen, dass die blöde Tüte abfärbt.«

»Ich würde es mit Waschbenzin versuchen«, rät Krusewitz. »Und danach eine schöne Quarkpackung, das kühlt!«

»Hör zu, Schatz«, sagt Hans kopfschüttelnd, als Annika ihre Geschichte vom Bootsausflug beendet hat. »Wir sind gerade unterwegs zu einem Gutshaus namens –«

»Vorwerk Mühlengrund«, beendet seine Tochter den Satz

am anderen Ende der Leitung. »Ich weiß, ich weiß. Krusewitz hat's mir schon durchgegeben. Ihr habt die Adresse deiner Tante über einen gewissen Kasulke rausgefunden. Bei uns war es dein sagenhaft gescheiter Enkel, der darauf gekommen ist!«

Hans hebt erstaunt die Brauen. »Jannik?«

»Was ist mit Jannik?«, fragt neben ihm Martha Spielvogel und unterbricht ihre Rubbelkur, während Krusewitz weiter summend Butterblümchen pflückt.

Hans wendet sich wortlos ab, um ganz Ohr für seine Tochter zu sein.

Deren Mutterstolz ist nicht zu überhören. »Du kannst wirklich sehr zufrieden mit Jannik sein«, sagt sie.

»Bin ich immer«, erwidert Hans. »Wie hat er den Namen des Gutshauses denn herausgefunden?«

»Mama, mach voran!«, wird im Hintergrund die mahnende Stimme seines Enkels laut.

»Das erklär ich dir, wenn wir mehr Zeit haben. Jetzt gibt's Dringenderes«, beeilt sich Annika weiterzusprechen. »Wenn wir richtig liegen – und das tun wir ganz sicher –, sind dieser Anwalt Krüger und ein Immobilienfritze aus Berlin um elf Uhr im Gutshof verabredet, um deine Tante zur Unterschrift unter den Verkaufsvertrag zu zwingen. Du weißt doch inzwischen, worum es geht, oder?«

»Ja«, bestätigt Hans knapp.

»Und du bist bereit, etwas dagegen zu unternehmen, wie ich hoffe?«, fragt Annika forsch.

»Liebes, wir sind längst unterwegs, um Laurette de la Barré vor allem zu beschützen, was nicht in ihrem Sinne ist, wenn du das meinst«, erwidert Hans nicht minder forsch.

Annika seufzt erleichtert auf. »Ihr seid also auch auf dem Weg zum Vorwerk?«

»Das sage ich doch die ganze Zeit.«

»Wunderbar! Ach, Papa, ich bin so froh, dass du in der Geschichte endlich mitziehst. Schließlich bist du die Hauptperson.«

»Frau de la Barré scheint mir die Hauptbetroffene zu sein«, wirft Hans rasch ein. Zu dem Wort »Tante« kann und will er sich noch immer nicht durchringen.

»Ohne dich wären wir aber ziemlich aufgeschmissen, schließlich sucht sie seit Monaten nach dir, und ...«

»Mensch, Mama, jetzt frag endlich, wo Opa und die anderen genau stecken!«, hört Hans seinen Enkel im Hintergrund lauthals schimpfen. »Uns läuft die Zeit davon! Es ist fünf nach zehn, und wir hängen voll im Stau. Die anderen sollen Vollgas geben!«

»Wie weit seid ihr noch vom Vorwerk entfernt?«, präzisiert Annika eilig Janniks Anliegen.

Hans lässt kurz den Hörer sinken. »Kasulke!«, ruft er seinen Freund, der ein Stück entfernt Hafer für die Pferde in Ledereimer füllt. »Wie weit ist es noch bis zum Vorwerk?«

»Schätze so acht Kilometer«, brüllt der so laut zurück, dass Annika es durch das Handy verstanden hat. Jedenfalls hört Hans, wie sie die Information für ihre Mitstreiter im Mercedes wiederholt.

»Prima«, sagt sie dann. »Dann seid ihr ja in ein paar Minuten im Vorwerk. Wir hängen hier leider hinter einer riesigen Treckerkolonne fest. Umso wichtiger ist es, dass wenigstens ihr beim Gutshaus ankommt, bevor der Immobilienfritze eintrifft. Versucht mit allen Mitteln, in das Haus hineinzukommen und ...«

»Sorry, Schatz«, wirft Hans betroffen ein, »aber wir sind mit einem Planwagen unterwegs und brauchen für die acht Kilometer sicherlich eine Stunde.«

»Ihr fahrt in einem *Planwagen* durch die Gegend?«

»Ja, gezogen von zwei Pferden.«

»Verdammt! Warum denn das? Ich habe gedacht, Wodka sei mit dir und Krusewitz oder Frau Spielvogel auf Schiefelbeins Ural unterwegs!«

»Gibt es Probleme?«, will der Kantor wissen.

Hans nickt mit sorgenvoll gefurchter Stirn. »Wir sind zu langsam.«

»Lassen Sie mich mal ran«, mischt sich energisch Martha Spielvogel ein und entwindet ihm mit einem festen, schnellen Griff das Handy.

»Kasulke!«, brüllt Hans. »Gibt's von hier aus eine Möglichkeit, schneller zum Mühlengrund zu kommen?«

»Die gibt's immer«, sagt der Kantor, schaut nach links und streckt den rechten Daumen in Richtung des staubigen Feldweges aus.

Himmel, der Kerl hat enormes Gottvertrauen!

38.

Der schmale Fußweg führt hügelaufwärts vorbei an Laubbäumen und hinein in dichtes Unterholz und ist Kasulke zufolge eine Abkürzung. Rechts von ihnen hämmert ein Schwarzspecht im Stakkato auf Holz.

Wenig später lichtet sich der Wald wieder und verwandelt sich in einen Dom aus schwindelnd hohen Buchen. In schrägen Streifen fällt Licht durch das frühlingsgrüne Kronendach, es vergoldet das Moos, erhellt Farnbüschel und Waldmeisterhorste am Fuß der Bäume, hier und da träumt zartlila noch der Lerchensporn. Als sich der Weg verengt und einer Hügelkuppe zustrebt, beschleunigt Kasulke das Tempo zu einem äußerst strammen Marschschritt, den Krusewitz mühelos, ja, sogar summend aufnimmt. Hans folgt mit etwas Abstand leicht keuchend.

Martha schaut besorgt auf ihre Armbanduhr. Verflixt! Es ist schon nach elf; sie sind sehr spät, hoffentlich aber nicht zu spät dran. Kasulke konnte zwar einen befreundeten Handwerker aus der Gegend dazu bewegen, sie mit einem VW-Sprinter am Feldrand zu treffen und den Transporter vorübergehend gegen Kasulkes Planwagen einzutauschen, aber dieses Tauschmanöver hat wertvolle Zeit gekostet. Und jetzt müssen sie noch mehr davon mit diesem Waldspaziergang verplempern, weil die einzige Landstraße, von der ein Fahrweg zum Gutshaus abzweigt, vorher zunächst um mehrere Hügelkämme und einen zeitraubend großen See herumführt. Zu Fuß und querfeldein sind sie jetzt seit bald einer Viertelstunde unterwegs. Was zum

Teufel versteht ein Uckermärker unter einer Abkürzung? Wann mündet dieser Weg endlich in der Zufahrt zum Gut?

Ach du je! Sicher nicht in den nächsten Minuten, stellt Martha auf dem Scheitelpunkt des Hügels fest. Von hier aus schlängelt sich der Weg in eine dämmerige Senke. Und noch immer ist das Gutshaus nicht in Sicht. Hastig macht sie sich an den Abstieg.

Unten empfangen den Wandertrupp schattige, beinahe noch winterliche Kühle, schummriges Licht und ein Tunnel aus schwarzstämmigen Bäumen. Weich und feucht federt der Boden unter Marthas Füßen. Graubraunes, durchweichtes Laub vom letzten Jahr schluckt alle Schrittgeräusche, nur ab und an knackt ein Zweig. Sie queren ein kleines Rinnsal und umrunden einen Tümpel, aus dessen grün schillernden Tiefen Erlen und totes Geäst emporragen.

In diesem Urwald kann sich doch unmöglich ein ganzes Gutshaus verstecken! Hier fände ja nicht mal eine Köhlerhütte Platz, wundert sich Martha. Mal ganz davon abgesehen, dass kein Mensch, der bei Verstand ist, lange an einem Ort wie diesem verweilen oder hausen wollte. Es sei denn, er sucht Totenstille und Grabeskälte. Richtig gruselig ist es hier.

»Sind Sie sicher, dass wir hier auf dem richtigen Weg sind, Herr Kasulke?«, fragt Martha ungeduldig, während sie das Sickerwasser einer aufgewühlten Wildschweinkuhle durchwatet.

Kasulke beachtet den Einwurf nicht. Wortlos strebt er mit langen Schritten nach rechts auf mannshohes knospendes Buschwerk zu, teilt es und biegt in einen extrem steil ansteigenden Trampelpfad ein, der diesem Waldmarsch hoffentlich ein zügiges Ende bereiten wird. Krusewitz folgt ihm auf dem Fuß. Er teilt ebenfalls das Gebüsch und hält galant die Zweige zur Seite, damit sie in den Pfad eintauchen kann, ohne von zurückpeitschenden Ästen belästigt zu werden.

Martha will Hans denselben Dienst erweisen und hält die Zweige fest, während Krusewitz ihren Blicken entschwindet. Wo bleibt Hans nur? Ungeduldig blickt sie sich nach ihm um und entdeckt ihn vor der Wildschweinkuhle. Mit abwesendem Blick starrt er hinein. Was fasziniert den denn so an einem Schlammloch?

»Herr Nittenwilm!«, ruft Martha.

Er registriert sie nicht.

Martha ruft noch einmal seinen Namen, diesmal deutlich lauter.

Hans zuckt zusammen, als habe sie ihn bei etwas Ungehörigem ertappt – oder nein: eher so, als schrecke er aus einem Traum hoch. Einem finsteren Traum, der ihn klein macht, bedrückt oder verängstigt. Seltsam.

Schade, dass sie gerade jetzt überhaupt keine Zeit hat, über sein Verhalten nachzudenken oder eine professionelle Traumanalyse vorzunehmen! Was allerdings ohnehin voraussetzen würde, dass Hans ihr seinen Traum erzählt und überhaupt wieder mit ihr spricht. Genau das aber tut er seit der dummen Sache mit dem Mallorca-Anruf nicht mehr. Egal, sie haben mit der Gegenwart erst einmal genug zu tun und müssen endlich weiter.

»Kommen Sie?«, ruft Martha fragend.

Endlich macht Hans sich daran, die Kuhle zu umrunden. Warum geht der Mann mit seinen funkelnagelneuen und außerdem wasserfesten Wanderschuhen nicht einfach mitten durch? Wäre doch viel kürzer. Wirklich, er verhält sich äußerst seltsam.

»War da was in der Kuhle?«, fragt sie Hans, als der endlich zu ihr aufschließt.

Statt zu antworten, passiert er sie in abwesendem Schweigen. Er bedankt sich nicht einmal dafür, dass sie ihm den Weg freigehalten hat. Nur gut, dass sie bei ihm nie auf den gesprächstherapeutischen Ansatz gesetzt hat! Rasch folgt Martha ihrem maulfaulen Klienten, der unvermittelt beschleunigt, als trage er Siebenmeilenstiefel. Kaum eine Minute später hat sie Hans eingeholt.

Hintereinander erklimmen sie die letzten steilen Meter auf eine Anhöhe, die sich zu einem weitläufigen Plateau weitet. Sie haben ihr Ziel erreicht. Nur ein Feldweg und eine Hecke trennen sie noch von einer Lindenallee, die hundert Meter rechts von ihnen auf eine kreisrunde Auffahrt zuführt. An deren Ende liegt eingebettet in eine verwilderte Parklandschaft und umgeben von alten Bäumen das Vorwerk Mühlengrund.

»Mein Gott, was für ein zauberhaftes Haus!«, stößt Martha atemlos vom steilen Anstieg und vor Begeisterung hervor. »Viel schöner als das auf den Unox-Suppendosen, wenn auch entschieden kleiner.«

Wortlos betritt Hans den Feldweg und folgt nach einem flüchtigen, abwehrenden Blick auf Haus und Park seinen Mitstreitern Kasulke und Krusewitz, die zügig auf die Lindenallee zuhalten.

Unfassbar, der Kerl! Martha schüttelt in aufrichtiger Empörung den Kopf. Kann der sich nicht wenigstens ein Mal ein bisschen über so ein bemerkenswertes Erbe freuen? Wer sein Glück so ungerecht behandelt, sollte sich nicht wundern, wenn es ihm immer wieder davonläuft. Sie jedenfalls kann sich kaum sattsehen an dem Haus und dem Park inmitten dieser wunderschönen Waldlandschaft. Wieder und wieder schweift ihr Blick im Weitergehen über die Hecke zum Gutsgebäude.

Das Vorwerk hat sich im Laufe seiner Geschichte vom land- und forstwirtschaftlichen Außenposten einer laut Kasulke längst versunkenen adligen Gutsherrschaft zu einem schmucken zweigeschossigen Landsitz im Stil des Klassizismus gemausert. Gekrönt wird es von einem Walmdach mit hübschen Gauben. Von dort oben dürfte man einen herrlichen Blick nach Brandenburg im Süden und Mecklenburg im Norden haben.

Eine zweiflügelige Treppe und ein Portikus mit Säulen und Spitzgiebel bilden den Eingang des Landsitzes. Die ansonsten schlicht gehaltene Fassade verrät, dass einer der ehemaligen Besitzer im 19. Jahrhundert neben Geld auch Geschmack besessen haben muss und dass der letzte Eigentümer – Laurettes Bruder und damit Hans' Onkel – über genug Kapital und Feingefühl verfügte, um dem Haus zu neuem Glanz zu verhelfen, ohne dabei dessen alten Charme zu zerstören.

Oh! Unvermittelt fällt Martha auf, dass sie immer noch nicht weiß, wie dieser letzte Besitzer von Mühlengrund überhaupt hieß. Auch Hans hat ihres Wissens noch nicht danach gefragt. Seine Familiengeschichte, ja, sogar sein eigentlicher Nachname sind diesem Sturschädel mindestens so egal wie das Erbe.

Aber ihr nicht!

Rasch drängelt Martha sich an Hans vorbei zu Kasulke. »Sagen Sie mal: Wer hat dieses wunderschöne Haus eigentlich wann erbaut?«

»Gerolf von Grumlin, ein pensionierter Rittmeister. Er hat das alte Vorwerk um 1860 abreißen und das neue als seinen Alterssitz bauen lassen, soviel ich weiß.«

»Ah, ein von Grumlin! Altes pommersches Adelsgeschlecht«, ergänzt Krusewitz. »Kommt ursprünglich von Greifswald her, wenn ich nicht irre.«

»Ist mir Wumpe, wo die mal herkamen. Hauptsache, die bleiben weg von hier«, knurrt Kasulke. »Früher bestand die ganze

Uckermark hauptsächlich aus Lehm und von Arnims. Mir fehlt der alte Adel genauso wenig wie unsere alten Genossen. Beschäftigen kann ich mich auch gut allein.«

»*Von* Grumlin«, wiederholt Martha verzückt. »Sind das die Vorfahren von Herrn Nittenwilm? Hans Valentin von Grumlin klingt ... Tja, äh ... erstmal nicht schlecht.« Nur leider ein wenig nach Grummeln oder – noch schlimmer – nach diesen kleinen Kinomonstern, diesen ... Wie hießen die noch? Egal. »De la Barré wäre natürlich eleganter gewesen, aber man kann nicht alles haben.«

»Frau Spielvogel, lassen Sie diesen Unsinn«, schnaubt Hans im Hintergrund.

»Hans und ein von Grumlin!« Kasulke schüttelt entsetzt den Kopf. »Nur das nicht! Dieser dämliche Rittmeister soll das Gut völlig heruntergewirtschaftet haben und musste es zum Glück verkaufen, nämlich an ...«

»Wir haben jetzt keine Zeit für Geschichtsstunden! Von der Straße beim Wald nähert sich ein Auto«, warnt Hans und schließt hastig zu den anderen auf.

»Kommt Jannik?«, ruft Martha begeistert aus und dreht den Kopf. »Oder Wodka?«

»Nein, ist ein Lieferwagen«, erwidert Hans. »Ich schlage eine kurze Konferenz hinter der Eibenhecke hier vor.«

Rasch folgen ihm die anderen in die angedeutete Richtung und verbergen sich hinter dem dichten Grün.

»Wir müssen überlegen, wie wir in das verdammte Haus reinkommen. Es scheint so, als sei eine größere Festgesellschaft zugegen.« Mit dem Kinn deutet Hans kurz zur rechten Seite des Hauses.

Martha späht durch das Eibengrün hinüber und erblickt eine beachtliche Fahrzeugflotte. Gleich drei SUV stehen neben zwei imposanten Limousinen, hinzu kommt ein Transporter, der laut Werbebanner für »Ess-Kult-Tour – Catering der Luxusklasse« zuständig ist. Na ja, dessen Insassen werden sie wohl kaum mit Kochlöffeln erschlagen.

»Am besten, wir gehen erstmal zur Tür und klingeln«, sagt Kasulke.

»Das ist aber ein äußerst schlicht gestrickter Plan«, meldet Martha Bedenken an, während auf der anderen Seite der Hecke der von Hans erspähte Lieferwagen vorbeifährt. »Laurette de la Barré wird uns wohl kaum persönlich die Tür öffnen, und ich bezweifle stark, dass uns die anderen einfach hereinlassen. Zumal unsere Gegner deutlich in der Überzahl sein dürften.«

»Trotzdem sollten wir es zunächst auf die höfliche Tour versuchen«, schlägt Kasulke vor.

»Und wenn die nicht funktioniert?«, fragt Hans skeptisch.

»Dann hab ich noch immer das hier«, erläutert Kasulke und zieht eine handliche Axt mit Tomahawk-Verzierungen unter seiner Jacke hervor. »Ich nehme an, das Treffen mit festlichem Mittagessen findet im Gartensaal auf der Rückseite statt. Mit der hier öffne ich die Glastüren im Handumdrehen, selbst wenn alle verschlossen sein sollten. Was ich bei diesem Wetter aber nicht annehme.«

Hans verzieht missbilligend den Mund. »Ich weiß nicht, Kasulke. Mit so einem Überfall würden wir sicher auch Laurette de la Barré maßlos erschrecken.«

»Eine Axt ist in der Tat ein zu grobes Schlaginstrument«, wirft auch Krusewitz ein und zieht sein Gesicht von der Hecke zurück. »Ich denke, mit einigen Streichinstrumenten wären wir weitaus passender bewaffnet.«

»Mit Streichinstrumenten?«, fragt Hans verwirrt.

»Ja, genau. Und zwar genau mit den Streichinstrumenten aus dem Lieferwagen, der soeben vor dem Haus vorfährt«, freut sich der Kantor. »Auf die eine oder andere Art öffnet Musik meiner Erfahrung nach jede Tür! Könnte mir einer der Herrschaften rasch dreihundert Euro leihen? Wobei … zweihundert dürften in diesem Falle reichen. *Die vier Vivaldis* sind sicher kein erfolgsverwöhntes Ensemble und gegen eine entsprechende Aufwandsentschädigung bestimmt bereit, auf ihren Auftritt zu verzichten.«

39.

»Das Schwein bleibt im Auto«, sagt Annika sehr bestimmt und hopst aus dem Mercedes, noch bevor der ganz zum Stehen gekommen ist. Um ihren Hals baumelt ein digitales HD-Fernglas aus den unergründlichen Tiefen von Frau Spielvogels Einkaufstüten.

»Aber ihr lasst einen ausreichend großen Spalt des Beifahrerfensters offen«, ergänzt Stevko streng, bevor er ebenfalls aussteigt. Wenigstens hat er gewartet, bis das Auto vollständig abgebremst ist. Wahrscheinlich will er mit seiner Riesenbeule keine allzu riskanten Ausstiegsmanöver wagen, vermutet Jannik.

»Und haltet ein bisschen Abstand von uns. Wir wollen erst einmal unauffällig die Lage sondieren«, gibt Stevko weitere Anweisungen. »Ihr könntet noch mal versuchen, die anderen oder Schiefelbein zu erreichen, um herauszufinden, wo sie inzwischen sind.«

Beim Befehleerteilen stört die Beule anscheinend nicht. Jannik zieht grummelnd den Zündschlüssel.

Seine Mutter und Stevko tauchen bereits in ein Waldstück ein, hinter dem das Gelände des Vorwerks Mühlengrund liegen soll. Sie haben beschlossen, sich dem Anwesen von der Rückseite her zu nähern, um eine frühzeitige Entdeckung zu vermeiden. Darum musste Jannik vor der Hauptzufahrt in einen der Wirtschaftswege abbiegen, die den umliegenden Wald durchziehen.

»Na prima!«, mault er beim Aussteigen. »Damit wären die

Verhältnisse endgültig geklärt. Und wir sind mal wieder das doofe Fußvolk und dürfen die Nachhut bilden. Schöner Dank für alles, was wir zwei bei der Suche nach meiner Tante geleistet haben.«

»Urgroßtante«, korrigiert Malinka und angelt sich Annikas Handy vom Rücksitz.

»Tante ist Tante!« Verärgert schlägt Jannik die Fahrertür zu, während Malinka auf der Beifahrerseite mit Annikas Handy am Ohr an der Fensterkurbel dreht, einer Mailbox mitteilt, wo sie sich befinden, und sich zugleich durch einen schmalen Spalt ihrer Autotür hinausschlängelt, um jeden Fluchtversuch des nachdrängenden Rippchens zu verhindern.

Typisch Mädchen! Die müssen doch immer diese Multitasking-Show abziehen! Wahrscheinlich könnte sich Malinka zeitgleich noch die Wimpern tuschen und die Lippen nachziehen. Wobei sie das mit ihren Wimpern nicht nötig hat.

Das Ferkel quiekt protestierend. Richtig herzzerreißend klingt sein Klagen. Jannik hat es eilig, im Wald zu verschwinden.

Malinka folgt ihm auf dem Fuße. »Ich glaube, du solltest lieber bei Rippchen bleiben«, sagt sie flüsternd, während sie einen leicht morastigen Weg entlanghasten.

»Ich? Wieso ich? Das ist immer noch dein Ferkel«, wehrt Jannik hitzig ab.

»Das sieht Rippchen bekanntlich anders«, kontert Malinka.

»Dann solltest du vielleicht mal etwas weniger neunmalklug und kaltschnäuzig sein und endlich mehr Gefühle und echte Zuneigung zeigen«, platzt Jannik mit rebellischem Blick auf Malinka heraus.

Die kneift kurz die Lippen zusammen, dann blitzt sie ihn eher keck als zornig an. »Wem? Dem Ferkel oder dir?«, fragt sie.

»Äh ... dem Ferkel natürlich«, antwortet Jannik, ganz aus

dem Konzept gebracht, und wird rot. Unter anderem, weil Malinka kichert. Rasch wendet er das Gesicht von ihr ab und zwängt sich durch ein Gebüsch aus dem Wald hinaus.

Oh, Mist! Das hat ihnen gerade noch gefehlt: Vor ihnen liegt ein neues Hindernis, diesmal in Form eines Sees. Es ist kein großer See, eher ein erweiterter Teich mit Fontäne in der Mitte, wie man ihn in Stadtparks findet. Ein Hindernis ist das blöde Gewässer trotzdem.

»Mann, Mann, Mann! Welcher Bekloppte buddelt sich einen zusätzlichen See in den Garten, wenn es ringsum Dutzende echte gibt?«, schimpft Jannik und macht einen Rechtsschwenk, um das störende Gewässer zu umrunden, das grün schillert und mit Seeroseninseln bedeckt ist.

»Jetzt mecker nicht rum«, sagt Malinka, packt ihn am Arm und zieht ihn nach links. »Da vorne sind die anderen.«

Tatsächlich kauern seine Mutter und Stevko in etwa hundert Metern Entfernung hinter einem ausladenden Zierstrauch. Seine Mutter linst durch ihr Fernglas zur Rückfront eines weißen Hauses, das leicht erhöht über einer in Terrassen angelegten Rasenfläche thront. Ziemlich schniekes Haus mit reichlich Sprossenfenstern, bodentiefen Glastüren und einer sonnigen Steinterrasse samt dreistufiger Freitreppe zum Park, wie Jannik im Näherkommen registriert.

»Und: Gibt's was Wichtiges zu sehen?«, will Malinka wissen, als sie Stevko und seine Mutter endlich erreicht haben.

Stevko nickt. »Es scheint ganz so, als hätten sie sich da oben im Saal zu einem kleinen Festakt versammelt. Auf der Terrasse sind Stehtische aufgebaut, und eben kam ein Kerl in Kellnerschürze vorbei, um Sektkübel auf dem Bar-Tisch zu deponieren.«

»Immerhin ist die Terrasse menschenleer, und noch hat niemand auf etwas angestoßen«, murmelt seine Mutter. »Laurette hat also anscheinend noch nichts unterzeichnet oder getan, was es zu feiern gäbe.« Sie blickt auf die Uhr. »Dabei ist es schon halb zwölf.«

»Und was machen wir jetzt?«, fragt Malinka. »Wenn wir einfach da hochmarschieren, entdeckt man uns von da oben sofort.«

»Na und?«, wirft Jannik ein. »Dann mischen wir die Runde eben frontal auf. Macht mir gar nichts, da einfach reinzumarschieren und auf den Tisch zu hauen. Wir müssen unserer Tante doch nur mitteilen, dass Opa im Anmarsch ist, und schon ist der Fisch geputzt.«

Stevko schüttelt den Kopf. »Schlechter Plan – das wüssten Krüger und Scharnhorst zu verhindern.«

»Und wie das, bitte schön?«

»Indem sie zum Beispiel einfach die Türen abschließen«, sagt seine Mutter und lässt das Fernglas sinken.

»Außerdem umgibt sich Scharnhorst gern mit ein oder zwei diskreten Herren im schwarzen Anzug und mit Knopf im Ohr«, knurrt Stevko. »Schon allein, um seine Bedeutung zu unterstreichen.«

»Dann ist es vielleicht besser, wir kommen von der Seite«, schlägt Janniks Mutter vor. »Wir gehen einfach noch zweihundert Meter nach links in Richtung der Wirtschaftsgebäude und dann schräg zum Hang hoch. Da stehen genug Bäume, die uns Deckung bieten.«

»Wie denn? Noch ein Umweg?«, mault Jannik. »Das können wir uns zeitlich echt nicht leisten, ich ...«

Ein Riesenplatscher im nahen Teich unterbricht seine Überlegungen. Alle reißen die Köpfe herum.

»Scheiße! Wie weit hast du das Beifahrerfenster denn runtergekurbelt?«, herrscht Jannik nach einer kurzer Schrecksekunde Malinka an.

»Äh, weiß nicht. Zehn, zwölf Zentimeter vielleicht«, erwidert diese ungewöhnlich ungenau, während Jannik bereits zum See spurtet.

»Keine Panik, Junge!«, ruft Stevko ihm hinterher. »Schweine können zwar nicht fliegen, aber sehr gut schwimmen!«

40.

Heldentum ist Ausnahmezustand und meist Produkt einer Zwangslage.
Theodor Fontane

»Die Perücke juckt wirklich grauenhaft«, flucht Kasulke im Vorraum der aufwendig gestalteten Gästetoilette und rückt den weiß gepuderten Mozartzopf in seinem Nacken zurecht. »Und dazu diese bescheuerten Absätze an den Schuhen! Dass Männer wirklich mal so herumgelaufen sind. Noch dazu in rosa Brokat und geschminkt. Unfassbar!«

»Cowboystiefel haben meines Wissens auch Absätze«, erinnert Martha ihn. »Und Indianer haben ebenfalls Zöpfe getragen und mehr Make-up als ein Kind, das ohne Aufsicht mit Mamas Kosmetikkoffer gespielt hat!«

»Das war kein Make-up, das war rituelle Tarn- oder Kriegsbemalung«, korrigiert Kasulke sie in noch belehrenderem Tonfall.

»Frag mich mal, wie meine affige Jacke unter den Armen kneift«, zischt Hans in seine Richtung und befestigt mit Blick in den Spiegel hastig das Spitzenjabot in seinem Nacken. Ein ausgesprochen lächerliches Manöver, wie er findet, da die Hälfte des affektierten Spitzengeriesels ohnehin unter seinem Flatterbart verschwindet. Wahrscheinlich könnte der wirklich mal weg. Im Moment sieht er mit dem Bart und dem Kostüm jedenfalls aus wie der gealterte Held einer misslungenen Piratenkomödie.

Martha Spielvogel drängelt sich zum Spiegel vor. »Seien Sie froh und dankbar, dass der Cellist in etwa Ihre Figur hatte.« Mit einem Schwämmchen tupft sie erst sich und dann Hans weiße Schminke ins Gesicht. »Den armen Kantor hat es größentechnisch viel schlimmer erwischt.«

Hans muss ihr recht geben. Krusewitz versinkt nahezu in einer altrosa Brokatjacke; die zugehörige Kniebundhose schlabbert um seine dünnen Altherrenwaden, die weißen Strümpfe schlagen Wellen.

»Also, mir gefällt diese Verkleidung«, verteidigt der Kantor seine spätbarocke Ausstattung, die er den *Vier Vivaldis* zusammen mit einigen Schminkutensilien, einem Violoncello, einer Geige und zwei leeren Instrumentenkoffern gegen ein fürstliches Bestechungshonorar aus Frau Spielvogels Reisekasse als kurzfristige Leihgaben abschwätzen konnte. »Ich hoffe nur, dass die Rüschenmanschetten mir beim Violoncellospiel nicht ins Gehege kommen. Ein Cembalo wäre mir als Instrument lieber gewesen. Mit dem Cello stehe ich ein wenig auf Kriegsfuß, und der Basso continuo wurde in der barocken Kammermusik sehr gerne mit einem Tasteninstrumen...«

»Herr Krusewitz, wir werden hier nicht musizieren!«, unterbricht die Spielvogel ihn und malt ihm einen schwarzen Schönheitsfleck auf die weiß geschminkte Wange.

»Nicht wenigstens ein bisschen? Hans und ich hätten eine recht schöne Version von Pachelbels *Kanon* mit Cello und Geige anzubieten.«

Martha Spielvogel schüttelt den Kopf. »Tut mir leid, aber nein. Wir wollen nur Zutritt zum Gartensaal und dort nicht auf Anhieb erkannt werden«, erinnert sie den Kantor an den eigentlichen Zweck ihrer Maskerade. »Der Wachmann vor der Tür zum Gartensaal sieht aus, als könne er sehr ungemütlich werden, wenn er merkt, dass wir nicht die echten Vivaldis sind.

Wir haben Glück gehabt, dass uns einer von der Cateringleuten hereingelassen hat.«

»Falls Zweifel an unserer musikalischen Begabung aufkommen, spiele ich dem Türhüter eine von Bachs Cellosuiten vor oder ein wenig Händel«, wirft Krusewitz eifrig ein. »Ich bin mir sicher, das kommt bei einem Landsmann dieser großartigen Komponisten gut an. Bach stammt immerhin aus Thüringen, und Händel war gebürtiger Sachse!«

»Ich würde es eher mit Rammstein aus Schwerin versuchen«, wirft Kasulke ein.

»Rammstein? Den Herrn kenne ich gar nicht. Hat der auch für Cello komponiert?«

»Sind jetzt endlich alle fertig?«, fragt Hans ungeduldig in die Runde und klemmt sich zwei zusammengeklappte Notenständer unter den Arm.

»Muss nur noch mein Instrument einpacken«, erwidert Kasulke und legt mit einem überzeugenden Mafiosigrinsen seine Axt in den leeren Bratschenkoffer.

Hans drängt zur Tür, doch Frau Spielvogel kommt ihm zuvor. »Ich übernehme die Führung«, bestimmt sie und legt die Hand auf die Klinke. »Mit Ihrer gepflasterten Brille nimmt Sie leider kein Mensch ernst. Am besten gehen Sie als Letzter. Kasulke, geben Sie Hans bitte entsprechend Deckung, bis es Zeit für seinen Auftritt im Gartensaal ist!«

Widerwillig überlässt Hans den anderen den Vortritt. Die notdürftig gepflasterte Brille wirkt in diesem Umfeld in der Tat äußerst deplatziert.

Martha Spielvogel öffnet energisch die Tür zur Eingangshalle. Mit forschem Schritt und einem Geigenkoffer in der Hand quert sie den schwarz-weiß gewürfelten Marmorboden in Richtung des Gartensaals – ohne dabei zu schwanken wie Hans, umzuknicken wie Kasulke oder nur in Trippelschritten voranzukommen wie Krusewitz. Auf Absätzen ist sie als Frau eindeutig im Vorteil.

Spontan sehnt Hans sich nach seinem Indiana-Jones-Outfit zurück. Darin und als Cowboy hat er sich gestern erheblich wohler gefühlt, auch wenn er barocke Kammermusik zu schätzen weiß.

»Einen schönen Guten Tag, junger Mann. Wir sind die für halb eins angekündigten Kammermusiker«, stellt Martha Spielvogel sich gerade einem bulligen Glatzkopf in schwarzem Anzug vor, der breitbeinig und mit verschränkten Armen vor der Flügeltür steht. »Würden Sie uns bitte durchlassen?«

Der Mann bewegt sich keinen Zentimeter vom Fleck und mustert sie so ausführlich wie grimmig von oben herab.

»Sie sind ja wohl eher 'ne Musikerin, würd' ick sagen«, brummt er schließlich.

»Das haben Sie sehr richtig erkannt. Ich bin eine Dame. Meine Herren Kollegen jedoch nicht«, erwidert Martha und deutet kurz hinter sich. »Und jetzt möchten wir wirklich gerne in den Saal, wenn es recht ist. Wir müssen unsere Notenständer aufbauen.«

»Herren?«, feixt der Security-Mann. »Det sollten die ma' besser dranschreiben. Mit den weißen Plüschzöpfen uf'm Koop und den Pumps an den Füßen jeh'n die bei mir bestenfalls als Transen durch.«

»Wenn dieser Fatzke nicht aufpasst, singt er gleich Falsett«, grummelt Kasulke und klappert ungeduldig mit dem Beil im Bratschenkoffer.

»Würden Sie nun bitte den Weg freigeben?«, fragt Martha rasch. »Wir sind bereits fünf Minuten über der Zeit und wollen unseren langjährigen Förderer, Freund und Auftraggeber Scharnhorst nicht verärgern. Sie wissen ja sicher, wie ungnädig er reagieren kann, wenn nicht alles exakt nach Plan verläuft, nicht wahr?«

Kein schlechter Schachzug, dem Muskelprotz mit dem Zorn seines Arbeitgebers zu drohen, muss Hans zugeben.

Tatsächlich zögert der Wachmann kurz, bevor er den Kopf genau einmal nach rechts und einmal nach links bewegt. »Ick hab hier klare Anweisungen. Während der Besprechung hat niemand Zutritt.«

»Sagen Sie mal, haben Sie früher beim Fernsehen gearbeitet?«, meldet sich in Marthas Rücken unvermittelt Krusewitz zu Wort.

»Wer: Icke?«, fragt der Wachmann leicht verdutzt.

»Ja, Sie«, sagt Krusewitz sehr freundlich und arbeitet sich mit Cello und Bogen nach vorn. »Ihre Frisur kommt mir ungemein bekannt vor.«

Das Gesicht des Wachmanns verschattet sich. Er macht einen drohenden Schritt auf den Kantor zu. »Welche Frisur? Ick hab keene Frisur. Willste mir veräppeln, Opi?«

Hans bemerkt aus den Augenwinkeln heraus, dass Kasulke am Schnappschloss seines Bratschenkoffers herumfummelt und wirft ihm einen warnenden Blick zu. Mit Waffengewalt kommen sie hier garantiert nicht weiter.

»Ich möchte Sie keineswegs beleidigen. Ganz im Gegenteil«, versichert der Kantor derweil eifrig dem glatzköpfigen Muskelprotz vor seiner Nase. »Ihre Haartracht ist unverwechselbar und ausgesprochen passend. In dieser berühmten Putzmittelwerbung kam sie wunderbar zur Geltung. Es war diese Reklame für ... Wie hieß das Zeug doch gleich? Ariel?« Mit fragendem Blick wendet er sich an Martha Spielvogel.

»Nein, nein, dafür hat diese dicke Klementine in der weißen Latzhose geworben«, rätselt Martha mit.

Der Wachmann verdreht die Augen, bekommt einen glasigen Türsteherblick und schaltet auf professionellen Durchzug, wie Hans annimmt. Die Charmeoffensive des Kantors, falls das eine sein sollte, ist gründlich gescheitert.

Krusewitz macht trotzdem weiter und zieht die Stirn kraus. »Dann war es Reklame für Pril oder Palmolive? Nein, aber irgendwas mit ›P‹ war es ganz sicher. Die Erkennungsmelodie habe ich jedenfalls noch genau im Kopf.« Flink nutzt der spielfreudige Kantor die Gelegenheit, um einen munteren Werbejingle zu streichen.

»Pril und Palmolive sind Spülmittel, Herr Krusewitz«, korrigiert ihn Frau Spielvogel. »Ich glaube, Sie meinen diesen Allzweckreiniger, der angeblich so putzt, dass man sich drin spiegeln kann. Ich benutze den zwar nicht, weil er furchtbar penetrant riecht und Männer als Werbefiguren für Haushaltspflege in meinen Augen vollkommen unglaubwürdig sind, ja, geradezu eine Beleidigung für jede Frau mit ein wenig Putz- und Lebenserfahrung, aber ich glaube, der Reiniger, den Sie meinen, ist …«

Hans entfährt ein Stöhnen. Wenn eine dieser beiden Knalltüten jetzt noch den Namen nennt, kommen sie nie im Leben in den verfluchten Saal hinein! Sie werden im Gegenteil in hohem Bogen aus dem Gutshaus fliegen.

»Jetzt hab ich's«, triumphiert Krusewitz. »Prolet, so hieß das Zeug, glaube ich.«

»Nein, nein, Herr Kantor, es hieß nicht Meister …«

»Jetzt passt ma' uff, ihr Pausenclowns«, schaltet sich, wie von Hans befürchtet, der Security-Mann in die Diskussion ein, »ihr putzt hier jetzt mal alle schön die Platte und verzischt euch vor die Eingangstür, bis ick euch zum Tanztee wieder reinhole, klar? Da drinnen geht's um wichtige Geschäfte, die euch Fiedelfritzen nichts angehen.«

Ein Funkgerät an seinem Gürtel gibt knarzende Töne von

sich. Rasch pflückt der Wachmann es aus der Halterung und streckt gleichzeitig den linken Arm in Richtung Eingangstür aus, um das Streichquartett zum Abmarsch zu bewegen. Zögernd tritt Martha den Rückzug an.

Der Wachmann belauert sie mit Argusaugen. Erst als Hans einen Flügel des Eingangsportals aufklinkt, wendet er sich ab. »Gibt's bei euch drinnen Probleme?«, fragt er in sein Gerät. Er lauscht kurz, dann fährt er sich mit der Hand über die Glatze und dreht sich noch weiter von den Musikanten weg. »Du brauchst Hilfe bei *was?*«, stößt er in ungläubigem Tonfall hervor. Auf einen Schlag ist er völlig abgelenkt.

Rasch gibt Hans den anderen ein Zeichen. Auf Zehenspitzen trippeln sie einer nach dem anderen zurück in Richtung Gästetoilette und sind im Nu darin verschwunden. Hans hält die Toilettentür einen winzigen Spalt offen, um die Geschehnisse in der Eingangshalle zu verfolgen.

»Okay, halt sie auf. Ick bin gleich bei dir«, sagt der Türhüter und steckt das Funkgerät zurück in die Halterung des Gürtels. Er spurtet durch die Halle zum Hauptportal, verriegelt die Tür, eilt zurück zum Gartensaal und ist im nächsten Moment darin verschwunden.

»Der Weg ist frei«, teilt Hans den anderen mit und ist bereits auf dem Weg zum Saal. »Ich schlage vor«, sagt er, als der Rest der Truppe sich hinter ihm versammelt hat, »dass wir zügig nacheinander eintreten, kurz die Lage sondieren und dann umgehend bei Frau de la Barré Stellung beziehen, um sie vor möglichen Aufdringlichkeiten ihrer Neffen beschützen zu können. Zunächst bitte ohne dein Beil, Kasulke! Fertig?«

Die anderen nicken. Hans strafft die Schultern, holt tief Luft, dann öffnet er schwungvoll beide Türflügel und betritt den Saal. Ihn empfangen honiggelbes Parkett, mit Stuck verzierte Wände, goldgerahmte Gemälde und gleißendes Sonnenlicht, das durch die gegenüberliegende Fensterfront flutet. Im Saal herrscht erstaunlicherweise Stille.

Hans muss kurz blinzeln, bevor er rechter Hand und kaum zweieinhalb Meter von sich entfernt einen zum Konferenztisch umfunktionierten Esstisch erblickt. Aktenmappen, aufgefächerte Papiere, griffbereit ausliegende Füllfederhalter, halbleere Wassergläser und benutzte Kaffeetassen sind stumme Zeugen intensiver Verhandlungen, doch die sechs um den Tisch gruppierten Stühle sind leer.

Wo sind die Konferenzteilnehmer? Die Verhandlungen werden doch wohl noch nicht schon abgeschlossen sein?

41.

»Jannik! Jannik! Komm zurück!«, ruft Malinka ihm mit leicht gedämpfter Stimme von der anderen Seite des Sees aus hinterher.

Von wegen! Jetzt, wo er sowieso nass ist, wird er Rippchen auch verdammt nochmal aus diesem blöden Tümpel rausfischen! Mit kraftvollen Schwimmstößen und voll grimmiger Entschlossenheit arbeitet sich Jannik zur Mitte des Sees vor. Ein mühseliges Unterfangen, wenn man in voller Bekleidung und mit Sandalen ins Wasser gesprungen ist. Die vollgesogenen Klamotten wiegen Tonnen, und wenn er sich nicht täuscht, ist ihm gerade eben ein ziemlich dicker Fisch am Bauch entlanggeglitscht. Ätzend, er findet ja schon Fischstäbchen widerwärtig.

»Das bringt doch nichts mehr!«, ruft Malinka von irgendwo. Von rechts, links, hinter oder vor ihm? Schwer zu sagen. Egal, er muss sich aufs Schwimmen konzentrieren. Der See ist zwar nicht gerade riesig, aber so tief, dass sein Grund nicht zu erkennen ist, und gerade umschlingt widerlich schleimiges Grünzeug seine Füße. Leicht panisch und unter erheblichem Wassergespritze strampelt Jannik sich frei. Er will nur noch raus aus diesem Tümpel des Grauens.

»Was machst du denn da?«, schimpft Malinka. »Rippchen schwimmt einen Meter links von dir!«

Ja, ja, ja, danke auch für die Information, die ihn überhaupt nicht weiterbringt. Eins steht fest: Sobald er wieder auf dem Trockenen ist, wird er Rippchen die Ohren langziehen und den

Ringelschwanz gleich mit. Schoko-Doppelkekse sind bis auf Weiteres auch gestrichen. Dieses übermütige Ferkel gehört dringend erzogen. Ihm so einen Mordsschrecken einzujagen! Das gehört sich einfach nicht. Wer weiß denn schon, dass Schweine schwimmen können? Von Stevko einmal abgesehen, aber der hat ja auch was mit Landwirtschaft studiert.

Rippchen schwimmt sogar rekordverdächtig gut, wie Jannik mit Blick zum gegenüberliegenden Ufer feststellt. Noch ein, zwei Meter, und das eifrig mit den Pfoten paddelnde Ferkel hat es erreicht. Peinlicherweise lange vor ihm.

Na ja, spricht Jannik sich selbst Mut zu, es hat ja auch keine Klamotten an und außerdem einen riesigen Vorsprung. Schon verschwindet es im Uferschilf.

»Das Schwein ist gelandet«, vermeldet Malinka. »Brauchst du noch sehr lange?«

Mann, Mann, Mann. Rippchen hat wirklich ein Talent dafür, ihn komplett lächerlich zu machen!

Jannik wechselt zu sportiven Kraulbewegungen, dann endlich wird das Wasser flach, seine Füße finden Halt in schlammigem Grund. Er schnellt aus dem Wasser hoch und watet mit suchenden Blicken durch das hüfthohe Schilf. Wohin, zum Teufel, ist Rippchen jetzt wieder verschwunden?

»Ich seh es!«, juchzt es in unmittelbarer Nähe. Er wendet den Kopf in Richtung der Stimme. Sieh an, Madame Malinka steht nunmehr auf seiner Seite des Sees.

»Hopp, hopp«, flötet sie ins Schilf und klatscht auffordernd in die Hände. »Rauskommen, Rippchen!« Sie hat sich wohl doch noch entschieden, ihm bei der Ferkelrettung behilflich zu sein. Bei einer Ferkelrettung, die genau genommen natürlich überflüssig und keine Rettung war, wie ein Rascheln im Schilf und ein unternehmungslustiges Quieken verraten.

Zwanzig Meter von ihnen entfernt tobt Rippchen ebenso

quietschfidel wie unbeschadet an Land und galoppiert flugs die Anhöhe Richtung Gutshausterrasse hinauf. Dieses hyperaktive Ferkel sollte man für den Ironman anmelden, es müsste lediglich noch Rennradfahren lernen.

»Verdammt, wir müssen Rippchen abfangen, bevor es oben vor dem Gartensaal auftaucht. Komm!« Malinka streckt ihm die Hand entgegen, um ihm aus dem Wasser zu helfen. Eine geradezu verwirrend hilfsbereite Geste.

Rasch ergreift Jannik ihre Hand. Er darf sich aber nur für einen kurzen Moment daran festhalten. Schon steht er tropfend am Ufer, Malinka lässt seine Hand los und läuft in leicht geduckter Haltung Rippchen hinterher. Jannik schüttelt und schleudert hektisch seine vom Wasser zentnerschweren Sandalen von den Füßen und zerrt sich das klatschnasse T-Shirt über den Kopf. Gott, ist das widerspenstig!

Die triefende Hose, die sich an seinen Waden festsaugt, wird er leider anbehalten müssen. In Unterhose kann er schließlich unmöglich auf Gangsterjagd gehen. Na ja, Gangsterjagd ist übertrieben, denkt er im Loslaufen. Es geht schließlich nur um ...

Ein Pistolenknall lässt ihn zusammenfahren.

Wie gelähmt bleibt Jannik kaum drei Meter vom Ufer entfernt stehen. Die Stille nach dem Schuss ist noch beängstigender. Panisch suchen seine Augen den grünen Hang nach Malinka ab. Er entdeckt sie in der Mitte der Anhöhe. Sie steht ebenfalls wie festgefroren da und starrt zwei Glatzköpfe in schwarzen Totengräberanzügen an, die dem Ferkel von der Terrasse her mit gezogenen Waffen nachsetzen. Rippchen wiederum trippelt die dreistufige Freitreppe herab und hält hakenschlagend direkt auf Malinka und den See zu. Scheiße!

Es scheint fast so, als bekäme er es doch noch mit echten Gangstern zu tun und überdies die Gelegenheit, diesmal nicht nur Rippchen, sondern auch Malinka zu retten, die soeben eine Kehrtwende macht und quer über den Rasen auf eine schützende Baumgruppe zurast, von der sie aber mindestens noch fünfzig Meter trennen.

»Keine Panik, ich komme!«, schreit Jannik ihr zu.

»Bleib hier, du Depp! Oder willst du, dass wir endgültig alle auffliegen?«, zischt es hinter ihm. Ein starker Arm reißt ihn zurück ans Ufer.

»Die ... Die haben Knarren«, protestiert Jannik stammelnd. »Wir müssen Malinka helfen.«

»Reg dich ab! Die Typen haben lediglich einen Warnschuss abgegeben, und Malinka ist längst bei deiner Mutter hinterm Baum«, knurrt Stevko und zerrt ihn tiefer ins Schilf hinein.

42.

Es ist einfach, ein Königreich zu regieren, aber schwer, eine Familie zu beherrschen.

Chinesische Weisheit

Flüche und ein Schuss auf der Terrasse, gefolgt von verhaltenen Unmutsäußerungen im Saal, lassen Hans' Kopf jäh nach links herumfahren. Am anderen Ende des langgestreckten Raums entdeckt er halb verdeckt von einer gigantischen Zimmerpalme eine Traube Menschen, die sich vor einer offenen Sprossentür zusammendrängen, die Hälse recken und unter erregtem Getuschel in den Park hinausstarren.

»Es kann doch nicht so schwer sein, ein durchgedrehtes Schwein abzuknallen«, mosert einer von ihnen – ein aufgebrachter rundlicher Mittvierziger im grauen Anzug.

Scheint ganz so, als habe sich ein vorwitziges Wildschwein aus dem Wald bis zur Terrasse hervorgewagt und in die Verhandlungen eingemischt, schließt Hans daraus. Ein sicher ungewöhnlicher, aber keineswegs hochdramatischer Vorfall. Trotzdem liegen die Nerven des Herrn in Grau offensichtlich blank. Ob es sich um einen von Laurettes habgierigen Neffen handelt? Könnte hinkommen.

Hans wagt zwei Schritte nach links und geht hinter einer Chaiselongue in Deckung, um die Gruppe genauer zu studieren. Er zählt drei weitere Männer in edlem Zwirn und eine Blondine um die dreißig in blauem Kostüm. Sie alle umringen, besser gesagt: umzingeln, eine grauhaarige Dame, die direkt an der Schwelle zur Terrasse steht und eine Hand vor den Mund geschlagen hat, vermutlich aus Entsetzen über den Schuss.

Es ist eine anrührend zierliche alte Dame.

Das muss sie sein. Laurette de la Barré. Seine Tante.

Deine sogenannte Tante, ergänzt eine mahnende Instanz in seinem Hirn. Hans muss dennoch gegen ein unwillkürlich aufschießendes Gefühl anschlucken, das er auf Anhieb nicht zu benennen vermag. Wiedersehensfreude ist es nicht. Wie auch? Er kennt diese Frau schließlich nicht, aber das ist angesichts der Aufregung um den Schuss und das Schwein erst einmal nicht von Belang.

»Das Vieh stand quasi direkt vor Ihren Sicherheitsleuten auf der Terrasse«, erregt sich ein weiterer Hitzkopf bei der Tür. Er fixiert einen distinguiert wirkenden Mann mit eindrucksvoller Silbermähne. »Warum haben diese beiden Trottel denn nicht einfach draufgehalten und abgedrückt?«

»Meine Leibwächter sind Personenschützer, keine Jäger, und haben klare Anweisungen, was den Gebrauch der Schusswaffe angeht«, erwidert dieser eisig und von oben herab. Tatsächlich überragt er den Rest des Grüppchens um Hauteslänge. Seine gesamte Erscheinung verrät das Alphatier.

Hans hat keinen Zweifel, dass es sich bei ihm um Scharnhorst handelt.

»Sie wollten das Tier mit dem Schuss lediglich vergraulen«, sagt der somit identifizierte Immobilienmakler noch. »Und ich will keinen Ärger mit der Polizei.«

»Das blöde Schwein ist doch völlig unwichtig«, meldet sich die Blondine im blauen Kostüm erregt zu Wort. »Mich würde interessieren, was die zwei Verrückten vom See hier wollen. Die haben das verrückte Viech doch mit Absicht auf das Haus zugetrieben. Was sollte diese Aktion?«

»Das frage ich mich auch«, stimmt der Silberhaarige nachdenklich zu. »Zumal mir die junge Frau mit den lila Haaren da draußen vage bekannt vorkommt. Die habe ich schon einmal irgendwo gesehen …«

»Nun, äh … Sicher gibt es in Berlin jede Menge junge Damen mit lila Haaren«, mischt sich ein kompakter Herr in Nadelstreifen ein. Seine Stimme klingt in Hans' Ohren servil und extrem angespannt. Wenn Stimmen vor Angst schwitzen könnten – seine täte es momentan. Verdächtig hastig fährt der Mann fort. »Das alles ist natürlich ein bedauerlicher Zwischenfall, aber Ihre Sicherheitsleute werden diese jugendlichen Störenfriede sicher rasch unschädlich machen. Ich nehme an, es handelt sich um Herrentagsausflügler, die heimlich im See baden und dort grillen wollten …«

»Ein *lebendes* Schwein!« Angeekelt starrt die Blondine in den Park. »Widerlich.«

»Na ja, Sie wissen doch, Frau Scharnhorst … Diese Ossis sind mitunter recht rustikal, und natürlich hätten sie das Tier vorher geschlachtet, und dabei ist es eben ausgebüxt oder …«

»Verdammt, da sind mehr als zwei Spinner mit einem Spanferkel unterwegs, Krüger!«, unterbricht die Blondine den Anwalt ungestüm. Ihr ausgestreckter Arm weist nun nach rechts. »Da bei den Bäumen, hinter denen das Mädchen verschwunden ist, bewegt sich was, und da unten im Schilf auch. Im Park treiben sich jede Menge Leute herum, die hier nichts zu suchen haben.«

Oder vielleicht doch, frohlockt Hans in der Hoffnung, es könne sich bei den verdächtigen Gestalten um Annikas Trupp handeln. Hoffentlich wissen sie alle sich gut zu verbergen!

»Das scheint ja ein regelrechtes Grillfest zu sein«, bemerkt der Silberhaarige sarkastisch, um sogleich darauf doch die verbliebene Contenance zu verlieren. »Mein Gott, Krüger!«, herrscht er seinen kompakten Nachbarn an. »Ein umsichtiger Anwalt hätte den Park vor Beginn einer so hochsensiblen Unterredung wie der unsrigen gründlich kontrollieren und absperren lassen!«

Krüger setzt zu einer Verteidigungsrede in eigener Sache an.

Wenn es sich bei dem Silberhaarigen tatsächlich um Scharnhorst handelt und der unterwürfige Schmeichler Anwalt Krüger ist, kombiniert Hans mühelos, dann müssen die beiden jüngeren Männern tatsächlich Laurette de la Barrés Neffen sein. Er mustert sie eingehender. Beide sind mittelmäßig kräftig und weit weniger bedrohlich als Scharnhorsts bewaffneter Türsteher.

Mit denen lässt es sich fertigwerden. Krüger dürfte kaum Probleme machen – er sieht nach einem geborenen Feigling mit dem Rückgrat einer Salatschnecke aus –, und Scharnhorst ist nicht der Typ für Handgreiflichkeiten.

Angriffslustig schaut Hans sich nach seinen Gefolgsleuten um. Er findet sie nicht beim Saaleingang, sondern beim Konferenztisch. Heimlich, still und leise sammeln sie auf Strümpfen und angeführt von Martha Spielvogel die Vertragskopien ein und lassen sie in Windeseile in ihren barocken Rocktaschen verschwinden.

Guter Gedanke!

Krusewitz entdeckt nach kurzer Besinnungspause ein noch besseres Versteck und stopft weitere Vertragsunterlagen in eine mit Fliederzweigen gefüllte Bodenvase, um zu Hans' Verblüffung sodann seine Taschen mit je einem Champagner-Piccolo von einem Beistelltisch zu füllen. Was soll das denn jetzt?

An der Terrassentür beendet Krüger seine Verteidigungsrede. »Ich denke, wir sollten nun einfach da weitermachen, wo wir vorhin aufgehört haben, und zur Vertragsunterzeichnung schreiten«, schlägt er vor. »Wenn ich es richtig sehe, haben Ihre Wachleute die zwei Jugendlichen in den Wald zurückgetrieben, und hinter den Bäumen tut sich auch nichts mehr.«

Er will sich gerade zum Saal umdrehen, als der rundliche Neffe einen lauten Fluch ausstößt. »Verdammt, jetzt rast das bekloppte Ferkel schon wieder aufs Haus zu, und Ihre Security hinterdrein! Warum schießen die nicht endlich?«

»Es reicht, ich hole mein Jagdgewehr«, verkündet Neffe Nummer zwei, löst sich vom Fenster, strebt hastig auf eine Tapetentür zu und verschwindet dahinter.

Hans macht seinen nach wie vor unentdeckten Komplizen hektische Zeichen, es ist höchste Zeit, zur Tat zu schreiten.

Frau Spielvogel nickt, übergießt ein paar letzte Vertragskopien schwungvoll mit heißem Kaffee, dann schlängelt sie sich mit den anderen an seine Seite.

Hans erhebt sich hinter der Chaiselongue, will etwas sagen und kann es nicht. In seiner Kehle kratzt es mit einem Mal ganz fürchterlich, in seinem Kopf macht sich ein Gefühl vollkommener Leere breit. Muss sich um einen akuten Anflug von Lampenfieber handeln. Verflixt, er hätte sich überlegen sollen, was er eigentlich sagen will!

Martha gibt ihm von unten einen aufmunternden Stups und scheint wieder einmal seine Gedanken mitgelesen zu haben. »Sie müssen nur ›Hallo‹ sagen und laut Ihren Namen nennen«, wispert sie leise, aber voller Zuversicht. »Nur zu. Wir sind alle an Ihrer Seite!«

»Oder soll ich?«, fragt flüsternd Kasulke und hebt mit vielsagendem Blick seinen Koffer mit dem Beil vom Boden auf.

Hans öffnet den Mund zu seiner längst fälligen Erklärung, doch durch die offene Glastür kommt ihm ein spitzes Quieken zuvor. Ein schwarzrosa Ferkel zwängt sich zwischen den

Anzugsbeinen der Männer und den elegant bestrumpften Damenbeinen in den Gartensaal.

Die Blondine schreit auf. »Da kommt ein Motorrad aus dem Wald! Verdammt! Und da am See, das ist Stevko!«, kreischt sie schrill und stürmt auf die Terrasse hinaus.

»Stevko Blumenthal«, entfährt es Krüger nicht minder entsetzt.

Von diesem Moment an geht alles Schlag auf Schlag.

»Sie sind gefeuert!«, schreit Silbermähne Scharnhorst und eilt seiner Tochter hinterher in den Park, um seinen Personenschützern neue Befehle zuzubrüllen.

Im selben Moment öffnet sich die Tapetentür. Laurettes Neffe kehrt samt doppelläufiger Jagdflinte zurück, entdeckt das Ferkelchen direkt vor seinen Füßen, richtet, ohne zu zögern, seine Waffe auf das erschöpft zitternde Ferkelchen und spannt den Hahn.

»Heiner, leg sofort das Gewehr weg!«, verschafft sich vom Fenster her vorsichtig ein zartes Stimmchen Gehör. Laurette de la Barré klingt aufrichtig besorgt, ganz so, als traue sie ihren mutmaßlichen Neffen eine wilde Schießerei zu. »Ich muss doch nur noch unterschreiben, dann ist alles erledigt«, fügt sie beschwichtigend hinzu.

Ihr Auftritt erlöst zunächst das Ferkel und dann Hans aus seiner Erstarrung. Das Schweinchen flüchtet mit kratzenden Pfoten unter eine Seidenportiere neben der Terrassentür. Der Neffe reißt sein Gewehr herum und zielt nun auf den Vorhang.

»Nimm endlich das Gewehr runter«, fordert aufgeregt seine Tante.

»Sind Sie des Wahnsinns, Mann! Sie zielen ja auf mich«, empört sich Anwalt Krüger.

Hans kommt hinter der Chaiselongue hervor und postiert

sich mit zwei langen Schritten in der Mitte des Saals. Martha Spielvogel folgt ihm auf den Fersen.

»Frau de la Barré«, donnert Hans. »Bevor Sie unterschreiben, habe ich Ihnen etwas Wichtiges mitzuteilen.«

»Etwas *sehr* Wichtiges«, flötet ergänzend Frau Spielvogel.

Hans wirft einen warnenden Blick über seine Schulter. »Ich kann das alleine«, zischt er wütend.

Die Köpfe von Krüger, Laurette de la Barré und deren zwei Neffen wenden sich endlich von Fenster, Ferkel und Flinte ab und Hans zu.

»Sind Sie einer der Musiker?«, ruft Laurette verwirrt in den Raum und versucht, einen Schritt in Richtung Saalmitte zu tun, was Anwalt Krüger zu verhindern weiß, indem er die alte Dame – assistiert von ihrem anderen Neffen – derb zurückreißt.

»Ich bin –«, hebt Hans zum vernichtenden Schlag an und wird erneut unterbrochen. Diesmal nicht vom Ferkel, sondern von einem Warnruf Martha Spielvogels.

»Vorsicht!«, schreit sie und deutet in Richtung der Tapetentür. »Der Idiot will wirklich schießen.«

»Heiner!«, schreit ebenso entsetzt Laurette de la Barré.

Tatsächlich hat Neffe Nummer zwei seine Flinte hochgerissen und richtet sie auf Hans und Martha.

Hans hört, wie in ihren Rücken die Schlösser von Kasulkes Instrumentenkoffer aufschnappen, während Krusewitz mit vorgestrecktem Fidelbogen, fliegendem Mozartzopf und dem Schrei »En garde!« wie ein hochbetagter Musketier an ihnen vorbei quer durch den Raum auf Krüger und Laurette de la Barré zuschlittert. Die Seidensocken geben dem Kantor auf dem Parkett enormen Schwung, sodass er fast in Krüger hineinprallt.

»Sie schon wieder!«, schreit der und lässt vor Schreck Laurette de la Barré los.

Nach Krusewitz' tollkühner Vorlage gibt es für Hans und Kasulke selbstredend kein Halten mehr. Mit erhobenem Beil flankt Kasulke über die Lehne der Chaiselongue, Hans stürmt mit geballten Fäusten auf den Neffen mit der Jagdflinte los, der den Lauf seines Gewehrs ratlos zwischen ihnen und Krusewitz hin- und herschwenkt, der mit dem Fidelbogen abwechselnd auf seinen Bruder und Anwalt Krüger eindrischt.

Begleitet von höchst eindrucksvollem indianischen Kriegsgeheul gelingt es Hans und Kasulke, den Flintenschützen Heiner zu überrennen und zu Fall zu bringen. Kasulke versetzt dem am Boden liegenden Neffen mit der stumpfen Seite seines Beils einen Hieb auf die rechte Schulter, um ihn zur Freigabe des Gewehrs zu zwingen, dessen Lauf Hans mit festem Griff umklammert hält und so in Richtung Decke lenken kann.

»Was für Männer!«, hört Hans Martha Spielvogel verzückt ausrufen, während sie mit hoch erhobener Geige auf die Terrassentür zustürmt, durch die Anwalt Krüger Laurette de la Barré hinterrücks in den Park hinauszerren will, wobei er sich allerdings in einem Vorhang verheddert.

Hans presst den sich windenden und fluchenden Neffen fester zu Boden. Doch der Kampf ist noch nicht beendet. Kasulke springt auf und eilt Martha und Krusewitz zu Hilfe, die noch immer in ein heftiges Gefecht mit Krüger und Neffe Nummer zwei verstrickt sind. Mithilfe seines Beils kann Kasulke den Neffen schließlich durch die Tür auf die Terrasse treiben, Feigling Krüger hingegen reißt Laurette vor sich, um sie als Schutzschild gegen Marthas und Krusewitz' Attacken zu missbrauchen.

»Lassen Sie sofort die Dame los, Sie elendiger Drückeberger!«, wütet der Kantor, schleudert den Fidelbogen von sich und versenkt die rechte Hand in seiner Rocktasche. »Sonst muss ich Ihnen hiermit sehr, sehr wehtun!«

Damit?, staunt Hans, als bereits ein scharfer Knall ertönt und dem Tumult im Saal ein jähes Ende bereitet.

Schmerzgeheul, gefolgt von durchdringendem Ferkelquieken und jammervollem Stöhnen, verrät, dass der Schuss ein Treffer war.

43.

Nach dem Sieg verdienst du ihn, nach der Niederlage brauchst du ihn.

Napoleon über Champagner

Eine halbe Stunde später gleitet der Kantor noch immer auf Seidensocken durch den Saal, diesmal allerdings in gemessenem Tempo. Er hat inzwischen Übung auf glattem Parkett. Ein wenig sieht es aus, als laufe er auf Schienen oder übe für einen barocken Schreittanz. In den Händen trägt er ein Tablett mit gefüllten Sektflöten, im Gesicht das triumphale Lächeln des siegreichen Haudegens.

Dazu hat er auch allen Grund, findet Martha, als Krusewitz sie auf Höhe der Zimmerpalme passiert.

»Ein Gläschen Champagner?«, fragt er gut gelaunt.

»Später«, winkt Martha lächelnd ab. »Kasulke und ich haben hier leider noch mit unserem Verwundeten zu tun.«

Der Verwundete stöhnt wie zur Bestätigung. So ein elender Schauspieler!

»Der soll sich mal nicht so anstellen. Es hätte ihn weit schlimmer treffen können«, bemerkt entsprechend ungerührt der Kantor und steuert mit seinem Tablett den vor zehn Minuten eingetroffenen Polizisten an. Der Beamte steht bei der nahen Terrassentür und vernimmt gerade Schiefelbein und Wodka. Krusewitz schielt interessiert in die Notizen.

Martha seufzt. Dem armen Pastor sieht man sein Unbehagen über das Verhör deutlich an, wohingegen Wodka vor allem

Sorgen um die Ural zu plagen scheinen, die aufgebockt auf der Terrasse steht und eingehend von einem weiteren Beamten untersucht und fotografiert wird. Immer wieder dreht der junge Mechaniker sich zu dem leicht lädierten Motorrad um. Das schiefe Vorderrad und eine Delle im Beiwagen deuten nach Marthas Dafürhalten auf direkte Feindberührung hin. Wen genau Wodka und der Pastor mit dem Beiwagen touchiert haben, ist ihr allerdings noch unklar. Anders als im Saal gab es im Park nämlich keine Verletzten. So viel steht immerhin fest: Das Manöver war erfolgreich.

Scharnhorst, seine Tochter und die beiden Leibwächter haben – verfolgt von der bewaffneten Ural sowie von Stevko, Annika, Jannik und Malinka – fluchtartig das Gelände verlassen. Unter Verlust eines Stöckelschuhs, einer Pistole, der Chance auf einen Zwei-Millionen-Deal und sämtlicher Nerven.

Stevko hat das kopflose Quartett kurz vor dem Eintreffen der Polizei auf die geparkten Autos zuhetzen sehen, hatte aber keine Chance, es zurückzuhalten. Laurettes Neffen haben auf der Flucht vor dem Gesetz einen nicht minder rasanten Abgang über die Terrasse gewählt. Vermutlich ist diese ehrenwerte Gesellschaft samt Leibwächtern längst in Richtung Berlin respektive Hamburg unterwegs. Hoffentlich auf Nimmerwiedersehen.

Allein Krüger hat es nicht geschafft, die Biege zu machen, und nach dem Motto »Angriff ist die beste Verteidigung« seine *Schussverletzung* maßlos übertrieben und gegenüber der Polizei wilde Anschuldigungen gegen alle verbliebenen Anwesenden vorgebracht.

»Nichts anfassen!«, schreit Wodka in diesem Moment durch die Tür.

»Junger Mann, nicht in diesem Ton«, verwarnt ihn der verhörende Polizist streng. »Wir müssen hier eine erste Spurensicherung durchführen. Das Herumfahren mit einer nicht eingetragenen Waffe, noch dazu einer Kalaschnikow, ist schließlich kein Kavaliersdelikt! Nach Auskunft des Verletzten da drüben bei der Palme haben Sie mit der Maschine und dem MG regelrecht Jagd auf Menschen –«

»Sektchen, Herr Kommissar?«, unterbricht der Kantor aufgeräumt die Befragung. »Zur Feier des Herrentags? Und anlässlich unserer gelungenen Generalprobe für das bundesweite Pfingsttreffen des Ural-Fanclubs auf Vorwerk Mühlengrund? Unter dem Motto ›Kraftrad trifft Klassik‹ werden wir hier eine ganz außergewöhnliche Begegnung herbeiführen.«

»Nein danke, bin im Dienst«, antwortet so knapp wie pflichtbewusst der Beamte. »Und übrigens bin ich Polizeiobermeister.«

»Dann vielleicht ein leckeres Bütterchen?«, lässt Krusewitz nicht locker und schiebt sich samt Tablett vor den Pastor und Wodka. Zugleich gibt er Jannik und Malinka, die auf der Terrasse am zwischenzeitlich aufgebauten Cateringbuffet einen Teller mit Häppchen und Salaten füllen, ein Zeichen. »Kommt ihr mal rein, Kinderchen, der Herr Oberkommissar hier hat sicher auch Hunger.«

Der Kantor führt doch wieder was im Schilde, argwöhnt Martha und wendet sich vom stöhnenden Krüger zu ihren Füßen ab, dem der gelernte Veterinär Kasulke widerwillig, aber gekonnt erste Hilfe wegen eines Veilchens am Auge und einer Fußverletzung leistet.

»Erst müssen wir unseren Helden Hinkebein füttern«, ruft Jannik durch die offene Tür und hält kurz das mit seinen verbundenen Vorderpfoten zappelnde Schweinchen hoch.

»Ich bin kein Kommissar und habe auch keinen Hunger«, teilt der Beamte gleichzeitig Krusewitz mit.

»Nicht? Aber Ihr Beruf ist doch sicher sehr anstrengend, und wir haben weit nach ein Uhr«, beharrt Krusewitz auf seiner äußerst aufdringlichen Gastfreundschaft.

»Dürfte ich jetzt bitte meine Vernehmung hier fortsetzen?«, verlangt der Polizist ruppig und schickt sich an, Krusewitz beiseitezuschieben.

Der hält trotz seiner Seidensocken felsenfest die Stellung. »Natürlich, natürlich«, sagt er beflissen, »nur ist mir unklar, weshalb Sie nicht zunächst mich befragen. Schließlich habe ich auf den Herrn geschossen, der hinter der Palme verarztet wird!« Krusewitz deutet mit dem Daumen hinter sich.

»*Sie* haben auf den Mann geschossen?«, hakt der Beamte verdutzt nach und schlägt flugs eine neue Seite in seinem Notizblock auf.

»Oh ja, und ich habe nicht nur geschossen, sondern auch getroffen«, bestätigt der Kantor stolz. »Übrigens als Einziger! Meister Proper kann nicht zielen, und die Kalaschnikow auf dem Motorrad des Pastors ist selbstverständlich nicht geladen.«

»Genau«, bestätigt hinter ihm eilig Wodka. »Das Magazin klemmt. Ich hatte kein Karambaöl, und Munition hab ich in der Garage auf die Schnelle auch nicht gefunden. Also immer locker durch die Hose atmen, Chef.«

»Es gibt auch gar keine Munition«, knurrt der Pastor. »Ich bin doch nicht bescheuert.«

»Das MG ist also quasi 'ne Artratte«, ergänzt Wodka.

»Was für ein Ding?« Verwirrt schaut der Beamte von seinem Block auf.

»Unser junger Freund meint natürlich eine Attrappe, Herr Oberhauptkommissar«, erklärt Krusewitz und holt zu einer Erläuterung aus. »Eine Attrappe ist eine harmlose Nachbildung eines Originalgegenstandes. Man könnte im vorliegenden Fall also von einem Spielzeuggewehr sprechen. Herr

Schiefelbein ist ein Oldtimerfan, dem an der optisch originalgetreuen Ausstattung seines Ural-Kampfgespanns liegt und ...«

»Ich weiß, was eine Artrappe, ich meine Attrappe ist«, fährt der Beamte ihn an.

»Schön«, nickt Krusewitz. »Etwas anderes würde sich nämlich am Motorrad eines Gottesdieners auch nicht gehören. Obwohl in der Bibel oft vom Schwert aus der Schrift die Rede ist und Jesus im Tempel bekanntermaßen sehr handgreiflich wurde, als es um krumme Geldgeschäfte ging, weshalb ich meinen Schuss auch nicht im Geringsten bereue, ganz im Gegenteil ...«

»Jetzt zeigen Sie mir erst einmal die Tatwaffe«, versucht der Beamte, die Aufklärungsarbeit in geordnete Bahnen zu lenken.

»Die muss unter den Vorhang gerollt sein, falls das Ferkel nicht damit rumgespielt hat.« Krusewitz drückt Wodka sein Tablett in die Hände und schiebt mit der Fußspitze den Vorhang beiseite.

»Halt, das mache ich!«, ruft ihn der Polizist zurück und kniet sich auf den Boden, um unter dem Vorhang nachzuschauen. »Guter Mann, da liegt nur ein Piccolo.«

»Genau. Das ist die Waffe.«

»Eine leere Sektflasche?«

»Aber nein, wo denken Sie hin! Zum Tatzeitpunkt handelte es sich selbstverständlich um eine volle und gründlich durchgeschüttelte Sektflasche mit präzise gelockertem Drahtgeflecht. Wenn Sie mir nicht glauben, können Sie gerne meine Fingerabdrücke abnehmen. Außerdem gibt es für meine Tat unzählige Zeugen im Saal und auf der Terrasse.«

»Jetzt reicht es mir aber mit Ihren Kapriolen!«, schnauzt der Beamte und schnellt zurück auf die Füße. »Ihre Personalien, bitte. Wer sind Sie? Wo kommen Sie her?«

Der Kantor nimmt Haltung an. »Krusewitz, Randolf Günter, ohne H, geboren in Ohnewitz bei Gollerbeck im Havelland. Haben Sie das? Kurioser Ortsname, ich weiß, aber ich nehme an, als Uckermärker kennen Sie das Dörfchen?«

»Haben Sie Ihre Papiere dabei?«

»Nicht als Vivaldi, aber wir können gerne gemeinsam die Toilette aufsuchen, da kann ich Ihnen alles von mir zeigen ...«

»Danke für deine Hilfe, Krusewitz«, unterbricht ihn sein Freund Schiefelbein hastig, »aber ich mache das hier schon. Geh du mal mit den anderen einen schönen Sekt trinken. Falls du das nicht ohnehin schon getan hast.«

Krusewitz guckt beleidigt. »Ich serviere keinen Sekt, sondern nur Champagner, und der ist mir viel zu sauer. Außerdem kannst du, mein Lieber, überhaupt gar nichts zur Aufklärung meines Verbrechens beitragen. Schließlich musstest du zur Tatzeit mit Herrn Wodka Meister Proper und seinen Kollegen aus dem Park jagen!«

»Wer ist nun wieder Meister *Proper?*«, schaltet sich der Mann in Uniform mit deutlichen Anzeichen von Erschöpfung ein.

»Der Mann mit der Glatze, der uns nicht glauben wollte, dass wir Vivaldis sind. Der war übrigens mit einer richtigen Schießpistole bewaffnet, Herr Hauptkommissar. Trotzdem hat er, wie erwähnt, nicht mal Rippchen getroffen.«

»Wen meinen Sie jetzt wieder mit Rippchen? Der Mann am Boden hat zu Protokoll gegeben, er heiße Krüger!«

»Womit er ausnahmsweise die Wahrheit gesagt hat. Wo war ich stehengeblieben? Ach ja, bei dem scharf bewaffneten Muskelprotz. Ich dachte erst, er heiße Prolet ...«

»Wer?«

»Na, Meister Proper. Falls Sie ihn zur Fahndung ausschreiben wollen: Er sieht *haargenau* so aus wie dieser Glatzkopf aus der Putzmittelwerbung, zu dem mir erst nur die Melodie eingefallen ist …« Der Kantor unterbricht sich kurz, um den Werbejingle zu summen.

Wenn er so weitermacht, hat er den Pastor in zehn Minuten rausgepaukt, denkt Martha und hat Mühe, nicht laut loszulachen. Was sich mit Blick auf den vor ihr am Boden liegenden, nach wie vor theatralisch stöhnenden Krüger leider verbietet. Kasulke versichert dem Anwalt zwar gerade zum tausendsten Mal, dass weder Schussverletzungen durch Champagnerkorken noch Wadenbisse von wütenden Schweinen tödlich sind, das hält Krüger jedoch nicht vom Stöhnen ab.

»Es sei denn, das Ferkel hat Tollwut«, fügt Kasulke entnervt hinzu.

»Sie hätten dem armen Rippchen wirklich nicht auf die Zehen treten dürfen«, ergänzt Martha.

Krüger stöhnt noch lauter.

»Na, na, na, keine Panik! Bis jetzt sehe ich für Tollwut keinerlei Anzeichen. Das Ferkel scheint mir allenfalls außergewöhnlich agil«, beruhigt ihn Kasulke sofort wieder. »Ihr Auge sieht zwar scheußlich aus, wird sich aber bald erholen. Seien Sie froh, dass Krusewitz einen Champagnerpiccolo mit echtem Korken zur Hand hatte und kein Fläschchen Billigsekt mit Plastikstopfen. Der hätte Sie todsicher das Augenlicht gekostet.«

Kasulke erhebt sich unter leichtem Ächzen. »Und jetzt werde ich mich mal unserem Freund und Helfer, Wachtmeister Forkenbrink, widmen. Das ist ein guter Kumpel von mir und ein prima Dorfpolizist, aber langsam hat er dem armen Pastor und Krusewitz lange genug die Hölle heiß gemacht.«

Rasch strebt er die Terrassentür an und haut dem Beamten von hinten lebhaft grüßend die Pranke auf die uniformierte

Schulter. »Jetzt lass mal gut sein, Günther«, fordert er energisch. »Mein Freund Krusewitz hat nur ungeschickt mit dem Blubberwasser hantiert. Scharf geschossen wurde hier nur in die Luft, und zwar von den Knallköppen aus Berlin, die dieser Immobilienfritze mitgebracht hat. Ich hab dir doch gleich gesagt, dass der für Unruhe sorgen wird.«

»Ich aber auch«, protestiert Krusewitz beleidigt.

»Ihren Einsatz in allen Ehren, Kantor, aber das mit dem Korken war ein Zufallstreffer«, erklärt Kasulke sehr bestimmt.

»War es nicht«, knurrt Krüger am Boden. »Ich werde Sie allesamt wegen schwerer Körperverletzung verklagen.«

»Jetzt machen Sie mal halblang!«, empört sich Martha. »So schlimm hat es Sie nun auch wieder nicht erwischt. Hoffen Sie lieber, dass Laurette de la Barré nicht die Gelegenheit nutzen wird, um bei Herrn Forkenbrink Strafanzeige gegen *Sie* zu erstatten! Da käme einiges zusammen: Nötigung, Erpressung, grobe Verletzung Ihrer Anwaltspflichten und ein tätlicher Angriff auf Ihre Ex-Mandantin, den wir alle bezeugen werden.«

Die Drohung lässt Krügers Gestöhne kurz verstummen. »Frau de la Barré erwägt eine Anzeige gegen mich?«, wiederholt er voll gespielter Verblüffung und richtet sich erstaunlich geschmeidig auf. »Und wieso Ex-Mandantin?«, setzt er flugs hinzu. »Ich werde Frau de la Barré selbstverständlich meine Hilfe und meinen professionellen Beistand in einem anzustrebenden Prozess gegen die Nötigungsversuche ihrer betrügerischen Neffen anbieten.«

»Das wird nicht reichen. Schon gar nicht angesichts der Tatsache, dass Malinka und ihr Onkel Stevko sehr viel Interessantes über Ihre anderweitigen Geschäfte mit Herrn Scharnhorst zu berichten wissen«, erwidert Martha und landet, wie nicht anders erwartet, einen Treffer.

»Ich vertrete Frau de la Barré selbstverständlich kostenlos, nachdem ich sie vorhin trotz meines beherzten Eingreifens und trotz Gefährdung meiner körperlichen Unversehrtheit nicht vor diesen kriminellen Betrügern in Sicherheit bringen konnte«, erhöht Krüger umgehend sein Angebot. »In meiner gesamten Laufbahn wurde ich von niemandem derartig unverfroren hinters Licht geführt wie von diesen beiden Männern! Wo ist Frau de la Barré übrigens hin? Ah, da sitzt sie ja. Ich werde mich umgehend für mein Versagen entschuldigen.«

Martha zieht die Brauen hoch. Das kommt gar nicht infrage! Wäre ja noch schöner, wenn ausgerechnet diese einäugige Ratte Hans und Laurette bei dem ersten familiären Austausch ihres Lebens unterbrechen würde. »Auch das wird nicht reichen, um eine Anzeige abzuwenden«, hält sie ihn zurück. »Wenn Sie sich etwas Gutes tun wollen, korrigieren Sie bei der Polizei Ihre Falschaussagen über Ihre so genannte Schussverletzung und die angebliche Menschenjagd im Park! Dann könnte ich mir überlegen, bei Frau de la Barré ein gutes Wort für Sie einzulegen.«

»Und bei Malinka und Herrn Blumenthal?«

»Und bei Malinka und Herrn Blumenthal.«

»Versprochen?«, fragt Krüger und macht Anstalten, sich zu erheben.

»Versprochen«, sagt Martha, hilft ihm auf die Beine und gibt ihm einen kräftigen Schubs in Richtung Polizei.

Das wäre erledigt.

Und nun zur Hauptperson. Marthas Blick schweift zur Chaiselongue.

Von einem lebhaften familiären Austausch ist dort momentan nichts zu sehen. Tante und Neffe sitzen schweigend und erstarrt beieinander. Unbeholfen wie Tanzstundenschüler sehen sie aus und wie ausgeschlossen von der Gegenwart.

Kann es sein, dass ihre erste Annäherung gründlich schiefgelaufen ist oder dass sie einander nichts oder nur Leidvolles oder unerträglich Schreckliches mitzuteilen hatten?

Gute Güte! Diese Möglichkeit hat sie bislang einfach ausgeblendet. Sie hat sich immer nur in ihren raschen Therapieerfolgen gesonnt und sich das Bild einer glücklich wiedervereinten Familie Nittenwilm ausgemalt, mit deren Anamnese sie sich nun wirklich gründlich befasst hat. Anders als mit den Angehörigen von Laurette de la Barré, von denen kennt sie nur die beiden äußerst habgierigen und unangenehmen Rüpel von Neffen, die sie nicht einmal im Knast therapieren würde. Kurz: Sie weiß so gut wie nichts über die Familiengeschichte von Hans' Erbtante.

Was für ein Fehler, was für ein dummer, unverzeihlicher Fehler!

44.

Sie glauben, sie bedauern die Vergangenheit, während sie sich in Wahrheit nach Zukunft sehnen.

John Henry Newman, englischer Theologe

Dass Krusewitz und Schiefelbein verhört werden, die lebhaften Gespräche im Saal, das hier und da aufklingende Gelächter seiner Mitstreiter, das Klappern von Besteck – all das perlt an Hans ab wie Wasser von einer Lacktischdecke.

Seit Laurette de la Barré ihre atemlose Erzählung kurz zuvor an einem für sie offenbar zu schmerzhaften Punkt unterbrochen hat, wagt er es kaum, sie anzusehen. Hilflos und mit sehr gemischten Gefühlen sitzt er neben ihr, versunken in fremde und eigene Erinnerungen, die sich mischen und doch nicht zueinander passen wollen. Kaum eine Armlänge entfernt ihn von der jüngeren Schwester seiner Mutter, und doch trennen sie Welten: zwei lange, höchst verschiedene Lebenswege und ein bitteres Geheimnis, von dem Hans nicht weiß, ob er es kennen möchte.

Seine Tante Laurette ist kaum zehn Jahre älter als er selbst und wurde unter dem Familiennamen Hahnenbeck im Sommer 1938 hier auf dem Vorwerk Mühlengrund geboren. Sie war das Nesthäkchen in einer großen, damals glücklichen und sorglosen Familie, wie sie beteuert. Hat nach eigenem Bekunden in diesem Haus beneidenswert lichte Kindertage verlebt, mit ihrer acht Jahre älteren Schwester Dorothee, genannt Dodo, drei Brüdern, den Eltern und den Großeltern.

Dorothee … Dodo also … Hans blieb nicht viel Zeit, dem Namen seiner Mutter und seinem eigentlichen Familiennamen Hahnenbeck nachzuspüren, zu fühlen, was diese Namen ihm bedeuten könnten, ob sie ihm überhaupt jemals etwas bedeuten können.

Laurette hat über die Namen hinwegerzählt, im Bemühen, ihn wie selbstverständlich einzubeziehen und gegen alles Schwere und Trennende zunächst einmal anzuplaudern. Wofür er seiner Tante aufrichtig dankbar ist. Mehr als ein Jahrhundert Vergangenheit und Familiengeschichte hat sie vor ihm ausgebreitet – eine Vergangenheit, die jetzt auch seine Vergangenheit ist und doch nicht seine Geschichte, obwohl sie ihn seltsam tief berührt und ein Bündel Fragen in ihm aufwirft. Kann man einer längst versunkenen Welt und einer Vergangenheit nachtrauern, die man nie erlebt, oder eine Familie vermissen, die man nicht gekannt hat?

Man kann, befürchtet Hans mit steinschwerem Herzen. In Teilen jedenfalls, selbst wenn man nie wirklich dazugehörte.

Zunächst ist es Laurette und den Hahnenbecks auf Mühlengrund sehr gut ergangen. Privat und auch wirtschaftlich, weil schon der Großvater und Pharmazeut Wilhelm Hahnenbeck mit einem chemischen Patent ein kleines Vermögen gemacht hatte. Im Alter von achtundvierzig Jahren ist er dann von Berlin aufs Land gezogen und hat Gut Mühlengrund erworben, um dort in der Abgeschiedenheit in einem eigens eingerichteten Labor seiner Forschungsarbeit nachzugehen. Er hat das Haus modernisiert und in einen stilvollen Familiensitz verwandelt.

Bautätigkeiten, so hat es Laurette erzählt, lagen ihm.

Damals, um 1900, galt es unter berlinmüden Großbürgern als erstrebenswert, Gutshöfe in der Mark zu erwerben, um dort das geruhsame, althergebrachte Leben des ländlichen Adels zu imitieren, wenn man zu Wohlstand, Ansehen und Erfolg gekommen war und etwas gelten wollte, ohne aufdringlich anzugeben. Altreich und vornehm zurückhaltend wollte man erscheinen, nicht neureich und vulgär, und vor allem das Leben genießen.

Wilhelm Hahnenbecks Sohn – Laurettes und Dodos Vater, sein Großvater – hat sich als Erbe von Mühlengrund zunächst im für die Uckermark typischen Tabak- und Rübenanbau versucht und eine Zuckerfabrik gegründet, ist als studierter Biologe und vorausschauender Unternehmer jedoch schließlich auf das weniger arbeitskräfteintensive Geschäft mit Saatgutzucht umgeschwenkt. Auch das mit Erfolg.

»Saatgutzucht« – bei diesem Wort musste Hans erstmals hart schlucken und an seine selbst gezogenen Obstbäume daheim in Nievenhoven denken. Kann es sein, dass sich Passionen oder Liebhabereien vererben? Ohne ein gelebtes Vorbild vor Augen?

Nun, vielleicht ist es auch nur ein Zufall.

Die verfallenen Gewächshäuser, die Kasulke auf dem Vorwerk für seinen Gemüseanbau angemietet und saniert hat, haben jedenfalls einmal dem Saatgut – und Forschungsunternehmen Hahnenbeck gedient, und Hans gefällt es, dass sein neuer Freund sie wieder nutzt. Es gefällt ihm sogar sehr. Genau wie Laurette und davor schon ihrem Bruder, der das Gut nach der Wende zurückkaufen und sanieren konnte. Auch ihn verbanden mit Mühlengrund Erinnerungen an eine erfüllte Kindheit und versunkenes Glück, sagt Laurette.

Lange habe der Krieg einen riesigen Bogen um das einsam gelegene Vorwerk gemacht, hat sie weiter erzählt. Der Betrieb war als kriegswichtig eingestuft, der Vater als erfolgreicher Saatgutlieferant und Forscher vom Wehrdienst freigestellt, und ihre älteren Brüder waren zunächst zu jung, um eingezogen zu werden. Überhaupt lagen die Schlachtfelder lange Zeit fern, und Bombennächte kannte man lediglich aus den Erzählungen landverschickter Kinder aus dem Rheinland oder dem Ruhrgebiet und hierher evakuierter Ausgebombter, die dankbar waren, in einer Enklave ländlichen Friedens Zuflucht zu finden. Zu ihnen gehörte die siebzehnjährige Margarete aus Neuss, deren gesamte Familie bei einem der ersten schweren Fliegerangriffe auf das Rheinland ausgelöscht worden war.

Seine spätere Ziehmutter, auch das weiß Hans inzwischen dank Laurette, wurde zur besten Freundin der drei Jahre jüngeren Dodo Hahnenbeck. Auf Vorwerk Mühlengrund betrachtete man Margarete bald als eine dritte Tochter und behandelte sie wie eine weitere Schwester von Laurette und Dorothee.

»Margaretes Kriegshochzeit mit dem jungen Fronturlauber Karl Nittenwilm haben wir im Sommer '44 auf Mühlengrund noch ausgiebig gefeiert. Als Gretchens Ehemann kurz darauf zurück zur Front musste und auch meine beiden älteren Brüder nach Russland eingezogen wurden, ist sie geblieben. Sie und Dorothea waren nach wie vor unzertrennlich, und bei alldem, was noch folgen sollte, hat Gretchen unverbrüchlich zu meiner Schwester gehalten. Sie war tapfer für zwei, zupackend und vor allem ein ungemein verlässlicher, loyaler Mensch.«

An dieser Stelle ist Laurettes Stimme ins Schlingern geraten. Hans konnte hören, wie viel Schmerz im nächsten Satz mitschwang und welch große Überwindung er Laurette kostete: »Anders als der Rest meiner Familie, und das bis weit über Dodos Tod hinaus.«

An dieser Stelle hat Hans erstmals nachgehakt. »Wann ist Dorothee gestorben?«, hat er, das Wort »Mutter« noch immer meidend, nachgefragt.

»In der Nacht auf den 7. August 1947, gegen drei Uhr früh. Mit kaum neunzehn Jahren«, hat Laurette sehr präzise geantwortet, so, als zitiere sie den Totenschein. Unwillkürlich hat sie die Hand nach ihm ausgestreckt, sie dann aber wieder zurückgezogen, als stünde es ihr nicht zu, ihn zu trösten.

»Also nur fünf Tage nach meiner Geburt«, hat Hans tonlos und sachlich festgestellt, obwohl ihm schlagartig hundeelend zumute war. Dass es der Tod und nicht die Entscheidung seiner Mutter gewesen sein könnte, die ihn und sie jäh und auf immer auseinandergerissen hat, war ihm bislang gar nicht in den Sinn gekommen. Er hatte nach Ankunft der Briefe aus Brandenburg und in den geheimsten Winkeln seines Herzens nur über weit hässlichere Gründe für die frühe Trennung spekuliert. Schon deshalb, weil Margarete ihre Freundin Dorothee ihm gegenüber nie erwähnt hat, geschweige denn die Tatsache, dass diese Freundin seine wirkliche Mutter war.

»Woran ist sie gestorben?«, hat er leise gefragt.

»Am Wochenbettfieber. Wahrscheinlich hatte sie sich schon im Krankenhaus mit Staphylokokken infiziert. Nach ihre Rückkehr auf Mühlengrund muss dann das Fieber sehr schnell ausgebrochen sein«, hat Laurette geantwortet und starr nach vorn geschaut. »Als Dodos Temperatur immer stärker anstieg und sie vor Schmerzen kaum noch bei Bewusstsein war, ist Margarete noch in der Nacht von Mühlengrund bis nach Templin geradelt, hat im Krankenhaus und schließlich bei der russischen Kommandantur verzweifelt um einen Arztbesuch und um Antibiotika gefleht, aber ...«

An dieser Stelle hat Laurettes Stimme kurz ihren Dienst versagt. »Die Antwort lautete überall Nein«, hat seine Tante schließlich mit einem unendlich traurigen Kopfschütteln weitererzählt. »Für die Tochter des Klassenfeindes, eines vermeintlich faschistischen Junkers und ehemaligen Großgrundbesitzers, die sich zudem hartnäckig weigerte, dem Ausweisungsbefehl gen Westen Folge zu leisten, gab es ja nicht einmal Lebensmittelkarten, geschweige denn kostbares Penicillin. Nun, vielleicht hatten die Russen auch wirklich keines. Wer weiß das schon? Medikamente, Essen, die einfachsten Dinge des alltäglichen Bedarfs waren im Osten damals ja noch viel, viel knapper als bei uns im Westen. Für jeden, sogar für die Sowjettruppen.«

Bei uns im Westen.

Dieser Satz hat Hans endgültig stutzen lassen. »Wieso im Westen? Ich dachte, meine Mutt... Ich meine, deine Schwester, deine Familie, ihr alle wäret zu diesem Zeitpunkt noch auf Mühlengrund gewesen.«

Laurette, die die Frage erwartet zu haben schien, hat erneut, diesmal zaghaft und sehr erschöpft, den Kopf geschüttelt. »Nein, wir waren damals schon längst nicht mehr zusammen. Der Krieg lässt nichts, wie es ist und wie es war. Wir waren keine Familie mehr, schon gar keine glückliche und ... Oh, Hans, es tut mir so leid, so unendlich leid, dass niemand von uns dir und Margarete geholfen hat, aber meine Mutter konnte den Gedanken einfach nicht ertragen, dass Dodo, ihre eigene Tochter, dass sie ... Verzeih...«

An eben diesem Punkt hat Laurette mit tränenerstickter Stimme abgebrochen und gequält den Blick von ihm abgewandt.

Hans sieht, dass sie auch jetzt noch mit etwas ringt, das ihr entweder unsagbar oder völlig unverzeihlich zu sein scheint. Und er ist sich nach wie vor unsicher, ob er es hören will und überhaupt hören muss. Was gehen ihn die Versäumnisse, Streitigkeiten oder möglichen Verfehlungen der Familie Hahnenbeck schließlich an? Genügt es nicht zu wissen, dass seine leibliche Mutter unter tragischen Umständen und viel zu früh gestorben ist? Dass ihre beste Freundin um ihr Leben gekämpft und sie so sehr geliebt hat, dass sie ihn nach Dodos Tod sofort wie einen Sohn angenommen, sich im Standesamt Templin sogar als seine Mutter ausgegeben und später unter Einsatz ihres eigenen Lebens das seine gerettet hat?

Denn das hat sie. Ja, das hat sie, wie Hans weiß, seit sich die bruchstückhaften Erinnerungen und verstörend intensiven Angstmomente, die seit Beginn dieser verrückten Reise durch Brandenburg immer wieder in ihm hochgeblitzt sind, im Wald von Mühlengrund und mit Blick in eine zerwühlte Wildschweinkuhle schlagartig zu einer eindringlich klaren Bildfolge samt Geräuschen, Farben und Gerüchen gefügt haben.

In einer ähnlichen Kuhle wäre er ohne Margarete Nittenwilms zupackendes Handeln auf ihrer gewagten Flucht in den Westen todsicher erstickt. Im Alter von gerade vier Jahren und umgeben von einem weihnachtlich anmutenden Fichtenwald in Thüringen. Weshalb er Fichtenwälder hernach nie leiden konnte.

So licht und kahl und weiß verschneit war jener Thüringer Forst, dass die Grenzstreifen ihre Gruppe trotz einsetzender Abenddämmerung selbst aus großer Entfernung entdecken und verfolgen konnten. Bald hallten die ersten Schüsse. Ihr Schleuser ließ sie sofort im Stich.

Wie die Hasen sind alle auseinandergejagt. Ziellose Haken schlagend sind er und Margarete durch das Baumgestaffel gehetzt, das keinen Schutz bot und nur die Hoffnung ließ, dass die Dunkelheit rasch einsetzen würde. Dass nicht genügend Soldaten auf Streife waren, um jedem Einzelnen von ihnen nachzusetzen.

Gott, was muss er damals für eine Last für Margarete gewesen sein! Immer wieder ist er bis zur Hüfte im Schnee versunken, vor Kälte wimmernd. Immer wieder hat Margarete ihn auf die

Füße gezerrt, stellenweise einfach durch den Schnee hinter sich her geschleift, bis sie ihn irgendwann huckepack genommen hat.

Plötzlich streicht eisige Luft über Hans' Lungenflügel, in seinen Ohren hört er Margaretes hartes Keuchen, einen Schuss nah hinter sich. Er spürt, wie ihr Herz und ihre Todesangst in ihrem Hals pochten, fühlt noch einmal, wie winzig und steifgefroren seine Hände waren, mit denen er ihren Hals umklammert hielt, spürt, wie ihre Angst zu seiner wurde und dass diese Angst kälter war als die Luft, die er atmete, kälter als der Schnee unter ihren Füßen, kalt wie der Tod.

Dann plötzlich lässt sie ihn fallen, schüttelt ihn regelrecht von sich ab. Er fällt weich, liegt mit dem Gesicht nach unten im Schnee in der Wildschweinkuhle, unfähig, sich zu rühren, weil über seinem Kopf weitere Schüsse aufpeitschen. Er vernimmt Margaretes Stimme über sich, die ihm verzweifelte Befehle gibt: »Lauf weiter, wenn sie aufhören zu schießen, lauf einfach weiter!«

Im Schnee knirschen ihre Schritte, die sich von ihm entfernen, rasch in Lauftempo verfallen. Wieder knallt es.

Hans fröstelt so wie damals, oder nein: Damals hat er wie zu Tode erstarrt einfach dagelegen, hat Schnee und Kälte und Einsamkeit und den nahen Tod eingeatmet, bis sich Margaretes Hand erlösend auf seine Schulter gelegt hat. »Komm, sie sind weg. Ich habe sie abgelenkt.«

Nicht zart und mitfühlend wie jetzt war diese Hand, sondern zupackend und ...

Moment.

Jetzt?

Hans zuckt zusammen und dreht kurz den Kopf. Hinter ihm steht Martha Spielvogel. Ihre Hand ruht verlässlich auf seiner Schulter, während neben ihm Laurette de la Barré seufzend ihre Erzählung wieder aufnimmt: »Das Vorwerk Mühlengrund wurde schon im Herbst 1946 endgültig enteignet. Zuvor ist es zunächst verschont geblieben, weil es zu den kleineren Gütern zählte, weil wir viele Flüchtlinge beherbergten und die Russen hier einen Verwaltungsstützpunkt unterhielten. Meine Mutter ist der bevorstehenden Ausweisung geschickt zuvorgekommen. Sie wollte nicht wie andere Gutsbesitzer vor uns mit nichts als einem Koffer als Gepäck davongejagt werden. Also hat sie heimlich einen Wagen bepackt und ist mit mir und meinem jüngsten Bruder geflohen.«

»Und was war mit meiner …« Hans zögert immer noch, was ihm selbst plötzlich sehr albern, sogar ungehörig vorkommt. »Warum gingen meine Mutter und Margarete nicht mit?«

»Dorothee hat sich geweigert mitzukommen. Angeblich, um bei unserer achtzigjährigen Großmutter zu bleiben, die Mühlengrund nicht aufgeben wollte, und um mit Margarete auf die Rückkehr von deren vermisstem Mann zu warten … Das haben die beiden damals jedenfalls behauptet. In Wahrheit hatte Dodo sich verliebt. In Valik. Deinen Vater.«

»Valik«, stößt Hans verwirrt vor. »Aber das klingt russisch.«

Laurette nickt. »Valik war Russe. Er war der letzte Kommandant, der bei uns auf Mühlengrund stationiert war. Ein junger Mann, mit seinen einundzwanzig Jahren noch ein halbes Kind. Ein Komponist, ein Träumer, ein zartfühlender Mensch, den man mit der Nachhut an die Front geschickt hatte. Du hast seine Augen, Hans, weißt du, du hast genau seine Augen. Heute kann ich gut verstehen, dass Dodo sich in ihn verliebt hat. Er war ein wunderschöner, sanfter Mann, und mit seiner Geige hat er für kurze Zeit die Musik zurück in unser Leben gebracht. Wundervolle Musik.« Laurette hält inne, als wolle sie eine Schweigeminute einlegen oder Raum schaffen, um Valiks längst verklungener Musik zu lauschen.

In Hans wird es ganz still. Er vergisst zu atmen, weil auch er lauscht.

Laurette unterbricht die Stille. »Aber ich ... Ich war damals zehn und habe wie meine Mutter und mein jüngerer Bruder alle Russen für Mörder gehalten und gehasst, auch wenn wir selbst keinen von ihnen bei uns auf Mühlengrund von einer grausamen Seite erleben mussten, schon gar nicht Valik. Aber ein russisches Sondergericht hat meinen Vater kurz nach dem Einmarsch verhaften und ohne Prozess hinrichten lassen, meine beiden Brüder sind nie aus Russland zurückgekommen, und das Vorwerk fiel der sowjetischen Bodenreform zum Opfer. Als wir durch einen Brief Margaretes von Dodos Tod erfuhren und auch, warum sie in Wahrheit auf Mühlengrund geblieben war, konnte meine Mutter nicht einmal der Toten verzeihen, dass sie einen Offizier der Roten Armee geliebt hatte. Nicht einmal dir konnte sie es verzeihen, zumal Dodo dich nach ihm benannt hat.«

»Ich ... Ich heiße nicht Valik«, stammelt Hans, als sei es überhaupt noch von Bedeutung, wie sein Name lautet.

»Margarete hat dich mit zweitem Namen Valentin taufen lassen. Das ist die deutsche Form von Valik. Sie wollte vermeiden, dass du irgendwann einmal als Russenbastard beschimpft oder gehänselt würdest. Zugleich hat sie so Dodos letzten Wunsch nach einer über alle Grenzen hinweg untrennbaren Verbindung mit Valik erfüllt. Du musst wissen, dass man deinen Vater sofort aus Deutschland abgezogen und an einen unbekannten Ort irgendwo in Russland, vielleicht sogar nach Sibirien, geschickt hat, nachdem man seine Liaison mit einer vermeintlichen Klassenfeindin entdeckt hatte. Nicht einmal einen Abschied hat man den beiden gegönnt. Eines Morgens wurde der völlig ahnungslose Valik zur Kommandantur in Templin beordert. Er fuhr in der Annahme hin, man wolle ihm neue Verordnungen aushändigen, und kam nie zurück. Dodo hatte keine Möglichkeit, jemals wieder mit ihm in Kontakt zu treten.«

45.

Am Ziel deiner Wünsche wirst du jedenfalls eines vermissen: dein Wandern zum Ziel.

Marie von Ebner Eschenbach

Aus dem Gartensaal wehen zarte Klaviertöne zu Martha hinaus auf die Terrasse, im Park zwitschern die Vögel eine Begleitmelodie. Wirklich schön, was Krusewitz sich da zusammenklimpert, ein wenig wehmütig zwar, aber gerade darum ein passender Schlusspunkt dieser Reise und eine geeignete Abschiedsmelodie für sie, findet Martha und nimmt einen Schluck Tee.

Leicht fällt es ihr nicht, Mühlengrund zu verlassen, aber sie hält nichts von unnötigen Langzeittherapien und noch weniger von langen Abschieden. Das wäre unprofessionell.

Ihre Aufgaben werden samt und sonders erfüllt sein, sobald Annika ihr Vollzug meldet. Was sie hoffentlich gleich tun wird, obwohl sie sich anfangs hartnäckig gegen Marthas Bitte gesträubt hat. Nun aber steht Hans' Tochter brav mit ihrem Smartphone unter einer Ulme im Park und führt das Telefonat mit Mallorca, um das Martha sie gebeten hat. Es ist ein Gespräch mit vielen Pausen und erregtem Kopfschütteln, soweit Martha das von hier aus erkennen kann. Immerhin, es ist ein Gespräch, und das Zustandekommen dieser Unterhaltung war neben der Behandlung von Hans einer ihrer therapeutischen Aufträge während der ganzen Reise.

Jedenfalls zu Beginn.

Was sich später auf der Suche nach Laurette de la Barré außerdem entwickelt hat, war nicht eingeplant, ist aber ausgesprochen erfreulich. Man könnte sogar sagen, dass sie – mit etwa Beistand von oben oder Meister Zufall – ihre Aufgaben übererfüllt hat. Schließlich sind nicht nur die Hahnenbecks, sondern vielleicht bald auch alle Nittenwilms wieder vereint und miteinander versöhnt.

Der Kantor hat sich in den zwei Tagen, die sie jetzt hier sind, ebenfalls gut auf Mühlengrund eingelebt, das auf Hans' Wunsch hin Krusewitz' neue, alte Heimat werden soll. Krusewitz gehört schon jetzt zum festen Inventar. Gestern hat er zur Feier seiner Rückkehr in die Uckermark mit Laurette de la Barré eine kleine musikalische Soiree gegeben, bei der sie gemeinsam vierhändig Flügel gespielt haben. Nachbarn und Freunde von Kasulke waren ebenfalls eingeladen.

»Ganz so wie früher«, hat sich Laurette gefreut. »Mühlengrund war für seine offenen Musikabende in der ganzen Gegend berühmt!«

»Fehlt nur noch Hans an der Geige«, hat der Kantor eingeworfen. »Wir beide haben da nämlich eine sehr schöne Kurzversion von Pachelbels *Kanon* in D-Dur im Programm, müssen Sie wissen.«

»Ich liebe den *Kanon!*«, hat Laurette verzückt dem Kantor versichert.

Da Hans an der Geige in diesem Augenblick nicht verfügbar war, hat Krusewitz gefragt, ob sie denn auch Chopin möge, was Laurette leidenschaftlich bejaht hat, woraufhin der alte Charmeur allein für sie einige ganz hinreißende *Nocturnes* ins Klavier getupft und gewühlt hat. Die beiden scheinen sich wirklich gesucht und gefunden zu haben, um den alten, heiteren Geist des Vorwerks Mühlengrund wiederzubeleben. Der Kantor plant bereits eine Uraufführung seiner *Uckermärker*

Sinfonie der Stille auf Mühlengrund, am liebsten noch in diesem Sommer.

»Ich muss nur noch den *Bienenchor* vollenden«, hat er gemeint und gefragt, ob es in der Nähe einen musikalisch engagierten Singkreis und einen Imker gebe.

Beides gibt es, konnte Kasulke ihm versichern, mit den Bienenhäusern kann er sogar persönlich dienen.

Martha nippt an ihrer Tasse und schluckt mit dem Tee zugleich einige gerührte Abschiedstränchen hinunter. Die zeugen nicht eben von professioneller Distanz, aber herrje, auch als Therapeut bleibt man doch Mensch und fehlbar!

Freilich wird es in Nievenhoven ohne den Kantor und die anderen ein wenig einsam sein. Na, spricht sie sich selbst Mut zu, es werden sich sicher neue Fälle auftreiben lassen. Gerade nach so einem durchschlagenden Erfolg!

Hans Nittenwilm ist aus nachvollziehbaren Gründen noch nicht nach Geigenspiel und musikalischen Vergnügungen zumute. Zum einen, weil er trauert und ihn das Schicksal seiner Eltern stark beschäftigt, zum anderen, weil er enorm viel zu tun hat. Mit Akten voller Gutsunterlagen, Katasterblättern, die es zu sichten gilt, Besitzurkunden, mit der Buchhaltung. Kurz: mit jeder Menge Papierkram. Einige der Dokumente mussten zunächst aus der Bodenvase gefischt werden, in der Krusewitz, Kasulke und Martha selbst sie versteckt hatten. Martha hat sie mit dem Fön getrocknet und gebügelt, aber dafür bislang kein Wort des Dankes von Hans gehört.

Nun ja, er hat eben wirklich schrecklich viel zu tun, tröstet sie sich.

Hans liest sich daneben auch in alte Briefe und Tagebuchaufzeichnungen ein, um die Geschichte der Familien Hahnenbeck genauer kennenzulernen, und natürlich muss er mit Kasulke die Wälder besichtigen, Forstarbeiter einstellen, diverse Gebäude begutachten, eine Liste notwendiger Reparaturen erstellen und überlegen, wie er das Gut künftig nutzen, erhalten und finanzieren kann. Denn das will er. Weshalb er sich auch um den Verkauf seines Bungalows in Nievenhoven und einen großen Umzug kümmern muss.

Wirklich lauter gute Gründe, warum er in den letzten Tagen mit ihr kein Wort mehr gewechselt hat.

Nicht zuletzt besucht er täglich das Grab seiner Mutter, um mit ihr ein stilles Zwiegespräch zu führen. Dorothee Hahnenbeck ist hier auf Mühlengrund in einer kleinen Familiengruft bestattet, die Hans später sanieren lassen will. Parallel versucht er herauszufinden, ob eine Überführung von Margarete Nittenwilms sterblichen Überresten hierher und an Dodos Seite möglich ist. Seinem Vater Valik will er ebenfalls nachforschen.

Keine Frage, der Mann hat mehr als genug zu tun. Martha würde ihm dabei nur allzu gerne helfen. Doch daran scheint er keinerlei Interesse mehr zu haben. Was natürlich ein Beweis für seine Heilung ist. Martha seufzt und schluckt noch mehr Tee und Tränensalz. Wer hätte gedacht, dass Hans so schnell, so gründlich und mit derartigem Elan in seiner künftigen Rolle als Gutsherr aufgehen würde? Nicht einmal sie.

Nun, in diesem Fall darf man wohl wirklich einmal mit Willy Brandt sagen, dass auf Mühlengrund eben zusammenwächst, was zusammengehört.

Martha nickt ein wenig ergriffen.

Annika und Jannik scheinen sich auf dem Gut ebenfalls sehr wohlzufühlen. Laurette de la Barré hat zu ihrer großen Freude ihre vielen Befreier eingeladen, so lange auf Mühlengrund zu bleiben, wie sie möchten. Zimmer gibt es genug, schließlich war das Haus unter ihrem Bruder eine Weile lang Hotel.

»Wenn dir das recht ist, mein Lieber«, hat sie zuvor wegen der Einladung bei Hans nachgefragt, dem sie das Gut noch in der nächsten Woche endgültig überschreiben will. Selbstverständlich nicht in Krügers Kanzlei. Es sei denn, dieser kann hinsichtlich Stevkos Kredit bei Scharnhorst etwas ausrichten.

Hans war die Großeinlandung recht. Schließlich ist er im Grunde seines Herzens ein geselliger Mensch. Und äußerst gastfreundlich. Er hat selbst Rippchen ausdrücklich in die Einladung miteinbezogen und Malinka und Jannik die Erlaubnis erteilt, dem Ferkel einen großzügigen Freilauf bei den Wirtschaftsgebäuden zu bauen, samt Zugang zum See, weil Rippchen anscheinend gerne schwimmt.

Annika hat sofort Baupläne für das Freigehege und den Seezugang entworfen und die Materialkosten berechnet. Für sie ist es Ehrensache, dass sie das Bauprojekt leiten wird. Auch bei den anderen Renovierungsmaßnahmen will sie mit Hand anlegen.

Stevko wird ihr dabei helfen und demnächst zusammen mit Jannik und Malinka Spielkameraden und Ersatzeltern für Rippchen aussuchen. Schweine, insbesondere Sattelschweine, hat er angemahnt, seien äußerst gesellige Tiere mit großem Familiensinn und legten ebenso viel Wert auf Freilauf wie auf Sozialkontakte.

Genau wie wir Menschen, denkt Martha still bei sich und linst ein wenig betrübt auf das geschrumpfte Tütengebinde hinab, das sie neben dem Frühstückstisch deponiert hat. Na, wenigstens reist sie mit leichtem Gepäck ab.

Und trotzdem schweren Herzens.

Jetzt reicht es aber!, ruft sie sich zur Ordnung. Sie wird auf ihre alten Tage doch keine sentimentale Heulsuse werden. Schließlich ist sie ihr Leben lang sehr gut alleine zurechtgekommen. Auf dem Rummelplatz.

Ohne weiteren Anhang und Familie.

Weine nicht über das, was du verloren hast, sondern freue dich darüber, dass du es überhaupt erleben durftest, versucht sie, sich mit einer esoterischen Kalenderweisheit innerlich aufzurichten.

Es funktioniert nicht, stellt sie mit einem Kloß im Hals fest. Als Therapeut kann man sich eben nur sehr, sehr schlecht selbst therapieren.

Martha versucht es trotzdem noch einmal. Dieses Mal mit der buddhistischen Idee, sich statt auf Vergangenheit oder Zukunft ganz auf das Hier und Jetzt zu konzentrieren. Etwa auf den wunderschönen, reich gefüllten Frühstückstisch vor ihrer Nase. Annika hat ihn zu Marthas Rührung eigens für sie eingedeckt – mit bunten Frühlingsblumen aus dem Garten und äußerst schmackhaften grün-rot gestreiften Zebratomaten aus Kasulkes Gewächshäusern. Keine Frage, von seltenen Gemüsen versteht der Mann was. Nur leider hat sie heute kaum Appetit auf Frühstück und Tomaten.

Wo bleibt Kasulke eigentlich? Martha konsultiert kurz ihre Uhr. Halb zehn schon. In einer Stunde geht ihr Zug, und Kasulke hat versprochen, sie pünktlich nach Prenzlau zu bringen. Natürlich nicht mit dem Planwagen, sondern mit Hans Nittenwilms Mercedes, trotzdem wird es langsam Zeit, aufzubrechen und …

»Erledigt«, meldet sich von der Terrassentreppe her Annika zu Wort. Ein wenig atemlos nimmt sie die letzten Stufen und lässt sich neben Martha auf einen Stuhl plumpsen.

»Kindchen, so etwas erledigt man doch nicht mit einem Anruf!«, sagt Martha. »Es handelt sich schließlich um eine sehr ernste Herzensangelegenheit.«

Annika greift nach einer Scheibe Toast und knabbert lustlos daran herum, dann nickt sie. »Mag sein, aber ich kann meiner Mutter eben nicht in einem Telefonat verzeihen, dass sie Papa

Knall auf Fall hat sitzenlassen. Sie haben doch gesehen, was danach mit ihm über Monate los war.«

»Daran waren vor allem die Briefe aus Brandenburg schuld«, erinnert Martha sie.

Annika zuckt mit den Schultern. »Aber meine Mutter auch. Und jetzt will sie sich auf einmal direkt in einen Flieger setzen, um von Mallorca herzukommen. Das geht mir eindeutig zu schnell.«

»Sie möchte Sie und Jannik eben unbedingt wiedersehen. Und sich davon überzeugen, dass es Hans wieder gutgeht.«

Annika runzelt skeptisch die Stirn. Martha streckt die Hand nach der von Annika aus und drückt sie leicht. »Glauben Sie mir, Ihrer Mutter ist und war es wirklich sehr, sehr wichtig, wieder einen Kontakt zu Ihnen und Jannik aufzubauen und Hans aus seiner schweren Krise herauszuhelfen.«

»Das haben allein Sie und nicht meine Mutter geschafft«, trotzt Annika auf.

Martha lächelt geschmeichelt. »Nun, ja, aber wenn Hilde mir nach unserem gemeinsamen Psychologieseminar auf Ibiza –«

»Sie haben gemeinsam ein Seminar besucht?«

Martha nickt. »Oh ja. Hilde hat als Gasthörerin teilgenommen, und weil ich als Kursbeste abgeschnitten habe, hat sie mir direkt im Anschluss den Auftrag erteilt, mich um ihre Familie in Deutschland zu kümmern. Was übrigens mein erster großer Auftrag als Psychologin war, für den ich Hilde sehr dankbar bin. Sie sollten Ihrer Mutter dafür ebenfalls dankbar sein. Ohne Hildes Engagement läge Hans noch immer in Nievenhoven in seinem Bett, und Jannik würde nach wie vor planlos durchs Leben trödeln und womöglich noch mehr Verse an Vanessa simsen statt mit Malinka Ferkelkoben zu bauen. Was bei Weitem sinnvoller ist.«

»Viel sinnvoller«, gibt Annika ihr recht. Sie scheint froh darüber zu sein, das Thema Hilde damit fürs Erste beenden zu dürfen. »Malinka tut Jannik unheimlich gut. Wissen Sie, was er sie vorhin gefragt hat?«

Martha schüttelt gespannt den Kopf.

Annikas Gesicht entspannt sich zu einem Lächeln. »Ob es hier in der Nähe ein Gymnasium gibt. Er müsse ja sein Abi nachholen«, strahlt sie.

»Nein!«

»Doch!«

»Und was hat Malinka geantwortet?«

»Dass es direkt in ihrer Nähe in Templin eines gibt und dass sie ihm gerne dabei helfen würde, den Lernstoff nachzuholen, den er versäumt oder nicht verstanden hat. Vor allem in Geschichte. Seither haben sie wieder Streit.«

»Ein sehr gutes Zeichen«, findet Martha. »Die beiden haben eine beneidenswert lebendige Beziehung.«

»Sehe ich auch so.«

»Malinkas Onkel ist übrigens auch ein ausgesprochen interessanter Mann. Und so gut aussehend, wie ich finde«, nutzt Martha die günstige Gelegenheit, um auch in dieser Hinsicht eine Entwicklung voranzutreiben, die sich in ihren Augen deutlich abzeichnet.

»Frau Spielvogel ...« Annika sieht sie warnend an. »Übertreiben Sie es nicht mit der Beziehungsarbeit.«

»Ich dachte ja nur«, gibt Martha leicht pikiert zurück. »Immerhin haben Sie Stevko gestern ausdrücklich für seine Sachkenntnisse beim Zaunbau gelobt.«

Annika gibt sich geschlagen. »Okay, okay, ich mag den Kerl. Mehr aber erstmal nicht, verstanden?«

Martha lächelt still in sich hinein. Auch das ist ein Anfang. Zerstrittene Familien wieder zu versöhnen und sie sogar zu erweitern ist eine wirklich wundervolle Aufgabe, die nicht nur finanziell lohnenswert ist. Sie wird sie künftig zu ihrem Kerngeschäft machen. Hoffentlich ergibt sich rasch ein neuer Fall.

»Müssen Sie wirklich abreisen?«, fragt Annika in ihre Gedanken hinein.

Martha unterdrückt ein ebenso unprofessionelles wie unangebrachtes Seufzen und nickt.

»Ich will aber nicht, dass Sie abreisen«, sagt Annika und reckt kämpferisch das Kinn vor. »Wir brauchen Sie. Vor allem, wenn demnächst meine Mutter hier auftaucht. Das könnte alles wieder durcheinanderbringen. Außerdem haben meine Tante und mein Vater Sie doch ausdrücklich eingeladen zu bleiben.«

»Nicht ausdrücklich«, sagt Martha leise. »Laurette hat mich natürlich gefragt und mir überdies ein ganz reizendes Zimmer zur Verfügung gestellt, aber Ihr Vater ist dagegen ...«

»Mein Vater hat gesagt, Sie sollen abreisen?«, ruft Annika empört.

»Nein, nein, das nicht, aber sehen Sie, seit ich ihm gesagt habe, dass ich in Hildes Auftrag mit ihm unterwegs war, spricht er kein Wort mehr mit mir. Er ignoriert mich vollständig, was ziemlich unerträglich, aber nicht ungewöhnlich ist. Therapien enden nicht selten mit einem völligen Kontaktabbruch seitens des Klienten. Das ist fachlich gesehen überaus begrüßenswert und nachgerade der Beweis für eine vollständige Gesundung. Man will ja keine Abhängigkeiten schaffen, verstehen Sie?«

Annika erhebt sich so heftig vom Tisch, dass die Teetassen klirren, der Toastständer wackelt und die Blumenvase umkippt. »Das werde ich ändern.«

»Nein, nicht doch, nicht doch!«, fleht Martha und will Annika zurückhalten, aber die ist bereits auf dem Weg zur Terrasse und ins Haus.

»Ähm ... Ihr Vater ist nicht im Haus, Annika!«, ruft Martha in allerhöchster Not. »Er ist eben zu den Ställen gegangen, um beim Ferkelkoben zu helfen.« Das ist natürlich gelogen, zeigt aber die erwünschte Wirkung. Annika macht auf dem Absatz kehrt und stürmt die Treppe hinab, um in Richtung der Wirtschaftsgebäude zu verschwinden.

Herrjemine, das ist gerade noch einmal gutgegangen!, denkt Martha erleichtert. Nichts wäre ihr peinlicher, als vor Hans wie ein Kind dazustehen, das darum bettelt, doch noch zur Geburtstagsfeier eingeladen zu werden. Oder schlimmer noch: wie ein Kind, das andere vorschickt, um ihm eine Einladung abzupressen.

Als ob sie das nicht selbst könnte, wenn sie wollte.

Will sie aber nicht.

Man hat doch seinen Stolz, als Mensch und als Therapeutin.

Hastig packt Martha ihre Tüten. Sie wirft einen letzten wehmütigen Blick in den Park und macht sich auf den Weg ins Haus. Hoffentlich ist Kasulke inzwischen mit dem Mercedes vorgefahren. Es wäre ihr lieb, so rasch und unauffällig wie möglich zu verschwinden und sich einen peinlichen letzten Auftritt mit Annika oder Hans oder irgendjemandem sonst aus der Familie Nittenwilm zu ersparen.

»Frau Spielvogel«, begrüßt sie an der Tür eine Stimme. Die Stimme gehört Kasulke.

Na endlich!

Erleichtert eilt sie ihm entgegen. »Steht das Auto vor der Tür? Können wir sofort los?«

Kasulke hebt bedauernd die Schultern. »Tut mir leid, aber Hans sagt, er braucht das Auto im Moment selbst.«

»Er braucht das Auto selbst ...«, wiederholt Martha so verblüfft wie verletzt. »Aber er hat Ihnen den Wagen doch gestern zugesagt. Er weiß doch, dass ich nach Prenzlau zum Bahnhof muss, oder?«

»Ich hab's ihm gerade eben noch mal gesagt.« Kasulke schaut verlegen, beinahe gequält zur Seite. »Daraufhin hat er mich angefahren, der Mercedes gehöre ihm und es handle sich um eine überaus dringende Fahrt, die er nicht aufschieben könne. Schon gar nicht Ihnen zuliebe.«

Martha senkt betrübt den Kopf. Verabscheut Hans Nittenwilm sie wirklich so sehr, dass er ihr nicht einmal eine Fahrt in seinem blöden Mercedes gönnt?

So befreiend die Zornesausbrüche, die sie aus therapeutischen Gründen mit ihm eingeübt hat, für ihn auch sein mögen, so verletzend und unnötig sind sie in diesem speziellen Fall. Das muss sie ihm dringend wieder abgewöhnen. Ach nein, geht ja nicht, sie ist nicht mehr seine Therapeutin.

»Wenn Sie einen späteren Zug nehmen würden«, schlägt Kasulke betreten vor, »könnte Wodka Sie vielleicht mit der Ural hinbringen. Wenn Sie wollen, ruf ich gleich mal bei Schiefelbein an und frage, ob Wodka das Ding inzwischen repariert und wieder vollständig zusammengesetzt hat. Leider nimmt er es mit der Reparatur sehr genau. Der prüft jede Schraube zweimal.«

»Nein, nein. Ich möchte Wodka nicht um sein Vergnügen bringen«, winkt Martha müde ab. »Rufen Sie mir einfach ein Taxi.«

»Hm, also Taxis gibt es hier in der Gegend nicht.«

Jetzt reicht es aber!

»Es muss doch verflucht nochmal einen Weg geben, aus der Uckermark wieder wegzukommen«, erregt sich Martha und stampft mit dem Fuß auf.

»Na ja, da wäre noch mein Planwa…«

»Kein Planwagen!«, sagt Martha wütend.

»Wir hätten auch noch den Traktor.«

Martha schüttelt den Kopf, so lässt sie sich nicht abservieren. »Wo finde ich Hans?«

»Der wollte eben losfahren. Wenn Sie Glück haben, erwischen Sie ihn vielleicht noch vor dem Haus.«

Wortlos schiebt Martha Kasulke beiseite und läuft durch den Gartensaal, vorbei an Krusewitz und Laurette, die gerade *Freude schöner Götterfunken* zweistimmig und im Duett einüben. Sie öffnet die Tür zur Halle, in der freundlich eine Reinigungskraft grüßt, quert den schwarz-weißen Marmorboden und ist mit wenigen Schritten durch die Vordertür und auf dem Vorplatz.

Tatsächlich, da steht noch der Mercedes. Mit Hans samt Hut am Steuer. Der Motor ist bereits angelassen.

Mit fliegenden Tüten rast Martha auf das Auto zu, Kies spritzt unter ihren Füßen auf. »Bleiben Sie hier!«, schreit sie wutentbrannt aus voller Kehle. »Stehen bleiben habe ich gesagt!«, wiederholt sie nicht minder laut, als Hans langsam anfährt. In elegantem Bogen schwenkt er in die kreisrunde Auffahrt ein.

»Stehen bleiben!«, schreit Martha noch einmal und nimmt mit knisternden Tüten in den Händen die Verfolgung des Mercedes auf, der statt in die Lindenallee einzubiegen, einfach einen Kreis fährt, um zehn Meter vor ihr genau bei der Treppe wieder stehen zu bleiben.

Na also, denkt Martha so erbost wie atemlos und stapft zum Äußersten entschlossen durch den Kies auf das Fahrzeug zu. Sie läuft um das Heck herum zur Eingangstreppe, um auf der Beifahrerseite die Tür aufzureißen.

»Sie fahren mich mit diesem Mercedes jetzt sofort nach Prenzlau!«, ruft sie zornig ins Wageninnere. »Das war abgemacht!« Ohne eine Antwort abzuwarten, schleudert sie die

Tüten auf den Rücksitz, nimmt auf dem Beifahrersitz Platz und schließt schwungvoll die Tür.

Hans sagt nichts.

»Können wir jetzt losfahren?«, fragt sie und wendet Hans gereizt den Kopf zu.

Frechheit, der Kerl grinst auch noch!

»Von mir aus schon lange«, sagt er. »Es sei denn, Sie möchten lieber wieder laufen.«

»Laufen? Bis Prenzlau? Sie sind ja verrückt geworden, dann bekomme ich meinen Zug niemals!«

»Wenn Sie ihn verpassen, könnten wir ja vorher noch einkaufen gehen«, erwidert Hans, tritt die Kupplung, legt einen Gang ein und fährt an.

»Sehr witzig«, knurrt Martha. »Haben Sie mich jetzt genug geärgert?«

»Ich hatte nicht vor, Sie zu ärgern. Ich wollte Sie lediglich an einige bemerkenswerte Stationen unserer Reise erinnern. Das Erlebniskaufhaus unter dem Hauptbahnhof hätte ich mir zum Beispiel gerne erspart. Nun, so einen Unsinn gibt es in Prenzlau hoffentlich nicht.«

Martha stutzt kurz. »Heißt das, Sie hatten die ganze Zeit vor, mich persönlich zum Bahnhof zu bringen?«, fragt sie verwundert.

»Nicht zum Bahnhof.«

»Wohin dann?«, fragt Martha vollends entgeistert.

»Zum Friseur.«

»Ich muss nicht zum Friseur!«

»Aber ich. Und Sie müssen den Damen dort genau erklären, wie kurz mein Bart gestutzt werden soll. In Fragen der Haarlänge wäre ich für ein wenig Beratung ebenfalls dankbar. Neue Jeans brauche ich auch, die wähle ich allerdings persönlich aus. Ach ja, und ein, zwei neue Kleider kaufen wir außerdem.

Mohnrot steht Ihnen nicht. Und wenn Sie erlauben, zahle diesmal ich. Über Ihr Honorar müssen wir auch noch reden. Ich werde nämlich keinesfalls zulassen, dass Hilde Sie für irgendetwas bezahlt. Schon gar nicht für unsere wundervolle Reise. Einverstanden?«

»Und was ist mit meinem Zug nach Köln?«, fragt Martha zaghaft.

»Den werden wir selbstverständlich verpassen.«

»Und den nächsten?«, fragt Martha etwas kecker.

»Den auch.«

»Und den übernächsten?« Martha hält den Atem an.

»Oh, den erst recht. Überhaupt schlage ich vor, dass wir künftig sämtliche Züge gemeinsam verpassen, Martha. Ich hoffe, dass ist dir recht?«

Wenn das Glück am größten ist, soll man schweigen, heißt es. Und an diese Kalenderweisheit hält sich Martha jetzt. Ausnahmsweise, versteht sich.

Selbst am Ende des längsten Lebens sind wir immer noch Anfänger.

John Henry Newman, englischer Theologe